Markku Ropponen
Ein beschissenes Sortiment an Schwierigkeiten



PIPER

Zu diesem Buch

Kuhalas Verhältnis zu den Frauen ist getrübt. Sieht er seine Ex-Gattin in inniger Umarmung mit seinem Nachfolger, schmerzt das noch immer sehr. Noch schlimmer: Kuhalas neue Liebe, die Kriminalkommissarin Annukka, hat die Beziehung auf Eis gelegt; sie ist nach Helsinki, um ihre Karriere ein bisschen anzuschieben. Von Sehnsucht geplagt stürzt sich der Mann für gewöhnlich in die Arbeit. Doch woher nehmen, als Privatermittler im beschaulichen Jyväskylä, einer mittelfinnischen Provinzstadt? Einzig ein Werkzeugdiebstahl ist aufzuklären. Der vermeintlich läppische Fall entpuppt sich jedoch als unverhofft knifflig. Spätestens seit der mutmaßliche Werkzeugdieb brutal erschlagen vor Kuhalas Füßen liegt. Verwegen, melancholisch und gesegnet mit trockenem finnischem Humor stürzt sich der Detektiv in die Ermittlungen – und die führen ihn ausgerechnet in die Arme der Prostituierten Swetlana … »Ein temporeicher, packender und mit wunderbar trockenem Humor versetzter Krimi, dessen Protagonist das Potenzial zur künftigen Kultfigur aufweist. Herrlich.« Schweizer Familie (über »Finnischer Mittsommer«)

*Markku Ropponen,* geboren 1955, gehört mit seinem Witz und seiner Erzählfreude zu den renommiertesten Krimiautoren Finnlands. Er hat zahlreiche Romane und Novellen geschrieben. 1995 erhielt er den Kulturpreis seiner Heimatstadt Jyväskylä, wo er mit seiner Frau und seinen zwei Söhnen lebt.

Markku Ropponen

# Ein beschissenes Sortiment an Schwierigkeiten

Kriminalroman

Aus dem Finnischen von
Stefan Moster

Piper München Zürich

*Mehr über unsere Autoren und Bücher:*
*www.piper.de*

Von Markku Ropponen liegen bei Piper vor:
Finnischer Mittsommer (im Taschenbuch unter dem Titel »Reusenkadaver und andere Unannehmlichkeiten«)

Mix
Produktgruppe aus vorbildlich bewirtschafteten Wäldern und anderen kontrollierten Herkünften
www.fsc.org Zert.-Nr. GFA-COC-001223
© 1996 Forest Stewardship Council
FSC

Deutsche Erstausgabe
Februar 2011

Titel der finnischen Originalausgabe:
»Kuhala ja viimeinen kesävieras«, Tammi, Helsinki 2004

Umschlagkonzept: semper smile, München
Umschlaggestaltung: Cornelia Niere, München
Umschlagmotiv: Mark Hooper / Getty Images
Autorenfoto: Ville Palonen (courtesy of Tammi Publishers)
Satz: Kösel, Krugzell
Papier: Munken Print von Arctic Paper Munkedals AB, Schweden
Druck und Bindung: CPI – Clausen & Bosse, Leck
Printed in Germany ISBN 978-3-492-26365-8

# EINS

# 1

Lange bevor er mit seiner Frau in die Gegend gekommen war, hatte die Birke auf dem seeseitigen Felsvorsprung Wurzeln geschlagen. Von der Zähigkeit und Geduld des Baums konnte auch der Mensch etwas lernen, und als Witwer hatte er es sich zur Angewohnheit gemacht, am Ufer zu sitzen und die Birke zu betrachten. An heißen Tagen umrahmte sie ein golden flimmernder Glanz, und wenn eine dunkle Wolkenfront hinter dem Felsen, der Klanikallio hieß, oder vom See her aufzog, zum Zeichen des Wetterumschwungs, zeichnete sich der Stamm unbeugsam vor dem grauen Gestein ab.

Es waren die ersten Tage im Frühherbst. An den unteren Ästen der Birke waren hier und da bereits gelbe Flecken zu erkennen, und die Krone erzitterte bisweilen, als ahnte sie die Ankunft des Winters.

Er rauchte am Ende des Stegs eine Zigarette und verglich insgeheim wieder einmal die Einsamkeit der Birke mit seiner Einsamkeit. Sie waren verwandt, allerdings müsste es ihm noch gelingen, sein Schicksal mit der gleichen Würde zu tragen, wie der Baum es tat, und nicht ständig innerlich über Dinge zu lamentieren, die er nicht ändern konnte. Seine Frau war tot. Seine beiden Söhne trieben sich in der Welt herum und konnten nur schlecht verbergen, dass sie ihrem Vater die eine oder andere Schramme aus der Vergangenheit nachtrugen und letzten Endes nur aufs Erbe lauerten, das sie wahrscheinlich zu hoch einschätzten. Aber den Vätern hatte man schon immer Vorwürfe gemacht, von Generation zu Generation, den finnischen Männern mit ihren kalten Seelen, gewalttätig und schweigsam, abwesend. Er selbst hatte seinen Vater auch für dieses und jenes gehasst, doch alles hatte seine Grenzen.

Die Zigarettenkippe zischte auf dem Wasserfilm und wurde von den sanften Wellen unter den Steg getrieben. Er drehte sich um und ging zurück, die Pontons sanken unter seinen Schritten ein.

Der ältere Sohn lebte in Tampere und saß am Ruder eines Geschenkartikelladens, der sich mit seiner Schuldenlast von einer Untiefe zur nächsten schleppte. Oft hatte er helfend eingegriffen, aber damit war Schluss, seit der Sohn einmal betrunken angerufen und ihm eine Hörerladung Saures verpasst hatte, die niemandem Ehre machte.

Der Anruf lag etwas mehr als ein Jahr zurück. Danach hatten sie sich nicht mehr gesehen, und der Sohn hatte ihn lediglich mit einer Weihnachtskarte bedacht, die einen mit Kerzen verzierten Galgen zeigte, um den Skelette tanzten. Sie trugen Wichtelmützen und zappelten mit klappernden Schenkelknochen im Schnee.

Was der Junge geschrieben hatte, war der unlesbare Text eines Alkoholikers, und die Karte war so daneben, dass er nicht einmal sonderlich wütend wurde, sondern einen Anflug von Mitleid und Traurigkeit verspürte, als er die Skelette in den Kamin warf.

Der jüngere Sohn Mikael lebte mit seiner Frau in Jyväskylä, nur wenige Kilometer entfernt, kam aber auch nie zu Besuch, geschweige denn, dass er sich die Mühe machte, eine Weihnachtskarte zu schreiben. Er war ein Produkt der modernen Zeit, ein gewiefter Trendschnüffler, der manchmal als Repräsentant seiner Firma in der Zeitung auftauchte. So einem blieb keine Zeit für einen Vater, von dem er glaubte, er habe die Mutter vorzeitig ins Grab gebracht und nichts als Geld im Kopf.

So hatte der Filius es in seinen radikalen Jahren erklärt, irgendwann Mitte der Achtziger, bevor er von Soziologie auf Betriebswirtschaft umsattelte, wo seiner Weltanschauung dann sämtliche Ecken und Kanten abgeschliffen wurden. Nur die Kanten gegenüber seinem Vater schienen geblieben zu sein. Als sie sich einmal zufällig in der Stadt über den Weg gelaufen waren, hatte der Junge ihn zuerst wie einen Fremden angestarrt, bevor er stehen blieb und widerwillig ein paar überflüssige Phrasen mit ihm wechselte.

Auch da hatte er einen Anflug von Mitleid und Traurigkeit verspürt, aber nicht so recht gewusst, weswegen. Wegen des Jungen, wegen seiner selbst oder wegen des Lebens, dessen Gesetzmäßigkeiten aus ihnen so sonderbare Menschen schmiedeten.

Er trug den Räucherkasten zu seinem Winterplatz unter der Sauna und richtete sich auf, um den Schmutz vom Fischnetz zu pflücken. Das Tageslicht wurde von herbstlicher Melancholie gefiltert und versilberte den See, eine Waldmaus huschte aus dem Unterholz zum Wegrand, stoppte dort wie an einer Fußgängerampel und setzte dann den Weg zum Ufer fort.

Er hatte einige Ersparnisse, einträgliche Anlagen für den Fall, dass es mal eng würde im Leben. Trotzdem war es nicht angemessen, ihn deshalb einen Geizkragen zu nennen. Und auch wenn er es demnächst nicht mehr nötig haben würde, das Juweliergeschäft zu betreiben, so würde er noch ein paar Jahre weitermachen, schon allein, um geistig fit zu bleiben. Wie viele Geschäftsleute, die er kannte, waren tot umgefallen, kaum ein halbes Jahr, nachdem sie ihren Laden zugemacht und sich mit dem Golfschläger in der Hand Prospekte mit Apartments an Sonnenstränden angeschaut hatten.

Außerdem: Warum gerade jetzt aufgeben oder ein Verkaufsinserat in die Zeitung setzen, wo die Russen mit ihren dicken Portemonnaies zum Einkaufen herüberkamen und vor echt slawischer Liebe zu Edelmetallen und Schmucksteinen strotzten? Es war noch keine zwei Wochen her, als ein Koloss von einem Mann, der ein bisschen wie ein Krimineller ausgesehen hatte, im italienischen Seidenanzug in den Laden gekommen war und großspurig eine Kette kaufte, die in ihrer Protzigkeit schon nahe ans Geschmacklose ging – jedenfalls bei einem wie ihm – und deren einziger Zweck darin bestand, zu beweisen, dass man nicht kleckerte. Ein paar auf russische Art wie mit Schokolade im Hals artikulierte kurze englische Sätze, Bargeld auf den Tresen und tschüs.

Er wickelte das Netz auf die Rolle und brachte es in den Umkleideraum der Sauna. In diesem Sommer war es mit dem Fischen nichts geworden. Kein Angeln und kein Feuer am Ufer, nicht mal eine Tour mit dem Ruderboot zur Insel, um dort Kaffee zu trinken, wie früher manchmal, geschweige denn dass er sich hätte aufraffen können, in die Pilze oder in die Beeren zu gehen. Wenn man älter wird, kann man einfach nicht mehr so. Am Rand des Schilfs löste der zarte Tupfer einer Pfrille auf der Wasseroberfläche konzentrische Kreise aus, die allmählich ausliefen, bis sie nicht mehr zu sehen waren – verflixt, der Anblick hatte etwas Symbolisches, etwas Poetisches, Uraltes.

Er ärgerte sich über seine Gefühlsduseligkeit, denn er hielt sich nicht für sentimental. Im Geschäftsleben gab es keinen Platz für Sentimentalität, besonders dann nicht, wenn man Erfolg haben wollte.

Rauchbitteres Licht brach sich im Fenster des Umkleideraums und warf eine Reihe zitternder Fleckenmuster an die Wand.

Er stand an der Tür des Saunagebäudes und starrte auf die Uferböschung neben dem Findling.

Dort hatte er mit seiner Frau gestanden, als sie zum ersten Mal hergekommen waren. Das war mehr als vierzig Jahre her. Ein schwindelerregender Gedanke. Er suchte Halt am Türrahmen und erinnerte sich an die blaue Strickjacke seiner Frau und an das geblümte Kleid, das über ihrem Bauch spannte. Eine unbegrenzte Menge Leben lag vor ihnen, und aus dem Bauch unter dem Kleid sollte noch mehr Leben kommen; dazu noch die historischen Marksteine jener Zeit, Sputnik, Kekkonen und die vielen Sporthelden, von denen heute niemand mehr etwas wusste.

Das Grundstück war nichts als verdammter Wald gewesen, und die damals noch schlanke Birke auf dem Felsvorsprung hatte mit ihren im Wind flatternden zartgrünen Zweigen ausgesehen, als freue auch sie sich über den Frühling.

Ein Schwindelanfall erfasste ihn und trübte sein Blickfeld.

Der Bus, mit dem sie gekommen waren, hatte eine lange Kühlerhaube gehabt, und an der Haltestelle, die gleichzeitig auch die Milchabholstelle gewesen war, hatte an zwei Reißzwecken die Ankündigung einer Tanzveranstaltung mit einem Tangosänger gehangen, gleich neben dem Foto eines Politruks des Landbundes. Den Rest des Weges hatten sie zu Fuß gehen müssen, und dann folgten auch schon das listige Gerede des Grundstücksbesitzers und die Schachtel mit den Zigaretten Marke »Klubi«, die aus der Tasche der Lodenjacke gezogen wurde, damit darauf der Grundriss des Sommerhauses gezeichnet werden konnte. Oder war es eine Schachtel »Saimaa« gewesen?

Er versuchte, sich auf den Beinen zu halten, und dachte amüsiert, dass er sich wahrscheinlich um keinen Deut von allen anderen alternden, verwitweten Sommerhausbesitzern unterschied, die im Herbst alles winterfest machten und sich an die alten Zeiten erinnerten, als wäre es ein tückisches Ritual oder eine Andachtsübung, die dann genau in solchen Trübungen endete.

Wie schön seine Frau gewesen war!

Er musste sich setzen, das flaue Gefühl wollte einfach nicht nachlassen.

Wahrhaftig, er hatte seine Söhne mehr als alles auf der Welt geliebt. Es war nur nicht so leicht gewesen, das auch zu zeigen.

Der Knall war dumpf und klanglos, ploppend. Zunächst dachte er, ihm sei eine Ader im Kopf geplatzt. Dann wurde es still, als würde der Wind aussetzen.

Er blickte auf, der Schwindelanfall war vorbei.

Ach, wie seine Frau zum Schluss im Krankenhaus dahingesiecht war!

Hinter der Birke auf dem Felsvorsprung bewegte sich etwas. Die Entfernung war schwer zu schätzen, vielleicht hundert, vielleicht hundertfünfzig Meter. Er strich sich über den Kopf und grinste blödsinnig, als er etwas Kaltes und Feuchtes an den Fingerspitzen spürte. Sein erster Gedanke war, dass das Dach der Sauna undicht war, der zweite, dass er vom Netz für die Kleinen Maränen nasse Finger bekommen hatte, und der dritte, dass er sich wegen des Schwindels den Kopf gestoßen und dabei eine Wunde zugezogen hatte.

An den Fingern war Blut. Er fluchte innerlich und spürte den Schmerz.

Wieder regte sich etwas hinter der Birke. Plötzlich ein Aufblitzen, und man hörte genau so einen Knall wie kurz zuvor. Die Aufgusskelle, die am Verandapfosten an einem Nagel hing, erklang wie eine Kirchenglocke, flog aufs Pflaster, sprang von dort in die Höhe und landete auf dem Weg. Bestürzt starrte er zum Felsen hinüber und rieb sich die blutigen Finger, als versuchte er zu akzeptieren, dass die Birke diesmal nichts Erstrebenswertes verkörperte und dass hinter ihr nicht etwa ein Entenjäger mit drei Promille wütete, sondern jemand, der versuchte, ihn zu töten.

Er war übergewichtig, schlecht zu Fuß und hatte eine Ballondilatation hinter sich, aber als der dritte Schuss die von seiner Frau umhegte Blumenampel zum Zersplittern brachte und die Fuchsien durch das Fenster in den Umkleideraum blies, war er bereits mit einem Sprung hinter der Ecke der Sauna verschwunden. Der nächste Nachbar war acht Kilometer weit weg, das Handy lag im Auto, und das Auto stand fast einen halben Kilometer entfernt an der unbefestigten Straße. Außerdem müsste er zuerst den Wagenschlüssel aus dem Sommerhaus holen. Auch bei Lebensgefahr würde das Minuten dauern, und es war klar, dass sich auf dem Felsvorsprung einer ins Zeug legte, der jünger und flinker war als er.

Die Angst schärfte seine Sinne und produzierte so schnell so viele Alternativen, dass er die Informationen nicht richtig entschlüsseln konnte. Er besaß sogar eine Waffe, aber die lag im Hinterzimmer seines Ladens im Tresor. Außerdem wäre es schwierig gewesen, mit der Pistole Krieg gegen einen Mann mit Gewehr zu führen, der jetzt eine Pause einzulegen und über einen neuen Geschützstand nachzudenken schien.

Der Juwelier robbte von Stein zu Stein und rollte in Deckung, so wie er es bei der Armee gelernt hatte.

Innerhalb von zwei Minuten wäre der Schütze auf dem Grundstück, falls er auf die Idee käme, mit Arschbremse den steilen Felshang direkt zum Ufer hinunterzurutschen, und es war besser, an dieser Möglichkeit keine Sekunde zu zweifeln. Er warf sich hinter den Findling. Die Kiefernbalken des Sommerhauses konnten eine Gewehrkugel aufhalten, aber wenn er sich im Haus verschanzte, würde das trotzdem den sicheren Tod bedeuten.

Bei der Sauna krachte ein Ast, man hörte ein Klatschen im Flachwasser.

Der vierte schlecht gezielte Schuss schlug im Fenster des Sommerhauses ein, wie als Hinweis darauf, dass weit und breit niemand das Spiel stören würde und außerdem genug Patronen vorhanden waren. Der Mörder hatte die Grundstücksgrenze schneller erreicht, als der Juwelier zu denken gewagt hatte, und würde ihn bald erneut aufs Korn nehmen. Allein die Tatsache, dass bisher alle Schüsse danebengegangen waren, erlaubte eine Prise Hoffnung.

Wer, zum Teufel, war das? Zwar hatte er eine ganze Reihe Feinde männlichen und weiblichen Geschlechts, aber alles in allem doch nicht mehr, als es bei einem erfolgreichen Unternehmer seines Alters dem Durchschnitt entsprach. Man beneidete ihn natürlich, und über seine Geschäfte wurden schmutzige Gerüchte in die Welt gesetzt, von denen eines das andere nährte. Wenn man einem Geschäftspartner mal ein wenig das Bein stellte, wurde einem das ausnahmslos zurückgezahlt – solche kleinen Scharmützel waren in der Marktwirtschaft erlaubt.

Sicher, er hatte auch schon mal in Maßen den einen oder anderen Kunden reingelegt. Vor allem solche, die sich arrogant aufführten, Neureiche, die zufällig hereinschneiten, und selbstgefällige Schnösel, bei denen man schon aus

Kilometern Entfernung am Gesicht ablesen konnte, was für ein beschränktes Weltbild sie hatten, sodass es einem grauste. Reinlegen bedeutete allerdings nichts weiter, als dass er die Obergrenze der Preisskala in Gebrauch genommen hatte. Seine Ware war erstklassig, seine Uhren gingen.

All das gehörte zum normalen Gang des Lebens, und niemand sollte es so krummnehmen, dass er sich auf die Menschenjagd begab.

Hier musste ein Irrtum der größeren Kategorie vorliegen. Man konnte sich kaum schwerer irren.

Er drückte die Wange ins Unterholz, die Gürtelschnalle bohrte sich in den Bauch. Der Gewehrschütze duckte sich hinter einem der mit Drosselnetz verschleierten Johannisbeersträucher wie ein etwas zu schwer bewaffneter Beerendieb. Er trug eine Tarnjacke, eine schwarze Gürteltasche und hatte sich die Kapuze über den Kopf gezogen. Der Juwelier sah ihn von hinten. An dem Rücken, an der Haltung oder an der Unbeweglichkeit der Hände, die das Gewehr hielten, war nichts Vertrautes.

Er wagte es nicht, länger hinzuschauen. Man hörte ein Krachen und dann ein Scheppern, das auf die Zerstörung von Mobiliar hindeutete. In der Unbeherrschtheit des Schützen steckte eine kleine Chance, die wilde Ballerei sprach jedenfalls nicht für Professionalität. Hätte sich ein geschulter Killer nicht spätestens nach dem zweiten Fehlschuss still und leise aus dem Staub gemacht? Dieses Arschloch hingegen verwüstete mit seinem Gewehr das Eigentum fremder Leute.

Ein Haubentaucher glitt quäkend aus dem Schilf, aus den Wolkenfalten blinkte wie zur Aufmunterung die Sonne hervor. Ein Wunder, dass die Schießerei den Vogel nicht verscheucht hatte. Der Juwelier rollte ans Ufer hinunter und rannte geduckt auf den Waldrand jenseits der Wiese zu.

Einen Moment lang dachte er schon, davongekommen zu sein. Und die Eingebung, was er sich von der Versicherung alles ersetzen lassen könnte, verschaffte ihm zusätzliche Erleichterung. Das wäre die Gelegenheit für eine ordentliche Entschädigung. Er fand die Vorstellung so reizvoll, dass er vergaß, sich aufs Laufen zu konzentrieren, das er zuletzt vor zwanzig Jahren und zwanzig Kilo betrieben hatte, und zwar bei der Verfolgung eines Penners, der an seinem Geschäft die Glastür eingetreten hatte.

Zwischen zwei Steinen knickte er um. Es knirschte im Fußgelenk, und der Waldrand schimmerte jenseits der Wiese in so unerreichbarer Ferne wie der innere Friede der einsamen Birke auf dem Felsvorsprung. Ein Kolkrabe flog am Rand des Blickfeldes auf, im Oberschenkel und in den Leisten pulsierte der Schmerz.

Er lag im Gras und sah den Gewehrschützen auf den Findling steigen. Nun zog der Schmerz an beiden Seiten des Körpers hinauf. Er war nahe daran, sich zu übergeben. Aus der Wunde, die ihm die Kugel in den Scheitel geritzt hatte, tropfte es auf Stirn und Augen. Das Salz des Schweißes brannte.

Der Mann hatte den unteren Teil seines Gesichts mit einem dunklen Schal vermummt und zusätzlich eine Sonnenbrille aufgesetzt. Er war groß und sah auf dem Steinbrocken stehend aus wie ein Selbstmordattentäter aus den Krisenherden des Nahen Ostens.

Bäume haben keinen Charakter, im Menschen gibt es keinen Platz für eine Seele, für das Stofflose. Aber Angst passt hinein. Ein Baum wächst und fällt.

Das Gewehr klackte metallisch.

Der Kolkrabe krächzte, der Wind rauschte, und der

Juwelier ließ sich mitten auf der Wiese in eine Grube fallen, die mit morschen Brettern ausgekleidet war, in sein letztes Schützenloch. Es war Zeit für stille Gebete. Der Mörder sprang vom Findling herab und kam näher.

Wenn man älter wird, kann man einfach nicht mehr so.

## 2

Kuhalas Gewicht war seit dem Sommerrekord um fünf Kilo gefallen. Wo waren die Kilos jetzt? Mit welcher Daseinsform maskierten sie sich? Konnte man die Antwort womöglich umständlich in der verbürgten Tatsache finden, dass jeder Mensch samt Knochen und Sehnen, aber auch samt überflüssigem Speck letztendlich nichts anderes war als Sternenstaub, ein atomares Potpourri des Urknalls?

Er stand vor dem Ganzkörperspiegel und absolvierte mit den Hanteln die allmorgendliche Übungsfolge, wie sie von der Gesundheitszeitschrift empfohlen wurde. Der Spiegel war in Gefahr, die Hanteln sausten durch die Luft, und die Boxershorts mit dem Giraffenmuster flatterten. Wenig später tänzelte Kuhalas Schwergewichtsgestalt um den vierzig Kilo schweren Sandsack, den er im Wohnzimmer am Haken für den Kronleuchter aufgehängt hatte. Gerade, Gerade, antäuschen und Schwinger. Gerade, Jab, Jab, Hakenserie, zweimal ausweichen und Gerade. Der rote Sack gab dumpfe Töne von sich unter Kuhalas Schlägen, an denen dieser einst mithilfe eines Muhammad-Ali-Videos in Zeitlupe gefeilt hatte. Fitnessboxen steigerte die Beweglichkeit des Oberkörpers und vertrieb den Scheidungsfrust. Nichts linderte besser die auch bei einem matten Mann sich hin und wieder anstauende Aggression als eine sausende Linke im Trainingshandschuh.

Nach dem Duschen untersuchte Kuhala den Frontverlauf seines Haaransatzes. Eine Anzeige in der Gesundheitszeitschrift hatte auch bei diesem Problem Hilfe versprochen, aber der Tag würde nicht kommen, an dem er bereit wäre, zweihundert Euro für ein paar kleine Ampullen abzudrücken. »Man sieht das Resultat schon nach der ersten Anwendung.« Ja, ja, zwei Härchen, und die in den Ohren – wenn jemand da mit einem Resultat gesegnet wurde, dann die Firma, die das Glatzenmedikament herstellte.

Er zog sich an und verließ die Wohnung. Mitte August, kurz nach dem Inkrafttreten der Scheidung, war er in die Zweizimmermietwohnung in der Hannikaisenkatu gezogen. Lange war es auch noch nicht her, dass die rothaarige Frau seiner Träume, Kriminalkommissarin Annukka Maaheimo, eine neue Stelle im fernen Vantaa angetreten und ein langes Telefongespräch mit ihm geführt hatte, dessen zentraler Ertrag darin bestanden hatte, dass es sich unter den Umständen kaum lohnen würde, die Beziehung zu intensivieren.

Zumindest sollten sie versuchen, eine Pause einzulegen. Das gebe ihnen Bedenkzeit, und die wiederum würde ihnen helfen, die Gedanken zu ordnen.

Aus ihren Worten waren Nuancen herauszuhören gewesen, die auch in Sätzen seiner Exfrau Leena aufgetaucht waren, damals, als sie ihn auf die Straße gesetzt hatte. Die geheime Weisheit und interkontinentale Geistesverwandtschaft der Frauen hatten Kuhala so sprachlos gemacht, dass er es nicht der Mühe wert fand, wegen Annukkas Ansage mit der Unterlippe zu zittern. Er hatte in allem zugestimmt und ihr viel Erfolg gewünscht. Dann hatte sie aufgelegt.

Kuhala hatte sein Handy umklammert und mit dem Gedanken gespielt, es an die Wand zu werfen, aber dann war ihm eingefallen, dass Frauen mit dem Ordnen der Gedanken etwas meinten, das er nie verstehen würde. Warum also ein funktionierendes Telefon kaputt machen?

Der günstigste Weg zur Arbeit führte zu Fuß durch den Kirchenpark. In den Hecken leuchtete schon der Herbst, und hinter einer von ihnen lag ein Mischkonsument, auf dessen schmalem Gesicht die halbgare Verzückung darüber glänzte, auf der Zielgeraden des Daseins zu sein.

Kuhala stupste den Schlafenden an, für den Fall, dass dieser noch nicht den Löffel abgegeben hatte.

»Willst du sterben, Mann?«

»Danke der Nachfrage, keine Lust«, erwiderte Kuhala.

Die Kirchturmuhr schlug halb neun, der Mischkonsument erzitterte und trottete, Drohungen ausstoßend, in Richtung Stadtzentrum davon.

Als Nächstes erweckte Kuhala im Wartezimmer seiner Detektei in der Vaasankatu die beiden Geckos Hytönen und Inkeri zum Leben. Ihnen genügte ein Schlag gegen die Scheibe des Terrariums, sie stießen keine Drohungen aus, sondern erkannten den Ankömmling und wiegten kurz die Köpfchen. Möglich war auch, dass sie ihr Herrchen nach all den Jahren immer noch nicht erkannten, sondern sich bloß verärgert wunderten, wer da schon wieder Rabatz machte.

Ein bedeutender Teil von Kuhalas Arbeit bestand aus Warten, und zwar – leider – aus dem Warten auf Kundschaft. Er setzte Kaffee auf und blätterte in einem alten Pflanzenbuch aus der Schulzeit. Er hatte den Spruch von der Begrenztheit des Lebens verinnerlicht und war zu dem

Schluss gekommen, dass an den Begriffspaaren »ungewollte Freizeit« und »Zeit totschlagen« bis ins Mark etwas faul war. Wenn es sonst nichts gab, musste man die flüchtigen Stunden des Tages eben für seine Bildung verwenden. Die Walderdbeere, *Fragaria vesca*. Die Gemeine Schafgarbe, *Achillea millefolium*.

Die Kaffeemaschine röchelte. Das Moosglöckchen, *Linnea borealis*. Kuhalas Erleuchtung über die Tugend der Bildung war noch frisch, erst circa eine Woche alt, darum legte er das Buch bald wieder aus der Hand, mit dem Gedanken, dass drei bis fünf auswendig gelernte lateinische Namen pro Lektüreeinheit für den Anfängerbedarf ausreichten.

In Wahrheit half ihm die botanische Begeisterung dabei, die Gedanken von der Scheidung und von Annukkas dezent erteiltem Korb fernzuhalten.

Und dabei hatte die Romanze am Anfang solche Funken gesprüht! Wie auch immer, Kuhala verspürte wenig Lust, das Ende der Beziehung auf seine Kappe zu nehmen, geschweige denn, seine Fehler aufzulisten. Diese Art von Wiederkäuen tat dem beginnenden Arbeitstag nicht gut.

Er richtete sich in voller Länge auf und goss sich Kaffee ein. Am straßenseitigen Oberlicht eilte ein schön geformtes Beinpaar vorbei.

Kuhala drehte sich zur Tür, in der Hoffnung, die Besitzerin der Beine würde bei ihm einbiegen. Er stellte seine persönliche Tasse neben das Pflanzenbuch und versicherte sich noch einmal, dass der einzige Auftrag dieses Tages für fünfzehn Uhr eingetragen war. Es ging um einen Werkzeugdiebstahl auf einer Reihenhausbaustelle in der Nähe der alten Brücke über den Äijälänjoki. Als er den Auftrag angenommen hatte, wäre ihm am Telefon fast die Frage herausgerutscht, warum schnorchelt ihr nicht selbst nach euren Schraubenziehern, aber der trockene Ton und die Kühle der Worte am anderen Ende der Leitung hatten ihn dann doch an der Effizienz einer auflockernden Bemerkung zweifeln lassen – und so hatte er sie verschluckt.

Sein Wunsch wurde erhört, die Besitzerin des Beinpaars stand bereits in der Tür. Kuhala beeilte sich, den Kundenstuhl zu holen. Die Frau trug einen modischen Herbstmantel und einen mit dessen Farbton harmonierenden Schal.

Sie war um die fünfzig, brünett und auf eine Art schön, die den Privatdetektiv durchaus ansprach. In den regelmäßigen Gesichtszügen war ein schwer zu bestimmender Eigensinn erkennbar, den man eventuell als Beweis für einen starken Charakter deuten konnte, aber da Kuhala in letzter Zeit auf so viele Frauen mit starkem Charakter gestoßen war, bis hin zu seiner Vermieterin in der Hannikaisenkatu, beschloss er, sich von seinen Eindrücken nicht provozieren zu lassen.

Und konnte so ein Eigensinn nicht auch Charakterschwäche bedeuten? Den Versuch, aus dem inneren Chaos eine Landschaft zu gestalten?

Innerhalb einer halben Minute hatte er der Frau aus dem Mantel geholfen und ihr eine Tasse Kaffee hingestellt. Sie gaben sich die Hand. Die Frau nannte sich Nadja Puro und warf Kuhala über den Tisch hinweg ein Lächeln zu, das ihn zwang, halb achtlos zum Pflanzenbuch zu greifen und es in der Schreibtischschublade verschwinden zu lassen.

Es war ein wunderbares Lächeln, ein echter Klassiker, und hatte nicht vor dem Spiegel geübt werden müssen. Allein das Nachglühen ließ Kuhala lange schnurren.

Der Arbeitgeber der Frau war verschwunden, der Juwelier und Goldschmied Rurik Krassi. Kuhala erinnerte sich, aus der Reklamebeilage für dessen Geschäft mehrfach eine Tüte für den Bioabfall gefaltet zu haben. Er fragte, wann die Frau ihren Chef zuletzt gesehen hatte.

»Letzten Freitag.«

»Und jetzt haben wir Dienstag.«

»Er hätte schon gestern wegen eines wichtigen Kundentermins ins Geschäft kommen sollen, und außerdem ist das nicht seine Art. Überhaupt nicht. Er meldet sich nicht am Telefon, ich habe sogar an seiner Wohnungstür in der Kauppakatu geklingelt, aber vergebens.«

»Und die Polizei? Haben Sie …«

Die Frau sagte, ihr Arbeitgeber wäre vielleicht nicht sonderlich daran interessiert, die Polizei in seine Angelegenheiten hineinzuziehen. Das war etwas sorglos vom Stapel gelassen, es wurde von einem Lächeln eskortiert, das sich dadurch etwas zu früh als gezielt eingesetzte Waffe entlarvte. Im Wartezimmer lehnten sich die Geckos neugierig an die Scheibe und verdrehten die Köpfe, als versuchten sie, ihr Herrchen an die Zwischenmahlzeit zu erinnern.

»Ist er krank?«

»Das Herz macht manchmal Schwierigkeiten. Er ist operiert worden.«

»Für den Fall, dass Ihr Chef einen Herzanfall erlitten haben sollte, glaube ich, wir sollten Leute von der Gesundheitsfürsorge verständigen. Es muss im Haus einen Generalschlüssel geben, es wäre nicht das erste Mal …«

»Ich habe das Gefühl, dass Rurik keine ungebetenen Gäste haben will.«

»Nehmen Sie es mir nicht übel, aber falls er bewegungsunfähig in seiner Wohnung liegt, ist ihm wahrscheinlich jede Hilfe recht. Hoffen wir, dass nichts Unwiderrufliches passiert ist.«

Die Frau schlug die Beine übereinander und streifte dabei Kuhalas Knöchel. Ihre mysteriöse Beamtenscheu erstreckte sich auch auf Sanitäter, und allmählich schwante Kuhala, dass der Goldschmied und Juwelier Rurik Krassi als Arbeitgeber ein Verfechter der alten Hierarchie war, der auf Gehorsam pochte.

Womöglich war es in der Branche schwierig, eine neue Stelle zu finden. Da half dann auch das schönste Lächeln nichts, wenn man von Rurik dem Schrecklichen ins Gerede gebracht wurde.

Eine Viertelstunde später standen sie vor der Wohnungstür des Goldschmieds. Kuhala klingelte und schaute dann Nadja Puro an, die ihn aus nächster Nähe mit Lippenstiftduft anhauchte. Sie wirkte ängstlich, und das hallende Halbdunkel des Treppenhauses trug auf seine Weise dazu bei, die Atmosphäre zu verdichten.

Kuhala brauchte eine Minute, um Krassis Sicherheitsschlosssystem mit dem Dietrich zu öffnen. Als es knackte, packte ihn die Frau am Ärmel.

»Vielleicht ist es besser, wenn Sie vorangehen«, sagte Kuhala.

Er zog die Tür hinter sich zu. Im Flur war es still und ordentlich, nur die Zeitungen von ein paar Tagen und ein einzelner Brief raschelten unter den Füßen. Die Frau rief ihren Chef beim Namen, blickte kurz zu Kuhala hin und ging weiter. Kuhala folgte ihr. Es roch nach Möbelpolitur und Rasierwasser.

Krassi hatte seine angenehme Fünfzimmerwohnung edel eingerichtet, jedoch auf alles Protzige verzichtet. Man konnte sich leicht vorstellen, wie er in der Rauchecke des hintersten, für Bücher reservierten Zimmers über geschäftliche Angelegenheiten nachdachte, in einer mit Seide gefütterten Samtjacke, aus deren Tasche ein Zigarrenschneider ragte. Es herrschte eine Art Fünfzigerjahrestimmung, es war, als hätte die Zeit stillgestanden, auch wenn die Uhren, die der Mann verkaufte, sicherlich auf die Sekunde genau gingen.

Von der Mahagonikommode im Wohnzimmer lachte ihnen die verstorbene Ehefrau von einem Bild entgegen.

Sie setzten die Razzia in den Sanitärräumen fort. Wieder rief die Frau nach ihrem Chef. Kuhala ging kurz auf den Balkon, von wo aus man den Stadtwald sah. Niemand, nichts, nur auf dem Trimm-dich-Pfad joggte eine Schulklasse in bunten Klamotten.

»Er ist nicht hier gewesen«, sagte die Frau.

»Wo könnte man ihn sonst noch suchen?«

»Rurik hat ein Sommerhaus am See, am Puulavesi.«

»Waren Sie schon einmal dort?«

»Nein«, sagte sie und wandte sich der Küche zu.

Dort hing unter dem Gewürzregal ein gerahmtes Messtischblatt im Maßstab 1:20 000, auf dem das erwähnte Freizeitgrundstück markiert war.

Nadja Puro deutete darauf. Den goldenen Ring mit dem tiefroten Stein an ihrem Zeigefinger hatte sie wahrscheinlich zum versöhnlichen Mitarbeitertarif bekommen, und als hätte sie Kuhalas Gedanken erraten, erklärte sie, Krassi und sie hätten kein Verhältnis, das über das von Angestellter und Arbeitgeber hinausging. »Er ist ein altmodischer Mensch. Manchmal kleinlich und schroff in seiner Wortwahl, aber das stört die Zusammenarbeit nicht. Mir gefällt das Ganze nicht. Könnten Sie nicht zum Puulavesi fahren? Ich zahle, was Sie verlangen.«

Kuhala verschob den Werkzeugauftrag auf den nächsten Tag und warf die Gummistiefel in den Kofferraum, bevor er sich ans Steuer setzte. Für den Fall solcher fliegender Starts hatte er das Auto in der Vaasankatu stehen. Allerdings musste er dem Maschinenraum eine ganze Weile lang gut zureden, bevor dieser bereit war, das erste Lebenszeichen von sich zu geben, auch wenn, genau genommen, das erste Aufmucken des Motors noch kein Lebenszeichen war, sondern eher der Auftakt eines verstimmten Kugellagerwalzers. Nein, die Reisschüssel brauchte keine Totalüberholung mehr, geschweige denn, dass sie zu fliegenden Starts taugte. Am vernünftigsten wäre es, sich mit einem Schrotthändler in Verbindung zu setzen.

Woran lag das eigentlich, verdammt noch mal, dass er immer so ein Pech beim Autokauf hatte und das Schicksal ihm ständig die Zügel solcher Leiterwagen in die Hand drückte? Knappe finanzielle Mittel? Clevere Gebrauchtwagenhändler? Fehlende Kenntnisse? Und wieso prahlten so viele seiner Freunde und Bekannten mit billig erstandenen Fahrzeugen, die zweihundertfünfzigtausend auf dem Tacho hatten, aber angeblich nicht die kleinste Macke?

Mit solchen Gedanken fuhr Kuhala bis zur Ampel am Gymnasium, wobei er besorgt das Blinken der Öldruckanzeige verfolgte. Die Lichtmastreklame entlang der Straße überredete dazu, sich in den Dienst der Streitkräfte zu stellen, vor dem Reisebüro lachte ein Verrückter in Klappmesserhaltung den Himmel aus und ging dann dazu über, der nächsten Parkuhr einen Vortrag zu halten.

Nach einer halben Stunde Fahrt beruhigte sich das Motorgeräusch und klang verlässlich. Kuhala hatte von der Landkarte in der Küche eine Version für seine Zwecke abgemalt und auf den Beifahrersitz gelegt. Es herrschte wenig Verkehr, nach der üblichen Sommerraserei dehnten sich in manchen Kurven und an geraden Abschnitten, die zu Hochgeschwindigkeitsversuchen reizten, die

Abschiedsgrüße in Form von Kreuzen, verwelkten Blumen und Grablichtern weiter aus.

Bald würde jemand eine Businessidee für diesen echten Wachstumsmarkt entwickeln und folgende Artikelkombination anbieten: Erdbeeren, Räucherfisch, Kreuze aus Wacholderholz und handgeschnitzte Jesusfiguren.

Die Häuser entlang der Straße wirkten still. Der Ruf des Monats September als Stimmungsverdunkler war kein aus dem Ärmel geschütteltes Klischee, so mancher glaubte daran, und als Kuhala das Radio anschaltete, wurde dort prompt die »Herbstweise« von Evert Taube heruntergeleiert. Anschließend wählte er einen Lokalsender, wo Tapio Heinonen mit Samtstimme von toten Blättern sang.

»... die Blätter unserer Erinnerung, sie sind tot«, stimmte Kuhala ein.

Nachdem er die Hauptstraße verlassen hatte, verfuhr er sich ein bisschen und musste zweimal jemandem die Kartenskizze zeigen, bevor er den Weg zum Sommerhaus des Goldschmieds fand. Beide Auskunftgeber, ein Mann mit kariertem Hemd und Schnurrbart und ein Alter in Moleskinhosen, der sein Fahrrad schob, schienen Krassi nicht zu kennen, obwohl sie sagten, sie kämen aus der Gegend.

Rurik Krassis Toyota Rav mit Allradantrieb war am Rand einer gut planierten unasphaltierten Straße geparkt. Im Hintergrund ragte ein mit Flechten bewachsener Felshang auf, gekrönt von einem Inselchen aus Kiefern. Im Auto saß niemand, der Innenraum sah so ordentlich aus wie Krassis Wohnung in der Stadt, und soweit Kuhala etwas davon verstand, zeigte der Kilometerzähler einen Wert, der nicht einmal die Erstinspektion fällig machte. Unter einer Wolldecke, die zusammengefaltet auf dem Rücksitz lag, lugten der weiße Schirm einer Sommermütze und eine offene Tüte Pfefferminzbonbons hervor, das an der Hecktür festgeschraubte Ersatzrad war von einer Staubschicht überzogen.

Die Umgebung wirkte unbewohnt. Nur das Nachschnaufen von Kuhalas Auto brach die Stille.

Er ging den Weg neben dem Felshang hinunter. Der für seine Kleinen Maränen berühmte Puulavesi blinkte im Licht des frühen Nachmittags. Auch hier war in den Farben eine Prise Herbst.

Trotzdem hing Kuhala nicht dem verlorenen Sommer nach, denn er witterte in der Stille etwas, das ihm nicht gefiel.

Das Blockhaus des Juweliers stand in der Mitte des zum See hin abfallenden Grundstücks. Mit den kleinen Fenstern und dem Schornstein sah es aus wie die lupenreine Kulisse eines Westerns. Der Pfad, der an einer Reihe Johannisbeersträucher entsprang, schien direkt hinunter zum Saunagebäude zu führen.

Kuhala stand am Rand des Grundstücks und hielt den Gesamteindruck für so reizvoll, dass er bereit gewesen wäre, für den Rest seines Lebens hier zu wohnen.

Er sah sich schon im zarten Sommerwind Maränen mampfen, er stellte sich vor, durch kniehohen Schnee zu waten, mit der Büchse über der Schulter und einem Schneehuhnbraten im Sinn. Er schmiedete sich den alternativen Lebensentwurf innerhalb von zwei Sekunden zurecht, als wollte er beweisen, zu welchen Leistungen das menschliche Gehirn fähig ist, wie aus dessen Falten einfach so ganze Geschichten zum Vorschein kommen. Ihm fiel gar nicht ein, sich zu fragen, ob es so weit im Süden überhaupt Schneehühner gab und ob bei ihm der Saft für Tiefschneebedingungen reichte.

Das Drosselnetz bewegte sich. Kuhala fuhr zusammen,

der Traum verflog. Von Wacholderdrosseln hatte er seit seinem letzten großen Fall die Schnauze voll, manchmal zogen sie noch immer in seinen Träumen ihre Kreise.

Ein Fenster des Häuschens reflektierte das Licht ein bisschen seltsam, oder genauer gesagt reflektierte es überhaupt nicht, sondern glotzte den Ankömmling mit scharfkantiger Augenhöhle an. Kuhala sah sich gezwungen, seine Umzugspläne zu revidieren.

Die Scheibe war kaputt, die Splitter lagen im Gras. Kuhala rief durch die Fensteröffnung nach Rurik Krassi und ging dann um das Haus herum zur Veranda. Dort waren die Spuren der Zerstörung noch deutlicher zu sehen.

Jemand hatte das Mobiliar mit beiden Händen und einer solchen Raserei durch die Gegend geschleudert, dass auch das forscheste Inkassounternehmen dagegen verblasste. Die Bauernmöbel waren an den Balken zerschlagen worden, einige eventuell die nähere Umgebung darstellende Ölbilder waren auf der Eingangstreppe zertrampelt worden, und was an Kleingegenständen zur Einrichtung eines Sommerhauses gehörte, war anscheinend von Wutausbrüchen begleitet ins Gelände geflogen.

Kuhala betrachtete erschüttert die Verwüstung und beschloss, sich nicht daran zu schaffen zu machen.

Er wich den Trümmern aus und ging die Treppe hinauf. Die Tür hing nur noch am oberen Scharnier. Derjenige, der hier gewütet hatte, war trotz aller Versuche nicht in der Lage gewesen, den großen Esstisch ins Freie zu befördern, weshalb er sich damit begnügt hatte, mit der Axt große Hiebe hineinzudreschen. Der letzte Axthieb hatte die Kuckucksuhr erwischt. Der Kuckuck hatte sich das so zu Herzen genommen, dass es sich bei ihm ausgekuckuckt hatte und er schlaff aus der Luke hing.

An der Wand sah man ein hastig hingeschmiertes Horrorsymbol. Kuhala konnte es nicht interpretieren, und er wollte erst gar keine Vermutungen darüber anstellen, mit welcher Substanz das Zeichen angebracht worden war. Es zeigte einen Totenschädel, ein Kreuz und eine Girlande, so etwas wie zwei verschlungene S-Buchstaben. Irgendwie gehörte es zur modernen Sachbeschädigung dazu, dass man seinen Friedrich Wilhelm druntersetzte.

Das Foto von Hausbesitzer Rurik Krassi war mit einem Filetiermesser durchbohrt worden. Wo aber war Rurik Krassi?

Kuhala ging zum See hinunter und studierte die Absplitterungen am Pfosten der Saunaveranda. Er hatte bereits den Gedanken ausgeschlossen, der Juwelier könnte in eine Geistesstörung geraten sein und nach jahrelangem Däumchendrehen einfach seinen Gliedern ein bisschen Bewegung verschafft haben, aber es gelang ihm auch nicht, eine andere Theorie zu finden.

Und je länger er die Umgebung der Sauna untersuchte, desto offensichtlicher wurde, dass hier jemand geschossen hatte. Die kupferne Schöpfkelle, die auf den Pfad geschleudert worden war, sah aus wie Weltraumschrott, mit einem klaffenden Loch in der Mitte. Der Inhalt der Blumenampel, deren Bestandteile die Veranda übersäten, lag im Umkleideraum, wohin es ihn durchs Fenster geschleudert hatte, und auf dem Pflasterstein vor der untersten Treppenstufe waren Tropfenmuster zu erkennen, die aus getrocknetem Blut bestehen konnten.

Von Anfang an hatte das Ganze nach einer Angelegenheit für die Polizei ausgesehen, aber Kuhala beherrschte sein Verlangen, zum Telefon zu greifen, denn er hatte Nadja Puro versprochen, Krassi zu finden. Das Eintreffen der Polizei würde ihn aufs Nebengleis abschieben, und von dort aus war es immer mühsam, ein Honorar einzutreiben.

Der See beruhigte sich, auf einem Vorsprung des Felsens am Ufer ragte eine einsame Birke auf. Es lag kein Boot am Steg.

Kuhala kletterte auf einen großen Findling und sah sich um. Durch die Flachwasserzone glitt ein Haubentaucher. Sein Quäken hallte über den See. Vielleicht hatte der Vogel alles gesehen und gehört, vielleicht erzählte er Kuhala gerade, was passiert war.

Plötzlich fiel sein Blick auf die Wiese neben dem Grundstück, hinter der sich eine Wand aus Fichten erhob.

Er rannte stolpernd die letzten Meter, als würde die Hast noch etwas nützen. Dann musste er bloß noch stehen bleiben, durchatmen und die Übelkeit in seiner Kehle schlucken. »Pfui Teufel.«

Das kam ziemlich gedämpft. Er sammelte allen Mut, bevor er sich aufraffte, seinen Fund zu identifizieren.

Rurik Krassi lag nach hinten gebogen auf dem Rand einer Art Grube oder verlassener Kartoffelmiete, sein Mund stand weit offen.

Ein Stück des Stirnbeins fehlte, als wäre der Kopf explodiert. Der abgerissene Ärmel vom Flanellhemd des Juweliers hatte Kuhala an die Stelle geführt. Es sah aus wie eine Studie aus einem Schützengraben und mindestens ebenso traurig. In den Nachtstunden waren Kleinlebewesen aktiv gewesen, und der Juwelier hatte keine Chance gehabt, denn jemand hatte ihn hingerichtet.

# 3

Das Tiefdruckgebiet, das über Jyväskylä vor Anker gegangen war, sorgte in der folgenden Woche ein paarmal kurz für unbeholfenen Nieselregen, wurde dann aber vom Westwind aus dem Weg geräumt, zugunsten eines Altweibersommers, dessen Licht noch Blendkraft hatte und die Temperatur fast auf Hitzewerte hochschraubte.

Da mussten Sandalen und Shorts wieder ausgegraben werden, die Kneipenwirte verschoben zufrieden die Einlagerung ihres Terrassenmobiliars. Die Alkoholiker kamen zurück und bevölkerten erneut die Plätze mit den Springbrunnen und die lauschigen Ecken in den Parks, von wo den Bürgern dann wieder das Klirren von Flaschen und spöttisches Lachen in die Ohren drangen.

Beide Zeitungen, die Mittelfinnische und die Savoer Nachrichten, schrieben groß über den Mord an Rurik Krassi, und der ein oder andere Journalist schwang sich beim Schildern der brutalen Tat am Puulavesi zu fast schon belletristischen Formulierungen auf.

Kuhala hatte sich bei der Vernehmung durch den Kommissar aus Mikkeli, der die Ermittlungen leitete, den Mund fusselig geredet. Der Mann hatte von Geburt an einen harten Charakter und war, was seine Ermittlereigenschaften betraf, vielleicht sogar talentiert. Er ließ Kuhala nicht so leicht davonkommen. Hinter seinen straff gezogenen Sätzen steckte eine Idee, aus der Kuhala beim besten Willen nicht schlau wurde. Am Ende hatte er das Gefühl, dass es den Mann bloß juckte, einen glanzvollen Posten bei der Polizei im Großraum Helsinki zu ergattern.

Diese Erkenntnis schwächte Kuhalas Kooperationsbereitschaft erheblich, nicht zuletzt, weil Annukka Maaheimo ihn aus dem gleichen Grund verlassen hatte. Er begnügte sich damit, zu wiederholen, was er schon gesagt hatte, und dies wiederum stellte die Selbstbeherrschung des Kommissars auf die Probe.

Er war der Meinung, Kuhala sei zu lange auf Krassis Grundstück herumgeturnt. Es stand auf der Kippe, ob die ganze Angelegenheit wegen des Vernichtens von Beweisen nicht noch kompliziert für ihn würde.

Am Mittwoch, dem zwölften September, schickte Kuhala an Nadja Puro eine Rechnung mit Kilometergeld und Erschütterungszuschlag. Es war offensichtlich, dass die Frau, trotz allem, was sie sagte, enger mit Krassi zusammengearbeitet hatte. Wenn später das Testament verlesen würde, könnte Nadja Puro gut und gern auf ihre Kosten kommen.

Der Mord am Juwelier war aber trotzdem nicht Kuhalas Sorge.

Die Klappe des Briefschlitzes klimperte metallisch, und die mit dem Geckologo versehene Rechnung des Privatdetektivs fiel ins Dunkel von Nadja Puros Wohnung. Kuhala drehte sich um, setzte die Sonnenbrille auf und machte sich ohne Eile, wie es seinem Stil entsprach, auf den Weg in Richtung Unterstadt. Sein Schritt bewegte sich zwischen fest und stapfend, aber er führte voran. Ein Außenstehender hätte bei dem Stil den Eindruck gewinnen können, dass da ein Mann geht, der die Koordinaten seines Lebens gefunden hat.

Kuhala kaufte im Sommerschlussverkauf ein Bündel Unterhosen und machte einen Bogen um den Straßenmusiker mit Gitarre, den er nach und nach zu hassen gelernt hatte, weil der Mann immer an derselben Straßenecke stand, weil er so seelenlos phrasierte wie ein abgefahrener Bremsbelag und weil er in den oberen Registern die Stimme schwingen ließ, als hätte man ihm das Resonanzrohr eines Vibrafons in den Hals gesteckt. Zu allem Überfluss benutzte er einen Verstärker.

Wie auf Bestellung kam Seppo Leikari aus der Tür des Lokals »Jyväshovi« und blickte sich nach rechts und links um, während er die Ärmel aufkrempelte. Der Mann war gut und gern so groß wie Kuhala, aber mindestens zehn Kilo schwerer, seine Gebärden spiegelten ein umstandsloses Verhältnis zur Mechanik des Alltags wider, ein Kater stanzte ihm rote Placken ins gebräunte Gesicht.

Über Straßen und Dächern flimmerte die warme Luft. Kuhala wich einer alten Frau aus, die das Gesicht zur Sonne reckte.

Wenig später saß Leikari auf einem blauen Terrassenstuhl vor dem »Old Bricks« und kippte eine Bierration.

Kuhala setzte sich an denselben Tisch, obwohl auch anderswo noch Platz war. Der Mann sah ihn schief an und trank weiter. Dann stellte er das Glas ab und zündete sich eine Zigarette an, wobei sein Blick nach vorübersegelnden Rocksäumen Ausschau hielt. Im Windhauch des Altweibersommers ballte sich etwas Bedrohliches zusammen, und Kuhala tat es ein bisschen leid, dass es überhaupt nicht nachließ, auch wenn vor ihnen ein grellbuntes Zirkusbähnchen mit acht Wagen durch die Fußgängerzone rumpelte, auf dessen gesteppten Sitzen Kinder Faxen machten. Leikari ließ sich von der Lebensfreude der Vorschulkinder nicht anstecken, sondern starrte sie mürrisch an.

Dabei trank und rauchte er und knackte mit den Gelenken des kleinen Fingers, als bereitete er sich auf eine Runde Fingerhakeln mit Kuhala vor. »Kennen wir uns? Meiner Meinung nach nicht, also setz dich an einen anderen Tisch.«

»Sofort. Ich heiße Kuhala und gehe einem Werkzeugdiebstahl auf einer Reihenhausbaustelle nach. Am Flussufer unten. Ich arbeite auf Rechnung von Muhonen, dem Bauunternehmer. Ist der Name bekannt?«

»Bist du'n Scheißbulle?«

Leikari hatte den Terminus gewählt, um zu beleidigen. Der Widerstand, der sich in seine Stimme schlich, machte sie tiefer, das Raue darin war die Heiserkeit von zwei Schachteln pro Tag. Er hielt Kuhala nicht ernsthaft für einen Polizisten, denn so einen witterte er auf mehrere Kilometer Entfernung, und genau deshalb entschied er sich für die schmähende Note.

Kuhala nannte seinen Beruf. »Ich gehe der Sache nach. Da sind Sachen im Wert von zwanzigtausend Euro geklaut worden. Verschiedene Nagelpistolen, zwei Paneelsägen der schweren Kategorie, ein Schlagbohrer, ein Winkelschleifer, ein Fliesenschneider. Schwer, sich an jedes Einzelne zu erinnern, aber ich habe eine Liste. Zusammen entspricht der Wert einem Familienauto. Du hast für den besagten Bauunternehmer im Frühjahr in Savonlinna und Mikkeli Elektrikerarbeiten gemacht, dann aber wegen Unklarheiten aufgehört. Jetzt schmeißt du hier in Jyväskylä dein Geld raus. Daran ist nichts auszusetzen, aber du hast schon mal solche Dinger gedreht, die ganzen Neunzigerjahre über. Werkzeuge. Hast sogar gesessen deswegen, zuletzt achteinhalb Monate, und in der Branche nennen sie dich ›Flachkopf‹. Ich muss zugeben, dass ich mich ein bisschen zurückhalten musste, als ich gehört habe, dass du in der Gegend bist. Also, was sagst du?«

Kuhala richtete einen neugierigen Blick auf Leikari und stützte die Ellbogen auf den Tisch, als hätte er gerade von seinen Urlaubserlebnissen erzählt.

»Swetlana!«

Leikari hob die Hand, worauf die auf den Bizeps tätowierte Meerjungfrau mit der Flosse wedelte und die Frau, die an der Terrassenbegrenzung vorbeiging, stehen blieb. In gewisser Hinsicht ähnelte sie mit ihrem roten Lederrock, der mit Ach und Krach bis zur Mitte der Oberschenkel reichte, und dem Stoffstreifen, der als Oberteil diente und mit seinem Glitzern in den Augen wehtat, ziemlich der Flossenwedlerin.

Sie trippelte zwischen den Tischen hindurch auf Leikari zu, sie hatte sich verspätet, weil das leichte Morgen-Make-up seine Zeit gebraucht hatte. Im Hufschlag ihrer Pfennigabsätze klang der Takt der käuflichen Liebe mit.

Leikari nahm die Frau in seine großen Arme und lächelte Kuhala an. Es war ein nikotingelbes Wundnahtlächeln, umrahmt von bläulichen Lippen. Leikari hielt sich allem Anschein nach für die moderne Version des zünftigen Gesellen oder so etwas. »Der unbekannte Typ hier hat sich an meinen Tisch gesetzt und beschuldigt mich als Kriminellen.«

Die Frau taxierte Kuhala und gab Leikari dann zum Trost ein Küsschen auf die Wange. »Mein Mann ist kein Bandit.«

Leikaris Gesicht hüllte sich in Rauch, und die Kiefer erzitterten. Er gab zu verstehen, dass er sich von grundlosem Scheißgerede nie den Morgen verderben ließ, auch jetzt nicht. Es sah aus, als hätte er vor, Kuhala zum Prügeln in den Hinterhof zu bitten. »Hast du Beweise? Lass mich antworten. Du hast keine. Kannst du dich jetzt vielleicht verziehen?«

Die Frau löste sich aus Leikaris Arm und setzte sich zwischen die beiden Männer. Womöglich verstand sie nicht annähernd alle Feinheiten der finnischen Sprache, aber sie witterte die Gefahr. Und irgendwie hatte Kuhala das Gefühl, dass ihr das gefiel: Der Sieger bekommt Swetlana.

Kuhala zog fünf Fotos heraus, auf denen Leikari Metallkisten aus dem Kofferraum eines Pkws in einen alten Lieferwagen umlud.

Auf den Bildern trug er ein Hemd mit demselben Schnitt wie jetzt, das Gewicht der Kisten hatte für dunkle Flecken unter seinen Achseln gesorgt. Auf dem dritten Foto war der Name des Unternehmers von der Baustelle am Äijälänjoki zu erkennen: »Baufirma Muhonen«. Das Schild war an einer der Kisten festgenietet. Kuhala legte den Zeigefinger auf die Buchstaben und las den Namen laut vor, für den Fall, dass sich sein Gegenüber nichts aus Einzelheiten machte. »Siehst du. Ich hab die Bilder vor einiger Zeit auf dem Parkplatz von ›Primus‹ gemacht. Es ist leichtsinnig von dir, gestohlene Sachen durch die Gegend zu tragen, wenn der Name des Eigentümers draufsteht. Am helllichten Tag.«

»Verdammter Schnüffler.«

»Gehört zum Job.«

»Die beweisen einen Scheißdreck. Sweta, ein Bier.«

»Die beweisen genug, dass die Polizei und die Justiz wieder mal mit einer dummen Geschichte belastet werden müssen.«

Swetlana jonglierte auf den Eingangsstufen mit Bierglas und Kaffeetasse. Auch ohne beides kam man in der engen Rüstung nur wacklig voran, unter dem Rocksaum sah man Leikaris Bissspur auf dem Oberschenkel. Tatsächlich polierte sich der Mann auch gerade den Eckzahn mit einem Streichholz, als würde er über den nächsten Zug nachdenken. Swetlanas Mitbringsel landeten klingend auf dem Tisch, und Kuhalas Aufmerksamkeit ließ so weit nach, dass er nicht einmal zucken konnte, als Leikari ihm die Bilder wegschnappte, sie durchriss und noch einmal durchriss und die Schnipsel in der Faust zu einer Kugel knüllte, die in Swetlanas Kaffee landete. Etwas von dem Getränk schwappte auf den Tisch.

Der Mann musste wissen, dass Kuhala die Negative hatte. Die Geste war verächtlich und deutete auf fehlende Verhandlungsbereitschaft hin, vielleicht auch auf Nerven, die vom Kater strapaziert waren. »Die Kästen gehören mir, und was drin ist, auch.«

»Die Bilder wiederum sind meine.«

Kuhala lächelte. Die Frau fischte die Kugel aus der Tasse und fluchte zischelnd, weil der glühend heiße Klumpen nicht auf dem Löffel blieb, sondern auf den Rock kullerte. Gespickt von solch kleinen Ungeschicklichkeiten, wollte der Zwischenfall außer Kontrolle geraten, und Kuhalas Lächeln war nicht dazu angetan, wieder Frieden am Tisch einkehren zu lassen.

Leikari packte Kuhalas Handgelenk und drehte es um. Der Griff war der Leistungsnachweis eines großen Mannes, der sein Leben lang körperlich gearbeitet und in der Muckibude von Gefängnissen geschwitzt hatte. Die Frau wischte sich die Kaffeeflecken vom Rock, auf der gegenüberliegenden Terrasse des »Hemingway« starrten die Leute herüber.

»Ich hab die Kisten in Savonlinna gekauft. Da kannst du die Arschlöcher vom Äijälänjoki fragen. Einer von Muhonens Spezis hat sie verkauft, irgendein Rantanen oder so ähnlich. Das war, bevor wir das Missverständnis hatten. Wenn du noch einmal an meinen Tisch kommst und mich schief anredest, dann kannst du gleich das ›Vaterunser‹ beten gehen …«

Kuhala hielt der Zange des Mannes stand, so gut er konnte, und ließ sein Lächeln nicht erlahmen. Er war allerdings beunruhigt und bereit einzugestehen, dass er die falsche Taktik und den falschen Ort gewählt hatte. Allerdings war er nur bereit, es sich selbst einzugestehen.

Das Drehen und die ständig steigenden Temperaturen ließen die Gesichter der Männer erröten. Leikari schien entschlossen, für den Titel des Alphatiers viel aufs Spiel zu setzen.

Er hatte den Charakter eines jähzornigen Messerstechers, der auf den zertrampelten Schlachtfeldern des Überlebenskampfs mit Sicherheit immer nur bissiger geworden war. Aber Kuhala hatte inzwischen schon so viel von der Fahne des Mannes eingeatmet, dass er nicht mehr zum Versteher taugte, sondern die freie Hand ausstreckte und kräftig nach den Eiern seines Gegners griff. Aufgrund der zurückliegenden Nacht waren sie noch empfindlich und konnten Berührungen nicht vertragen.

Es ertönte ein Aufschrei, der Tisch wackelte, und Swetlana konnte im letzten Moment gerade noch Kaffeetasse und Bierglas retten.

»Wer lässt zuerst los? Du bist nicht besonders clever«, predigte Kuhala. »Aber wenn du jetzt aufhörst, erzähle ich dir, wie wir weiter verfahren. Ansonsten kannst du demnächst für die Drei Tenöre einspringen.«

Leikaris Gesichtsfarbe hatte längst das Rot von Swetlanas Lederrock überholt und spielte bereits ins Bläuliche. In den Mundwinkeln bildeten sich Schaumbläschen. Er ließ Kuhalas Handgelenk frei, Kuhala die Eier.

»Wir gucken uns die Kisten an. Wenn nur dein persönlicher Besitz drin ist, komme ich für die Kosten auf. Außerdem musst du beweisen, dass du die Kisten gekauft hast. Sollten Werkzeuge von der Baustelle drin sein, bringen wir sie zurück, und du kommst ohne rostige Gitter aus der Sache raus, wenn du dich mit deinem ehemaligen Arbeitgeber zu dessen Bedingungen einigst. Ich weiß nicht, welche das sind, aber ich glaube nicht, dass es mit einer Bitte um Entschuldigung getan sein wird.«

»Ich hab die Kisten nicht mehr.«

»Gerade eben waren sie noch dein Eigentum. Samt Inhalt. Schade aber auch. Wem soll man da jetzt glauben?«

Leikari bewegte mit schmerzverzerrtem Gesicht die Beine. Swetlana wirkte von dem Scharmützel nicht sonderlich schockiert, sie war männliche Raufereien gewohnt und warf Kuhala, dem diesmaligen Punktsieger, einen vieldeutigen Blick zu.

»Ich hab die Kisten verkauft«, sagte Leikari.

»Wem?«

»Das ist über einen Vermittler gegangen, an die kommt man nicht mehr ran.«

»Du mit deinem verdammten Geschwätz. Was für ein Intelligenzbolzen dealt mit Werkzeugkisten? Und wieso kannst du sie überhaupt verkaufen, wenn du damit seit Frühjahr deinen Krempel transportierst?«

»Reg dich nicht auf. Ich versuch, den Typen zu erreichen. Gib mir bis zum Nachmittag Zeit. Zwei, drei ... vier Stunden.«

»In der Zeit schaffst du es bis Mexiko.«

»Da muss ich gar nicht hin. Der Punkt ist der, dass ich die Wahrheit sage.«

Leikari lehnte sich zurück und breitete die Arme aus, als hätte er etwas im Hinblick auf sein Problem Entscheidendes gesagt. Vielleicht log er zum ersten Mal in seinem Leben, indem er die Wahrheit sagte, vielleicht schaukelte er auf seinem Stuhl, weil er selbst über seine Worte erschrak. Kuhala hatte Lust, etwas Starkes zu bestellen, sein Handgelenk tat weh.

Swetlana hatte das Interesse am Wortwechsel der Männer verloren und korrigierte mithilfe eines Spiegels ihr Make-up.

Leikari gehörte zur niedrigen, ziemlich schwach begabten Mittelkaste der Unterwelt. Einkünfte kamen stoßweise und nur unter harter Anstrengung, aber wenn es mal eine Bescherung gab, dann wurde der Tisch festlich gedeckt. Und jetzt war er mit dem Erlös von Elektrohobeln und Bandschleifern gedeckt worden. Für manche war so etwas die beste Lebenseinstellung, für andere zeugte die darin verborgene Romantik von Kühnheit, aber für Kuhala war das Ganze ein Sprung ins Ungewisse, auf dessen Grund ein halbes Dutzend angespitzte Bambusspeere wartete.

Er gab dem Werkzeugdieb zwei Stunden Zeit. »Danach hetze ich dir die Polizei auf den Hals. Und wenn du versuchst abzuhauen, schnappen sie dich spätestens auf der grauen Landstraße bei Hartola. Hier ist meine Nummer. Ruf mich um zwölf Uhr dreißig an.«

Leikari stand auf und zog eine Grimasse. Die Tatsache, dass alles vor den Augen einer Frau stattfand, schien seinen Teint zusätzlich auszubleichen. Die demütigende Katerkompensierung würde das Selbstwertgefühl des Mannes bis weit in den Herbst hinein auf die Probe stellen. Er kam nicht mal auf die Idee, Swetlana zu bitten, mit ihm zu kommen, sondern schlug mit verzagten Schritten den Weg zum Hotel ein.

Kuhala packte ihn über den Zaun hinweg am Ärmel. »Eins noch. Die Wahrheit ist, dass du das Werkzeug geklaut hast. Eine andere Erklärung kommt gar nicht in die Tüte. Die Frage ist nur, wie Muhonen sein Eigentum zurückbekommt, und zwar ein bisschen plötzlich.«

Die andere Wahrheit, die Kuhala für sich behielt, lautete, dass auf Muhonens Baustellen im Laufe des Frühlings und Sommers schon zu viele unbefugte Besucher gewesen waren. Der Schwund war von beträchtlicher Größenordnung, und weil es trotzdem nicht nach einem organisierten Vorgehen aussah, sondern nach Unterschlagungen à la Leikari, legte die Polizei beim Aufklären der Vorfälle keinen übertriebenen Eifer an den Tag.

Darum hatte Muhonen Kuhala engagiert.

Leikari nickte zu den Bedingungen und wäre fast von dem Clownbähnchen überfahren worden. Es steckte noch so viel Mumm in ihm, dass er dem hintersten Wagen einen Tritt verpasste. Kurz darauf verschwand er im pulsierenden Strom der Fußgängerzone. Es sah nicht so aus, als hätte er für den Akkordeonspieler, der mit seinem eine Gallone fassenden Geldhut zwischen der Apotheke und dem Lokal »Polsu« zum Beutemachen in Stellung gegangen war, die Schnüre seines Geldbeutels geöffnet.

»Er ist ein guter Mann«, sagte Swetlana und starrte auf die matschige Fotokugel, die in ihrem Kaffee geschwommen und die sie zum Trocknen auf den Tisch gelegt hatte, als könnte man sie restaurieren.

Sie ließ unerwähnt, auf welchem Sektor Leikaris Potenzial so viel Lob wert war, auch ihr Tonfall klang nicht aufrichtig. »Aber er hat ein verrücktes Temperament, und dann überlegt er nicht, was er tut. Er ist so finnisch. Ich komme aus Petrosawodsk, und dort sind die Männer auf andere Weise warm, auf andere Weise klug, auf andere Weise aus der Erde gewachsen.«

»Wenn nicht vom Baum gefallen.«

»In der Beziehung sind alle Männer gleich.«

Das vom Schminkspiegel reflektierte Licht blinkte im Fenster des »Old Bricks« auf.

Kuhala war nicht sicher, ob Swetlana bedauerte, als Kunden nur solche Trottel wie den Flachkopf zu bekommen, oder ob sie einfach die Angewohnheit hatte, als Quittung für die nächtliche Arbeit ein paar Sätze Charakteranalyse in die Luft zu werfen.

Oder war sie gerade dabei, sich einen neuen Kunden zu angeln?

Kuhala räusperte sich, das Handgelenk schmerzte mittlerweile dermaßen, dass er befürchtete, es sich verstaucht zu haben. »Ich muss weiter.«

Er lächelte zum Abschied und schlängelte sich zwischen den Tischen hindurch auf die Straße, wobei er überlegte, wozu er aus seiner Heimaterde in Havuvaara herangewachsen war. Zum Terrassentischrandalierer? Zum geschiedenen Mann? Zum Privatdetektiv, dessen Know-how mit Müh und Not ausreichte, um zwei Geckos durchzubringen?

»Du bist ein süßer Mann«, rief ihm Swetlana hinterher und hielt Kuhalas Sonderangebotsunterhosen in die Luft.

Das sexy straffe Bündel war während der Auseinandersetzung auf den Boden und zwischen die Füße geraten, und als Kuhala es genauer in Augenschein nahm, sah er, dass die Wäschestücke schlimmere Verschleißspuren zeigten als sein gesamter alter Vorrat.

## 4

Leikari hatte die morgendliche Rempelei so ernst genommen, dass er tatsächlich vor Ablauf des Ultimatums anrief. Zwei Minuten vorher. Seine Stimme schien von einem anderen Stern zu kommen, aber womöglich pfiff einfach der Akku seines Handys auf dem letzten Loch.

Kuhala hatte die Füße auf den Tisch gelegt und mampfte eine Melone. Er wollte wissen, von wo Leikari anrief. »Oder eigentlich ist es egal. Besonders weit weg kannst du nicht sein. Machen wir es so, dass du den Schrott bis zum letzten Sechskantschlüssel zusammenpackst und zur alten Äijäläbrücke fährst. Da klären wie das Ganze dann zusammen mit Muhonen. Hoffen wir, dass er auf der Baustelle ist.«

Man hörte ein Knurren. Vielleicht war es ein Fluch. Oder ein erstickter Hustenanfall; Flachkopf stand bis zur Gürtellinie im Sumpfgebiet seiner Probleme. Er hatte eine zu knappe Bedenkzeit bekommen, und das brachte ihn zum Husten. Kuhala spuckte die Kerne in einen leeren Blumentopf.

Leikari hielt Kuhalas Vorschlag für unfair. Er äußerte die Vermutung, der Vorschlag stamme »aus dem Arsch«, und sagte, so leicht ginge er nicht in die Falle. »Woher soll ich wissen, dass da nicht die Bullen auf mich warten?«

»Verlass dich auf mein Wort.«

»Das kann ich nicht.«

»Du hast keine Alternative.«

»Wenn du anfängst, mir zu drohen, bist du bald einen Kopf kürzer.«

»Wer droht hier wem?«, fragte Kuhala.

Leikari schnaubte ins Telefon. Er klang nervös, als er sagte, er bekäme die Sachen auf keinen Fall in seinen alten Volvo rein, und schlug Kuhala einen Kompromiss vor.

»Du hilfst mir beim Transport. Wir fahren dann zusammen zur Brücke.«

Das Pulver, das er beim Verhandeln verschoss, schwächte die Leistungsfähigkeit seines Handyakkus noch mehr, weshalb die letzten Worte der Wegbeschreibung wie aus dem Keller kamen. Kuhala legte den Rest der Melone ins unterste Fach seines Bürokühlschranks, wusch sich unter den Armen und staffierte sich mit einem Sommerhemd aus. In dessen Bildmotiven steckte karibische Stimmung, es war im Fernen Osten hergestellt worden, und die Kartoffelsackfasson, die es nach einer Wäsche angenommen hatte, sagte auch demjenigen, der sich in der Branche nicht auskannte, dass es vom Wühltisch einer finnischen Billigkette stammte, für weniger als fünf Euro.

Er fuhr bis zur Kreuzung Puistokatu und dachte über die Details der Rechnung für Muhonen nach. Die Gesamtsumme könnte durchaus reichlich ausfallen, denn in Spekulantenkreisen war Reichlichkeit eine Tugend, und die zu bezahlenden Rechnungen beliefen sich ohnehin auf mehrstellige Ziffernfolgen. Außerdem hatte Kuhala seinem Sohn Tatu versprochen, ihn in seinem spartanischen Studentendasein immer dann zu unterstützen, wenn er es konnte. Die letzte Überweisung lag so lange zurück, dass sich Kuhala gar nicht mehr daran erinnern konnte. Die Ampel sprang um, Kuhala rundete Muhonens Rechnung auf zweitausend Euro auf, mit Schmerzzulage, weil ihm bei der kleinsten Bewegung das Handgelenk wehtat und er wahrscheinlich gleich schwere Kisten tragen musste.

Am Fuß des steilsten Anstiegs der alten Vaajakoskentie bog er rechts ab. Auf dem Schild stand »Freilichtmuseum Arbeiterwohnstatt«. Er war noch nie dort gewesen, hatte sich aber bei Fahrten nach Vaajakoski oft gefragt, was für ein Kulturdenkmal sich dort im Schutz des Waldes wohl verbergen mochte.

Die Straße wurde schlecht, der Verkehr staute sich nicht. Kuhala wich den Schlaglöchern in der unasphaltierten Fahrbahn aus und vermutete, dass der letzte Museumsbesucher schon vor geraumer Zeit hier gewesen sein musste.

Über dem Grundstück flimmerte die Atmosphäre der Verlassenheit, die Hütte war rot und machte sogar einen gemütlichen Eindruck, aber wegen fehlender Mittel war sie in schlechten Zustand geraten. An der Tür hing ein Vorhängeschloss, Öffnungszeiten gab es nicht. Wenn man hinein wollte, musste man bei der Kulturabteilung des Landratsamtes anrufen, dann bekam man eine Führung.

Der untere Teil des Zettels an der Türscheibe war im schrägen Sommerregen aufgeweicht und unleserlich geworden. Kuhala aß eine Handvoll wässriger Himbeeren von der Hecke und lauschte dem Duett zweier Arbeiterkrähen auf dem Dachfirst.

Hatte Leikari ihn aus Rache hierhergelotst, oder waren bei der Wegbeschreibung ganze Sätze ausgefallen, wegen versiegender Akkuladung?

Ein Volvo war nirgendwo zu sehen. Kuhala ging an den Zaun und spähte in das angrenzende Wäldchen, in das Leute, verärgert über die diffusen Öffnungszeiten, einen ganzen Haufen Müll geschleudert hatten. Er wählte Flachkopfs Nummer. Niemand meldete sich.

Die Krähen trippelten auf dem Dach umher und sperrten die Schnäbel auf. Die eine war groß und sah mit ihren gerupften Flügeln aus wie der Totengräber eines Einöddorfs, die andere war kleiner und geschmeidiger, eher der Typ Revisor, aber ebenso scharf aufs Krächzen.

Kuhala blieb vor der Tür stehen. Die Krähen verstummten, als er zum zweiten Mal Leikari anrief. Jetzt hörte man auch eine Antwort, aber nur in Form des Klingeltons, der irgendwo in der näheren Umgebung seinen Ursprung hatte.

Verwundert schaute Kuhala auf sein Telefon. Es gab zwei verschiedene Töne von sich, bis er kapierte, dass dies gar nicht möglich war. Außerdem war sein Klingelton ein gewöhnliches Piepen, während auf dem Grundstück ein digital verhunzter Mozart dudelte.

Leikaris Handy war in die Himbeerhecke des musealen Arbeiterhäuschens gefallen, dabei hatte es Dellen abbekommen, aber nicht so schlimm, dass es nicht mehr funktionierte oder dass man es gar hätte wegschmeißen müssen. Die Sololäufe von Herrn Flachkopf schienen absolut keinen Sinn zu ergeben.

Kuhala steckte beide Handys ein und trat auf die Eingangsstufe des Häuschens.

Sein Schritt war der eines fast hundert Kilo schweren Mannes, das Holz stöhnte auf. Kuhala musste den Platz wechseln, und dabei fiel sein Blick ins Innere der Wohnstatt. Sie war karg eingerichtet. Nur ein Esstisch, darauf eine Ausgabe von »Der Wille des Volkes«, die darauf wartete, gelesen zu werden, Stühle und Herd, auf dessen Rand häusliche Gebrauchsgegenstände kauerten. Die Decke auf dem Bett in der Ecke war aus von der Sonne gebleichtem hellem Stoff. Die Proletarierpuppe, die zum Mittagsschläfchen unter die Decke gesteckt worden war, sah so lebendig aus, dass Kuhala zusammenfuhr.

Er drückte die Nase gegen die Scheibe, das Vorhängeschloss, das zur Tarnung an der Tür hing, fiel zu Boden und rollte die Stufen hinunter in die Himbeerhecke. Da sich der ursprüngliche Zweck der Anreise nicht zu erfüllen schien und er nun so billig ins Museum kam, beschloss Kuhala, näher zu treten. Er öffnete die Tür und stand gleich darauf mitten in der Stube wie ein großer Arbeiter.

Es roch nach feuchten Tapeten, Hobelspänen und einem Volkeswillen, der seine Zeit ein wenig überlebt hatte, insofern als er sich bereits erfüllt hatte, denn das Volk wollte heutzutage Dinge haben wie eine serienmäßige Klimaanlage im Auto und mehr Quizsendungen im Fernsehen.

Die Arbeiterpuppe in der Ecke ließ Kuhala erneut zusammenfahren, weil sie ihm bekannt vorkam und weil sie doch nicht so lebendig aussah, sondern so tot.

Er beugte sich über Seppo Leikaris Sterbebett und hob die Decke an. Flachkopf atmete nicht mehr, die vormittägliche Katerfleckung im Gesicht hatte der Totenblässe weichen müssen. Jemand hatte dem Werkzeugdieb so gekonnt das Licht ausgeblasen, dass Kuhala die Ausführungstechnik nicht auf Anhieb erkannte.

Das war die zweite Leiche innerhalb kurzer Zeit, und auch wenn sie sauberer war als die erste, hatte Kuhala stark das Gefühl, dass er von nun an nur noch Schwierigkeiten vor sich hatte.

Leikaris Volvo war mit vollem Tempo ins Weidengestrüpp hinter einem der Nebengebäude gefahren worden. Fahrertür und Kofferraumklappe standen offen, die Kühlerhaube strahlte noch Wärme ab. Kuhala hütete sich, etwas anzufassen, und rechnete aus, dass alles vor knapp einer Stunde passiert sein musste. Der Mörder hatte das Werkzeug eingepackt und war Kuhala womöglich auf der Straße entgegengekommen, allerdings nicht auf dem letzten Wegabschnitt. Wenn man es genauer überlegte, mussten es mehrere Täter gewesen sein, denn es hatte Kraft und Einsatz verlangt, Flachkopf ins Museumsbett zu bugsieren.

Er wischte seine Fingerabdrücke von Leikaris Handy ab und legte es in die Himbeerhecke zurück. Das Vorhängeschloss des Museums glänzte auf der Erde.

Und der Werkzeugdieb setzte seinen ewigen Schlaf fort. Durchs Fenster sah das Profil des Mannes geschrumpft und leergeblasen aus. Der Tod war nicht überraschend zu ihm gekommen. Vielleicht hatte er versucht, Geschäftspartner übers Ohr zu hauen, denen er keine so temperamentvolle Reaktion zugetraut hatte.

Kuhala saß auf der untersten Sprosse der Leiter, die an der Hauswand lehnte, und dachte kurz daran, auch seine übrigen Spuren zu verwischen. Bald würde der Herbst kommen und die Gegend noch mehr ins Vergessen geraten lassen, und der Winter würde Stille über Leikaris Mausoleum breiten.

Kuhala sehnte sich nach einer Zigarette. Berechtigte der Fund einer Leiche nicht dazu, dass man eine rauchte, obwohl man es sich abgewöhnt hatte? Er wusste, dass Flachkopf Zigaretten hatte, aber dann stellte er sich vor, wie es wäre, in den Taschen des Toten zu wühlen, und beschloss, die Polizei anzurufen.

## 5

Die erste Streife traf innerhalb von acht Minuten ein, die Leute von der Kripo kamen eine Viertelstunde später. Die Tatsache, dass aus dem Wagen an der Spitze Kriminalhauptmeister Sakari Antikainen ausstieg, brachte Kuhala zum Schlucken und zwang ihn, sich übertrieben lässig an die Museumsleiter zu lehnen. Warum hatte er bis jetzt keine Anstalten gemacht, seinen großen Traum vom Umzug auf eine einsame Insel zu verwirklichen?

Türen wurden zugeschlagen. Der Notarztwagen kam um die Kurve geschaukelt, seine blaue Flamme streifte übers Gebüsch. Die Dachkrähen flogen in zwei nahe gelegene Wipfel, als wären sie die gefiederten Einsatzleiter.

Antikainen baute sich breitbeinig mitten auf dem Gelände auf, der Bauch quoll ihm über den Gürtel. Die Farbtöne von Sakko und Hemd unterstrichen in ihrer Alltäglichkeit den Umstand, dass der Mensch zuerst mit sich selbst auf Du und Du stehen musste, dann mit dem kleinen Scheiß des Lebens und zum Schluss mit seinem Schöpfer. Antikainen verkörperte all das. Dass seine rote Krawatte mit einer Art Feengeschichte illustriert war, brachte nur zum Ausdruck, wie er zu den Märchen stand, die ihm beim Verhör erzählt wurden.

Der Kriminalhauptmeister steckte sich eine an und grinste hinter dem Qualm. Er sprach Kuhala nicht beim Namen an, sondern nannte ihn Sülzefabrikant.

Jetzt geht das los, fluchte Kuhala. Ich werde ihn nicht um eine Zigarette bitten, nein.

Antikainen kam nicht näher. »Was hast du denn diesmal für einen Mist gebaut?«

»Ich wollte ins Museum, aber das Museum war zu. Da bin ich auf den Toten gestoßen.«

»Auf den Museumswärter? Ist er an Langeweile gestorben?«

»Ihr habt sicherlich Fachleute, die das herausfinden können.«

»Unseren Fachleuten bricht eher wegen dir der Schweiß aus. Bist du nicht erst vor Kurzem am Puulavesi über einen Kadaver gestolpert?«

Sie riefen einander halbgare Schmähungen zu, als befänden sie sich bei der Leseprobe für eine Freilichttheaterfarce und nicht am Tatort eines Mordes, aber Kuhala wusste, dass er in den nächsten Minuten zu hören bekommen würde, dass er der Hauptverdächtige war. Eventuell stand ihm sogar eine Nacht in der Zelle bevor, wenn er nicht gleich seine Ausdrucksweise dämpfte.

Antikainen schlüpfte in einen Schutzanzug und eilte hinter den Männern der Spurensicherung ins Haus. »Du wartest hier. Wir brauchen dich noch.«

In seinem weißen Overall sah der Mann aus wie ein Riesenhase im Winterfell.

Das Gelände wurde mit Bändern abgesperrt, die Besatzung des zweiten Wagens nahm die Arbeit an Leikaris Volvo auf, und es dauerte nicht lange, bis ein silberner Dienst-Mercedes angefahren kam.

Ihm entstieg ein Mann, dem Antikainen in der Hierarchie kaum bis zum Knie reichte, aber Antikainen war Antikainen, und außerdem war er als Erster am Tatort gewesen.

Der Ankömmling war ein Ermittler der jungen Generation. Er trug einen braunen Herbstmantel, hatte sauber geschnittene Haare und die gleiche straff gezogene Energie im Blick wie der Kommissar aus Mikkeli. Vielleicht war er als Nachfolger von Annukka Maaheimo für Jyväskylä ausgesucht worden.

Kuhala setzte sich wieder auf die Leitersprosse, der leichte Wind wischte die Schockflecken aus seinem Gesicht.

Die Sehnsucht nach Annukka sorgte für derartige Magenkrämpfe, dass er fast in die Himbeerhecke gefallen wäre. Warum um Himmels willen hatte sie aus so nichtigen Gründen vorgeschlagen, die Beziehung zu beenden, und warum zum Teufel keilte sich dieser Gedanke jetzt in seinen Kopf? Kuhala beschloss, Annukka aufzusuchen, und wenn es seine letzte Tat auf Erden wäre.

Er wartete und fragte sich dabei, warum er die Spuren von Leikaris Volvo erst nach dem Fund der Leiche entdeckt hatte und was eigentlich mit dem Auto des Mörders war. Handelte es sich um den Lieferwagen auf dem Foto?

Er musste die Negative entwickeln, sobald er vom Polizeikarussell herunterkam, aber er wusste noch, dass auf den Bildern kein Nummernschild erkennbar war.

»Kuhala!«

Kriminalkommissar Nevakivi hatte mit seinem Kollegen aus Mikkeli die Ausbildung absolviert und ging so konzentriert an den Kern der Sache heran, dass Kuhalas und Antikainens Wortgefecht von eben zumindest Letztgenanntem nicht zur Ehre gereichte. Tatsächlich hielt sich Antikainen auch im Hintergrund und verfolgte mit geschwollenen Augenringen, wie Leikaris Leiche abtransportiert wurde.

Sie standen vor den Eingangsstufen. Nevakivi fragte, wie lange und wo überall sich Kuhala herumgetrieben hatte, bevor er die Polizei alarmierte. Kuhala beantwortete die knappen Fragesätze des Kommissars auf dem schmalen Pfad der taktischen Wahrheit. Dieser folgte der tatsächlichen Wahrheit besser als die modifizierte Wahrheit, aber die Unterschiede lagen im Bereich von Nuancen, und wenn Nevakivi nicht so jung gewesen wäre, hätte er Kuhalas Bluff durchschaut.

Kuhala berichtete, er habe in Muhonens Auftrag in einem Werkzeugdiebstahl ermittelt und über eigene Informationsquellen erfahren, wo sich Flachkopf aufhielt. Die morgendliche Begegnung auf der Terrasse erwähnte er nicht, denn nach einer alten Faustregel, die sich als tauglich erwiesen hatte, war es besser, keine Dinge zur Sprache zu bringen, die der andere nicht zur Sprache brachte.

In den zurückliegenden zwei Jahren hatte Kuhala das Gefühl gehabt, in seinem Beruf immer mehr zwischen zwei Fronten zu geraten, nämlich zwischen die Polizei und das dubiose Element, das seine Auftraggeber umwehte, und dabei war er sich keineswegs sicher, was ihm mehr zusetzte. Die Leute vom Präsidium in der Urhonkatu hatten sich im Lauf der Jahre so weit verjüngt, dass er nicht mehr mit sogenannten Kontakten prahlen konnte, und womöglich hatten sie seinen Namen rot unterstrichen, weil er den Profis schon zwei Kapitalverbrechen vor der Nase aufgeklärt hatte.

»Warum hat Leikari diesen Ort hier vorgeschlagen?«

»Vielleicht dachte er, hier stört uns keiner. Vielleicht hatte er was auf dem Herzen.«

»Das ist trotzdem ziemlich außergewöhnlich. Die Kollegen haben gerade gesagt, es wäre was aus seinem Wagen genommen und abtransportiert worden. Die Spuren deuten darauf hin.«

»Dazu kann ich nichts sagen. Das können die Werkzeuge gewesen sein, aber ebenso gut auch was anderes.«

Nevakivi blickte zur Seite. Antikainen, der an einer Ecke des Häuschens lümmelte, hatte seinen Overall ausgezogen und die Daumen in die Gürtelschlaufen geschoben. Er wippte energisch auf den Zehenspitzen, als würde er aus dem Hintergrund die gesamten Ermittlungen leiten. Auf seinem Gesicht leuchtete die schlecht beherrschte Freude darüber, Kuhala vielleicht endlich dranzukriegen.

Dieser musste nun fast Schritt für Schritt seine Verkehrswege auf dem Grundstück aufzeigen.

Als sie zum Abschluss des kleinen Spaziergangs zur Leiter zurückkamen, fand einer der Männer im Schutzanzug das Schloss und Leikaris Handy in der Himbeerhecke.

Nach den Funden wurde Nevakivi noch ernster als zuvor. Er pflückte sich eine Beere, schob sie sich in den Mund, die Verkostung war Bestandteil einer neugierigen ermittlungstechnischen Nebenlinie.

Niemand sagte, wie Leikari ums Leben gekommen war, der Notarztwagen fuhr davon. Nevakivi nahm Kuhala beiseite. Auch Antikainen konnte nun nicht mehr hören, was gesprochen wurde.

»Es geht jetzt so weiter, dass wir hier jeden Stein umdrehen, symbolisch wie konkret, und mir scheint, dass Sie uns beim Umdrehen der Steine in Ihrer Reichweite bislang noch nicht genug geholfen haben.«

Das war wie eine Wiederholung aus der Sitzung mit dem Kollegen aus Mikkeli. Laut Nevakivi sollte Kuhala auf der Stelle von der Vorstellung Abschied nehmen, wenn man Privatdetektiv spiele, dürfe man etwas verschweigen. Alles käme früher oder später doch heraus.

Der Kommissar berührte Kuhala fast, schaute aber dennoch an ihm vorbei auf die Stelle, wo die Krähen rumorten. »Also?«

Kuhala hob die Schultern und lächelte. Nevakivi lächelte zurück. Mit Sicherheit hatte er eine junge Frau und Nachwuchs, und wenn er sich am Morgen den Bart hobelte, entwarf er jedes Mal einen neuen Lagebericht darüber, was auf kurze und lange Sicht zu den Plänen seines Lebens gehörte.

Sie lächelten immer noch, der Wind wehte Nevakivis Kragen auf. »Ich halte es nicht für wünschenswert, dass Sie morgen oder übermorgen mit mir Kontakt aufnehmen wegen diverser Dinge, die Sie mir auch jetzt sagen könnten.«

Gemessen an seinem Alter stakste der Mann in Sachen Steifheit seinem Kollegen aus Mikkeli schon um das Zweifache voraus. Kuhala wollte dem kleinen Geheimbund entkommen und erklärte, er habe seine Steine umgedreht. »Dann kann ich wohl gehen?«

Nevakivi sagte nichts. Kuhala passierte Antikainen, der ermittlungstaktische Rauchkringel aus den Nasenlöchern blies.

»In der Familie von diesem Nevakivi steckt das Erbe der Groß-Finnland-Ideologie. Sein Großvater hat an der Ostfront die Iwans gepökelt. Der Enkel ist von der gleichen harten Sorte, und wenn du bei dem in die Scheiße rutschtst, spiele ich nicht den Filter.«

»Damit wäre auch diese Hoffnung dahin«, sagte Kuhala.

Er fuhr zwischen den Polizeiautos hindurch vom Grundstück, bog in Richtung Vaajakoskihügel ab und trat auf der Autobahn aufs Gas. Das Gelb in den Birken war fortgeschritten, die Seefläche des Jyväsjärvi flimmerte in den Strahlen der Altweibersonne. Nevakivis Metaphorik vom Umdrehen der Steine war plump, vielleicht stand der Mann noch im Banne seines neuen Amtes. Der einzige Stein, der bald bewegt würde, war Leikaris Grabstein.

## 6

Der Arzt gehörte zur gleichen Ende der Sechzigerjahre geborenen Generation wie Kuhalas beide neuen Kommissarbekanntschaften. Kompetenz war auch bei ihm vorhanden, aber der Mann unterschied sich insofern von den Kommissaren, als sein Glaube an die eigene Allmächtigkeit bereits im Schwinden war und dahinter bereits die säurehaltigere Spielart des Zynismus lauerte, die sich in Form von Witzen entlud.

Der Arzt studierte die Unterlagen, das Zimmer war in verschiedenen Weißtönen gestrichen. Unten auf der Straße grummelte der Verkehr, als würde jemand einen Flammenwerfer testen. Der Privatdetektiv befand sich zur turnusmäßigen Inspektion, wie er es nannte, in der Praxis. Er wusste nicht mehr, wie lange die letzte zurücklag. Vielleicht war das irgendwann während der Armeezeit gewesen, als er im Cooper-Test noch relativ leicht an die drei Kilometer herankam, während er jetzt nur noch zum Alice-Cooper-Test fähig wäre – demjenigen, bei dem man zwölf Minuten mit dem Taxi fuhr.

»Ich würde sagen, dass Sie keinen Grund zur Beunruhigung haben, aber jetzt in den Couchpolstern kleben zu bleiben wäre eine eher ungünstige Variante.«

»Das hatte ich mir auch nicht vorgestellt«, sagte Kuhala.

»Salz, Fett und zu viel Süßes in die Schranken. Geistiges mit Bedacht, und mit den Zigaretten endgültig Schluss.«

Blutdruck, Blutwerte, Cholesterin und sonstige Indices, mit denen die Vitalität der Maschinerie gemessen wurde, bewegten sich im Grenzbereich, und auch wenn seit der Topkondition Zeit vergangen war, bestand kein Anlass, den Zusammenbruch zu befürchten. Der Arzt unterstrich die Bedeutung gesunder Lebensgewohnheiten, sparte dabei allerdings an Enthusiasmus, was vermuten ließ, dass er wahrscheinlich selbst nicht allzu viel darauf gab, zumal er im selben Atemzug erklärte, man dürfe sich nicht mit Gewalt daran halten. »Man braucht Freude im Leben; Schuldgefühle gehören zum alten Eisen.«

Kuhala nickte pflichtschuldig. Verflixt, der Mann redete in seiner Privatpraxis garantiert über das hinaus, was seinem Amt unterlag.

»Wie steht es mit dem Schlaf?«

»Wechselhaft. Aber kein Problem. Ich bin kein besonders begabter Schläfer, aber auch nicht der schlechteste.«

»Und mit dem Sex?«

Kuhala war es nicht gewohnt, mit anderen Leuten über seine Sexualität zu reden, auch nicht mit dem zwanzig

Jahre jüngeren Mann, der ihm gegenübersaß. In prekären Situationen machte er gewöhnlich einen Scherz daraus. »Ich bin kein besonders begabter Liebhaber, auch nicht ganz schlecht.«

Der Arzt hörte auf, mit dem Stift zu spielen. Er spitzte die Ohren und sah aus, als wollte er sagen, er habe sich eigentlich nicht nach Kuhalas Liebhaberkünsten erkundigt. Die Antwort brachte ihn nicht einmal zum Lächeln, aber er akzeptierte sie. »Verstehe.«

Sie verabschiedeten sich mit einem Händedruck. Kuhala beschloss, die Spannung bis zum Schluss aufrechtzuerhalten, und warf auf dem Weg zur Kasse nicht einen Blick auf die Rechnung. Als hinter dem Schalter die Summe ausgerufen wurde, tastete er nach seinem Portemonnaie, verfluchte innerlich die Habgier der Ärzteschaft und wünschte sie mitsamt ihrem Gelaber über Selbstverständlichkeiten in die Flammen der Hölle. »Da ist doch nicht etwa ein Fehler passiert ...«

Die Frau lächelte Kuhala rätselhaft an.

Noch auf der Straße glühte er vor Zornesröte und befürchtete, von einer Lähmung befallen zu werden, wenn er auch nur noch ein einziges Mal einem vergleichbaren Schock ausgesetzt würde. Hundertfünfundachtzig Euro!

Die Idee eines Gesundheitschecks war langsam in Kuhala gereift, und er war nicht sicher, was ihn letztlich dazu mobilisiert hatte. Als er in den Hof seiner Detektei einbog, fasste er den Entschluss, die nächste Inspektion auf seinen hundertsten Geburtstag zu verschieben, und wenn es ihn das Leben kostete.

Der Wilde Wein leuchtete in der Herbstsonne, seine Zweige zeigten allerdings erste Anzeichen des Verblassens, unter den Blättern schnurrte gut genährt und mit glänzendem Fell der Katzenkönig des Viertels. Kuhala wusste, dass der Kater daran interessiert war, die Geckos zu killen, und hinter der Fassade der Niedlichkeit die verschiedensten Pläne ausbrütete, zum Terrarium vorzudringen.

Auf der Treppe saß die bezahlte Geliebte des verstorbenen Seppo Leikari und rauchte eine Zigarette. Kuhala war nicht sicher, ob es sich bei der Frau um eine selbstständige Unternehmerin handelte oder um eine Befehlsempfängerin von Verbrecherbanden, die ihre Tentakel inzwischen auch bis nach Jyväskylä ausstreckten. Vermutlich Letzteres. Der Kater stand auf und strich Kuhala um die Beine.

Dieser sagte der Frau Guten Tag. Sie trug eng anliegende schwarze Jeans mit breitem Schlag, spitze Stiefeletten und ein Jäckchen aus Krokodillederimitat, unter dem ein rotes T-Shirt mit großzügigem Halsausschnitt hervorblitzte. Es war eine reizvolle Garderobe im sündhaften Stil, die nicht ganz billig zu haben war.

Der Tod von Flachkopf hatte in der Zeitung gestanden. Swetlana wirkte trotzdem nicht sonderlich betrübt. Ihr Parfum zwang den Kater, schnaufende Geräusche von sich zu geben und über einen Rückzug nachzudenken. Aber er schlüpfte dann doch zwischen Kuhala und der Frau ins Wartezimmer, wo er vor dem Glaskasten der Geckos erstarrte.

Swetlana hängte ihre Jacke über den Stuhl. Die Brüste, die sich unter dem Mick-Jagger-Shirt wölbten, veranlassten Kuhala erneut dazu, über sein Sexualleben nachzudenken. Die Zunge des alternden Popstars leckte durch den Stoff hindurch an einer Brustwarze. Swetlana hieß Swetlana Susinen, ihr Händedruck war entschlossen. »Sie scheinen ein guter Mann zu sein. Ich will, dass Sie herausfinden, wer Seppo umgebracht hat. Ich zahle, ich habe Geld.«

Der Vortrag war nicht sonderlich lang, Gedenkreden wurden nicht der Mühe wert befunden.

Kuhala stopfte die Arztrechnung und die Messergebnisse in die Schreibtischschublade. Dann nahm er der Frau gegenüber Platz und fragte, ob sie etwas trinken wolle. In der Zeitung hatte nicht gestanden, wer Leikaris Leiche gefunden hatte. Kuhala fragte sich, ob Swetlana es wusste. »Die Polizei ermittelt in dem Fall, sie wird den Schuldigen bald finden. Sie sind sicher nicht hierhergekommen, weil ich ein guter Mann bin. Woher kannten Sie meinen Beruf?«, wollte Kuhala wissen.

Gleich zu Beginn in Opposition zu gehen war nicht besonders geschickt für einen Mann, der sich gerade noch wegen einer Arztrechnung entsetzt hatte und schwer mit den Einwohnern Jyväskyläs zu ringen hatte, die an die Dienstleistungen von Privatdetektiven nicht gewöhnt waren. Ihre Vorstellungen von der Branche waren durch Fiktionen und lächerliche Ansichten geprägt, weshalb sie Kuhala für einen Whisky schlürfenden Schlapphut hielten, der eine Handfeuerwaffe trug und ständig Frauen eroberte, wenn nicht auf den ersten Blick, so mit zwei schlüpfrigen Bemerkungen. Jedenfalls deutete Kuhala so die Spärlichkeit der Kundschaft, und bisweilen dachte er sogar darüber nach, ob eine Imagekampagne am Platz wäre.

Swetlana Susinen lehnte sich zurück und steckte sich eine neue Zigarette an, bevor Kuhala ihr das Rauchen verbieten oder wenigstens Feuer geben konnte. In ihrem Blick lagen eine gewisse Härte und die Art von Berechnung, die sich im Lauf der Jahre herausbildet, wenn die Männer nur noch Geldbeutel auf zwei Beinen sind. »Ich und Seppo haben uns gekannt. Das Treffen auf der Terrasse war nicht das erste. Jedes Mal, wenn er in die Stadt kam, wollte er sich mit mir amüsieren.«

»Aber ein echtes Liebespaar seid ihr trotzdem nicht gewesen.«

»Er war kein schlechter Mensch. Vielleicht nur unehrlich.«

»Hat er Ihnen von seinen Problemen erzählt?«

»Ein bisschen.«

Sie sprach ausweichend, rätselhaft, als würde sie ihr Kommen plötzlich bereuen. Die Asche ihrer Zigarette streifte sie in einem Pappbecher ab, den ihr Kuhala reichte. »Er hat mir den Pass und Bargeld gestohlen, das ich immer bei mir habe. Und dann hat man ihn umgebracht. Wenn Sie den Schuldigen finden, taucht vielleicht auch mein Pass auf.«

»Was ist an dem Pass so besonders, dass man keinen neuen beantragen kann?«

Swetlana schlug die Beine übereinander, eine Schuhspitze tickte gegen das Tischfurnier. Sie drehte die Zigarette zwischen ihren scharf gefeilten Nägeln, als wollte sie Zeit gewinnen, um zu entscheiden, ob sie die ganze Wahrheit ausspucken sollte. »Ich bekomme schon einen neuen, auch wenn das nicht so einfach ist …«

»Und …«

»Mein Kundenbuch und einige Notizen sind auch weg.«

»Aha. Das ändert natürlich alles. Das Buch dürfte interessanter sein, als den Mörder zu finden, das heißt, das geht ja beides Hand in Hand. Zwei Fliegen auf einen Schlag.«

Leikari musste in großen Schwierigkeiten gesteckt haben, wenn er sich zu so einer erbärmlichen Tat herabgelassen hatte. Kuhala brauchte keine sonderlich aufregende Story zu stricken, er sah Flachkopf vor sich, wie er abscheuliche Erpresserbriefchen an anständige Familienväter in Jyväskylä verschickte – oder wer immer diejenigen sein mochten, die für Swetlanas Dienste bezahlten.

Es konnten durchaus auch Abwechslungswillige der höheren Gehaltsklasse darunter sein.

Der Werkzeugdiebstahl brachte den Grundlohn, aber es mussten neue Einkommensquellen in Betracht gezogen werden, und sich bei Swetlana etwas zu krallen musste Leikari wie ein Klacks vorgekommen sein.

Jetzt war seine kriminelle Karriere allerdings vollständig ins Stocken geraten, und der Mann lag totensteif im Keller des Zentralkrankenhauses. Verständlich war auch, dass Swetlana sich nicht auf die Hilfe der Polizei verlassen wollte. Kuhala fragte sie, wie viel Geld verschwunden sei.

»Dreitausend Euro.«

»Eine ziemliche Summe. Geben Sie mir einen Tipp, wo ich die Suche nach dem Eigentum am besten aufnehme.«

Swetlana zog einen Zettel mit einer Adresse aus der Brusttasche ihres Jäckchens. »Hier ist alles, was ich habe. Ich weiß nicht, wer da wohnt, und auch nicht genau, wo das ist. Ich glaube, dass Seppo da manchmal übernachtet hat. Holen Sie mir das Buch zurück. Ich bezahle so viel, wie er mir gestohlen hat.«

»Wo haben Sie die her?«, fragte Kuhala und las die Adresse.

»Von Seppo.«

»Was sind das für Notizen?«

Sie ließ die Zigarette in den Becher fallen und wedelte mit den Händen, als wollte sie zum Ausdruck bringen, keine Spionin eines fremden Staates zu sein, sondern eine Person, die gezwungen war, ihren Lebensunterhalt in der neuen Heimat auf schwere Weise zu verdienen. Da mussten Gefühle auf Papier verarbeitet werden, und die gingen andere Leute ebenso wenig an wie der Pass oder das Kundenverzeichnis.

»War er gewalttätig?«

»Nein. Wieso?«

»Ich frage nur«, erklärte Kuhala und strich über sein schmerzendes Handgelenk.

»Seppo war wild. Das hat mir gefallen.«

»Ersparen Sie mir die Einzelheiten. Er hat mir dermaßen den Arm umgedreht, dass es immer noch wehtut.«

Die Adresse war in der Haapa-Heikin tie. Er wusste nicht, ob er davon schon einmal gehört hatte, und schnappte sich das Telefonbuch. Gestresst von der umständlichen Geckojagd, nahm der Kater seinen Mut zusammen und sprang mit Anlauf auf Swetlanas bestrickenden Schoß. Er bekam einen Kuss auf die Barthaare, was sofort ein Schnurren auslöste, wobei Kuhala, der das Telefonbuch studierte, vorwurfsvolle Blicke zugeworfen wurden.

Kuhala seufzte. Dann bekam er Sodbrennen, wie oft nachts, wenn er aufwachte und über seine Leistungen nachsann.

»Sie sehen überanstrengt aus«, sagte Swetlana.

Die Adresse befand sich in der Nähe der alten Straße nach Vaajakoski und nicht weit von der Dornröschenlandschaft des Arbeiter-Freilichtmuseums. »Was sagen Sie dazu – ich bin da vor Kurzem erst vorbeigefahren … wie sehe ich aus?«

Die Frau setzte die Katze auf dem Fußboden ab und lächelte. Sie stand auf, trat hinter Kuhala und fing an, seine schmerzenden Schultern zu massieren. Kuhalas Blick irrte über den Stadtplan im Telefonbuch, der Zettel mit der Adresse fiel der Katze vor die Pfoten. In der Tat, er war verdammt müde, aber daraus musste man noch lange keine Schlagzeilen schmieden. Die westliche Wettbewerbsgesellschaft verursachte eben Müdigkeit, ganz gleich, ob man auf ihrem Wellenkamm ritt und Erfrischung abbekam oder nicht, und da er zu allem Überfluss auch noch einen leicht außergewöhnlichen Beruf in dieser von Vorurteilen vergifteten kleinen Provinzstadt ausübte, war es schon manchmal hart.

Swetlanas geübte Finger liebkosten Kuhalas Nacken und stiegen zu den Schläfen empor. Es war nichts Sexuelles daran, es fühlte sich einfach verdammt gut an.

# 7

Während der Fahrt fragte sich Kuhala im Auto, ob die Haapa-Heikin tie nach dem städtischen Arzt benannt worden war, der in den Jahrzehnten nach dem Krieg in Jyväskylä gewirkt hatte. Es hatte da nämlich einen gegeben, der so genannt worden war, der hatte an Injektionen geglaubt und seine Patienten bei jeder Krankheit damit bombardiert. Den Hörtest für den Führerschein führte er durch, indem er sich in eine Ecke des Behandlungszimmers stellte und aus fünf Meter Entfernung »Apfelkorb« flüsterte, und wenn man das verstand oder vorab wusste, hörte man gut genug. Anschließend zog er ein riesiges Portemonnaie aus der Tasche, in dessen Finsternis dann das Honorar verschwand.

Ein Schuljunge, der an der Straße entlangging, hob die Hand zum Gruß, der Cyborg auf seiner Mütze feuerte eine Salve in die Birkenwipfel.

Etwas schwer Definierbares belastete das Gerüst auf der

Giebelseite des Satteldachhauses, aber als Kuhala vor dem Heckenzaun anhielt und genauer hinsah, erkannte er, dass die Konstruktion schlicht und einfach lebensgefährlich war. Sie zu erklimmen erforderte den Charakter eines Stuntmans. Auf der obersten Ebene bogen sich zwei Bretter, darauf stand ein Mann mit Pinsel. Er erinnerte nicht an einen Stuntman, er malte die Wand an und pfiff aus dem einen Mundwinkel »Kalinka«, aus dem anderen ragte eine Zigarette. Bis zum Boden waren es sechs bis acht Meter, die neue rote Farbe bedeckte bereits einen Streifen der von der Luftverschmutzung fleckig gewordenen grünen Wand.

An der sich noch in der alten Fasson befindenden Fassade des Hauses hingen zwei Firmenschilder: »Flohmarkt« und »Haushaltsgerätereparaturen Wartungs-Ville«.

Kuhala trat in einen halb dunklen Alkoven, von dem Türen in beide Geschäftsräume führten. Es roch nach verschmorten elektrischen Apparaten und nach altem Haus. Hatte Flachkopf hier sein gestohlenes Werkzeug reparieren lassen, oder hatte Wartungs-Ville ihnen neue Seriennummern verpasst?

Der Mann hinter dem Tresen ähnelte verblüffend demjenigen, den Kuhala eine halbe Minute zuvor auf dem Gerüst gesehen hatte. Er musste fragen, er konnte nicht anders.

Der Mann nickte. Er war nicht gesprächig, die Farbe, die ihm auf Brust und Ärmel gespritzt war, ließ ihn wie einen Schlachter aussehen.

Er fand es nicht einmal witzig, dass Kuhala fragte, ob er sich mithilfe einer Liane in den Laden geschwungen hatte.

»Kommt Ihnen der Name Seppo Leikari irgendwie bekannt vor? Der arme Mann ist vor Kurzem verstorben, und ich suche auf Rechnung der Angehörigen nach seinen Hinterlassenschaften. Vermutlich sind sie bescheiden. Er führte ein unstetes Leben, und einer Version zufolge hat er bei seinen Aufenthalten in Jyväskylä hin und wieder in diesem Haus hier übernachtet.«

Der Maler verbarg seine Verdutztheit hinter einer Verzögerungstaktik, die aus dem Zerknautschen des Hutes, dem Ritual des Zigarettendrehens und der Untersuchung eines Lötkolbens aus nächster Nähe, als sähe er das Ding zum ersten Mal in seinem Leben, bestand.

Von den Deckenlampen im Kundenbereich brannte nur eine, und das war nicht gerade ein Beweis für die Kompetenz des Eigentümers. Unter den bunten Aufklebern an der Flanke der Kasse befanden sich neben Reklame für Unterhaltungselektronik einige Reisebilder mit Lappland- und Wyborg-Motiven. Die zur Reparatur vorgesehenen Fernseher und Brotbackmaschinen waren mit Staub überzogen.

Kuhala merkte, wie er sich zusammenreißen musste. Der andere machte erst gar keine Anstalten zu kooperieren.

»Leikari war auch unter dem Namen ›Flachkopf‹ bekannt. Er war ein großer Kerl und redete laut. Sie erinnern sich bestimmt, wenn Sie sich Mühe geben.«

Der Mann tat nicht einmal so, als denke er nach, aber er gab eine Stimmprobe. Es war ein unausgebildeter Bass, das Showbusiness hatte eindeutig einen King-Kong-Imitator an ihm verloren. »Kenn ich nicht.«

Es lag allerdings auch ein Hauch von Lüge in der Stimme. Der Aufenthalt auf dem Gerüst bewies freilich die Furchtlosigkeit des Mannes, und Kuhala hatte noch keinen Bedarf, ihm das Fell anzusengen. »Wenn ich mit demselben Thema rüber in den Flohmarkt gehe, was garantiert mir dann, dass Sie mich dort nicht empfangen? Wir würden uns beide einen großen Aufwand sparen.«

Der Mann sagte nichts. Seine Flaschenhalsschultern und der runde Kopf zeichneten sich als Schattenbild auf einer Mattscheibe im Regal ab. Fünf Bügeleisen warteten auf ihren Besitzer – wer, um Gottes willen, ließ sein Bügeleisen reparieren, wo man so billig ein neues bekam?

Kuhala ging ohne Beute in den anderen Geschäftsraum. Die wohl auf die achtzig zugehende Frau dort war von der vitalen, redefreudigen Sorte, die bis zum Schluss an rote Backen und operettenhafte Kleider glaubt und deren Ideal wie Marlene Dietrich aussieht, aber herumhampelt wie Emmi Jurkka.

Innerhalb von fünf Sekunden fing sie an, mit Kuhala zu flirten, ihre von Plunder umzingelte Siesta war vorbei. »Ich hab's in der Zeitung gelesen. Ja, ja, den hab ich gekannt. Richtig stattlich und so groß wie Sie.«

Kuhala stand neben einem Haufen Ausschussrucksäcke der schwedischen Armee und wurde von einem koketten Blick gemustert.

Auf dem Fußboden lagen Teile einer Schaufensterpuppe, wie von einem Lustmörder zerstückelt, aber Kuhala fragte nicht, ob die Puppe zu verkaufen sei, stattdessen wollte er Genaueres über Flachkopfs Besuche wissen.

»Auf der Seite hier war er nur zweimal, aber beim Nachbarn öfter.«

»Bei Wartungs-Ville?«

»Genau. Und auch diesen Sommer haben sie wieder mit den Esten zusammen draußen Schweinsfüße gegrillt und Schnaps getrunken. Es hat ihnen gefallen, wenn ich ihnen manchmal was gesungen und vorgetanzt hab, obwohl ich schon das reinste Aas bin ...«

Sie gab Kuhala Zeit, den letzten Halbsatz zu verneinen. Kuhala verstand den Hinweis und sprach eine Höflichkeit über ihre Vitalität aus, wie um das zwischen ihnen entstandene Vertrauen zu vertiefen. Dann fragte er, wen sie mit den »Esten« meine.

»Junge, stolze Männer. Kurze gelockte Haare, Anzüge und feine Autos.«

»Was tun die hier?«

»Die werden halt billig Videos und Fernseher holen und in ihrer Heimat weiterverkaufen. Die Apparate, die von den Eigentümern nicht abgeholt werden.«

»Woher wissen Sie, dass es Esten sind?«

»Ein Teil ist es jedenfalls. Ein Teil kann auch aus Russland kommen. Und manche reden besser Finnisch, andere schlechter. Einige überhaupt nicht.«

»Waren es viele?«

»Nicht so viele.«

Kuhala kam es so vor, als hätte sich der Vorhang zu den hinteren Räumen bewegt. Wahrscheinlich hielten die jungen, gut aussehenden Männer die alte Frau für ungefährlich und überkandidelt, aber sie schien doch das ein oder andere bei ihrer Grillfestperformance wahrgenommen zu haben, auch wenn ihre Theorie vom Verticken alter Fernseher falsch war. Kuhala konnte besser erklären, mit welchen Geschäften die Jungs ihre tollen Autos kauften. Aber davon sagte er der Frau nichts.

»Wohnen die Männer hier, wenn sie in Jyväskylä sind?«

»Im ersten Stock sind Zimmer. Früher war das mal eine Herberge. Dort oben haben sie dann weitergefeiert, aber ohne mich, Gott bewahre!«

Unter dem Rouge auf ihren Wangen blinkte ein Anflug eigenes Rot, die zur Faust geballte Hand hob sich, um den gepuderten Kehllappen zu verdecken. Gleich darauf hallte ein lustiges Lachen von allen Ecken des Flohmarkts wider und veranlasste Kuhala zu einem Zwinkern. Die Abteilung von Wartungs-Ville käme mit den Aktivitäten der Esten sicherlich über die Runden, selbst wenn man dort nicht einmal die Batterien einer elektrischen Zahnbürste auswechseln konnte, aber wovon, um Himmels willen, lebte der Flohmarkt? Er sah nicht mal nach einem solchen aus, sondern nach einem Schrottlager, und wann verirrte sich jemand hierher?

Die alte Frau konnte ihr Lachen erst mit einem Glas Irgendwas stoppen, das sie im Schutz des Tresens gluckerte. Kuhala kam auf den Gedanken, dass die Alte selbst in jungen Jahren die Herberge betrieben hatte und die Sachen ihre eigenen waren, wer weiß wo beschafft.

Hatte die schwedische Armee die Übernachtungen für eine Woche mit Rucksäcken bezahlt? Und brachten die Besuche der Esten eine willkommene Aufbesserung der Rente?

Kuhala roch Anisschnaps. »Wer ist der Mann, der das Haus anstreicht?«

Der Klare schien nicht nur das prustende Lachen gebändigt, sondern auch die Gesprächigkeit der Alten gebremst zu haben. Ihr Gesicht zog sich zusammen, und der romantisch verhüllte Körper hörte auf zu schwanken, als wäre ihr plötzlich eingefallen, wie viel sie ausgeplaudert hatte. »Ach, Tauno. Der Tauno ist das, Tane genannt. Der Bruder vom Ville. Er springt für seinen Bruder ein.«

»Und wo ist Ville?«

»Auf Reisen. Er reist viel.«

Kuhala nickte und ließ die Frau in der Miniaturwelt ihres Flohmarkts zurück, wo man sich schön daran erinnern konnte, was die Jungs in der guten alten Zeit doch für stattliche Kerle waren und wie der noch mal hieß, der seine Übernachtung mit der Holzuhr bezahlt hatte, die auf dem Fensterbrett stand.

Kuhala schlüpfte wieder auf die Seite von Wartungs-Ville hinüber. Tauno war nicht zu sehen, der Weg nach hinten und zur Treppe war frei, wenn auch schlecht beleuchtet und eng. Der Gang unter der Treppe führte vermutlich zum Flohmarkt; dort hatte sich der wortkarge Malerbruder wahrscheinlich gerade eben hinterm Vorhang versteckt gehabt, bevor er sich wieder seiner Hauptbeschäftigung zuwandte.

An der Wand im ersten Stock hing preiswerte Druckkunst, auf beiden Seiten des Ganges sah man Türen. Der Boden knarrte unter Kuhalas Sohlen, auch wenn er noch so vorsichtig auftrat. Zum Glück überlagerte Tanes Kalinka-Pfeifen die Geräusche. Der Mann versuchte, damit den Horror des ausgedienten Gerüsts zu besänftigen, allerdings stand das heiter sprudelnde Pfeifen nicht im Einklang mit der wortkargen Begegnung im Parterre. Die gedrungene, unabänderlich korpulente Gestalt des Mannes verdunkelte den Gang und beschattete das Fenster, durch das er in den Laden geeilt war.

Kuhala öffnete die erste Tür. Den Raum dahinter konnte man sich leicht als das Übergangsquartier von Flachkopf vorstellen, es war nur mit dem Notwendigsten möbliert, und die Einrichtung glänzte weder durch Vielfalt noch durch ihre Anordnung, an den Materialien war der Zugriff vieler Jahre zu erkennen. Auch entsprach der Raum nicht den Vorstellungen von einer Suite, in der die Leithammel der Ostmafia Beute zählten und zechten.

Kuhala spähte in den Schrank, unters Bett und in den Nachttisch. Das war die Art von Basisarbeit, die auf die Knie ging und nur selten Resultate brachte, aber wenn man sie vernachlässigte, bereute man es trotzdem. »Kalinka« ging in den »Sohn des Fliegers« über, der Junge kam näher, der Junge sang, der Junge eilte die Treppe herauf.

Kuhala schlüpfte in den Schrank und zwängte sich mit eingeknickten Knien in unbequemer Haltung zwischen Wand und Kleiderstange. Durch den Türspalt sah er einen jungen Mann, der sich aufs Fußende des Bettes setzte und mit einem Handy telefonierte.

Der Mann war zwischen zwanzig und fünfundzwanzig, der graue Seidenanzug und die goldene Halskette wirkten im Rahmen des bescheidenen Zimmers überdimensioniert, aber Kuhala beschloss, diese Erkenntnis für sich zu behalten, denn von den Maßen her war der Mann einer, den man als Bodyguard engagiert.

Er redete englisch, wechselte zwischendurch ins Russische und streute ganz zum Schluss einige vulgäre finnische Ausdrücke ein. Seine Gestik war unruhig und gar nicht leibwächterhaft. Vielleicht war das bloß das jugendliche Feuer nach einer perspektivlosen Kindheit als roter Pionier, aber es war auch nicht weit weg vom Gezappel eines Amphetaminkonsumenten.

Dann schob sich auch Bruder Tauno ins Zimmer. Er fragte den jungen Mann, ob dieser einen großen, dunklen Mann gesehen habe, der neugierige Fragen nach Leikari stellte. Es war echtes Mittelfinnisch, was Tauno redete. Kuhala begriff sofort, dass die Schweigsamkeit im Parterre nur Bluff gewesen war.

Der Anzugstenz drückte seine Verachtung aus, indem er den anderen mit einer Handbewegung aus dem Zimmer winkte und anschließend ein halbes Dutzend Mal tief an einer Zigarette sog, als hätte der Besucher einen genialen Gedankengang unterbrochen.

Wieder griff er zum Handy. Jetzt wurde nur Russisch

geredet, und das sorgte bei Kuhala für Beklemmung. Bald würde er die Stellung wechseln müssen. War das womöglich Gangsterrussisch? Und wagten es diese Typen, am Telefon größere Sachen auszubrüten, in einer Zeit, in der es ein Kinderspiel war, Handys aufzuspüren?

Die Haushaltsgerätereparatur war eine Tarnfirma, die verstaubten Requisiten im Regal vielleicht nur Restbestände der Herberge, und ein professioneller Steuerberater, der sich auf kriminelle Machenschaften verstand und für Wartungs-Ville eine Scheinbuchhaltung fürs Finanzamt erstellte, fand sich immer.

Als die Luft wieder rein war, schlich sich Kuhala ohne Swetlanas verschwundenes Eigentum auf den Gang und glaubte schon, gerettet zu sein, als auf der Treppe Schritte näher kamen.

Die Bewegungen des Mannes waren vollkommen unberechenbar, er sprang ziellos durch die Gegend. Tane schien sich immer noch zu wundern, wohin Kuhala verschwunden war.

Er kam in keines der Zimmer mehr hinein, sondern floh durchs Fenster aufs Malergerüst und empfand für einen Moment einen ohnmächtigen Hass auf den Zufall, der ihn zur Flucht zwang. Jetzt, da die Aufgabe des Gerüsts darin bestand, ihn zu retten, wirkte es noch beängstigender.

Der Schuljunge mit der Cyborg-Mütze hatte inzwischen das Haus erreicht und blieb als Publikum für Kuhalas Akrobatik stehen. Man hörte Tauno in der Nähe etwas sagen, der Russe erwiderte nichts.

Kuhala stieg auf die unterste Bretterebene hinab, eine der Dielen wäre fast unter seinem Fuß nach oben gekippt und ihm ins Gesicht geknallt. Das hätte ihn verraten, und er hätte für diesen Fall keine Erklärung parat.

Der Junge fing an, auf Kuhala zu feuern. Weiter oben spritzte Farbe, aber Tauno bemerkte das ebenso wenig wie der unter ihm schwankende Kuhala, sondern erwiderte das Feuer, wie ein Erwachsener, der nicht vergessen hat, dass er auch einmal im Lümmelalter war.

Kuhala sprang auf die Erde und machte Anstalten, das Grundstück zu verlassen. Er hatte seinen Wagen vor dem Heckenzaun geparkt und ging ohne Eile darauf zu, obwohl er den Anzugstenz mitten auf dem Grundstück stehen und über ein Einschreiten nachdenken sah.

Er konnte sich bei Kuhala aber nicht sicher sein. Der Altweibersommerglanz der Sonne betonte die Eleganz des Anzugs und ließ die Halskette funkeln. Der Mann machte bereits einen ersten Schritt, beugte sich aber mit einer schnellen Geste nach vorn, um seine Bügelfalten zu richten, als wollte er testen, ob die Geste bei Kuhala eine Flucht- oder Kampfreaktion auslöste.

Der Cyborg-Junge stand neben Kuhalas Auto und strahlte triumphierend. »Ich hab getroffen, du hast verloren. Du hast eine Wunde im Rücken.«

»Trotzdem hast du mich vielleicht gerettet«, sagte Kuhala und tätschelte dem Erstklässler den Kopf, bevor er ins Auto stieg.

Der Anzugdandy grinste, wie er es im Kino gesehen hatte. Man hatte ihm den Brückenkopf, den die Verbrecher in Jyväskylä errichtet hatten, anvertraut, aber nicht weil das eine Beförderung war, sondern weil er hier am wenigsten störte und einem seine Eitelkeit nicht so auf die Nerven ging.

# 8

In der dritten Septemberwoche wurden die Abende spürbar kürzer, und der Trost des Altweibersommers ging in böige Winde mit Regen über. Sie wehten die sommerlichen Erinnerungen davon und stellten die Konstruktion des Regenschirms, der Kuhala schon lange diente, auf eine schwere Probe.

In der Zeitung war vom finanziellen Engpass der Stadt die Rede. Darüber wurde immer geredet, aber jetzt fiel in dem Zusammenhang ein Modewort: Outsourcing. Jeder wusste, dass es letztendlich Entlassungen bedeutete, und wenn man die doppelseitige Klatschspalte aufschlug, wo die Größen der Stadt bei Hundehochzeiten Cocktailkirschen naschten, wurde jedem schlecht, der auch nur ein bisschen durchblickte – bis die Auslandsseiten mit ihren Fotos von Zerstückelungen durch Autobomben einen wieder auf den Gedanken brachten, dass es sich bei Jyväskylä doch um eine ziemliche Idylle handelte.

So ging das immer. Kuhala fing an, den Leitartikel zu lesen. Er saß halb nackt am Küchentisch seiner Mietswohnung und löffelte die Haferbreiinsel aus der Mitte eines Tellers Blaubeersuppe heraus.

Das Leben war ein Zerfallsprozess, der mithilfe von Haferbrei in die Länge gezogen werden konnte. Das war nicht das Thema des Leitartikels, sondern Kuhalas ureigener Gedanke, wenn auch nicht völlig ausgereift. Er dachte schon lange über einen passenden Schluss dafür nach, kam aber immer nur zu der Gewissheit, dass er nicht witzig und nicht zynisch sein durfte, sondern am liebsten freundlich.

Die Blaubeeren hatte er Anfang August selbst in sicheren Revieren bei Muurame gepflückt, mit einer Bärenpfeife um den Hals und Salamibroten in der Brusttasche. Aber was war das jetzt für eine Esserei! Musste er sich ausgerechnet auf die frischen Boxershorts Flecken machen!

»Scheiße!«

Er zog die Unterhose aus und spülte sie unter dem Wasserhahn ab, da klingelte es an der Tür, und er war so in Gedanken, dass er bloß in Socken aufmachte.

Im Treppenhaus stand Kriminalobermeister Heikki Raatikainen, genannt Ratsku, Kuhalas verlässlichster Kollege, als er noch bei der Polizei war. Inzwischen war Ratsku wegen Herzproblemen krankgeschrieben. Er war mit guten Hosen, Halbschuhen und einer neuen Herbstjacke ausstaffiert, starrte auf Kuhalas Socken und grinste, sprang ihm aber nicht an den Hals, obwohl Anlass dazu bestanden hätte. »Sie haben mir die Rente bewilligt. Und ich dachte schon, eher lernen die Säugetiere fliegen, als dass ich in Rente gehen darf.«

»Mensch, komm rein! Und herzlichen Glückwunsch. Wie sind die jetzt plötzlich … warte mal kurz«, sagte Kuhala und hängte seine Boxershorts zum Trocknen auf. Dann zog er eine kurze Sporthose an und kehrte ins Wohnzimmer zurück.

Raatikainen platzierte seine Baskenmütze auf dem Knie und kratzte sich am Ohr, das bei einer Explosion verunstaltet worden war.

Er wusste nicht, wie er die Entscheidungsträger dazu gebracht hatte, ihre Meinung zu revidieren, denn am Sachverhalt hatte sich nichts geändert. Womöglich wurden in irgendwelchen Geheimdokumenten die Fristen für den Hinhaltekampf mit Leuten, die um die Rente bettelten, vorgeschrieben, und wenn der zu Bescheißende die Nerven hatte, lange genug Anträge zu stellen, und nicht auf die Idee kam zu sterben, wurde irgendwann der

Widerstand eingestellt. »Vielleicht haben sie es aus Versehen bewilligt.«

»Das muss gefeiert werden«, schlug Kuhala vor.

»Wer weiß. Ich war so erschrocken, dass ich ein Nitro nehmen musste.«

»Vielleicht haben sie geglaubt, es haut dich um, wenn du den Brief liest. Dann hätten sie am Ende doch gewonnen.«

Kuhala kochte Kaffee und meinte, den Aufbruch zum Büro durchaus um eine halbe Stunde verschieben zu können. Er bot Vollkornkekse an und konstatierte, Ratsku könne irgendwo in den Süden fahren und eine neue Verwendung für sein Leben finden, nachdem der nervenaufreibende Kampf endlich gewonnen war. »Fahr nach Schanghai. Ist angeblich gerade in Mode. Oder lerne Balalaika spielen, nein, vertiefe dich lieber ins Weidenflechten.«

»Die Rente ist klein.«

»Weiden sind kostenlos.«

»Du bist neidisch.«

»Das stimmt. Aber ich freu mich auch für dich. Wollen wir nicht heute Abend was trinken gehen?«

Der erste Morgenregen trommelte leicht aufs Fensterbrett, der Briefträger kippte zwei Hände voll Reklamemist und zwei dezent raschelnde Rechnungen in den Flur, wie Kuhalas sensible Ohren sogleich vernahmen. Ratskus Beziehung mit der medizinischen Vorturnerin war eingetrocknet, und es zeichnete sich nichts Neues im Blickfeld ab. Kuhala überbot seinen Freund, indem er den Endspurt seiner Ehescheidung schilderte sowie den Ausstieg von Annukka Maaheimo. Sie tranken Kaffee und mümmelten Kekse, versanken aber wegen ihrer Frauenverluste nicht in Schwermut, denn sie hielten Selbstmitleid für etwas, das sich überlebt hatte, und glaubten tief in ihrem Innern, dass es noch einmal klappen würde. Wie von selbst war die Rede auf Frauen gekommen, und das Reden über Frauen war eine anspruchsvolle Disziplin, sie achteten genau darauf, die Sümpfe der Klischees zu umgehen, denn sie hatten erlebt, dass Glück in einer Paarbeziehung nicht mehr war als eine ins Spülwasser gezogene Linie. Ebenso interessant wie der Begriff »die Richtige« war der Begriff »die Falsche«.

Falls einem von beiden das Wort »Mösenhunger« über die Lippen gerutscht sein sollte, dann war das keine bewusst gesetzte Grobheit, sondern Indiz für ein ernst zu nehmendes Syndrom.

Kuhala räumte den Tisch ab. Er zog sich an. Buster Keaton, der mit der Draisine durch die Wüste bimmelte, starrte von seinem Poster an der Wand auf den Regen vor dem Fenster. Kuhala fragte Raatikainen, was er über das Einnisten der Ostkriminalität in Jyväskylä wusste.

»Sie kommt an allen Fronten. Die sind dermaßen professionell, die machen genaue Pläne und Berechnungen und schlagen dann zu. Diese Stadt ist interessant, weil sie ein Einzugsgebiet von mehr als hunderttausend Menschen umfasst. Warum fragst du?«

»Sieht so aus, als hätte ich im Zusammenhang mit einem Auftrag Kontakt zu dieser Bande.«

Er erzählte von Leikari und seinem Besuch bei Wartungs-Ville.

Ratsku fand, dass Kuhalas Vermutungen in die richtige Richtung gingen, und empfahl ihm, vorsichtig zu sein, denn in der Angststrategie dieser estnischen oder russischen Typen waren Drohanrufe und das Einschlagen von Fenstern gar nichts. Das Abtrennen des Daumens gehörte für sie zu den Routinemaßnahmen. »Gegen die kommst du nicht an, und die Polizei auch nicht. Falls sie Leikari umgebracht haben, dann ist das halt so.«

»Du meinst, wir sollen uns dem Willen dieses Abschaums aus unserem Brudervolk beugen.«

»So kann man es auch ausdrücken.«

»Das geht mir gegen den Strich.«

»Das wäre mit einem Daumen nicht anders.«

Kuhala machte einen Schritt über die Post hinweg, ohne einen Blick darauf zu riskieren, und schloss die Tür hinter sich zu.

Raatikainen drehte sich auf dem Treppenabsatz um und sagte, er könne versuchen, herauszufinden, um was für eine Bande es sich in der Haapa-Heikin tie handelte. »Ich will nicht in dein Revier eindringen, ich mach das bloß so als Rentnerbeschäftigung.«

Kuhala schlug noch einmal halb scherzhaft das Weidenflechten vor und erinnerte daran, dass man auch dafür zwei Daumen benötige. Er fragte sich, über welche Informationsquellen Ratsku noch verfügte, denn seine letzten aktiven Ermittlungen und Aufenthalte im Polizeipräsidium lagen schon geraume Zeit zurück. Er sagte, er könne kein Honorar zahlen.

Das Zischen der Autoreifen auf der nassen Straße blendete Raatikainens Antwort aus.

Sie trafen eine Verabredung und trennten sich vor der alten Hauptpost. Das Gebäude stammte von Alvar Aalto, der Regen wusch die eckigen Formen blank. Der Plan für das Konzerthaus, das auf dem Nachbargrundstück anstelle der platt gemachten Tankstelle im funktionalistischen Stil vorgesehen war, schien bei der Preisverleihung des Architektenwettbewerbs stecken geblieben zu sein. Auch wenn es Kuhala reichte, wenn er Merikanto von Mendelssohn-Bartholdy unterscheiden konnte, hätte er das Gebäude gern an der Stelle gesehen. Jetzt befand sich dort nämlich ein Parkplatz.

Etwas weiter weg saß auf einer Bank im Kirchenpark ein dünner Jüngling mit Mütze und las laut den Brief vor, mit dem ein Verlag seinen Gedichtband abgelehnt hatte. Dazu nahm er einen Schluck aus einer Weinflasche. Kuhala blieb nicht stehen, um zuzuhören, obwohl er einen Halbsatz aufschnappte, in dem es hieß, an dem Vergleich der Liebe mit dem Universum hätte noch gefeilt werden müssen.

Der Klient schlotterte seit halb zehn unter seinem Regenschirm. Es war ein würdevoller Herr mit Galoschen und Hut, und sein blasslippiges Bluthundgesicht hing ausdruckslos herab. Der Griff des Regenschirms war aus Edelholz, die Schirmfläche hatte die Größe eines Mannschaftszelts. Kuhala schüttelte seinen eigenen Schirm aus. Er überlegte kurz, ob es für ein besseres Feeling sorgen würde, wenn er sich auch endlich mal ordentliche Gebrauchsgegenstände anschaffte: einen großen Regenschirm, einen Mokka-Master, der nicht pröttelte, eine Designschere und fünfzehn deutsche Kühlschrankmagnete, die auch dicke Rechnungen auf ihrem Platz an der Tür hielten.

Es war großartig, wenn die Kunden nicht aufgaben, und noch großartiger, dass es allmählich mehr wurden. Kuhala hatte keine Lust, sich für seine Verspätung zu entschuldigen, sondern führte den Klienten sofort ins Büro.

Der Mann stellte sich als Erik Krassi vor. Vom Regenschirm fielen Tropfen aufs Ahornparkett, und die Galoschen quietschten.

»Ich bin der Bruder des verstorbenen Juweliers und Goldschmieds Rurik Krassi. Wenn ich es richtig verstanden habe, sind Sie derjenige, der meinen Bruder gefunden hat.«

Sein Händedruck war fest, er hängte den Hut an den Haken und schien in der Erledigung seiner Angelegenheiten auf eine Art vorzugehen, die von mehreren Jahren in gehobener Position kündete. Die Untergebenen gehorchten ihm, und ihre piepsend vorgetragene Kritik von kurzer Tragweite prallte am Schild eines eisernen Willens ab. »Ich will, dass Sie mir alles über Ihre Fahrt zum Puulavesi erzählen.«

Er nahm auf dem Stuhl Platz, den Kuhala ihm anbot. Die großen Pranken senkten sich übereinandergelegt auf den Oberschenkel. Sein Anzug war aus einer hochwertigen Wollmischung und vom Schneider gemacht. Kuhala erinnerte sich, wie er in Havuvaara beim Rektor seiner Schule antreten musste, wenn er etwas angestellt hatte. In der jetzigen Situation lag etwas von der gleichen Atmosphäre, allerdings hatte er inzwischen das ein oder andere erlebt. Er schilderte seinen Besuch im Sommerhaus.

Erik Krassi hörte unbewegt zu. Als Kuhala fertig war, schwieg der Mann eine Weile, wie um seines Bruders zu gedenken, bevor er das Wort ergriff. »Ist Ihnen auch nur einen Moment lang der Gedanke gekommen, dass der Mörder vielleicht gar nicht aus reiner Freude an der Zerstörung dort gewütet hat, sondern dass er etwas suchte?«

»Nach einer systematischen Suche sah es nicht aus.«

»Ich bin fünf Jahre älter als Rurik. Wir verstanden uns gut, und weil ich zufällig einen stärkeren Charakter habe als er, vertraute er sich mir an.«

Kuhala war sich nicht sicher, worauf der Mann hinauswollte, aber die eingestreute Persönlichkeitsstudie kam ihm verdächtig vor. Und war es denn selbstverständlich, dass sich der Bruder mit dem schwächeren Charakter dem stärkeren anvertraute? Könnte sich aus der Konstellation nicht auch etwas anderes entwickeln – Bruderhass zum Beispiel?

Der triefende Regenschirm an der Garderobe im Wartezimmer erinnerte an einen Raubvogel, und die Tropfgeräusche erinnerten an Blut, als hätte der Vogel gerade Beute gemacht.

Erik Krassi beugte sich mit seinem starken Charakter näher an Kuhala heran. Die geplatzten Äderchen, die Altersflecken und das kaum merkliche Zittern der Unterlippe schwächten die Robustheit des ersten Eindrucks und brachten Kuhala unwillkürlich auf den Gedanken, dass der Mann sich von der Trauernachricht vom Puulavesi noch nicht richtig erholt hatte.

»Mein Bruder war in großen Schwierigkeiten. In der Scheiße saß er. Und die schwach begabten Polizeikräfte auf Provinzniveau kommen in ihren Ermittlungen nur im Schneckentempo voran. Mit Müh und Not verbergen sie, dass es sie gar nicht interessiert, Fortschritte zu machen.«

Die Schmähung konnte man bereits als indirektes Auftragsangebot deuten, aber der Köder des Patrons ließ Kuhala nicht triumphieren, weil er sich noch gut daran erinnerte, wie es Rurik Krassi ergangen war.

Der Wahnsinnige, der sich im Sommerhaus ins Zeug gelegt hatte, repräsentierte die beängstigendste Sorte von Vertreter seines Fachs, und Kuhala wusste nicht, wie er die Überführung einer solchen Person preislich einstufen, geschweige denn, wie er den Job überhaupt erledigen sollte. Er fragte, welche Schwierigkeiten der Verstorbene denn gehabt habe.

»Nun ja, das ist die Gier des Menschen nach schnellem Reichtum, und wenn sich das nicht erfüllt, werden die Dinge kompliziert. Dann kommt die Angst, schnell arm zu werden, und am Ende bangt man um sein Leben, weil die sogenannten Kooperationspartner Kriminelle sind und anfangen, die Schrauben anzuziehen. Darin sind diese Teufel ja versiert wie nichts.«

Kuhala war von dieser Information überrascht. Die stolze Kombination von ländlichem Anwesen, neuem Auto und Wohnung in der Stadt schien, wenn nicht für einen Millionär, so doch für einen Mann gesprochen zu haben, der mit seinem Pfunde gut gewuchert hatte, aber natürlich konnte alles auch auf Schulden basieren. Und wenn man etwas weiter dachte, befand sich in Jyväskylä fast an jeder Ecke ein Juweliergeschäft – es gab davon fast so viele wie Friseure. Das musste gnadenlose Konkurrenz bedeuten.

Erik Krassi vermutete, sein Bruder könne von irgendwelchen Russen oder Esten gestohlene, mit gefälschten Zertifikaten ausgestattete Schmuckstücke gekauft und mit ordentlichem Gewinn veräußert haben. Wieder war Kuhala überrascht. Gerade erst war er vom wackligen Gerüst in der Haapa-Heikin tie einem Anzugstenz der Ostmafia entwischt, und vor nicht mal einer Stunde hatte er mit Raatikainen über die Jyväskylä-Connection der Ostkriminellen gesprochen. Dass die Typen im Schmuckbusiness aktiv sein sollten, war neu. Verdiente man mit Drogen und Prostitution nicht besser?

»Sie sagen, Sie vermuten das. Ihr Bruder hat es Ihnen demnach nicht direkt gestanden?«

»Nein. Er war in den letzten Wochen seines Lebens sehr niedergeschlagen. Mit der Kneifzange bekam ich einige Informationen aus ihm heraus, aber sehr effektiv war das auch nicht. Das Gesamtbild musste man sich denken. Ich glaube, diese Teufel haben Rurik plötzlich eine wertlose Partie verkauft, reinen Ramsch. Als er das merkte, gab es nicht mehr viele Beschwerdewege. Vielleicht drohte er damit, die Liga auffliegen zu lassen, vielleicht forderte er auch nur sein Geld zurück, aber was hätte mein Bruder in so einer Auseinandersetzung für eine Chance gehabt?«

»Vermuten Sie das alles?«

»Glauben Sie, was Sie wollen. So muss es gewesen sein. Die andere, unwahrscheinlichere Möglichkeit ist die, dass Rurik echte Ware erhalten hat und irrtümlich auf die Idee verfiel, den Schlägertypen zu drohen, sie anzuzeigen, wenn sie ihm die Ladung nicht billiger verkaufen.«

»Und Sie gehen davon aus, dass diese letzte Partie Schmuck im Sommerhaus am Puulavesi gewesen sein könnte? Oder sonst irgendein Beweis gegen die Verbrecher?«

Der alte Mann nickte. Schweiß war ihm auf die Stirn getreten. Ein Zweig der Familie Krassi war verdorben; das einzugestehen kostete Kraft. Dennoch hatte er genau genommen nicht klargemacht, wie viel der ermordete Bruder ihm erzählt und wie viel von der Geschichte er sich selbst ausgedacht hatte. Die Vorstellung von Kostbarkeiten aus der Schatzkammer des Kreml, vergraben in der Erde am Ufer des Puulavesi, war nicht besonders zutreffend.

Kuhala verzichtete darauf, seine Zweifel preiszugeben. Erik Krassi bat ihn, den Mord an seinem Bruder zu untersuchen. »Die Polizei ist dazu nicht in der Lage. Ich habe gehört, dass Sie auf Ihrem Gebiet kompetent sind.«

Die Bemerkung erhielt ein melancholisches Grinsen zum Geleit. Kuhala sagte nichts, hielt Erik Krassis Worte diesmal aber für zutreffend. Und ob er kompetent auf seinem Gebiet war – Erik Krassi hätte bloß sehen sollen, was er in der Haapa-Heikin tie für eine Figur im Kleiderschrank abgegeben hatte!

»Ich zahle gut. Ich bin es gewohnt, für gute Arbeit gut zu zahlen. Nennen Sie mir einfach Ihren Preis.«

Kuhalas Blick fiel zufällig auf seine Daumen, die beim Warten auf den Auftrag bereits ins Drehen geraten waren. Dass die Jungs aus dem Osten sie unter Umständen abhackten, war nicht verlockend. Aber noch zehn Sekunden Schweigen, und Erik Krassi, der Zaudern nicht gewohnt war, ginge seiner Wege, und Kuhala würde nie erfahren, wie gut der Mann zu zahlen bereit wäre.

»Also gut. Ich will sehen, was ich tun kann. Das bedeutet, dass ich mir die Buchhaltung Ihres Bruders ansehen muss und auch in den dubiosen Bereichen wühlen darf, um es mal so zu sagen. Dafür bräuchte ich bestimmte Schlüssel.«

Schon fiel das Bund auf den Tisch. »Mit dem hier kommt man ins Geschäft, mit dem in die Wohnung in der Kauppakatu und mit dem ins Sommerhaus am Puulavesi. Die Tür dort ist bereits repariert, der Schlüssel hier ist für das Saunagebäude. Die Polizei ist seit Wochen nicht dort gewesen, sie verteilt stattdessen Strafzettel an Fahrradfahrer und vergeudet Energie an Gewerkschaftsstreitigkeiten.«

Kuhala sagte nichts. Er war auch nach Jahren nicht darauf versessen, sein Nest zu beschmutzen, und die Bemerkung zum Thema Gewerkschaft machte mehr als deutlich, auf welcher Seite Krassi der Ältere stand.

Sie gaben sich die Hand, Erik Krassi hinterließ seine Visitenkarte. Darauf hatte der Grafiker mit einigen geschickten Linien das Profil des Mannes skizziert. Es erinnerte von fern an den Komponisten Joonas Kokkonen in seinen späten Jahren.

Kuhala brachte den Mann zur Tür, einige rotgelbe Blätter des Wilden Weins erhielten einen Volltreffer vom aufschnappenden Riesenschirm und segelten regennass auf die Treppe.

»Ihre Detektei befindet sich an einem ziemlich ungünstigen Ort. Wie finden die Leute überhaupt hierher?«

»Das hat mit meinem Ruf zu tun.«

»Aha.«

Kuhala war nicht sicher, ob Krassi den Scherz verstanden hatte. Der Mann sagte, er fahre mit dem Nachmittagszug nach Helsinki zurück und bitte darum, auf dem Laufenden gehalten zu werden. Dann drehte er sich noch einmal um. Der Regenschirm über ihm sah aus wie das Firmament am Jüngsten Tag. »Sie haben mir Ihren Tarif noch nicht genannt.«

»Ich werde Sie nicht ins Verderben stürzen. Die laufenden Kosten plus dreihundert Euro am Tag. Aber vielleicht schauen wir erst mal, wie es anläuft.«

Krassi wandte sich ab, und es war klar, dass er den Preis nicht für überhöht hielt, eher vielleicht für zu niedrig.

Auch die Geckos hatten die Blähsumme gehört. Kuhala hatte sie aus dem Hut so weit nach oben gezaubert, wie er sich nur getraut hatte. Die Echsen tippten mit den Köpfen an die Scheibe und forderten ein größeres Terrarium, besseres Futter, mehr Entertainment. Kuhala überging die Geckos und setzte als Erstes eine kugelsichere Weste auf die Spesenliste.

# 9

Kuhala fragte die Sekretärin, ob sie den Namen des Zierbaums kenne. Er stand zwischen dem Kupfergeländer und einem Pfeiler. Unten in der Eingangshalle plätscherte ein Springbrunnen, auf dessen Grund sich eine Mosaikmeerjungfrau rekelte. Kuhala vermutete, die Sekretärin habe ihn nicht gehört, weil sich zu dem Wassergeplätscher ab und zu das Geräusch der Tür und der von draußen hereindringende Verkehrslärm gesellten und die Störsignale von der hallenden Akustik des Gebäudes vervielfacht wurden.

Es war aber auch möglich, dass die Sekretärin zur hochnäsigen Gattung Mensch zählte oder einfach von ihrer Arbeit die Nase voll hatte.

Sie war schlank. Kostüm und Frisur ließen sie aussehen wie ein Geschöpf aus einer amerikanischen Anwaltsserie. Ihr freudloser Gesichtsausdruck war jedoch echt finnisch. Kuhala wusste nicht, ob die Anteile von Finsomnia an der Börse notiert waren und woher die Firma ihren Namen hatte, aber anstatt der in Aussicht gestellten zwanzig Minuten wartete er jetzt schon eine Dreiviertelstunde darauf, zu Regional Leader Mikael Krassi vorgelassen zu werden, und das ärgerte ihn.

Neben dem Springbrunnen schien ein tatenlos herumstehender breitschultriger Mann in den Glückszustand nach den Morgenübungen im Kraftraum versunken zu sein. Sein Kopf war kahl geschoren, im Nacken sah man den oberen Teil einer Tätowierung aus dem Overall einer Wachfirma aufsteigen. Die athletische breitbeinige Haltung sorgte dafür, dass er aussah wie eine leicht überdimensionierte Sicherheitslösung in diesem Haus, das vollkommen gewöhnliche Amtstrockenheit verströmte. Kuhala trat vom Geländer zurück.

Die Sekretärin behielt ihn im Auge, sie grillte ihn geradezu mit dem furchtlosen, bösen Blick ihrer großen Augen, als hätte Kuhala mit seinem Eindringen in das noble Großraumbüro gegen einen ungeschriebenen Kodex verstoßen, dem zufolge die Welt unwiderruflich in Gewinner und Verlierer aufgeteilt ist, was auch die letzte Dumpfbacke allmählich mal kapieren sollte.

Kuhala befingerte ein Blatt des Zierbaums und warf noch einen Blick auf die zitternde Meerjungfrau im Parterre und den Wachmann, der sie beschützte, ohne schlappzumachen. Plötzlich aber bewegte sich der Mann nervös, als hätte er den Blick des Privatdetektivs gespürt.

Dieser wandte sich ab, und vielleicht nahm die Sekretärin an, er ginge zur Treppe oder zur Toilette, denn sie kam nicht dazu, einen Mucks zu machen, als Kuhala sich wieder umdrehte und mit Schritten von knapp zweieinhalb Meter Länge in den Gang preschte, an dessen halb dunklem Ende sich die Tür von Mikael Krassis Büro abzeichnete.

Als Triebfeder für den Bewegungsablauf fungierten Trotz, eine kleine Portion Hass auf die Oberen sowie die Geschlossene-Türen-Phobie, unter der er seit der Volksschule litt.

Er klopfte nicht an und drückte nicht aufs Knöpfchen, sondern riss die Tür mit einem kräftigen Ruck auf. Die Sekretärin tastete nach dem Wachmannknopf. Kuhala sah viele große Fenster, eine blinkende Stahlskulptur und einen bombastischen Schreibtisch, hinter dem ein Mann mit großkalibriger Pistole mitten auf die Stirn des Eindringlings zielte.

Kuhala duckte sich, der Schalldämpfer stieß einen

Hauch aus, und der Luftstrom eines knappen Fehlschusses wischte über Kuhalas Wange. Der Mann hinter dem Schreibtisch legte die Waffe aus der Hand, und obwohl er mindestens ebenso überrascht wirkte wie Kuhala, fasste er sich schnell wieder, wobei er Unflätigkeiten von sich gab. »Machen Sie die Scheißtür zu! Wer sind Sie? Was wollen Sie, verdammt?«

Der Sicherheitsmann keuchte auf der Wendeltreppe. Kuhala rappelte sich schockiert auf und zog die Tür zu, genau in dem Moment, in dem der Uniformierte am Tisch der Sekretärin sich zum tödlichen Sprung duckte.

»Schon gut!«, brüllte Krassi.

Innerhalb von fünf Sekunden war alles vorbei. Mikael Krassi hatte mit Farbkugeln auf eine Zielscheibe an der Tür geschossen. Dort klebte das Bild der amtierenden Präsidentin, und das erschreckte Kuhala, denn er war ein Anhänger der Demokratie und hatte außerdem bei der letzten Wahl Krassis Zielscheibe seine Stimme gegeben. Die bisherigen Treffer hatten das Gesicht der Präsidentin bekleckert, auch die Schutzplatte dahinter hatte etwas abbekommen.

»Ich heiße Kuhala und dachte, ich komme auf eigene Faust, weil Ihre Sekretärin unsicher zu sein scheint, wie Sie Ihre Zeit nutzen. Das hätte ich besser nicht tun sollen.«

Der Mann hatte seine Replika-Waffe im Schreibtisch verstaut. Sein Haar war kurz geschnitten, sein kräftiges Kinn rasiert, und sein Gesicht wies nicht viel Ähnlichkeit mit seinem Onkel auf. Der Anzug war im Chefetagenstil geschnitten. Er sagte, er sei ein viel beschäftigter Mann, weshalb Termine vorab vereinbart werden müssten. »Eine Woche im Voraus.«

»Besonders viel beschäftigt wirken Sie nicht.«

»Zufällig ist Survival mein Hobby. Es hilft, die Gedanken zusammenzuhalten. Das von eben tut mir leid.«

»Satteln Sie auf Golf um. Ein Putt gegen den Zeh tut fast gar nicht weh.«

»Was wollen Sie?«

»Ich bin Privatdetektiv und ermittle im Mord an Ihrem Vater.«

Mikael Krassi schien das Ableben seines Vaters ebenso intensiv zu bedauern wie den Vorfall von eben. Er zog die Bügelfalten nach oben, richtete die Krawatte und sagte, für die Tragödie vom Puulavesi brauche man keinen Privatdetektiv, denn die Polizei ermittle bereits. »Wer hat Sie engagiert?«

»Das muss ich Ihnen nicht sagen. Ich möchte Sie trotzdem fragen, was Sie von der Geschichte halten. Warum ist Ihrem Vater das passiert?«

»Wir hatten keinen Umgang. Ich weiß nichts. Mein Vater führte sein eigenes geregeltes Leben, aber wenn ein Geisteskranker am Werk ist, hilft ein geregeltes Leben auch nichts. Es ist schon schrecklich.«

Er blickte auf die Uhr. Die funkelnde Oberfläche der Stahlskulptur verzerrte seine Gestalt und schärfte das Profil adlerartig. Vielleicht stand die Büste dort, damit die Besucher wussten, mit was für einem Menschen sie es zu tun hatten.

Die Fenster gingen aufs Gewerbegebiet Seppälä, wo Kräne mit dünnen Hälsen schwankten wie Saurier aus der Echsenzeit.

»Sie werden Ihren Vater doch sicher an den großen Feiertagen besucht haben. Wenigstens einmal im Sommer, zur Mittsommersauna am Puulavesi, stimmt's? Schauen Sie, ich befinde mich noch in den Startlöchern und dachte, die Verwandtschaft kann mir helfen.«

»Ich stehe auch in den Startlöchern und kann Ihnen nicht helfen. Ich habe einen wichtigen Termin. Das Verhältnis zwischen meinem Vater und mir war förmlich. Anders kann man es nicht bezeichnen. Keiner war begeistert, wenn er den anderen sah, aber das ist der berühmte Generationskonflikt.«

»Sie beerben ihn.«

»Ich und mein Bruder. Er wohnt in Tampere. Das Letzte, was ich gehört habe, ist insofern besorgniserregend, als mein Vater nicht viel zu hinterlassen scheint. Andererseits bin ich mit meinem Gehalt recht zufrieden. Meinen Bruder wird das mehr wurmen. Ich habe bei meinen Zukunftsplänen nicht mit dem Erbe gerechnet.«

Mikael Krassi hatte sich im Gegensatz zu Kuhala von der Dramatik des Entrees bereits vollständig erholt, er sprach mit technokratischer Schmelzeisstimme, aus der man beim genauen Zuhören einen Hauch Supersanierer heraushörte.

Der Mann war ein gefühlloser Gauner, aber wenn man das laut gesagt hätte, hätte das kaum Eindruck gemacht, zumal der Wachmann vor der Tür stand, bereit, ins Spiel einzugreifen.

»Tja, also … ich kann Ihnen nicht weiterhelfen.«

»Ich habe einen Hinweis erhalten, dass Ihr Vater Umgang mit gewissen Kriminellen hatte.«

»Speziell im Moment vor seinem Tod … Davon weiß ich nichts. Richten Sie Ihrem Auftraggeber aus, dass ich die berühmte falsche Adresse bin. Und die Zeit, die Sie hier stehen, ist vergeudete Zeit.«

Kuhala hatte allmählich den Kanal voll. Er sagte, er kenne Leute von der Zeitung, die großen Durst auf Klatsch hätten. Und ein Mann in der Führungsposition einer großen Firma, der mit Farbkugeln auf Leute schießen, die sein Büro betreten, sei ziemlich saftiger Klatsch. »Die haben heutzutage extra Telefonnummern für solche Tipps, und die Apparate sind rund um die Uhr besetzt. Ich will ja nichts beschreien, aber Ihr guter Ruf könnte gleich in der Anfangsphase verpuffen, vor allem weil Sie die Präsidentin als Zielscheibe benutzen.«

»Soll das eine Drohung sein?«

»Hier ist meine Karte, falls Ihnen etwas einfällt. Auch was Kleines. Der Mörder kannte das Gelände am Puulavesi gut, denn er hat sich genau aus der richtigen Richtung genähert. Ein geschickter Stratege.«

»Und Sie sind ein Komiker.«

»Ich mache nur meine Arbeit«, erklärte Kuhala.

»Aber das hier ist kein Zirkuszelt.«

»Haben Sie noch mehr Präsidentinnenbilder? Das hier ist ziemlich versaut«, sagte Kuhala, als er sich umdrehte.

»Als Nächstes klebe ich Ihren Arsch da hin«, meinte Krassi, ohne nervös zu werden, und vertrieb Kuhala mit einer kleinen Handbewegung aus seiner Interessenssphäre.

Der Wachmann schwankte mittlerweile auf einer bis zum Anschlag ausgezogenen Aluminiumleiter und reckte einen Mopp mit Stiel nach dem Farbkugelspritzer, der um ein Haar Kuhala auf die Stirn geklatscht wäre. Die Leiter stand im Springbrunnen, durch den die Sekretärin watete und seelische Unterstützung leistete.

Eine Viertelstunde später sah Kuhala vom Lenkrad seines Wagens aus Mikael Krassi eilig in Tarnanzug und Springerstiefeln aus der Tiefgarage von Finsomnia hasten.

Der Mann war eine moderne Führungspersönlichkeit, schnell in seiner Bewegung und flink in seinen Entscheidungen – das Keuchen beim Kriegsspiel ausgewachsener Männer befriedigte den Beutetrieb und half beim Abschalten, gleichzeitig erhielt die in der Seele lodernde Flamme der Wettbewerbsfähigkeit wie von selbst Sauerstoff. Die Wahl der Trainingszielscheibe zeugte nur von schlechtem Geschmack; allem Anschein nach war Gewinnmaximierung Krassis einzige Ideologie. Leidenschaftlichen Hass auf die sozialdemokratische Staatsspitze brachte er keinesfalls auf.

Und der Tod seines Vaters war ihm keinesfalls so gleichgültig, wie er zu verstehen gegeben hatte. Sollte er sich bereits ein Bild über die finanzielle Lage des Toten verschafft haben, rückte das sein Gerede über das Erbe in ein ziemlich schiefes Licht.

Kuhala fuhr zu seinem Büro und wäre fast gegen das abbremsende Fahrzeug einer Umzugsfirma gestoßen: Auf dem Bürgersteig da drüben schien seine Exfrau Leena am Arm eines fremden Mannes zu gehen!

Der Gedanke an die losen Fäden im Fall Krassi wie auch im Fall Leikari brach abrupt ab, und die Reifen quietschten auf dem Asphalt. Spürte Kuhala ein altes Verlangen in sich? Oder war es Eifersucht? Oder Bitterkeit, weil seine Ehe nicht funktioniert hatte?

Der fremde Mann drehte sich wegen des Bremsgeräuschs um, aber nur flüchtig. Dann legte er Leena den Arm um die Hüfte und lachte. Und als wäre das nicht genug, näherte er sich auch noch mit dem Mund ihrer Ohrmuschel, um etwas zu sagen. Es sah so intim aus, die Miniaturwelt ihres wattebauschigen Turtelns schottete sie von allem anderen ab.

Kuhala musste weiterfahren, denn das Lachen des Mannes hatte irgendwie etwas Persönliches und Höhnisches gehabt, auch wenn der andere ihn gar nicht kennen konnte. Kuhala hatte ihn auch noch nie gesehen: dunkle Haare, über eins achtzig groß und gekleidet in der Straßenuniform des Mannes über vierzig: Jeans und Lederjacke.

»Das könnte ich sein«, sagte Kuhala halb laut. »Aber mich geht das gar nichts an.«

Und schon brodelte in ihm ein Gebräu aus bitteren Gedanken bis zur Kreuzung der Kilpisenkatu, wo das Umzugsauto erneut bremste. Dann klingelte das Handy. Es war Tatu.

Kuhala entschuldigte sich sofort für den barschen Ton, in dem er seinen Namen genannt hatte, und spürte, wie sein Herz einen Sprung machte.

Der Junge klang fröhlich, das Semester hatte begonnen, und seine Pläne nahmen gar kein Ende. Es sprudelte nur so aus ihm heraus, was Kuhala an Tatus Kindheit erinnerte und ihn die Jahre vermissen ließ, an deren Existenz er schon bald kaum noch glauben würde.

»Bist du noch dran?«

»Ja, ja … mir ist bloß plötzlich eingefallen, wie wir mal zusammen Fußball gespielt haben und du mitten im Anlauf zum Elfmeter stehen geblieben bist. Weil dir der erste Schmetterling des Jahres über den Weg geflogen ist, ein Zitronenfalter …«

»Wie kommst'n jetzt auf so was?«

»Da warst du vielleicht sechs. Du bist in die Hocke gegangen und hast zu ihm ein bisschen altklug gesagt, also zu dem Schmetterling: Pass auf. Der geht rechts unten rein.«

»Das hab ich nicht gesagt! Das klingt nach einer Frühlingsfestanekdote im Kindergarten.«

»Da hattest du den Spruch natürlich her.«

»Du bist sentimental.«

»Was will man machen. Ich werde eben auch alt.«

Sie gingen zu alltäglicheren Themen über. Kuhala versprach, bei der nächsten Gelegenheit einen Eurotransfer in die Wege zu leiten. Tatu sagte, er habe sein Capoeiratraining auf die Hälfte reduziert und mache jetzt bei einer Art

Fight Club mit, weil das ein guter Ausgleich für das lasche Lernen und Lesen sei.

Kuhala erschrak und wollte wissen, ob sie über die Kampfsportart redeten, bei der auf alles geschlagen wird, was sich bewegt, und zwar mit allem, was die Seele hergibt. »Ich kann dir keine neuen Zähne finanzieren …«

»So was in der Art. Aber total geregelt. Da braucht man echt Selbstdisziplin.«

»Aber die hauen doch nicht mit bloßen Fäusten?«

»Nein. Außerdem hab ich einen Zahnschutz und einen Tiefschutz, und eigentlich ist es eher so was wie Submission Wrestling, wo es darauf ankommt, dass der andere aufhört zu strampeln … Aber hey, wir müssen aufhören, ich muss los. Sag Mama einen schönen Gruß.«

Natürlich wäre es möglich gewesen, an der nächsten Ecke umzukehren und Leena aus dem offenen Fenster heraus zu erzählen, wie es dem Jungen ging, und damit ihre romantische Promenade zu zweit zu unterbrechen und dem breitschultrigen Kerl zuzurufen, die Ärmel an deiner Lederjacke sind zu kurz. Scheiße noch mal.

Kuhala installierte das Lenkradschloss und wunderte sich über seine Reaktion, gegen die er machtlos zu sein schien. Dabei musste er sich ernsthaft fragen, mit welchem Recht er sich in die Wahl von Leenas Spaziergangsbegleitung einmischen sollte. Und war er denn wirklich ein solcher Idiot, seiner Exfrau in aller Öffentlichkeit seine Gefühle an den Kopf zu werfen?

Im Nachbarhof sprang der erste Laubbläser dieses Herbstes an. Über den See glitt langsam eine Wolke und schüttelte zerstreut einen Halbminutenschauer ab. Unmittelbar danach blendete über den Dächern ein so helles Licht, dass es in den Augen schmerzte.

# 10

Kuhala ging die Stufen zur Bürotür hinunter, im Wilden Wein tschilpte ein Spatz. Das war ein Warnsignal, aber das Röhren des Laubbläsers übertönte es. Von den Zweigen fielen Kuhala ein paar Tropfen in den Nacken, und er erschrak.

Der stilbewusste Anzugstenz aus der Haapa-Heikin tie stand im halbdunklen Wartezimmer neben dem Terrarium und grinste.

Kuhala machte die Tür hinter sich zu und schaltete das Licht ein, das Brüllen des Laubbläsers wurde gedämpft. Das Grinsen des Eindringlings hielt sich eine Spur zu lange im Gesicht, um glaubwürdig zu sein, es fing an zu verholzen. Im Wartezimmer roch es nach einer teuren Männerpflegeserie, die sich aus so vielen Substanzen zusammensetzte, dass keine einzige zu ihrem vollen Recht kam. Das Resultat war nicht so geheimnisvoll, wie es sich der Mann vielleicht einbildete, sondern bonbonhaft.

Kuhala entspannte im Hinblick auf die bevorstehende Herausforderung die Schultern und bedauerte zugleich, mit den von Tatu beworbenen Kampfsportarten nicht viel am Hut zu haben. Jetzt wäre eine schnelle Schlagfolge gefragt gewesen, aber hätte er die Initiative ergreifen und den anderen prügeln sollen, der noch immer nicht sein Anliegen vorgetragen hatte, sondern weiterhin mit seinem angestrengten Grinsen im Gesicht stumm auf der Stelle stand?

Ein wenig tat es ihm auch für das Terrarium leid, denn beim Kampf zweier so großer Männer würde das Echsenhaus um nichts auf der Welt vor der Zerstörung verschont bleiben. Er wollte wissen, wie es dem Mann gelungen sei, durch die verschlossene Tür zu kommen. Er stellte die Frage absichtlich in seiner Muttersprache und war verblüfft, als der andere in gutem Finnisch antwortete: »Sie war schlecht verschlossen.«

Womöglich hatte der Mann in der Haapa-Heikin tie nur deshalb nicht gesprochen, weil er den Pinsel schwingenden Tauno demütigen wollte, indem er sich nicht zu langen Unterhaltungen mit ihm herabließ.

»Vielleicht gehen wir ins Büro«, sagte Kuhala, ohne den Mann aus den Augen zu lassen.

Dessen Bewegungen hatten die Geschmeidigkeit einer Großkatze, aber auch das konnte man lernen, ohne dass viel dahinter sein musste. Er streckte die Hand aus, und Kuhala ergriff sie, obwohl er fürchtete, im nächsten Moment in der Ecke zu landen.

»Juri.«

»Otto Kuhala. Setzen Sie sich. Wie kann ich Ihnen dienen?«

Juri fragte, ob Kuhala etwas dagegen hätte, wenn er rauchte. Er wartete die Antwort nicht ab, sondern stieß nach einer Trickfolge von wenigen Sekunden, die langes Training erfordert haben musste, schon den ersten Rauch aus. Es war, als wären Zigarette und goldenes Feuerzeug aus dem Ärmel in seine Finger geflutscht.

»Du warst vor Kurzem in der Haapa-Heikin tie. Ich hab dich gesehen.«

»Stimmt.«

»Und du hast nach Seppo Leikari gefragt.«

»Soweit ich weiß, habe ich nicht dich nach ihm gefragt.«

»Er ist tot.«

»Das weiß ich. Ich untersuche den Todesfall beruflich, kannst du mir eventuell helfen? Leikari ist auch unter dem Namen ›Flachkopf‹ bekannt gewesen. Flach, nicht Schwach.«

Juri schien aus sprachlichen Gründen etwas irritiert, überspielte das aber, indem er einen Aschekrümel von der Bügelfalte pickte, aber es konnte auch bloß die Übergangsphase zu einer härter gekochten Taktik sein, denn Besuche dieser Art waren für ihn beinahe alltäglich, und er musste inzwischen gemerkt haben, dass Kuhala nicht schreckhaft war.

Der Laubbläser agierte inzwischen vor dem hofseitigen Fenster der Detektei, das Rohr sah aus wie der Rüssel eines Einsiedlerelefanten.

»Warum hast du gedacht, die Antwort auf Leikaris Tod gibt es in der Haapa-Heikin tie?«

Juri blickte von der Hose auf und ließ den Qualm mit Verzögerung aus den Nasenlöchern aufsteigen, theatralisch. Zwischen den Lippen, die fragend einen Spaltbreit offen standen, schwebte das abschließende Haiku, aber bei Kuhala löste sich langsam die Anspannung, denn in dem jungen Mann auf der anderen Seite des Tisches steckte kein Inhalt. Juri war nichts als eine Hülle. Er hatte für seinen Besuch keine Anweisungen erhalten, er war auf eigene Faust gekommen und hatte beschlossen, Wirkung zu erzielen, indem er einbrach, mit der Zigarette Zaubertricks vorführte und wer weiß was sonst noch tat.

Falls man Juri die Eroberung Jyväskyläs übertragen hatte, war man anderswo auf diese Tricks bereits hereingefallen.

Das Geräusch des Bläsers entfernte sich, Juri wiederholte seine Frage und lud sie durch Pausen bedrohlich auf. Wieder war die Anstrengung vergebens, vor allem weil er Leikari irrtümlich Schwachkopf nannte, entgegen Kuhalas ausdrücklicher Empfehlung.

»Ich dachte halt, einer von euch hat Leikari umgebracht, weil der versuchte, euch zu bescheißen. Er hatte nämlich den Ruf, ganz groß im Bescheißen zu sein, und wie man hört, hat er oft in der Haapa-Heikin tie gepennt. Vielleicht hast du ihn umgelegt. Habt ihr da so einen Stützpunkt für euren Drogenvertrieb, oder so? Versucht ihr, auf einen Schlag den kriminellen Markt der Stadt zu erobern?«

Es bereitete Kuhala keine Schwierigkeiten, die Stimme ruhig zu halten. Das war ein intuitives Stilmittel von ihm, das gewisse Risiken barg, aber auch funktionierte.

»Ihr hattet Interessenkonflikte, und weil ich glaube, dass weder Flachkopf noch du noch dein Hintermann zu den flexibelsten Unterhändlern gehören, war ein Zusammenstoß unvermeidlich«, tönte er.

»Verdammt noch mal …«

»Ich geb dir jetzt mal einen Tipp. Die hiesige Polizei weiß über euch das ein oder andere, und bei der hiesigen Polizei gibt es ein paar Sturschädel, für die der skandinavische Rechtsstaat aufhört zu existieren, sobald sie einem wie dir Auge in Auge gegenüberstehen.«

Juri lief rot an. Er inhalierte den Rauch ins falsche Röhrensystem und bekam einen Hustenanfall.

Falls er vorgehabt haben sollte, die Waffe zu ziehen oder Kuhala an die Gurgel zu gehen, so scheiterte das an diesem Husten, an den er sich immer als an den schwärzesten seiner Karriere erinnern würde.

»Willst du ein Glas Wasser?«

Juri hob den Zeigefinger, um zu drohen, ihm quollen die Augen über vor Tränen. Ein Teil davon musste vom Zorn stammen. Dann tastete er nach der Innentasche seiner Jacke und ließ Kuhala auf dem Weg zum Wasserholen innehalten – verflixt, er war doch zu weit gegangen.

Auch die beschränktesten Nesthäkchen des organisierten und unorganisierten Verbrechens wussten, wie man einem Mangel an Respekt mit Stilettgrüßen begegnete, und Kuhalas Benehmen war längst in den Bereich der blanken Verhöhnung abgeglitten.

Er spannte die Muskeln, um entgegenzunehmen, was kommen musste.

Juri verschaffte sich Erleichterung aus der Asthmapfeife, die er aus der Jackentasche zog, und begnügte sich anschließend damit, die Pfeife auf Kuhalas Brust zu richten. Aus seinem Mund kam nur ein schwaches Pfeifen, der Stuhl kippte um, die Zigarette fiel aufs Ahornparkett. Der Mann geriet derart außer Fassung, dass er den finnischen Satz, den er sagen wollte, vergaß und nur eine konsonantenlastige Höflichkeit auf Russisch ausstieß, bevor er kleinlaut und im Rückwärtsgang das Wartezimmer ansteuerte. Aus seinen Schritten war alles Katzenhafte verschwunden, was blieb, war bloßes Stolpern.

War Juri ursprünglich ein Straßenkind aus Petersburg oder Tallinn? Hatte er Literatur und Fremdsprachen an der Universität einer der beiden Städte studiert? Oder hatte er den Kern seiner Verbitterung beim Kartoffellesen in einer Kolchose geschluckt? Alles war möglich, aber irgendwie entsprach das Gezappel des stutzerhaften jungen Mannes den Vorstellungen, die Kuhala von der gesellschaftlichen Entwicklung Estlands und Russlands entwickelt hatte. Es ging nicht stabil vorwärts, ständig tauchten unberechenbare Faktoren auf.

Kuhala folgte der eingesunkenen Gestalt des Westentaschengangsters bis zur Tür. Er war verwirrt und verspürte nicht das Bedürfnis, weiter zu spotten. Würde er womöglich bald Mitleid haben?

Juris Goldschmuck blinkte im Türspalt, als sein Besitzer

noch etwas sagte, was Kuhala veranlasste, auf der Stelle das Glas Wasser auszutrinken.

»Du bist nicht so gut, wie du glaubst.«

Damit war der Mann verschwunden, zurück blieben nur der süße Geruchsstoff und der Zigarettenduft. Die Echsen Inkeri und Hytönen hatten den Höhepunkt der Aufführung vom Logenplatz ihres Terrariums aus verfolgt und wackelten, ihren Gewohnheiten treu, mit den Köpfen synchron hin und her.

Kuhala antwortete mit einem Brummen und schaute dann genauer durch die Scheibe. Er fluchte und erwog, Juri nachzurennen. Der Kerl hatte Inkeri ein ekliges Kaugummi als Xylitolbaskenmütze auf den Kopf geklebt, während er auf Kuhala gewartet hatte.

Wie war ihm das im dunklen Wartezimmer bloß gelungen? Oder hatte der Gecko aus reinem Pech den Volltreffer abgekriegt? Der Klumpen stand Inkeri nicht. Oder Hytönen. Da war sich Kuhala nicht sicher.

Er schob die Hand ins Terrarium, die Echsen starrten gebannt auf die näher kommende Zange aus Daumen und Zeigefinger in der Gewissheit, eine Zwischenmahlzeit zu erhalten. Er löste das Gummikäppchen und warf es angewidert in den Abfalleimer, die Geckos bekamen zum Trost ein paar Beißschrecken.

Am selben Abend saß Kuhala mit Raatikainen in der Jazzbar und berichtete in allen Einzelheiten von der tragikomischen Begegnung. Raatikainen hörte konzentriert zu und nahm ab und zu einen Schluck von seinem Koskenkorva-Mineralwasser-Gemisch. Die Combo, die die Bühne bestieg, bestand aus einem Gitarristen, einem Tenorsaxofonisten und einem Schlagzeuger, der sein Set um ein Glockenspiel aus verschiedenen Knochen erweitert hatte. Es klapperte schaurig. Die mit Bedacht kultivierten Klänge des Gitarristen drangen in alle Ecken des halb leeren Raumes, als wollten sie das tiefste Wesen des Jazz heraufbeschwören.

»Juri ist in der falschen Branche. Wenn er auch nur ein bisschen durchblickt, packt er noch heute Abend seine Sachen«, schloss Kuhala.

»Oder er wartet wieder auf dich, in der Absicht, sich zu rächen. Du hast seinen Stolz angekratzt. Pass auf, dass er dich nicht aus dem Gebüsch heraus umlegt. Oder er hat nur versucht, den starken Mann zu spielen, und kommt in Wahrheit aus einer ganz anderen Branche.«

Kuhala lachte. Er fragte Raatikainen, ob er inzwischen etwas herausgefunden habe. Das Trio war mit seiner Komposition noch lange nicht am Ende angelangt, Kuhala überlegte, ob die Bauteile des Knochenglockenspiels vom Friedhof stammten.

»Eine russische Bande, die von Helsinki aus operiert, hat im Frühjahr ernsthaft in den hiesigen Revieren gefischt, aber weil ihre einträgliche Heroinroute nach Mittsommer durch eine Falle der Moskauer Miliz in heimischen Gefilden hochging, waren sie gezwungen, ein bisschen abzutauchen. Es stand was in der Zeitung darüber, weil die Ladung einfach höllisch groß war. Schaufelweise Zeug. Vielleicht hat ihr Schmiersystem versagt, jetzt muss Mittelfinnland auf ein neues Morgen warten.«

»Das waren keine Leute von der Bagage aus der Haapa-Heikin tie?«

»Nein. Über die scheint nichts bekannt zu sein. Nach deinen Erfahrungen scheint mir das auch eher eine Theatertruppe zu sein.«

»Das glaube ich nicht. Da steckt mehr dahinter. Juri hat dort am Handy mit einem gesprochen, und auch wenn ich nur hier und da was verstanden habe, weiß ich, dass die beiden keine Rezepte für Piroggen ausgetauscht haben.«

»Sondern?«

»Das werde ich noch rauskriegen«, erwiderte Kuhala ausweichend. Er wollte nicht, dass ein Mann, der gerade erst in Rente gegangen war, seine Sicherheit gefährdete, indem er zu viele Fragen stellte, und als hätte Raatikainen seine Gedanken gelesen, verstummte er kurz.

»Sicher scheint mir zu sein, dass Flachkopf mit dem Ertrag seiner Raubzüge nicht mehr zufrieden gewesen ist und auf den großen Durchbruch spekuliert hat. An Vertrauen in seine Fähigkeiten hat es ihm nicht gemangelt, außerdem war er das Fischen in trüben Gewässern gewohnt, er wusste, dass man da auch mal Glück haben konnte, wenn man sich geschickt anstellte. Auch ein Gauner sehnt sich nach dem Durchbruch.«

»Ach, die Habgier …«

»Ich frage mich, was in den Werkzeugkisten war, die er auf dem Parkplatz von Primus in den Lieferwagen geladen hat. Komische Klauerei, irgendwie«, überlegte Kuhala laut.

»Normalerweise enthalten solche Kisten berauschende Substanzen.«

»Darauf kommt man unwillkürlich, weil man wegen ein paar Werkzeugen doch niemanden umbringt.«

Die Belüftungsanlage des Lokals schien nach dem heißen Sommer erschlafft zu sein, der Zigarettenrauch schwebte unter der Decke wie der Himmel der Nikotiniker. Die Band versank in einer dissonanten Improvisation, aus der Küche wurden die bestellten Hühnerteile gebracht.

Sie tranken auf Raatikainens Rente und dachten dann zum wer weiß wievielten Mal an die heikelsten Fälle ihrer gemeinsamen Polizeijahre zurück, wobei sie sich fragten, was aus den Kunden, die sie damals kennengelernt hatten, wohl geworden war.

Die meisten saßen im Gefängnis oder hatten gerade Hafturlaub, der eine oder andere randalierte vielleicht schon auf einer Wolkenbank, und äußerst wenige hatten sich gebessert und ratterten jetzt als Rädchen im Getriebe.

Kuhala holte sich einen zweiten Whisky und erklärte im Fabriksirenenschrillen des Saxofonsolos per Handbewegung, er müsse mal auf die Toilette.

An der Rinne klingelte sein Handy. Einen ungünstigeren Ort konnte man lange suchen. Er verrichtete seine Notdurft zu Ende und überlegte schon, wann die Marketingexperten auf die Idee kämen, eine Freisprechanlage für den Urinalgebrauch zu entwickeln. Die müsste jedenfalls so praktisch sein, dass keine Spritzgefahr bestand, und warum nicht auch technisch so ausgereift, dass man das Pissen nicht hörte.

Bauunternehmer Muhonen war die Spritzgefahr ziemlich egal, er fing am anderen Ende der Leitung sofort an zu toben. Kuhala starrte auf sein blasses Gesicht im Spiegel und hielt das Handy eine halbe Handbreit vom Ohr weg, während Muhonen sich wegen der Rechnung, die er von Kuhala bekommen hatte, die Lunge aus dem Hals schrie. Seiner Meinung nach erfüllte die Rechnung den Straftatbestand des versuchten Raubs, außerdem war die Aufstellung der einzelnen Posten so miserabel, dass der Zettel hochkant im Reißwolf gelandet war. »So frech hat mich in letzter Zeit niemand mit Zahlen verarschen wollen. Hab ich vielleicht mein Werkzeug wiederbekommen?«

»Nein. Davon war bei dem Auftrag nicht die Rede. Ich habe den Täter gefunden.«

»Pass auf, du … du … hol dir … du«, schnaufte der

Spekulant. Er schien während des Telefonats ein spätes Abendessen zu sich zu nehmen.

Kuhala war selbst ein großer Hasser von Rechnungen und zahlte sie immer widerwillig, aber ein bisschen überraschte ihn die rasende Wut des anderen doch.

Muhonen fiel noch immer nicht ein, was Kuhala sich wohin holen sollte, aber der Plot seines Couplets wurde deutlich: Aus Kuhalas Traum von einer ordentlichen Entschädigung schien nichts zu werden. Wie naiv doch seine Vorstellung gewesen war, Muhonen würde sich über die faire Summe freuen! Er war ein knallharter Geschäftsmann, wahrscheinlich hatte er es in seiner Branche auch nicht leicht. Trotzdem ging Kuhala das stillose Toben so auf den Docht, dass er nicht nachgeben wollte, sondern sagte, die Gefahrenmomente, denen er bei der Arbeit ausgesetzt gewesen sei, entsprächen durchaus der Summe auf der Rechnung. »Ich habe Leikari ermordet aufgefunden, und der Täter hat mich möglicherweise aus nächster Nähe gesehen, als ich zum Arbeitermuseum fuhr. Da liegt der Gedanke, dass mein Leben in Gefahr war, ganz und gar nicht fern.«

»Scheißdreck.«

»Was Scheißdreck?«

»Mein Leben war in Gefahr, als ich deine Rechnung aufgemacht hab.«

»Gibt es in eurer Firma keine Bürokräfte, die für das Öffnen von Rechnungen ausgebildet sind?«

»Du kriegst von mir keinen roten Heller, bevor du die Sachen aufgetrieben hast.«

»Das werden wir ja sehen. Dann geht das Ganze eben in die Zwangsvollstreckung.«

Muhonens Blutdruck stieg in die kritische Zone und brachte die Leitung zum Rauschen, und das, wo er beim ersten Treffen noch so ausgeglichen gewirkt hatte. Er schnaubte und keuchte unverständliches Zeug, Kuhala blieb nichts übrig, als an die Adresse auf der Rechnung zu verweisen.

Er brach das fruchtlose Gespräch ab und stand einen Moment auf dem Toilettengang, um sich zu fragen, ob es ein Indiz für gesellschaftliche Veränderungen größeren Ausmaßes war oder nur reiner Zufall, dass er innerhalb kurzer Zeit gleich zwei Mal mit Männern zu tun gehabt hatte, denen die Artikulationsfähigkeit abhanden gekommen war. Oder hatte er etwas an sich, das die Typen aus der Fassung brachte? Habgier, Frechheit, Übermut, Größenwahn?

Die hausbackene Avantgarde des Jazztrios hatte mittlerweile die Kundschaft von den umliegenden Tischen vertrieben, der Trommler hatte seinem Zubehör einen Oberschenkelknochen entnommen und drosch damit auf das Knochenglockenspiel ein.

Noch immer von dem Anruf erschüttert, trank Kuhala seinen Whisky. Natürlich war er bereit, sich über die Summe zu einigen, aber nicht mit einem Spekulanten, der an seiner Wut erstickte. Er schlug Raatikainen einen kleinen Spaziergang vor dem Schlafengehen und vor dem Abenteuer des nächsten Tages vor. Sie waren die letzten Gäste, die Band ließ die Hölle los, und als Kuhala sich an der Tür noch einmal umdrehte, sah er den Schlagzeuger, kauernd wie ein Höhlenmensch am Feuer, den Schenkelknochen – es war mit absoluter Sicherheit der Oberschenkelknochen eines Menschen – über die Basstrommel ziehen.

Der Nachtwind trieb einen Popcornkarton vor sich her, die Fußgängerzone war still, wie immer um diese Zeit der Woche. Und bald würde der Winter kommen.

»Bald wird es Winter«, erklärte Ratsku.

»Das habe ich auch gerade gedacht«, sagte Kuhala.

»Wie soll man den dann wieder überstehen?«

»Was gibt's für dich da zu überstehen? Du bist ein freier Mann!«

»Die Dunkelheit ist nicht so mein Ding.«

»Kauf dir eine Anti-Depressions-Lampe.«

»Das ist mir zu künstlich, das macht den Winter auch nicht weg.«

»Zieh den Winter über nach Spanien. Dort gibt es noch mehr ehemalige Polizisten.«

Raatikainen stieg am Kirchenpark in ein Taxi, nachdem er die Vermutung geäußert hatte, in Spanien bräuchte er dann früher oder später eine Lampe oder gar den Geist aus einer Lampe, um das Heimweh zu vertreiben. Er war sicher, die jahreszeitlichen Stimmungswechsel seien ein Teil seiner Psyche. Besser gar nicht erst versuchen, davon loszukommen, nicht mit Lampen und nicht mit Pillen. Von Zeit zu Zeit ein leichtes Jammern in freier Wildbahn sei wohl die beste Medizin.

Die Rücklichter des Taxis verschwanden in der Nacht. Kuhala ließ sie auf der Netzhaut verglühen, dann steckte er die Hände in die Taschen. Raatikainens Melancholie war angesichts des positiven Rentenbescheids seltsam, aber vielleicht bestätigte sich darin Oscar Wildes Weisheit von den zwei Tragödien des menschlichen Lebens: Die eine bestand darin, dass man nicht bekam, was man wollte, und die andere darin, dass man es bekam.

Kuhala konnte sich noch immer nicht in Bewegung setzen, sondern blickte zu den Linden jenseits der Straße hinüber, unter denen die atemberaubende Annukka bei ihrer ersten Verabredung auf ihn zugekommen war, vor ungefähr tausend Jahren, vor tausend Sommern und Wintern. Er erinnerte sich an jeden Schritt der Kommissarin, an ihre roten Haare, an den Zauber und den Duft ihrer Weiblichkeit und daran, wie sich sein Puls beschleunigt hatte.

Jetzt schien sein Herz vor Sehnsucht zerspringen zu wollen. Was hielt ihn davon ab, Annukka auf der Stelle anzurufen, was denn nur? Die Kälte brachte ihn zum Zittern, ein Windstoß wirbelte Blätter vom Ahornbaum auf, die in der Dunkelheit außerhalb des Lichtkreises der Straßenlaterne verschwanden.

Die Uhr zeigte halb eins. Kuhala machte sich auf den Weg nach Hause und wählte die Route über den Bahnhofsvorplatz, wo die gleiche Stille herrschte wie im Zentrum, abgesehen von der freundschaftlichen Rangelei zweier Schluckspechte vor dem »Franzmann«. Das alte Gebäude des ehemaligen Bahnhofs aus der Zarenzeit kauerte in sich gekehrt unter dem Nachtfirmament, vom Rangierbahnhof hörte man das Zischen einer Lokomotive und ein grelles Quietschen, als wäre dort ein prähistorisches Tier aus dem Schlaf hochgefahren.

Kuhala sog die feuchte Luft der Herbstnacht ein. Dann bog er in die Hannikaisenkatu ein und suchte nach seinem Schlüssel. Ein Igel trippelte unter Lebensgefahr über den Zebrastreifen auf die andere Straßenseite, wo die Fußgängerbrücke über die Gleise führte, und für Kuhala kam nicht infrage, zuzuschauen, wie das Tier von den Reifen des Rasers, der gerade am Stadtbauamt um die Ecke bog, plattgefahren wurde.

Er eilte als Bodyguard des Tiers auf den Zebrastreifen, das Dröhnen des getunten Motors wurde stärker, und die Reifen jammerten. Dann jammerten die Bremsen, weil Kuhala die Hand hob. Er wurde mit der brüsken Symbolik gestreckter Mittelfinger aus den Wagenfenstern bedacht, gewürzt mit der schärfsten Abfolge von Schmähungen aller Zeiten, die außer konventionellen Frivolitäten auch einen Haufen seltsamer, vermutlich unterleibsspezifischer Neologismen enthielt. Sie waren zweisilbig, neuester Kleinstadtslang, und als sie endlich aufhörten, schrie Kuhala den Schreihälsen ein »Geht schlafen« hinterher, dessen Autorität ausgereicht hätte, um eine Revolution auszulösen.

Der gelbe Mazda einer älteren Baureihe machte eine Handbremsenwendung und ergriff die Flucht. Auch der Igel schien erschrocken zu sein, er hatte es bereits über die Straße geschafft, Kuhala sicherte den Rest des Weges unter die Metallgittertreppe der Fußgängerbrücke, wo er auf eine wimmernde, schlimm misshandelte Swetlana Susinen stieß.

## 11

Im Postkartengestell des Geschenkartikelladens steckte eine Serie mit Wichtelmännchenskeletten, die im Schnee tanzen. Als Weihnachtsgruß für Oma waren die Motive nicht geeignet, aber vielleicht für einen Menschen mit Humor oder jemanden, der sich nicht mit dem Üblichen zufriedengibt. Der Schnee stob, die Knochenschädel unter den roten Mützen grinsten.

»Das Stück ein Euro, ein Dutzend für sechs. Das sind Kunstpostkarten.«

»Mir fällt irgendwie niemand ein, dem ich so eine schicken könnte«, sagte Kuhala.

»Wie wär's mit Ihrem Parlamentsabgeordneten?«

»Na ja, mein Kandidat ist nicht gewählt worden.«

»Dann müssen Sie weiter nachdenken, aber zum Glück ist Weihnachten nur einmal im Jahr.«

»Und nicht jedes Jahr, so wie Mittsommer.«

Kuhala bückte sich, um die Karte zurückzustecken. Der Mann mit der Brille, der in gemütlichen Filzpantoffeln aus dem Hinterzimmer geschlichen war, roch nach Schnaps. Unter der unachtsam geknöpften Strickjacke wölbte sich ein Bauch, der darauf hindeutete, dass sich der Alkoholismus hier erst im Fettleberstadium befand, auch wenn die Haut schon ins Zirrhosegelb spielte. Das Deckenlicht im Laden und der zum Fenster hereinfallende Schein des herbstlichen Nachmittags à la Tampere begünstigten eventuell den Farbeindruck, aber das Rätsel juckte Kuhala nicht so sehr, als dass er nachgefragt hätte.

Hans Krassi besaß immerhin mehr Humor als sein kleiner Bruder, der Farbpatronenschütze.

Sein Geschäft lag an der Ecke von Papinkatu und Tiiliruukinkatu, neun oder zehn Blocks von der belebten Hämeenkatu entfernt und in fast völliger Vergessenheit. Es gehörte zu den Unternehmen mit geringem Umsatz, die einem einzelnen Menschen Arbeit geben und über die Volkswirtschaftler und Minister schöne Dinge sagen, weil sie angeblich das Unterholz bilden, das den privaten Sektor nährt, aber in Wahrheit waren sie für ihre Besitzer nichts als ein Klotz am Bein.

Hans Krassis »Geschenkschachtel« machte da keine Ausnahme.

Kuhala trug sein Anliegen vor und strich den Mann auf der Stelle von der Liste der Verdächtigen. Es war schwer vorstellbar, dass sich dieser träge und im späten mittleren Alter schon verfallene Mann aufgemacht haben sollte, um seinen Vater über den Haufen zu schießen.

Krassi kratzte sich das Kinn, auf dem der Schwerpunkt seines Gesichts ruhte. Er wurde ernst, hinter dem feinen Ödem, das seine Züge quälte, war das ganze Spektrum der kantigen Familienanatomie zu erkennen. »Sind Sie von Jyväskylä nach Tampere gefahren, um herauszufinden, was ich für ein Verbrecher bin?«

»Nein, sondern um zu fragen, ob Sie vielleicht etwas wissen, was bei der Suche nach dem Mörder helfen könnte.«

»Wer hat Sie beauftragt? Doch nicht mein Bruder?«

»Er hat mich das Gleiche gefragt. Ich konnte es nicht beantworten, und ich bedauere, dass ich es auch Ihnen nicht sagen darf.«

Krassi polierte den Fußboden mit seinem Pantoffel und wirkte nachdenklich – oder er sehnte sich nur nach einem Schluck. Es war eine Geste der Hilflosigkeit, eine Vorstufe der Leerlaufphasen, die sich in der näheren Zukunft abzeichneten, und sie dauerte eine Viertelminute. Dann bat er Kuhala ins Hinterzimmer. »Ich höre, wenn jemand kommt. Heute ist es ruhig.«

Sie setzten sich an einen rosa Plastiktisch. An der Wand hingen ein Feuerlöscher und ein gerahmtes Foto, das vor der »Geschenkschachtel« aufgenommen worden war.

Hans Krassi hatte zum Zeitvertreib mit dem Hit der Saison gespielt, einer Art Nonnenjojo. Wenn der Spieler die Schnur, die durch ein Loch im Kopf lief, freigab, flutschte die Nonne nach unten, wobei sich ihr Gewand hob, unter dem sie splitternackt war. Wickelte sich die Schnur mithilfe des im Schädel eingebauten Mechanismus wieder auf, stieg die Nonne nach oben, und der Rockschoß senkte sich.

»Das ist was für die Weihnachtsfeiern der Betriebe. Das schenken sich die Leute gegenseitig. Außer jetzt vielleicht bei Weihnachtsfeiern im Vatikan. Es gibt zwei Modelle, Porzellan und Natur. Das Verhältnis zwischen meinem Vater und mir war eher schlecht. Der größte Grund dafür war wahrscheinlich ich. Umgebracht hab ich ihn trotzdem nicht.«

Der Mann wechselte das Thema, ohne Luft zu holen; dass sein stilles Leben von bescheidenen Geldströmen geprägt war, sah man an seiner Haltung und seiner erlöschenden Aura. Man konnte sich leicht vorstellen, wie er stundenlang hinter der Kasse saß und auf die Straße starrte.

»Wann haben Sie Ihren Vater das letzte Mal gesehen?«

»Das ist Jahre her.«

»Jahre?«

»Er hat mich finanziell unterstützt, und weil ich ihn um immer mehr gebeten habe und auch nicht so korrekt, wie es hätte sein sollen, hat er den Kontakt abgebrochen. Ich hatte es nicht anders verdient.«

Die Nonne hatte ihren Rock ausgelüftet und hing nun da wie am Galgen. Der Laden gehörte nicht zum Geschenkartikelfachhandel für die besseren Kreise, und Kuhala war sicher, dass man das Jojo in jedem gut geführten Geschäft der Erotikbranche oder im nächsten Scherzartikelladen bekam. Die »Geschenkschachtel« neigte sich ohnehin schon in die entsprechende Richtung.

Plötzlich brach Hans Krassi die Produktpräsentation ab und griff sich aus dem klassischen Versteck am Tischbein eine Literflasche Bier.

Er musste den Flascheninhalt mit einem Schuss versehen haben, denn er trank nur wenig, und dann erklärte er mit belebter Stimme, er wisse, wer Kuhala beauftragt habe. »Der verdammte Erik. Vaters Bruder. Sie brauchen nichts zu sagen.«

»Das hatte ich auch nicht vor.«

»Mein Onkel ist einer von diesen altmodischen Idioten, die sich einbilden, aus der Ehre der Sippschaft, dem Ansehen der Familie oder so einem Blödsinn zu schöpfen. Zu allem Überfluss macht er auch noch einen auf hartherzig, und jetzt hat er also sein Schlachtross gesattelt. Der alte Depp.«

»Gehen wir einmal davon aus, dass er mich engagiert hat – was wäre so schlimm daran, wenn er versuchen würde, den Mörder seines Bruders zu finden?«

»Ihn interessiert die Erbschaft. Der Schweinehund glaubt natürlich, dass er bei der Verteilung der Beute besser abschneidet, wenn wir Miterben wegen der Schießerei hochgenommen werden. Mikael oder ich.«

Kuhala ließ unerwähnt, dass es keine Erbschaft geben würde, jedenfalls nicht genug, um die »Geschenkschachtel« zu retten. Hans Krassis Hals war gerötet, er nahm noch einen Schluck und legte das Jojo in die Nonnenwabe eines Kartons. »Erik bringt kein Mitgefühl auf, außer für sein Portemonnaie.«

»Da ist er nicht der Einzige. Es gibt aber auch welche, die Mitgefühl für die Portemonnaies anderer Leute empfinden«, sagte Kuhala.

»Hätte mein Vater ein Testament gemacht, das den Schuft begünstigt, und hätte Erik dann einen Hinweis darauf erhalten, wäre er auch fähig gewesen, einen Mord zu inszenieren.«

»Aber ein Testament gibt es nicht?«

»Nein. Ich glaube nicht.«

»Haben Sie Ihren Vater je in seinem Sommerhaus am Puulavesi besucht?«

»Ja. Zuletzt Mitte der Neunzigerjahre. Schöne Gegend. Und ausgerechnet da ist die Schreckenstat passiert. Es graut einem, wenn man nur daran denkt. Eins ist jedenfalls sicher, ich kann dort nicht einen Tag mehr verbringen, ich werde es verkaufen, sobald das Nachlassverzeichnis unterschrieben ist.«

»Vorausgesetzt, Ihr Bruder ist damit einverstanden.«

»Ich glaube nicht, dass er sich dort wohlfühlen würde. Wird der Nachlass schon inventarisiert?«

»Sie müssten das doch wissen.«

»Ich hab das an meinen Bruder delegiert, und ehrlich gesagt bin ich in nicht so gutem Zustand.«

Kuhala fragte Hans Krassi, ob sein Vater Feinde mit ausreichendem Motiv gehabt habe.

»Eine Frau kommt hier kaum infrage, auch wenn es welche gibt, die bei Bedarf äußerst böse werden.«

»Haben Sie da Erfahrungen?«

Kuhala hielt es für klüger, darauf nicht zu antworten. Er nickte nicht einmal, beförderte aber im Nu aus den Falten seines Gedächtnisses eine hitzige Diaserie von den Gereiztheiten seiner Exfrau Leena ans Tageslicht.

Der Ladenbesitzer korrigierte den Sitz seiner Brille und ließ den Blick in die Zimmerecken schweifen. Das Gestell war in den Achtzigerjahren in Mode gewesen, die Gläser reichten bis zu den Wangen, man hatte einen halben Hektar transparentes Material dafür benötigt. Die Fliegen, die im Sommer am Lampenschirm verendet waren, hingen immer noch dort und trübten das Licht. Vielleicht waren es auch die Opfer mehrerer Sommer. »Ich kenne die Bekannten meines Vaters nicht. Und ein Motiv haben wahrscheinlich nur Mikael und ich, weil wir erben. Aber ich muss Sie enttäuschen, wir haben keinen Heckenschützen beauftragt. Und keiner von uns beiden ist so aktiv, dass er sich selbst ans Werk gemacht hätte.«

Kuhala wurde eine Spur unsicher wegen Hans Krassis

halb scherzhafter Ausdrucksweise und behielt die Information für sich, dass der kleine Bruder Mikael immerhin ein gewisses Interesse für Waffen an den Tag gelegt hatte. Er fragte trotzdem nach, ob es in Rurik Krassis Vergangenheit etwas gegeben habe, das man aufgreifen könnte. »Ich meine Dinge, die lange zurückliegen. Zum Beispiel aus der Zeit, in der Sie noch unter einem Dach gewohnt haben.«

»Das habe ich mir auch überlegt, und ich musste der Polizei die gleiche Frage beantworten, aber es tut mir leid. Mein Vater war ein Vater aus der alten Zeit, falls Sie wissen, was ich meine. Für ihn gehörte es sich nicht, den Kindern etwas von seinen Angelegenheiten zu erzählen. Nicht einmal seiner Frau, aber ich glaube trotzdem nicht, dass man bei ihm Leichen im Keller findet. Oder dass ein Rächer nach Jahren mit Revanche im Sinn zurückgekehrt ist, um altes Unrecht zu quittieren. Unsere Kindheit und Jugend haben wir in materieller Sicherheit verbracht. Ob glücklich, weiß ich nicht, und das Schweigen war damals wohl die übliche Reaktion, wenn sich im Leben schwarze Wolken türmen. Mein Vater erledigte seine Angelegenheiten, und wenn dazu Kneipentouren mit Geschäftspartnern gehörten, hielt die Familie das aus. Keine großen Zwischenfälle, kein Anlass zum Tratsch für die Nachbarn. Ich glaube sogar, dass Mikael und ich ein Taschengeld bekamen, das auf dem gängigen nationalen Niveau lag.«

Kuhala dachte, dass man zumindest auf dem Postkartengestell Leichen finden konnte. Hans Krassi lächelte nach seinem kleinen Ausflug in die Erinnerung das Lächeln eines vorzeitig ermatteten Mannes und schwieg. Er taxierte den Pegelstand in der Flasche und setzte sie ungeniert an, bevor er sie wieder zurückstellte. »Meine Sauferei ist reine Frustabwehr, und ich werde nicht zulassen, dass sie die Oberhand gewinnt.«

Das anschließende Rülpsen konnte das bittere Ostinato seines Tonfalls nicht verbergen, aber Kuhala war in seinem Leben schon so vielen Säufern begegnet, dass er sich nicht für die Motive von Hans Krassis Pichelei interessierte, geschweige denn, dass er mit der Amtsgewalt gedroht hätte, weil keine gescheiten Erkenntnisse zu bekommen waren.

Warum sollte man beim Verkaufen von Geschenkartikeln nicht einen Kleinen im Tee haben dürfen?

»Hat mein Onkel Sie beauftragt? Sagen Sie es ruhig, das wird Ihnen nicht schaden.«

Kuhala breitete die Arme aus und lächelte. Krassi lächelte zurück und wollte etwas sagen, zog den Satz aber zurück. Die Ladentür ging, das bedeutete einen Kunden.

»Warten Sie kurz.«

Kuhala stand auf, um seine von der Autofahrt steifen Glieder zu strecken.

Er hatte einen Krankenwagen für Swetlana Susinen gerufen. Die Frau war zu keinem vernünftigen Wort fähig gewesen und hatte kurz vor der Ankunft der Sanitäter das Bewusstsein verloren. Über die Körperverletzung hatte eine kurze Meldung in der Zeitung gestanden, in der vermutet wurde, die Verletzungen könnten dadurch entstanden sein, dass man sie in voller Fahrt aus dem Wagen gestoßen hatte. Swetlana hatte Prellungen am ganzen Körper und eine Gehirnerschütterung abbekommen, würde es aber überstehen, und Kuhala hatte sich aus der Vernehmung geschwindelt, indem er sagte, er kenne die Frau nicht und sei nur zufällig vorbeigekommen. Vergebens hatte er sich davor gefürchtet, im Präsidiumsgebäude auf Antikainen zu stoßen, vor allem aber war er entsetzt darüber gewesen, was für Dimensionen der Fall allmählich annahm. War der gedemütigte Juri hingegangen und hatte Leikaris Schatz übel zugerichtet? Und hatte sich die blutende Swetlana zu Kuhalas Wohnung schleppen wollen, bevor ihre Kräfte versagten? Oder hatte man sie zur Warnung in der Hannikaisenkatu unweit von Kuhalas Wohnung ausgesetzt?

Und dann diese andere Geschichte, der Mord an einem Menschen, der weitaus mehr Wertschätzung als Leikari genoss. Auch hier nicht der geringste Fortschritt.

Kuhalas Rückenwirbel knackten, eine kleine Verrenkung in der Hüfte strahlte schmerzhaft bis in den Hintern aus. So viel zum Thema Dehnen und Strecken. Dann hörte man die Kasse klimpern. Kuhala hätte mit dem Fuß um ein Haar Krassis Flasche umgestoßen. Er drehte sich um und spähte zur Hintertreppe, die zum Hofausgang und in den Keller führte. Eine lahme Tampere-Windbö fegte durch den Türspalt, ohne jedoch in der Lage zu sein, den Raum zu belüften.

Die Holztreppe führte in einem Bogen ins Dunkle, an der Wand hing ein Plakat, dessen Motiv Kuhala nicht genau erkennen konnte.

Er trat auf die erste Stufe.

»Was suchen Sie dort?«, fragte Hans Krassi.

»Haben Sie da unten Lagerfläche?«

»Ein bisschen, manchmal vermiete ich die auch weiter.«

»Ich habe von verschiedenen Seiten gehört, dass Ihr Vater mit russischen oder estnischen Kriminellen in Schwierigkeiten geraten ist. Gefälschter Schmuck, undurchsichtige Buchführung und die brutale Vorgehensweise der Ligen aus dem Osten.«

Der Wind seufzte im Türspalt, Kuhala drehte sich zu Hans Krassi um, in dessen Gesichtsgelb sich ein Hauch von Blässe eingeschlichen hatte. Der Geschenkartikelhändler verbarg seine Verwirrung, indem er seinen Pelikanbauch unter der Strickjacke kratzte und sich eine Zigarette ansteckte. Eine Weile sagte er nichts, sondern sog an der Tür zum Hinterhof den Rauch ein. Kuhala stand hinter ihm, ihre Schatten zeichneten sich regungslos rechts und links des Feuerlöschers an der Wand ab.

»Ist das eine von Eriks Halluzinationen?«

»Das dürfte nicht von Bedeutung sein.«

»Ich glaube kein Wort von dem, was Sie da reden. Mein Vater hat von zwielichtigen Typen die Finger gelassen, und wenn er Kunden von jenseits der Ostgrenze hatte, muss man daraus keine voreiligen Schlussfolgerungen ziehen. Von jenseits der Ostgrenze oder aus Estland. Das sind die Neureichen von dort. Ich hätte nichts dagegen, wenn sie auch hierher kämen.«

Krassi überließ den Zigarettenstummel dem Wind und schloss die Tür. Er richtete den Blick auf Kuhala. Aus der Nähe war neben dem Säufergelb auch ein Ausschlag in seinem Gesicht zu erkennen – einer, wie man ihn bekommt, wenn die ausgewogene Ernährung einer vielfältigen Getränkediät weicht. In den Augen blitzte ein flüchtiger Funke von Widerstand auf, der aber erlosch, bevor Kuhala ihn deuten konnte. Krassi eilte zu seiner Flasche.

Er nahm einen professionellen Doppelschluck und sagte dann, die Phantasie tanze heutzutage nach der Pfeife der nichts als Scheiße produzierenden Boulevardblätter, weil die Leute ihren Lebensinhalt aus den Schlagzeilen holen. Und werde nicht überall groß von der Ostkriminalität getönt? »Ihre Informationsquelle, mit anderen Worten Erik Krassi, leidet unter einer weniger intelligenten Form von Paranoia. Glauben Sie dem Mann nicht! Mein Vater ist von einem Wahnsinnigen erschossen worden.«

»Sie brauchen sich nicht aufzuregen. Ich gebe nur wieder, was ich gehört habe.«

»Und ich das, was ich denke.«

»Wir wollen beide, dass der Mann geschnappt wird, der auf Ihren Vater geschossen hat, ob es nun ein Wahnsinniger ist oder nicht und ganz gleich, aus welchem Land er stammt.«

»Sie suchen den Schützen aber nicht umsonst«, höhnte Krassi. »Ich wette, Sie knöpfen meinem Onkel ein hübsches Honorar dafür ab.«

Kuhala lachte und bot die Hand zum Abschied. Hans Krassi ergriff sie und lächelte schief, ein bisschen wie die tragikomischen Typen in Karikaturen, die noch unterm Galgen oder kurz bevor die Ehefrau mit dem Nudelholz zuschlägt eine mit Selbstironie gezuckerte Äußerung von sich geben. »Haben Sie bloß keine falschen Hemmungen, wenn Sie die Spesenrechnung schreiben.«

»Danke für den Tipp.«

Kuhala ging zu seinem Wagen. Die Straße war leer, auch weiter vorne auf der Kreuzung war niemand zu sehen. Woher nur war Krassis Kunde gekommen? Vom Himmel? Und hatte die »Geschenkschachtel« all die Jahre mithilfe der künstlichen Beatmung des Herrn Vater überlebt? Stand nun die endgültige Stilllegung bevor? Bei den beiden Brüdern gab es keinen gemeinsamen Faktor, zog man nicht die Trauerzeit über das Ableben ihres Vaters in Betracht, die bei beiden circa fünf Minuten betragen hatte. Mikael und Hans Krassi schienen vor geraumer Zeit schon die Richtung für ihr Leben gefunden zu haben, eine Richtung, die in ihrer Jugend nicht unbedingt auf der Wunschliste ganz oben gestanden hatte, die man aber auch nicht mehr ändern konnte. Das Phänomen war weit verbreitet und hatte wer weiß wie viele Namen, angefangen von Vorsehung bis hin zu Pech – sogar Kuhala kannte es von sich selbst.

Die Fahrgäste eines Gelenkbusses schauten abwesend aus den Fenstern, das entgegenkommende Herrchen und sein Hund hätten aus jeder beliebigen Stadt stammen können, hätte der Harnstrahl des Tieres nicht das Grinsen eines Nationalverteidigers des Eishockeyklubs Tappara Tampere auf einer Mülltonne getroffen.

Im selben Moment fing es an zu regnen. Kuhala schaltete die Scheibenwischer an.

Er bog in die Hämeenkatu ein und hörte an der Ampel vor dem Bahnhof auf, an Hans Krassi zu denken. Es hätte nicht viel gefehlt, und auch seine Körperfunktionen wären stehen geblieben, und er wäre dem Wagen vor ihm gegen die Stoßstange gefahren.

Die Frau, die auf dem Bahnhofsvorplatz aus dem Taxi stieg, war Kriminalkommissarin Annukka Maaheimo. Oder doch nicht? Der Regen wurde stärker. Kuhala hielt die Nase gegen die Windschutzscheibe, seine Gesichtsmuskeln verkrampften, und seine Augen verengten sich zu den Sehschlitzen eines Panthers, der zum entscheidenden Sprung auf seine Beute ansetzt. Das Blut wich aus den Fäusten, die das Lenkrad umklammerten, der Mund wurde schlagartig trocken, das Radioprogramm hörte auf zu interessieren.

Die Haare rot wie herbstliches Ahornlaub, der Übergangsmantel fast im gleichen Ton, und dann die Beine, die unterm Saum zum Vorschein kamen! Dieselben Beine, an denen seine Finger nach oben geklettert waren, immer weiter, an denen seine Zunge die seidenweiche Haut der Schenkel gesucht hatte. Und erst der Hintern und die Taille, die sich unter dem Mantelstoff abzeichneten! Kuhala hätte fast laut aufgestöhnt. Gütiger Himmel, großer

Gott, dreh dich ein bisschen, zeig mehr von deinem Profil!

Hätte es bloß nicht geregnet. Die Tropfen liefen in Streifen über die Windschutzscheibe, die schwachbrüstigen Wischer sorgten für zusätzliche Unklarheit.

Ich sehe bloß Erscheinungen, die Herbstdämmerung und die mit den Jahren grau werdenden Augen lassen mich Erscheinungen sehen, dachte er und rief in der Einsamkeit seines Autos, so laut er konnte, den Namen der Geliebten.

Die Ampel sprang um, die Hupen bliesen Annukka eine Fanfare. Kuhala trat zuerst auf die Bremse und dann auf die Kupplung, bis er aus dem Bann erwachte, sich auf die Nebenspur keilte, von wo er quer zum Gegenverkehr über die Verkehrsinsel zum Bahnhofsvorplatz abkürzte, direkt zu einem Halteverbotsschild. Die Maßnahme verursachte an die zehn Um-ein-Haar-Situationen, aber es ist schwer, einen verliebten Mann aufzuhalten.

Trotz der unmöglich erscheinenden Ausgangssituation erreichte er sein Ziel und rief den fluchenden Taxifahrern zu: »Notfall!« Das Brüllen der Hupen begleitete seinen Sprint, Autofahrer schüttelten die Fäuste.

In der Bahnhofshalle war Annukka nicht mehr zu sehen. Der Zug nach Helsinki fuhr in vier Minuten ab. Kuhala suchte nach dem richtigen Bahnsteig, rannte die Treppe hinauf und bekam einen weiteren Schwall Flüche und mordlustige Blicke ab. Die Abfahrtsdurchsage aus den Lautsprechern zwang ihn, fünf Stufen auf einmal zu nehmen, die Stimme klang wie die Verkündigung des Jüngsten Gerichts, der Zug hatte Waggons, so weit das Auge reichte, von allen Seiten drängte die Menschenmenge, und nur die Tatsache, dass er so groß war, ermöglichte ihm, kurz die roten Haare aufwirbeln zu sehen, bevor sie in ungefähr einem Lichtjahr Entfernung verschwanden, dort, wo die Lokomotive bereits tuckerte.

Kuhala machte noch mehr Dampf. Er wiederholte sein »Notfall«-Mantra, um keine kleineren Personen niederzutrampeln, und sprang in den Zug, in der Gewissheit, Annukka käme ihm entgegen oder könne ihm zumindest nicht entkommen.

Sein Herz flatterte ungleichmäßig und schlug zwischendurch wie ein Vorschlaghammer gegen die Brust. Aus der Lunge pfiff es.

Kuhala wischte sich den Schweiß von der Stirn und versuchte sich zu beruhigen. Es war sehr anstrengend, am liebsten hätte er die langsamen Fahrgäste vor sich aus dem Weg geschaufelt und die Rentner, die nach ihren reservierten Plätzen spähten, in die Gepäcknetze geschleudert.

Die Entgegenkommenden wichen ihm aus, der Schaffner sah ihn verwundert an, und ein Mischkonsument, der in den Punkerjahren stecken geblieben war, machte mitten in einer Verwünschung Platz, bevor Kuhala seine dürre Gestalt zermalmte.

Die Sehnsucht brannte in den Lenden, Annukka war der Sinn seines Lebens.

Und im nächsten Waggon kam Annukka auf ihn zu. Zwischen ihnen lagen zwei automatische Türen des ewigen Glücks und ein Schwung Fahrgäste, die im Gang ihre Jacken auszogen. Es war tatsächlich Annukka, sie war es!

Kuhala keuchte. Er blieb im Zwischenraum zwischen den beiden Waggons stehen und suchte Halt an dem Geländer an der Wand, Annukka kam näher, und dann begegneten sich ihre Blicke. Durch die Scheibe hindurch starrten sie sich an.

»Verehrte Fahrgäste, dies ist der Intercity 142 nach Helsinki. Wir wünschen Ihnen eine angenehme Reise.«

Der Zug setzte sich in Bewegung, die Schiebetür öffnete sich. Intercity der zerreißenden Sehnsucht. Kuhala konnte nicht richtig sehen, und später fragte er sich, ob es wegen des Sauerstoffmangels infolge der Anstrengung war oder wegen der wunderbaren Frau vor ihm, wegen des Wunders der Wiederbegegnung.

Annukka lächelte. Kuhala sah inmitten seines Schwindelanfalls ein wenig durchgedreht aus. Womöglich hielt ihn nur das Wandgeländer davon ab, vor der Kommissarin auf die Knie zu sinken.

»Du.«

Kuhala legte Annukka die Hand auf die Schulter und streifte ihre Wange. Sie wich vor seiner Berührung nicht zurück. Sie sahen einander so lange an, dass Kuhala keine Chance hatte, mit heilem Herzen aus dem Zug hinauszukommen.

»Ich hatte Sehnsucht.«

»Du siehst nicht gut aus«, sagte Annukka.

Sie nahm Kuhalas Hand von ihrer Schulter, umschloss mit den Fingern sein Handgelenk und massierte es zärtlich, als wollte sie das Herzrasen des großen Mannes besänftigen.

»Ich hab dich von Weitem gesehen, ich musste rennen.«

»Das Telefon ist bereits erfunden worden.«

»Du wärst ja doch ohne mich in den Zug gestiegen.«

»Wie kannst du dir da so sicher sein? Lass uns mal aus dem Weg gehen. Wo ist dein Platz?«

Kuhala ächzte und sagte, er habe keine Zeit gehabt, eine Fahrkarte zu kaufen, und sein Auto stehe vermutlich an der Stelle, an der man in Tampere den größten Strafzettel bekomme. »Sie werden es abschleppen. Aber, äh … du siehst schön aus …«

Wenig später saßen sie im Restaurantwagen, beugten

sich über den Tisch zueinander, und wenn Annukkas Haare zufällig Kuhalas Stirn streiften, beschleunigte sich sein Atem jedes Mal, und er war bereit, auch die Refrains der süßlichsten Liebeslieder zu unterschreiben. Diejenigen, in denen vom Sternenhimmel, vom Mondlicht auf dem Wasser und von Rosengärten die Rede war und in denen das Geigensolo von Paul Fagerlund auch den härtesten Mann weich werden ließ.

Annukka hatte der Polizei in Tampere in einem Fall von Brandstiftung Amtshilfe geleistet. Kuhala erzählte von seinen Ermittlungen. Ihn interessierte in diesem Augenblick nicht im Geringsten, wer den Goldschmied erschossen oder sich den Ulk mit der Leiche Seppo Leikaris in den Kissen der Arbeiterwohnstatt erlaubt hatte.

Und er konnte diese Begegnung kaum für wahr halten und erst recht nicht den Blick von Annukkas Augen lösen, vom Energiezentrum ihres Lächelns. Sie redeten und redeten, Kuhala gestand, was er getan und gelassen hatte, stolperte über die Wörter, wurde laut, lachte und wäre um ein Haar in Tränen ausgebrochen. Hatte man ihn je in so einem Zustand gesehen?

Der Zug raste an Industriegebieten, Kahlschlägen und Siedlungen vorbei, die sich vor dem Herbst duckten.

Annukka schlüpfte aus dem Schuh und berührte unter dem Tisch mit dem Fuß Kuhalas Oberschenkel, wobei sie ihren reizenden Fußballen so weit vorwärtsrobben ließ, dass er nach dem Rand des Sitzes tastete und dabei aus Versehen Kuhalas bestes Stück streifte, das daraufhin so schnell in Festtagsstimmung geriet wie in der Kastenteufelphase seiner Jugendjahre.

»Und jetzt fährst du also nach Vantaa zurück?«

»Ja. Und wohin bist du unterwegs?«, fragte Annukka.

»Ich weiß nicht. Musst du da unbedingt hinfahren?«

Der Ballen drückte etwas fester gegen Kuhalas Erektion, und zwar nicht mehr aus Versehen. Er verschüttete seinen Kaffee und spürte, wie seine Wangen glühten, als der Schaffner an ihren Tisch kam. Er wusste ja nicht einmal, wohin er eine Fahrkarte kaufen sollte.

Sie stiegen in Toijala aus und holten sich im Alkoladen drei Flaschen Merlot mit schiefem Hals für sieben Euro, bevor sie in ein Taxi stiegen und den Fahrer fragten, wo es in der Gegend eine ruhige Übernachtungsmöglichkeit gab.

Der Fahrer hatte Verständnis für Wünsche dieser Art und brachte sie zur Pension »Desdemona«, die sich am Rand von Toijala befand, fast schon auf dem Land, am Ende einer stattlichen Ulmenallee. Kuhala gab das Trinkgeld seines Lebens, der Löwe, der die Eingangsstufen der »Desdemona« bewachte, hielt einen polierten Globus aus Granit zwischen den Tatzen und strahlte mit seiner toupierten Mähne und dem unverwandten Blick den gleichen Tatendrang aus wie Kuhala.

Sie schrieben sich ein. Die Aussicht vor dem Fenster im ersten Stock bestand aus dem aufklarenden Himmelsgewölbe und einer Hügellandschaft in herbstlicher Pracht, in der Ferne durchzogen von einem glitzernden Fluss. All das hätte auch in Mitteleuropa sein können.

Kuhala entkorkte eine Flasche und küsste Annukka am Fenster. Ihr Duft stieg ihm zu Kopfe, er wollte gar nicht mehr loslassen und konnte sich von dem Gefühl der Rührung, die in seinem Hals aufstieg, nur befreien, indem er einen großen Schluck Wein trank.

Annukka zog ihre Kommissarsbluse aus und schleuderte ihren BH auf die Türklinke, kurz darauf hatte sie keinen Faden mehr am Leib und ging auf Kuhala zu, der in Unterhose auf dem Bettrand saß und seine Geliebte mit gebeugtem Rücken anstarrte, flatternden Herzens und mit verträumtem Blick in den Augen.

Annukkas Nabel schmeckte salzig. Kuhala kostete ihn mit einem Tropfen Wein und schnappte dann nach ihren Brustspitzen, wobei er sich aus der Unterhose schälte. Das Bett gab nach, aber Kuhala vollzog die Jongleursübung, ohne einen Tropfen zu verschütten. »Uuummpph, sollte ich den Wein mal zur Seite …«

»Wir haben Zeit.«

Annukka schnappte sich Kuhala und lenkte ihn in sich hinein. Das Bett gab erneut nach, Kuhala stöhnte, wusste aber noch immer nicht, wohin mit der Flasche.

»Gib her.«

Die Kommissarin ließ den Wein von ihren Lippen in Kuhalas Mund fließen, schlang die Beine fester um seinen Rücken und warf den Kopf nach hinten. Das Doppelbett der »Desdemona« hatte schon viel mitgemacht, es knirschte, und dann brach der Rand, sodass sie halb rutschten und halb zu Boden schossen, ohne sich voneinander zu lösen.

Jemand erwiderte den Aufprall, indem er im Parterre mit dem Lampenfuß gegen die Decke hämmerte.

Kuhala beschleunigte den Takt und sprach Liebesschwüre in Annukkas Ohr, die keine Spur vom Nonsens der Schlager enthielten, sondern ihren Ursprung dort hatten, wohin ein Mann mittleren Alters, vom Fernsehen abgestumpft und am Pflock der Einkommenssorgen zerrend, gar nicht mehr hinzugelangen glaubte: dort, wo die Poesie entsteht.

Die Kommissarin kam, kurz bevor Kuhalas Flanke gegen den Heizkörper stieß, worauf die ungeöffneten Merlots klirrend ins Schwanken gerieten. Und in dem Moment, in dem die Strahlen der Herbstsonne die Blüten auf der Rosentapete golden färbten, entlud sich Kuhala.

# 12

Am Donnerstag derselben Woche zog sich Kriminalhauptmeister Antikainen auf dem Markt in Jyväskylä einen Hocker unter und setzte sich an den Tisch, an dem Kuhala, träumend und nur spärlich an beruflichen Dingen interessiert, schwarzen Kaffee trank, auf dessen Oberfläche sich Annukkas Gesicht spiegelte. Es klebte auch außen auf dem Pappbecher und war kunstvoll in den Zeltstoff des Marktcafés gestickt, verschiedene Geschäfte hatten ihre Schaufenster damit dekoriert, und als Kuhala den Blick zum Herbsthimmel erhob, erinnerte ihn die vorübergleitende Wolke mit dem leuchtenden Rand an die Rundung von Annukkas Busen.

Antikainens Profil erinnerte an eine Steckrübe, die mit der Laubsichel bearbeitet worden war. Der Mann hatte die Angewohnheit, immer dann zuzuschlagen, wenn sein Gegner am verwundbarsten war.

Er fragte nicht, ob am Tisch noch frei war, und als er in seinem Rachen einen Apfelkrapfen schrotete, blieb nur ein einziger Krümel übrig. Die Marmelade troff ihm aus den Mundwinkeln, Zucker zierte einen Streifen seines Dreitagebarts, aber Kuhala wusste um die Absicht des Vorspiels und verriet seine Gedanken nicht.

Als Nächstes sagte Antikainen etwas Verächtliches über Kuhalas Arbeit.

»Der einzige Detektiv von Jyväskylä holt sich in der Mitte des Volkes Kraft für neue Abenteuer. Grüß dich. Es macht dir doch nichts aus, wenn ich rauche?«

Antikainen zielte mit der Streichholzschachtel auf Kuhalas Brust und grinste. »Nevakivi, ich und die anderen Jungs von der Baustelle wundern uns, weil dein Name in allen großen Fällen auftaucht, die derzeit anliegen. Der Mord am Goldschmied, der Mord an Leikari und jetzt die verprügelte Nutte.«

»Steht fest, dass es Morde waren? Welche Nutte?«

»Die Nutte namens Susinen. Eine russische Hure. In ihren Papieren steht dein Name. Und du hast gesagt, du hast sie zufällig bei dir um die Ecke gefunden. Schade, dass ich nicht Dienst hatte, als du im Haus warst. Ich kenn dich nämlich, und zu zweit hätten wir damals schon die Wahrheit gefunden.«

Am Fischstand wurde ein großer Hecht vom Eis genommen, dessen Kiefer sich zäh öffneten. Antikainen wischte sich den Mund ab und wartete mit einem verschlagenen Funkeln in den Augen auf eine Antwort.

»Ich kenne die Susinen nicht. Vielleicht hat sie sich meinen Namen für alle Fälle notiert. Vielleicht ahnte sie, dass sie in Gefahr war, und wusste, dass sie von der Polizei keine Hilfe erwarten konnte. Oder sie hat von meinen Fähigkeiten gehört. Wie geht es ihr übrigens?«

»Na, wie es einer Hure, die unter die Dampfwalze geraten ist, eben geht. Du bist nicht etwa ihr Kunde gewesen? Was schert es dich, wie es ihr geht?«

»Ich habe sie zufällig gefunden und empfinde zufällig Mitleid mit misshandelten Frauen, manchmal auch mit Männern.«

»Goldig. Du hast also praktisch so einen menschenfreundlichen Zugriff aufs Leben.«

»Ist es das, was du von mir wissen wolltest?«

Antikainen versenkte den minimalen Rest seines Krapfens im Mund und schlürfte am Kaffee. Sein gezuckerter Zeigefinger deutete zwischen Kuhalas Augen. »Sei vorsichtig. In den nächsten Tagen wirst du von uns vorgeladen, nimm dir dafür genug Zeit. Im Vergleich zur Maaheimo ist Nevakivi ein harter Knochen, bei dem schlägt deine Zungenfertigkeit nicht an. Und weil er ein Mann ist, geht er an die Sache sowieso ganz anders ran.«

»Ich habe ihn kennengelernt. Wetten wir, dass du dich nicht traust, verächtlich über Frauen zu reden, wenn er dabei ist?«

»Ich rede nicht verächtlich über Frauen, ich zähle nur die Fakten auf, und außerdem haben Frauen die besseren Mösen.«

Das breite Grinsen und das in seinem Kielwasser aufschäumende Lachen schüttelten den Oberkörper des Kriminalhauptmeisters, der Plastikhocker unter ihm jammerte. Er stand auf, wischte sich den Krapfenzucker von der Hose und zwinkerte Kuhala zu. Sein Lachen wollte kein Ende nehmen, auch auf der Höhe des Fischstandes noch nicht. Antikainen ging bei Rot über die Ampel wie ein korrupter Kleinstadtsheriff, der mit einem Blick sämtliche missbilligenden Mienen ausknipste. Vor dem Schaufenster der christlichen Buchhandlung drehte er sich um, zog den Hosenbund hoch und drängelte sich vor einer Frau, die nicht schnell genug ihre Scheckkarte fand, an den Geldautomaten. Kuhala wagte es nicht, Antikainens Prahlerei weiter zu beobachten. Sollte das Erbgut des Kriminalhauptmeisters je untersucht werden, würde man für die Isolierung des Angebergens kein Elektronenmikroskop benötigen. Das bloße Auge würde reichen.

Die Kreuzung von Yliopistonkatu und Väinönkatu war für den Verkehr der Fünfzigerjahre geplant worden, und jetzt, da wegen Straßenbauarbeiten die Ampel nicht funktionierte, verursachten vier Busse und zahllose Pkws eine Verstopfung. Jemand fasste Mut und glaubte, ein Stoß ins Horn würde die Situation auflösen. Smog stieg auf, und schon musste man an das Zentrum einer Großstadt im

Mittelmeerraum denken. All das nahm Kuhala in einem Maße für die Idee des autofreien Tages ein, dass er sich mit dem alten Fahrrad seines Sohnes, Marke »Monarch«, begnügte und damit zur Haapa-Heikin tie strampelte.

Der Gegenwind forderte seinen Tribut, an der Bushaltestelle breitete ein Fürsorgefall vor Kuhala die Arme aus wie vor einem alten Freund. Das Lachen war das von schwarzen Zähnen, erst im letzten Moment wich die Kreatur zur Seite.

Auf dem langen Anstieg zum Halssilanmäki schickte Annukka leidenschaftliche SMS-Grüße, und dort, wo man zum ersten Mal das klotzige Gebäude vom Fabrikverkauf Jyskä sah, rief Erik Krassi an. Kuhala hatte gegen eine Pause nichts einzuwenden. Eine gelbe Banderole an der Lagerverkaufsfassade warb für Limolongdrinks.

Krassi wollte wissen, wie die Ermittlungen voranschritten, hinter seiner autoritären Stimme hörte man das Klimpern von Besteck. Kuhala sagte, er lege sich voll ins Zeug, aber der Zeitpunkt für einen Zwischenbericht sei nicht der ideale. »Ich meine bloß, dass sich einige vielversprechende Ermittlungslinien aufgetan haben, über die ich in Kürze informieren werde.«

»Sie sind also näher an der Lösung als damals, als ich Sie beauftragte?«

»Natürlich.«

»Gut, ich bin schnelles Handeln gewohnt.«

»Sehr wohl.«

Es hätte nicht viel gefehlt, und Kuhala wäre ein »Sir« herausgerutscht. Hätte Erik Krassi ihn im Sattel des altersschwachen Klapperrads im Gegenwind auf der schnurgeraden Vaajakoskentie gesehen, wäre ihm der Kaviar in den falschen Hals geraten. Und hätte Krassi gewusst, dass es in Kuhalas Kopf gar keine brauchbaren

Ermittlungslinien gab, sondern dass ihn im Kopf wie auch eine Etage tiefer einzig und allein Annukkas halbobszöne SMS drückte, wäre mit dem Auftrag Schluss gewesen.

»Haben Sie mithilfe der Schlüssel, die ich Ihnen gab, die Räumlichkeiten meines Bruders aufgesucht?«

»Ja. Vorläufig mal.«

»Was heißt das?«

»Das sind, wie soll ich das jetzt sagen, das sind so meine Methoden. Im Lauf der Jahre entwickelt, falls Sie verstehen, was ich meine. Zuerst die Fundamentalermittlungen und dann die Basisermittlungen«, sagte Kuhala, ohne selbst zu begreifen, aus welcher Quelle seine Lügen sprudelten.

Die Wahrheit bestand einzig und allein darin, dass er im Dachkammerversteck des Goldschmieds und Juweliers ein Bündel alter Briefe gefunden hatte, die er sich anzuschauen gedachte.

Hinter dem Torfkraftwerk erhob sich plötzlich vom See her ein Wirbelwind und verlieh den launischen Luftströmungen des Herbstes zusätzlichen Schwung. Er wirbelte in großen Wolken Oberflächenschmiere von den Reservekohlenhaufen auf und riss die Limolongdrinkbanderole los, die sich sogleich als riesiger Gruß an die Jugend und deren Besäufnisplanungen fürs Wochenende auf die Reise machte. Kuhala bestaunte den Anblick und kehrte dem Wind den Rücken zu. Das Laken schwebte dem Landkreis Jyväskylä entgegen und zog dabei die abgerissenen Befestigungsschnüre als Schweif hinter sich her.

»Was ist da los, was war das für ein Geräusch?«, wollte Krassi ungehalten wissen.

»Scheint ein Herbststurm zu sein. Ich informiere Sie so bald wie möglich über meine Fortschritte«, formulierte Kuhala und schwang sich wieder in den Sattel.

Die Malerarbeiten am Haus in der Haapa-Heikin tie waren abgeschlossen, das Gerüst war mit einem gezielten Tritt abgebaut worden und lag nun als nutzloser Bretterhaufen auf dem Grundstück. Kuhala lehnte sein Rad gegen den Haufen und grüßte den Jungen mit der Cyborg-Mütze, den er schon kannte. Anscheinend wohnte er in der Nachbarschaft. Er war noch immer groß im Schießen, er verschwendete eine Salve nach der anderen an Kuhala und wurde zornig, weil es nichts nützte.

»Ist die Schule schon aus?«

»Ich bin in der Vorschule.«

»Klasse. Aber jetzt hör auf zu schießen. Schießen ist auch nicht so toll.«

»Doch. Ich hab auch auf den Mann geschossen, der an dem einen Abend die Frau ins Auto geschleppt hat. Mit meinem Schalldämpfer hab ich auf ihn geschossen, aber es war ein bisschen dunkel, da hab ich nicht richtig gesehen.«

»Was hast du nicht gesehen?«

»Ob ich getroffen hab.«

»Du bist doch im Dunkeln nicht mehr draußen. Musst du nicht zeitig schlafen gehen?«

»Quatsch.«

Der Junge schaute Kuhala an und konzentrierte sich darauf, in der Nase zu bohren, einer seiner Schnürsenkel war offen. Aus den Aufschlägen seiner Jeans rieselte Sand. In seine Augen trat der Trotz des Missverstandenen.

Es stellte sich heraus, dass der Junge aus dem Seitenfenster des Wagens seines Vaters geschossen hatte, als dieser sich beim Nachbarn irgendein Werkzeug borgte. Der Junge zeigte von der anderen Straßenseite aus auf das Haus des Nachbarn, verlor aber bald das Interesse an dem Thema, und eigentlich wollte auch Kuhala nicht groß weiterreden, denn er war nicht scharf darauf, sich den Ruf eines Mannes einzuhandeln, der kleine Kinder auf der Straße anhielt. Trotzdem fragte er den Jungen nach seinem Namen.

»Veikko. Und wer bist du?«

»Otto.«

»Was für'n Quatschname.«

Die alte Frau vom Flohmarkt und Tauno von Wartungs-Ville saßen oben im besten Zimmer beim Nachmittagskaffee am Fenster. Sie hatten Kuhala kommen und mit dem Jungen reden gesehen. Sie hätten leicht Anzeige wegen Verdachts auf Pädophilie erstatten können, aber Tauno schien in der gleichen Trance zu treiben wie zuletzt, und die Frau schien in Erinnerungen versunken, die ihr einen Schleier vor die Augen zogen.

Als Geschäftsleute waren sie totale Fehlbesetzungen, und das Haus mitsamt dem Grundstück wirkte, als hätte es sich ins falsche Jahrhundert verirrt.

Kuhalas Gestalt füllte den Türrahmen aus. Er grüßte und setzte sich, ohne zu fragen, auf einen freien Stuhl.

»Das letzte Mal habe ich mich nach Seppo Leikari erkundigt, und aus keinem von euch beiden war etwas herauszubekommen. Vielleicht versuchen wir es noch einmal. Fangen wir von vorne an, Tane. Das letzte Mal hast du nichts gesagt, jetzt sagst du alles. In letzter Zeit ist mir hier und da allerhand weisgemacht worden, ich konnte mich kaum entscheiden, wo ich mit der neuen Fragerunde anfangen soll. Ich hab mich dann entschlossen, hierherzukommen.«

Taunos Flaschenhalsschultern fielen herab, als er seinen runden Kopf mit der Flinkheit eines Faultiers zu Kuhala drehte und die Schlafaugen, in denen auch nicht der geringste Funke von Kooperationswillen schimmerte, auf den Detektiv richtete. Die Frau zermahlte Dattelkuchen und sah Kuhala an, als versuchte sie sich zu erinnern, wo sie ihn schon mal gesehen hatte.

»Also, wie sieht's aus?«

»Trinken Sie einen Kaffee«, sagte die Frau und legte ihre runzlige Hand auf Taunos Hand.

An der Wand hing ein Foto von der Burg in Wyborg, auf dem Turm flatterte die finnische Fahne. Kuhala glaubte, in einem Irrenhaus gelandet zu sein.

Er nahm keinen Kaffee, er sagte, das Gerede von neulich über die Grillabende estnisch-russischer Krimineller sei nichts als Blödsinn gewesen, und er könne sich nicht erinnern, wann er zuletzt so schlimm in die Falle gegangen sei. »Juri hab ich mit eigenen Augen gesehen, aber das ist auch schon alles. Außerdem ist er jetzt wer weiß wo.«

Die alte Frau hatte sich wieder reichlich Mühe mit ihrem Make-up gemacht und trug außerdem beinahe das Gewand einer Zigeunerfürstin, aber davon ließ sich Kuhala nicht mehr täuschen. »Juri und Leikari haben irgendeinen Beschiss am Laufen gehabt. Das ist alles. Wieso sie sich hier getroffen haben, verlangt eine Erklärung.«

Die Alte ließ Taunos Hand nicht los, als hätte sie Angst, Kuhala könnte gewalttätig werden, aber bis dahin war es noch ein weiter Weg. Zuerst brachte Kuhala seine Beziehungen zur Polizei ins Spiel – ohne zu erwähnen, wie schlecht sie waren –, und danach drohte er mit einer Razzia, die auf einen Schlag mit den Geschäften in diesem Haus Schluss machen würde.

»Wenn hier auch nur das Geringste gefunden wird, das auf ein Verbrechen hindeutet, könnt ihr eure Hoffnungen fahren lassen. Es steht jetzt schon fest, dass ihr einen Mann, der später ermordet wurde, beherbergt habt und dass ein potenzieller Gewalttäter, wenn nicht Mörder, bei euch sein Quartier genommen hat. Ich habe ihn zuletzt hier gesehen. Anzug, Halskette, Rasierwasser von einem Stenz der ersten Kategorie, und nach außen hin machte er auf harter Bursche. So hart, dass er sich in die Hosen scheißt, wenn es einmal ernst wird. Juri Hosenscheißer.«

Das Monologisieren strengte Kuhala an.

Es gab viele Formen des Friedens, angefangen beim Weihnachtsfrieden und Gerichtsfrieden bis hin zum Hausfrieden, und jeder Bruch eines solchen Friedens war mehr oder weniger offiziell sanktioniert, aber Kuhala hatte keine Ahnung, wie er diesen Nachmittagskaffeefrieden brechen sollte, damit es voranging. »Und falls ihr in dem Zusammenhang als Mutter und Sohn oder von mir aus als Mann und Frau gehandelt haben solltet, dann umso schlimmer ...«

»Das geht dich einen Pferdeschwengel an ...«

»Was ...«

In Taunos Gelenke kam Bewegung, er sprang vom Stuhl auf und versuchte, Kuhala den Tortenheber ins Auge zu stoßen, aber so unbeholfen, dass er in die Saumspitzen der Tischdecke stocherte. Das Geschirr fiel klirrend zu Boden, die alte Frau kreischte. Tauno war rot geworden, er hatte brandheißen Kaffee auf die Oberschenkel bekommen und ging nun mit tropfenden Hosen auf Kuhala zu, der zur Tür zurückwich. »Ruhig. Ganz ruhig.«

»Wer meine Frau ist, geht dich einen Scheißdreck ...«

»Geht mich auch nichts an. Ich wollte nur sagen, dass es keinen Sinn hat, der Wahrheit aus dem Weg zu gehen.«

Tauno war im Nahkampf äußerst ungeübt, er hatte noch nie etwas von Scheinangriffen oder vom Nutzen des Heimvorteils gehört, geschweige denn, dass er seine Miene im Griff gehabt hätte. Mit schwachsinnig hervorquellenden Augen griff er an. Kuhala trat zur Seite, Tauno stolperte über die Türschwelle und stieß mit dem Kopf gegen die Wand im Flur.

Auf der Tapete blieb ein Schmutzfleck zurück. Vom Ergebnis her war der Angriff so schwach ausgefallen, dass Kuhala eine Schweigeminute einlegen und die dampfende Thermoskaffeemaschine betrachten musste, die im Getümmel gegen den Bettpfosten gescheppert war.

Dann zog er den benommenen Mann am Genick hoch und führte ihn die Treppe hinunter in Wartungs-Villes Laden, die Frau flehte Kuhala an, er solle ihn nicht umbringen. »Er ist doch mein Mann ...«

Tauno schüttelte den Kopf und bat Kuhala, ihm aus der untersten Schublade des Tresens die Dose mit der Vaseline zu geben, damit er sich die Oberschenkel einreiben konnte.

»Militsa und ich haben letztes Frühjahr geheiratet, woher hast du das gewusst?«

Er ließ die Hosen runter und erholte sich langsam vom Aufprall. Kuhala sagte, er habe es geraten.

»Sag das keinem! Militsa ist ein guter Mensch. Sie hat mehr erlebt als viele andere zusammen.«

»Bist du denn kein guter Mensch?«

»Sagst du es keinem?«

»Nein. Aber wenn es eine offizielle Verbindung ist, wie kann man sie dann geheim halten? Und warum muss man sich dafür schämen? Mich interessiert eher, warum mir die Jungverheiratete über Juri und Leikari Mist erzählt hat und warum du so schweigsam gewesen bist. Und wer ist eigentlich Wartungs-Ville? Über den weiß niemand was, und man hat ihn hier auch nicht gesehen. Zu viele Fragen und bis jetzt keine einzige richtige Antwort.«

Tauno warf die Hose mit den Kaffeeflecken zum Trocknen über ein altes UKW-Radio und holte sich von der Flohmarktseite Stiefelhosen, wie sie Droschkenfahrer und Fuhrleute in der guten alten Zeit mit Vorliebe getragen hatten. Die weiten Hosenbeine an den Oberschenkeln verhinderten, dass die Vaseline kleben blieb, trotzdem sah Tauno in der Hose nicht glaubwürdig aus, weshalb Kuhala ihn noch einmal auffordern musste, die Wahrheit zu sagen. »Zuerst über Seppo Leikari, den Flachkopf.«

»Der hat mich und Militsa erpresst.«

»Dich und deine Frau?«

»Ja. Er hat einmal eine Partie gestohlener Sachen hergebracht, zum Verkaufen, aber wir haben sie nicht genommen. Militsa hat Krach geschlagen, und da ist es zum Streit gekommen. Wir haben verloren. Zwei Wochen später hat Leikari das Haus hier zu seinem Hauptquartier in Jyväskylä gemacht.«

»Was für Sachen waren das? Was hat er hergebracht? Was für ein Hauptquartier?«

»Werkzeug. Hat wahrscheinlich geglaubt, wir sind irgendwelche Schrotthändler. Hier hat er seine kriminellen Pläne ausgebrütet.«

»Seid ihr keine Schrotthändler?«

»Nein. Militsa hat hier seinerzeit eine Pension betrieben, aber sie lebt von der Rente, und ich repariere ein bisschen Haushaltsgeräte.«

Es schien wirklich nur ein bisschen zu sein. Kuhala blieb am Drücker, und bald stellte sich heraus, dass das Schild mit der Aufschrift »Wartungs-Ville« ein Erbstück von einem bankrotten Unternehmer aus Kuhmo war, das über so viele Umwege hierhergeraten war, dass man es unmöglich rekonstruieren konnte.

Kuhala erinnerte sich an das, was die frisch vermählte Militsa gesagt hatte, und konnte sich ein Lächeln nicht verkneifen, weil die Frau so clever alles ausgenutzt hatte, was man mit Verkalkung in Verbindung bringt, und weil sie mit ihrem geschmeidigen Erzähltalent geglänzt hatte.

»Was hat euch Leikari angedroht?«

»Hat damit gedroht, uns umzubringen. Was konnten wir schon tun? Er war ein schrecklicher Mensch, gewalttätig, ein richtiger Satan. Ein Quälgeist.«

»Warum habt ihr nicht die Polizei verständigt?«

»Bei mir ist die Buchhaltung durcheinander.«

»Die interessieren sich nicht für deine Buchhaltung.«

»Die Polizei interessiert sich für alles, was ein Mann, der so aussieht wie ich, in einem Haus, das so aussieht, wie das hier, treibt.«

Dieser Weisheit lag Erfahrung zugrunde, aber dennoch war sich Kuhala sicher, dass Tauno zu denen gehörte, die zwanghaft etwas verheimlichen, auch wenn es noch so eng wird. Der Mann saß im Schatten der Kasse in der Ecke und zupfte an seiner Stiefelhose, er wich Kuhalas Blicken aus und spielte ein bisschen zu sehr den Bescheidenen. Die Version mit der Erpressung war trotzdem bis jetzt die beste, und auch Kuhala hatte schon wahre Geschichten über gemeine Schurken mit starkem Willen gehört, die einfach auftauchten und anderen das Leben zur Hölle machten.

»Dann habt ihr Leikari umgebracht und in eurer Panik ins Freilichtmuseum in der Nähe geschafft. Schlechte Entscheidung. Ihr hättet ihn besser im Jyväsjärvi versenken sollen. An jedes Bein ein Fernseher, so was hat schon funktioniert.«

Tauno strich sich über den wunden Kopf und schwor, nichts von Leikaris Ableben gewusst zu haben, auch wenn er zugab, dass in seinem Haushalt über den Fall nicht viel getrauert wurde. »Uns ist praktisch eine Last von der

Schulter gefallen. Der hat sich aufgespielt, als wär er hier zu Hause, und immer wenn er weg ist, haben wir gehofft, dass es das letzte Mal war, dass er über seine Gaunereien stolpert. Und so ist es dann ja auch gekommen, aber zu sehr in der Nähe.«

Kuhala erkundigte sich nach Juri.

Kein einziges Haushaltsgerät war seit dem letzten Besuch verrückt worden, auch der Lötkolben befand sich in der Position, in der er zurückgelassen worden war. Militsa und Tauno gehörten zu den Stillen im Lande, zu den zweit- oder drittuntersten Parias der Durchwurschtlergarde, die mit Erinnerungen und minimaler Unterstützung auskommen und die nur noch die tiefsten Schichten des Abschaums unter sich haben.

Und natürlich passte es ins Bild, dass Militsa sich nicht vorstellen konnte, Haus und Grundstück zu verkaufen, weil es ihr ganzes Leben bedeutete.

Juri war mit Leikari ins Haus gekommen, und dieser hatte Tauno und Militsa als alte Freunde vorgestellt.

»Wann ist Juri aufgetaucht?«

»Wann war das? Letzten Sommer vielleicht.«

»Denk nach. Es kann wichtig sein.«

»So um die Zeit muss das gewesen sein, da hatten wir dann noch einen, dem wir die Kur machen mussten.«

Juri war seltener gekommen, aber von einer Verbrecherbande konnte nicht die Rede sein, wie Kuhala bereits vermutet hatte und wie auch Ratskus Erkundigungen ergeben hatten.

»Ich glaube, ihr könnt jetzt aufatmen.«

»Wieso?«

»Na, Juri wird sicher nicht gleich wieder hereinschneien, und wenn ihr mit Leikaris Ableben nichts zu tun habt, könnt ihr in aller Ruhe Kaffee trinken.«

Tauno runzelte die Stirn und musterte neugierig die staubigen Regalreihen. Auf einmal wurden die Runzeln glatt, und ein kurzes Lächeln erleuchtete das schlichte Gesicht, als hätte er jetzt erst Kuhalas Botschaft begriffen und sähe eine lebenswerte Zukunft mit Militsa vor sich. Vielleicht auch eine Zukunft, in der Militsa starb und Haus und Grundstück Tauno hinterließ. Der Ehevertrag war sicherlich längst aufgesetzt.

Seine Hand hob sich, um die Beule zu streicheln, und das Lächeln erstarb, aber Kuhala hatte es gesehen und formte daraus seine eigene Interpretation. Er äußerte die Vermutung, dass Tauno noch nicht die ganze Wahrheit gesagt habe. »Ich habe keine Lust, andauernd hier aufzukreuzen. Spuck alles aus, dann wirst du mich auch los! Du hast vor langer Zeit einen zweimonatigen Radiotechnikerkurs gemacht. Das ist keine legitime Grundlage für das, was dich jetzt erwartet, und wenn du nicht redest, sorge ich dafür, dass deine Pläne genauso einstürzen wie das Malergerüst draußen im Hof.«

»Es ist alles gesagt.«

»Du hast ein schlechtes Gedächtnis.«

»Wieso?«

Kuhala wollte wissen, ob es in irgendeiner Ecke des Hauses ein Versteck gab, das Leikari benutzt hatte. »In einem großen Haus gibt es bestimmt so etwas. Und mit Sicherheit habt ihr dem Flachkopf so weit hinterherspioniert, dass ihr wisst, wo er was gebunkert hat. Also?«

Tauno fiel es schwerer als seiner Frau, Dinge zu verheimlichen. Er rutschte verlegen hin und her, sträubte sich aber immer noch. Sein Mund schnappte zu. Kuhala sagte als Nächstes, Swetlana Susinen und Juri seien beim Streit in der Haapa-Heikin tie gesehen worden, kurz bevor Leikari verschwand. »Die Susinen war Leikaris Schatz. Du weißt bestimmt Bescheid, eine Frau mit schlechtem Ruf. Und jetzt im Krankenhaus, in schlechtem Zustand.«

»Wer hat sie hier gesehen?«

»Alle Nachbarn in Nah und Fern. Gesehen und gehört, weil Swetlana den Mund nicht so zusperrt wie du. Ist sie auch gekommen, um nach Leikaris Hinterlassenschaften zu suchen, oder wie? Und ist dabei auf Juri gestoßen? Und ihr habt zugeschaut, weil ihr so verdammt hilflos seid?«

Kuhala hatte sich vor Tauno aufgebaut. Er beugte sich zu ihm hinab und flüsterte ihm ins Ohr, er gebe ihm jetzt eine halbe Minute Bedenkzeit. »Danach nehme ich den Lötkolben und schiebe ihn …«

»Schon gut.«

Militsas Rocksaum raschelte, die in die Hüften gestemmte Hand und die Operettenprimadonnenhaltung passten schlecht zur Atmosphäre im Laden. Sie bog den Kopf nach hinten, und ihr goldener Ohrring blitzte auf. Kuhala rechnete fest damit, dass jeden Moment Arien aus berühmten Opern erschallen würden. Oder man ihm eine Lektion erteilen würde.

»Lass Tauno in Ruhe. Er sagt die Wahrheit.«

»Ich bin in diesem Haus auch schon angelogen worden.«

»Es musste sein. Wir wussten nicht, wer du bist und wie sich die Lage entwickelt.«

Sie schnippte mit den Fingern, keine Arien und auch kein Flamenco, aber Militsa winkte dem Privatdetektiv, ihr zu folgen. Tauno erhielt den Befehl, zu bleiben, wo er war, und zwar mit einem Tonfall, der so viel Nachdruck enthielt, dass Kuhala gezwungen war, seine Auffassung von den internen Machtverhältnissen des Paares noch einmal zu überprüfen.

Sie standen sich im Moderdämmer des Hinterzimmers, das die beiden Geschäftsräume verband, gegenüber. Militsas Atem roch nach Anisschnaps. »Tauno ist ein hilfloses Schnuckelchen. Ich musste ihn unter die Fittiche nehmen. Und ich alter Mensch allein konnte gegen diesen verfluchten Leikari nichts ausrichten. Komm!«

Sie gingen nach draußen und dort die Betontreppe in den Keller hinunter, wo Kuhala den Kopf einziehen musste. Der Geruch nach feuchtem, morschem Holz verriet, dass die Schäden, die sich im Lauf der Jahre in die Konstruktion eingeschlichen hatten, mit bloßem Bemalen der Fassade nicht zu beheben waren.

Der Schein einer Glühbirne dekorierte die balkengestützten Wände mit mysteriösem Zwielicht und sorgte dafür, dass die vor ihm hergehende hutzlige Frau Kuhala vorkam wie ein Märchenwesen, wie eine Kellerhexe, bei der man nicht hinten auffahren durfte, weil das den Sturz ins Verderben bedeuten würde.

Eine Ratte huschte ihnen über den Weg.

Militsa drehte sich zu Kuhala um und legte den Finger auf die Lippen, zum Zeichen des Schweigens, aber dies vermutlich nur, um die schimmlige Dramatik des Schleichens um einen zusätzlichen Effekt zu bereichern und weil sie eben zufällig einen künstlerischen Spleen hatte.

»Ich bin Leikari gefolgt. Er hat hier ein Versteck«, flüsterte sie, als lauerte ihnen Flachkopfs Geist auf.

»Und wo?«

Die Frau räumte in einem Bretterverschlag ein halbes Dutzend von Ratten angefressene Matratzen zur Seite und brachte ein in Öltuch eingeschlagenes Päckchen zum Vorschein. Es enthielt die funktionstüchtige Waffe, die Seppo Leikari bei seinen Unternehmungen in Jyväskylä benutzt hatte, eine Neunmillimeter Sig Sauer 226 mit vollem, fünfzehn Patronen fassendem, Magazin. Ein Waffenschein war nicht zu sehen. Kuhala hob die Waffe mit zwei Fingern in die Höhe und wickelte sie wieder ein, in der Vermutung, dass Nevakivi und Antikainen dankbar dafür sein würden.

»Und dann ist da noch diese Zigarrenkiste.«

Militsa warf einen Blick auf Kuhala und für alle Fälle auch hinter sich. Sie hatte Flachkopfs Versteck ausgehoben. Es war schlecht und ohne Sorgfalt ausgewählt worden und litt unter einem Mangel an Phantasie. Die Schachtel enthielt einen Stoß Papiere, die Kuhala bei der Beleuchtung gar nicht erst zu lesen anfing. Ganz unten lagen Pass und Kundenbuch von Swetlana Susinen und ein Bündel Euro, bei rascher Zählung etwa dreitausend.

»Ich finde hier nicht raus. Sind wir von dort gekommen?«, fragte Kuhala.

Militsa antwortete nicht, denn Militsa hatte das Geld gesehen und behielt Kuhala fest im Auge, damit der nichts Altmodisches versuchte.

Noch am selben Abend musste Kuhala eine etwas längere Denkpause als sonst einlegen, nachdem er in Swetlanas Kundenbuch den Namen Mikael Krassi von der Firma Finsomnia gefunden hatte.

# 13

Die Limolongdrinkbanderole war auf der Autobahn gelandet, auf der Windschutzscheibe des Lastwagens eines Ferienhausherstellers, mit der Folge, dass dieser samt Anhänger und teuren Dachbalken in den Straßengraben schlitterte. Von dem Unfall war ein Bild in der Mittelfinnischen, und die Höhe des Schadens wurde in Hunderttausenden Euro bemessen. Im letzten Satz der Meldung wurde nach Haftpflichtigen für den vom Himmel gefallenen Reklamelappen gesucht.

Kuhala fragte sich, wie viel er zu verlangen gewagt hätte, wenn durch das Laken seine Fahrradfahrt unterbrochen worden wäre. Vermutlich zehn Kisten, auch wenn er sich nicht viel aus dem klebrig süßen alkoholhaltigen Zeug machte, mit dem die Jugend ins Verderben getrieben wurde. Kuhala blieb bei Haddington House, und auch wenn es der preiswerteste Whisky auf dem Markt war und so bitter schmeckte wie Altöl, beruhigte ein Schluck hier und da doch die Nerven.

Zerstreut las er, auf welcher Route die Präsidentin demnächst die Provinz bereisen würde, und legte die Zeitung neben das Tablett.

Die Lautsprecher des Einkaufszentrums spuckten im Wechsel Reklame und Muzak aus. Bisweilen war es schön, die Leute zu beobachten, auch wenn sich an den grauen Tagen Ende September nur einförmige Sehnsucht mit leicht slawischer Note in den Gesichtern widerspiegelte. Man lebte in einer Zeit des Übergangs, die Freuden des Sommers lagen schon zurück und die Weihnachtsfeiern noch in weiter Ferne.

Nadja Puro, die ehemalige Angestellte von Juwelier

Rurik Krassi, berührte Kuhalas Schulterpolster. Eigentlich war es keine Berührung, sondern nur ein leichtes Streifen. Die Frau sah ausgeruht und ausgeglichen aus, die Arbeitslosigkeit tat ihr sichtlich gut.

Und dank des Herbst-Make-ups hatte sich auch das strahlende Lächeln verbessert, wie Kuhala nicht verborgen blieb.

Er schob ihr einen Stuhl unter und erbot sich, ihr etwas zu trinken zu holen. »Kaffee, einen Drink, ein Glas Wein?«

»Kaffee genügt. Schwarz, bitte.«

Kuhala nahm das Gleiche und konnte den unterschiedlich überzuckerten Krapfen widerstehen, weil sie nur die Schweineschmalzzone um den Nabel herum stärkten und ansonsten die Konzentration schwächten. Und er war sich nicht einmal sicher, ob er fähig wäre, eine solche Delikatesse mit mehr Eleganz zu verzehren als Kriminalhauptmeister Antikainen.

Najda Puro duftete nach spanischer Parfumseife. Kuhala merkte, dass ihre dunklen Augen etwas von der gleichen explosiven Willenskraft verrieten wie bei der alten Militsa in der Haapa-Heikin tie.

»Fragen Sie mich etwas«, sagte sie.

»Wie Sie vielleicht erraten, bin ich beauftragt worden, Ruriks Mörder zu finden.«

»Ich könnte auch versuchen, den Auftraggeber zu erraten.«

»Ist nicht nötig, ich würde es sowieso nicht sagen.«

»Ist ein Schuldiger in Sicht?«

Kuhala rührte in seinem Einwegbecher und blickte auf die zierlichen Handgelenke der Frau, wo Gold und kostbare Steine an Armreifen blitzten. Das waren berufliche Vergünstigungen, die sie vielleicht mit Personalrabatt bekommen hatte.

Vielleicht auch noch billiger.

»Ich bin ein Stück weitergekommen. Aber vieles ist noch ungeklärt. Noch ist nicht die Zeit, Namen zu nennen, aber auch das wird sich ändern. Auf jeden Fall hat mir mein Auftraggeber Schlüssel für die Wohnung und das Sommerhaus des toten Rurik gegeben.«

»Und ich dachte, da kommt nur der Nachlassverwalter rein.«

»Das ist geregelt. Ich konnte in Ruhe meiner Arbeit nachgehen und hatte Zeit, hier und da zu suchen.«

Es hatte den Anschein, als wäre Nadja Puro im Begriff, ihre Lächelkampagne einen Hauch offizieller zu gestalten. Sie hatte ihren Mantel aufgeknöpft, ihr Blick ging dorthin, wo ein aus dem Fernsehen bekannter Koch die Menschen weiter als beabsichtigt vor auflodernden flambierten Bananen zurückweichen ließ.

Die Brust der Frau hob und senkte sich unter dem Schal, und sie lud sich gerade so viel mit gereizter Spannung auf, dass es Kuhala nicht verborgen bleiben konnte.

An den brennenden Bananen konnte es nicht liegen.

Er ließ ihre Gereiztheit weiter zunehmen und tat so, als fischte er nach dem Stück Zucker in seinem Becher.

»Ich ermittle derzeit in mehreren Fällen. Muss sein, weil man von einem nicht leben kann. Alle haben etwas gemeinsam, nämlich sogenannte Geheimverstecke.«

»Ein Detektiv und seine Geheimverstecke.«

»So ungefähr. Ein Versteck, das mit diesem Fall hier nichts zu tun hat, befindet sich in einem Keller und das andere auf einem Dachboden. Auf Ruriks Dachboden in der Kauppakatu. Ein Bündel Briefe, geschrieben Ende der Siebzigerjahre, und ein Stoß ebenso alter Fotos. Sie sind an Palmenstränden im Süden aufgenommen worden, und sie zeigen Sie und Rurik.«

Nadja Puro zündete sich einen schlanken Zigarillo an. Der Koch hatte die Bananen inzwischen gelöscht, allerdings war auch die Neugier des Publikums erloschen. Die Frau sah Kuhala abwesend an und versuchte, ihre Gefühlswallung zu überspielen, indem sie die Haltung änderte. Auch wenn sie während vieler Jahre auf dem Dienstleistungssektor mit Sicherheit Selbstbeherrschung gelernt hatte, galt: Was zu viel war, war zu viel.

»Dann hat dieser unselige, heruntergekommene Schlappschwanz sie also doch aufgehoben. Mir hat er geschworen, dass es sie nicht mehr gibt, und ich habe sie auch nicht gefunden, obwohl ich vor Kurzem erst die ganze Bude auf den Kopf gestellt habe. Auch den Dachboden. Wo waren sie? Das können Sie mir ja wohl verraten, Sie Schnüffler?«

»Ganz unten. Vergessen.«

Der Qualm trieb von Nadjas Mund in Kuhalas Gesicht. Der straff gezogene Stacheldraht ihrer Worte bereitete Kuhala ein wenig Sorge, denn gerade erst hatte jemand versucht, ihn mit einem Tortenheber zu blenden. Die glühende Spitze des Zigarillos war nah genug, um ein Auge schlimm zurichten zu können.

»Sie waren von Rurik Krassi schwanger.«

»Treffer und versenkt. Was kann man auch sonst für Schlussfolgerungen ziehen, wenn man so fleißig in einem Dreckhaufen wühlt.«

»Ich mache nur meine Arbeit. Wollen Sie, dass wir Frage für Frage vorgehen, oder erzählen Sie selbst die ganze Story? Das ist nämlich kein Spiel.«

Die Frau zog Mantel und Schal aus, krempelte die Ärmel hoch und bat Kuhala, ihr einen Kognak zu holen. Rurik Krassi als Schlappschwanz zu titulieren war genau genommen nicht korrekt, aber man konnte es als eine Art

Allgemeindefinition der Charaktereigenschaften des verstorbenen Juweliers interpretieren. Kuhala bezahlte den Kognak und beschloss, die Quittung in das Kuvert mit den laufenden Kosten zu schieben, das er mit dem Namen Erik Krassi beschriftet hatte.

Die Konstellation war zum Heulen klassisch. Von den Wechseljahren und der ewigen Nörgelei seiner Frau bedient, ließ Krassi dem Charmeur, der in ihm steckte, freien Lauf und fing an, seine hübsche, mehr als zwanzig Jahre jüngere Angestellte einzukesseln. In den Lenden kribbelte der Enthusiasmus des Fünfzigjährigen, aber hatte sich seine Alte nie gewundert, warum er morgens mehr Zeit als früher für die Bemühungen brauchte, seine beginnende Glatze zu tarnen? Zuerst Wortschmelz und vertrauliche Aufgaben in der Firma, dann eine Prise Lohnerhöhung und hier und da eine väterliche Berührung zur Aufmunterung vor der Ladenöffnung. Wenig später ließ sich die Hand schon in der Pogegend nieder, und darauf folgten Einladungen zum Abendessen, gewürzt mit dem ein oder anderen niedlich funkelnden Geschenk aus der Kollektion in der Vitrine.

Bald befand man sich auch schon auf einer gemeinsamen Reise im Ausland, die der Ehefrau als Edelsteinmesse in Amsterdam oder Konferenz der Goldbranche in Johannesburg deklariert wurde.

Kuhala hatte den Handlungsverlauf in dem Moment erraten, als er seinen Fund unter die Lupe nahm. Immerhin gehörte er zum gleichen lüsternen männlichen Geschlecht und wollte nicht den ersten Stein gegen das Andenken des Goldschmieds werfen, geschweige denn, dass er bereit gewesen wäre, für seine eigenen Grapschfinger die Hand ins Feuer zu legen. Das Fleisch war teuflisch schwach und Nadja eine attraktive Frau.

»Dann wurde ich schwanger von ihm. Es war ein Versehen. Rurik versprach mir, sich scheiden zu lassen, und auch sonst das Blaue vom Himmel.«

»Wann war das?«

»Was spielt das für eine Rolle? Vor Jahren, ich nahm ein halbes Jahr Urlaub und ließ mir das Kind wegmachen.«

»Beim ersten Mal haben Sie behauptet, Sie hätten ein rein berufliches Verhältnis gehabt.«

»Wer an meiner Stelle hätte etwas anderes gesagt? Und woher sollte ich wissen, dass das so weit geht? Ich hätte nicht an Ihre Bürotür klopfen sollen. Das bereue ich heute.«

Der Kognak schwand aus dem Glas. Nadja Puro hatte ihre Gelassenheit wiedergefunden und schaute Kuhala unverwandt an. Die elegante Schlankheit des Zigarillos und der kontinentale Style ihrer Gesten stammten direkt aus einer Modezeitschrift und standen irgendwie im Widerspruch zum schäbigen Ambiente eines mittelfinnischen Einkaufszentrums. »Rurik hat mich missbraucht. Ich war damals ein gedankenloses junges Ding und musste dafür bezahlen, aber eine Sensation können Sie aus Ihrem Fund nicht machen. Absolut nicht.«

Kuhala lächelte. »Jetzt müssen Sie mir nur noch sagen, dass Sie vom Land kommen.«

»Nicht nötig. Das tun wir alle.«

»Ich kann ja raten, woher, aber wenn Sie etwas nicht sind, dann ein junges Ding und gedankenlos. Und das sind Sie auch nie gewesen.«

»War das jetzt ein Kompliment?«

»Was sonst? Ich bin in letzter Zeit so etwas wie der Spucknapf von Erzlügnern und auch etwas zahmeren Lügnern gewesen, entweder weil meine Erscheinung zum Lügen reizt oder weil manche Leute Angst haben. Egal. Ich werde die Wahrheit schon ausgraben.«

Er beugte sich näher zu Nadja Puro hinüber. Sie wich keinen Zoll zurück, zuckte auch nicht mit der Wimper, aber installierte auf ihrem Gesicht das De-luxe-Lächeln, mit dem sie auch Rurik Krassi in Trance versetzt hatte. Hätte Kuhala nicht so in Annukkas Bann gestanden, hätte seine Stimme vermutlich versagt, oder er wäre weniger direkt gewesen. »Wirklich gemein vom Juwelier, seinen Status als Vorgesetzter so zu missbrauchen. Ich verurteile das absolut. Aber ich möchte wetten, dass Sie nach der Abtreibung einen Plan geschmiedet haben, mit der Prämisse, den krassen Krassi auszusaugen, bis er trocken oder mindestens fünf vor trocken ist. Ansonsten erfährt die Ehefrau alles, vielleicht auch der ein oder andere Klatschreporter, und dann weiß man ja, wie es weitergeht. Krassi hat immer schön bezahlt, aber dann ist seine Frau gestorben, und …«

»Und mit den Zahlungen war Schluss. Und ich hab den Kerl umgelegt, weil er sich um nichts mehr geschert hat?«

»Na ja. Die Theorie erfordert natürlich noch ein bisschen Feinabstimmung, weil ich mir eigentlich kein Gewehr in Ihren zarten Händen vorstellen kann.«

»Ich habe einen Killer engagiert?«

»Das würde schon besser passen.«

»Wie zum Teufel hätte mein zartes Verkäuferinnengehirn auf einen Berufskiller kommen sollen?«

»Das gibt es ganz andere Dinge …«

Kuhala ließ den Blick nicht von den dunklen Augen der Frau und ergriff plötzlich die Hand mit dem Zigarillo. »Ich glaube, ich habe Ihnen mehr Grund zum Nachdenken gegeben, als Sie zugeben, und Sie können sicher sein, dass Sie bislang die interessanteste Ermittlungslinie für mich sind. Wenn sonst nichts hilft, hole ich mir Amtshilfe bei der Polizei. Die bekommt dann das Briefbündel zu lesen.«

»Das gehört alles zum Nachlass, nicht Ihnen.«

»Da haben Sie recht, aber wenn der Verdacht auf ein Verbrechen besteht, ändert das alles.«

»Welches Verbrechen? Ehebruch?«

Nadja Puro bedankte sich für den Kognak und die Begegnung. »Weil ihr Männer weder aus Versehen noch mit Absicht schwanger werden könnt, wisst ihr von diesen Dingen nichts, und darum wäre es das Beste, wenn ihr eure blöden Fressen halten würdet.«

Sie kehrte Kuhala den Rücken zu und ging davon. Die Kulisse ihres Abgangs bildeten zwei Breakdancer, die wie wirbellose Wesen auf dem Nacken über den gebohnerten Fußboden des Einkaufszentrums rutschten.

Kuhala schaute den als Bananen verkleideten Tänzern nachdenklich zu, der endzeitliche Technobeat brachte die Gläser über dem Bartresen zum Klirren und prallte von den Wänden in die Ausgangsschlünde der Shoppingmall. Das war die Gegenwart, die Menschen mussten sich anschreien, wenn sie etwas voneinander wollten. Durch die Resonanzen fiel der Pappclown im Hamburgerrestaurant auf die Nase.

Kuhala ging im Halbkreis um das Publikum herum zum Ende des Ganges und steckte eine Münze in den Schlitz des Toilettenschlosses. Das Verrichten der Bedürfnisse war mit einem Euro veranschlagt, einen Claim, der sicherer war, konnte man lange suchen. Kuhala dachte über das Gespräch von eben nach und versuchte, die Tür hinter sich zu schließen, konnte sie aber keinen Zentimeter bewegen. Jemand hungerte auf seine Kosten nach einem Geschäft, ein offenbar kräftiger Mensch, der die Tür so heftig aufriss, dass die Hand, die Leikari verdreht hatte, schmerzte. »Verdammt, das kostet dich fünfzig Cent.«

Kuhala sagte das halb im Scherz, ohne den Drängler

anzuschauen, und wandte sich der Rinne zu. Die Wände dröhnten vom Technostampfen. Kuhala konnte sich nur retten, weil er mit einem Auge im Spiegel nachsehen wollte, mit was für einem gut aussehenden Privatdetektiv sich Nadja Puro gerade unterhalten hatte. Gut aussehend und tot.

Der Mann, der sich als Schwarzfahrer ins Klo gedrängt hatte, trug einen Parka mit Kapuze, eine Mütze mit Tarnmuster und Sonnenbrille. Er hielt die Hand erhoben, und in der Hand steckte ein stichbereites Messer.

Aus Blasendruck wurde Überlebensdruck. Kuhala hatte sein Teil noch nicht herausgeholt, und darüber war er im Nachhinein nur froh. Er duckte sich und fluchte vor Schreck. Die Klinge krachte gegen das Blech der Rinne, der Angreifer stürzte sich auf Kuhala, der auf den mit Pissflecken gesprenkelten Kacheln ausrutschte und unter den Waschbecken landete.

Auch der andere fluchte.

Das Ausrutschen rettete Kuhala das Leben. Der von unten geführte Stoß des Kapuzenmanns zerschnitt die kräftigen Aromen der Toilette, schlitzte dem Detektiv den Ärmel auf und knallte gegen ein Waschbecken. Das waren intensive Momente, jeder der beiden Männer konzentrierte sich auf seine Sache, aber der Killer war am Ende doch ein Schussel, oder er hatte sein Gesicht so weit verhüllt, dass es die Sicht beeinträchtigte. Kuhala hatte inzwischen genug und gab ihm nicht mehr die Zeit für einen dritten Versuch.

Er trat dem Messermann gegen das Fußgelenk und schlug ihm mit einer linken Geraden gegen das Knie. Das Knacken der Kniescheibe oder der Handknochen kündete von einem Volltreffer. Kuhala warf sich auf den Angreifer, getrieben von der Wut, die er mütterlicherseits geerbt hatte, aber seine Ausgangsposition war so ungünstig, dass der Mann zur Tür ausweichen konnte, wo seine Messerklinge schnelle Achten in die Luft kritzelte.

Kuhala stand auf. Sie starrten sich an, Kuhala sagte nichts, hätte aber gern eine ordentliche Stimmprobe von seinem Gegner gehört. Er hatte Angst, darum zu bitten, die Klinge schwirrte und pfiff durch die Luft.

Und auf einmal war der Mann weg. Kuhala zog den Reißverschluss hoch und rannte hinterher. Die Bananentänzer lehnten am Schaufenster vom Kleiderkaufhaus Seppälä, der Beat pulsierte nur noch als Nachhall auf den Trommelfellen.

»Habt ihr gesehen, in welche Richtung er gerannt ist?«

Die Del Montes glotzten Kuhala an wie einen Geistesschwachen. Seine Hand brannte, der mit der Kapuze reiste ohne Eile mit der Rolltreppe nach oben, denn er war Profi genug, um zu wissen, dass man schnell die Männer vom Sicherheitsdienst auf den Fersen hat, wenn man rennt. Er hatte die Brille abgenommen und schaute auf Kuhala herab, der vollkommen damit beschäftigt war, sich von seinem Schock zu erholen.

»Der Typ da hat gerade versucht, mich auf dem Klo abzustechen. Der da oben, der in den ersten Stock fährt. Gibt's da einen Ausgang?«

Der Mann vom Sicherheitsdienst erkannte, dass Kuhala keinen Blödsinn machte, und nahm sein Funkgerät zur Hand. »Ich geh dahinten rum und komme ihm von der anderen Seite entgegen. Das ist die Hintertreppe vom ›Fantasia‹. Bleiben Sie hier, rufen Sie die Polizei an, wenn Sie ein Telefon haben!«

»Wen funken Sie denn an?«

»Die Kollegen. Die sind näher daran, gleich sitzt er in der Falle.«

Kuhala nickte, blieb aber nicht stehen. Wenig später stand er an der Wendeltreppe, die in den zweiten Stock führte, und blickte auf die Mütze mit dem Tarnmuster, die dort lag. Über dem Mützenschild war ein rotes Sägemuster zu erkennen. Vielleicht war die Mütze aus Versehen hingefallen, aber es war sicher, dass der Messerstecher nach oben zu den Kinos geflohen war. Kuhala stieg über die dicke Kordel und ins Halbdunkel der Treppe hinauf.

Im Foyer des Kinos legte oberhalb der Fächer mit den Süßigkeiten De Niro mit einer Pumpgun auf ihn an, Nick Nolte versuchte, ihn mit einem Blasrohr von einem Bildschirm vorne und hinten zu treffen. Das war feige. Kuhala krallte sich eine Handvoll Lakritze und stopfte sie sich in den Mund. Ein gedämpfter amerikanischer Dialog wurde durch Reihenfeuer und das trockene Husten einer Handfeuerwaffe unterbrochen.

Seine Lust, in den dunklen Kinogängen auf Abenteuerjagd zu gehen, war äußerst schwach ausgeprägt. Die Abwehr von Messerhieben und das Ausweichen vor schwirrenden Kugelhageln durften von nun an der Job überbezahlter Megastars sein, er, Kuhala, begnügte sich damit, Lakritze zu mampfen und darauf zu warten, dass sich sein Herzschlag normalisierte.

Plötzlich regte sich etwas in dem Gang, der in einem Bogen nach rechts führte. Kuhala hielt den Atem an und duckte sich. Er konnte das Schlottern in den Beinen einfach nicht abstellen, für eine zweite Energieleistung der gleichen Kategorie hatte er keine Kraft mehr. Die Gestalt kam aus dem Schatten hervor und bewegte sich auf ihn zu.

Sie trug den Overall der Sicherheitsfirma. Kuhala ließ die Luft aus der Lunge und schluckte den Lakritzklumpen. Er fragte, ob jemand gesehen worden sei.

»Nein. Sind Sie attackiert worden?«

»Ja.«

»Ich habe über Funk etwas von einem Messerstecher gehört, mehr nicht. Wo ist es passiert?«

»Auf der Herrentoilette«, sagte Kuhala.

Der Wachmann rügte Kuhala, weil er dem Angreifer gefolgt war, dann griff er zum Funkgerät. Kuhala sah den Mann an und fragte ihn, ob sie sich eventuell schon früher mal gesehen hätten.

Der Mann schüttelte den Kopf. Auf einmal schnippte Kuhala mit den Fingern.

»Sie waren in der Eingangshalle von Finsomnia und hätten mich fast gepackt, als ich in Krassis Büro wollte.«

Der Mann erinnerte sich an das Missverständnis und lächelte. Er sagte, er finanziere sich sein Studium mit diesem Job und werde mal hier und da eingesetzt. »Gleitende Arbeitszeit. Es hätte nicht viel gefehlt, und ich hätte Sie gestoppt.«

»Ist die Farbe aus der Patrone von der Scheibe abgegangen?«

»Ja, ja«, lachte der junge Mann.

Er sagte ins Funkgerät, er habe niemanden gesehen.

Kuhala wandte sich ab.

»Die Lakritze wird aber bezahlt.«

Die Stimme kam ihm bekannt vor. Sie kam ihm schmerzlich bekannt vor.

»Soll ich dir das Geld geben?«

Kuhala lächelte Kriminalhauptmeister Antikainen an, der mit einem Kollegen auf der Treppe stand. Das Sonnen im Licht der Taschenlampe war insofern unangenehm, als der Killer längst über alle Berge sein konnte. Antikainen stieg die restlichen Stufen hinauf und schaufelte sich die Taschen mit seinen Lieblingsbonbons voll, ohne sich um den Overall der Sicherheitsfirma zu kümmern.

»Wir waren in der Nähe und sind alarmiert worden. Was hast du jetzt wieder für einen Mist gebaut?«

## 14

Kriminalkommissar Nevakivi hatte das Zimmer, das er von Annukka geerbt hatte, nach der Schule der kargen Büroarchitektur möbliert oder aber der Einrichtungsfrage einfach keinen Wert beigemessen. Keine Fotos von Familienmitgliedern, keine Ehrentafel mit Auszeichnungen, nicht einmal eine vergessene Donutsschachtel auf dem Tisch, die für etwas Lockerheit gesorgt hätte.

Der Briefbeschwerer aus Stahl, der zwischen Tastatur und Laserdrucker blinkte, war der einzige Ziergegenstand. Auch er erinnerte eher an einen Geschosssplitter und an das, was Hauptmeister Antikainen über den militärischen Hintergrund der Nevakivi-Sippe erzählt hatte.

Es war ein Büro, das von seinem Halter nach einer halben Stunde Vorwarnung zugunsten ambitionierterer Aufgaben verlassen werden konnte, so wie es bei Annukka ja auch der Fall gewesen war. War Jyväskylä etwa nicht nur für Touristen bloß eine Durchgangsstation?

»Als wir uns zuletzt begegnet sind, sagte ich, wenn ich mich recht erinnere, wir würden im Mordfall Leikari jeden ermittlungsrelevanten Stein umdrehen.«

»Ich kann mich auch daran erinnern«, sagte Kuhala.

»Und dann äußerte ich die Hoffnung, dass Sie uns sofort all Ihre Informationen übermitteln. Wenn man so vorgeht, kommt der Fall voran.«

»War es Mord?«

»Leikari ist auf der Schaffelldecke des Arbeitermuseums nicht an Altersschwäche gestorben.«

Der düsteren, leicht gezwungenen Männlichkeit in Nevakivis Gesicht fehlte der Erfahrungszuschlag, der für mehr Glaubwürdigkeit sorgte, aber mit der Zeit würde er sich schon einstellen. Der Mann saß auf seinem Stuhl und trommelte auf den Tischrand. Er ging ins Fitnessstudio, nicht jeder X-Beliebige konnte ihm das Genick brechen, und seine Logik beruhte darauf, dass ein am Innersten der menschlichen Gemeinschaft zehrender kollektiver Glattaal aus jedem einen Verbrecher macht. Dieser Glattaal musste enthüllt und in Ketten gelegt werden. »Was meinen Sie? Haben Sie der Polizei all Ihre Informationen übermittelt?«

Kuhala blickte auf seinen Ärmel, den der Messerstecher aufgeschlitzt hatte, und konnte die Horrorszene einfach nicht abschütteln. Normalerweise wurde nach solchen Tumulten psychologische Krisenintervention empfohlen, aber der Druck ging weiter. Er sagte zu Nevakivi, er wisse nichts.

Der Kommissar lehnte sich nach vorne, über seine Augen legte sich der Eisfilm eines Guillotinenschleifers. »Das glaube ich nicht. Wir haben beobachtet, was Sie tun. Wenn ich bei der Staatsanwaltschaft einigen Leuten den Tipp gebe, dass Ihre Arbeit unsere Arbeit stört, ist es nicht mehr weit bis zu echten Schwierigkeiten.«

Kuhala zog sich nicht zurück und wich auch dem starren Blick nicht aus.

»Wie wär's, wenn ihr einfach versucht, den Messerstecher zu schnappen? Der Mann ist verrückt und randaliert vielleicht schon in einem anderen Einkaufszentrum auf der Toilette. Laut Gesetz hat ein bloßer Tipp an den Staatsanwalt nichts zu bedeuten. Das wissen Sie selbst.«

»Niemand hat irgendwo einen Messerstecher gesehen.«

»Ah, ich denke mir so was also zum Spaß aus …«

»Zählen wir mal eins und eins zusammen. Auch die Polizei setzt Prioritäten. Wir können nicht einmal anfangen, wenn niemand etwas gesehen hat. Und ehrlich gesagt haben wir auch keine Lust anzufangen, wenn wir es mit einem so komplizierten Kooperationspartner wie Ihnen zu tun haben.«

Kuhala sagte, er sei kein Kooperationspartner, sondern das Opfer. Er zeigte seinen Ärmel und die Hand, die er dem Angreifer gegen das Knie geschmettert hatte. Die Knöchel waren rot. »Habe ich mir vielleicht selbst den Ärmel aufgerissen und zum krönenden Abschluss mit der Faust gegen die Wand geschlagen? Ich hab viel zu viel zu tun, um für so einen Blödsinn Zeit zu verschwenden, und außerdem hat der Typ von der Sicherheitsfirma den Kerl auf der Rolltreppe gesehen. Und auf der Treppe zum Kino lag die verdammte Mütze.«

»Es ist sinnlos, mir eine Theorie vom wahnsinnigen Messerstecher aufzuschwätzen. Jemand trägt Ihnen etwas nach, und es würde uns schon ein bisschen helfen, wenn Sie uns eine Liste von, sagen wir, fünf Namen geben würden. Eine Nachtragsliste.«

»Sie und Ihr Teamkamerad Antikainen drängen sich für diese Liste geradezu auf.«

»Verdammt noch mal, Kuhala. Meine ganze Arbeitszeit droht für reines Scheißereden zu verbrennen, aber vergessen wir mal kurz das Arbeitermuseum und den Übergriff im Einkaufszentrum und reden wir über Swetlana Susinen. Die Spurensicherung findet einfach nichts, weder an ihren Kleidern noch am Fundort. Nur Spuren von Ihnen und die Versuche, sie zu verwischen. In den Unterlagen der Frau steht Ihr Name.«

»Das weiß ich.«

»Was soll der Mist? Es wäre nicht das erste Mal, dass ein mit Ach und Krach über die Runden kommender Unternehmer Ihrer Branche merkt, dass das Gras auf der anderen Seite des Zauns, sprich im anderen Lager, viel grüner ist.«

»Das ist schon ziemlich gewichtiger Text für die Staatsanwaltschaft. Sagen Sie mir, in welcher Branche das Gras auf der anderen Seite nicht lockt! Soll ja sogar in Ihrem Job vorkommen, hab ich gehört.«

Plötzlich merkte Kuhala, wie er sich aufregte, und genau darauf war Nevakivi aus. Die gleiche Taktik zauberte auch Antikainen aus dem Hut, wenn sich die Gelegenheit ergab. Nevakivi kannte Kuhalas Polizeivergangenheit, und Verräter bekamen immer die volle Breitseite ab, das war ihr Schicksal. Man musste lernen, damit fertig zu werden, mit einem Lächeln unter den Kiel zu gehen.

Ein Lächeln half überhaupt immer, aber Kuhala war sich nicht sicher, wie überzeugend er es auf seinem Gesicht arrangierte, denn er war immer noch voll und ganz damit beschäftigt, sich von dem Angriff zu erholen.

Nevakivi witterte das und empfand kein Mitleid.

»Laut Teledaten standen Sie mit Leikari an dessen Todestag in engem Kontakt. Worüber haben Sie gesprochen?«

»Wir haben einen Termin vereinbart.«

»Leikari starb an einer Gehirnblutung. Jemand hat ihm eine Nadel hinters Ohr gesteckt. Etwa in der Größenordnung von Großmutters Stopfnadel, wenn auch dünner. Das erfordert Know-how.«

»Pfui Teufel.«

»Sie scheinen auch im Mord an einem hiesigen Goldschmied zu ermitteln. Der am Puulavesi begangen wurde.«

Kuhala wurde aufmerksam und nickte. Er wickelte den Stofffetzen, der am Ärmel abgerissen war, um den Finger und fragte sich, ob die Leute im Präsidium eine Art Tiefenanalyse seiner Arbeit vornahmen. Der Gedanke war vielleicht paranoid, aber Nevakivi scherte sich nicht darum und hämmerte weitere Thesen an die Wand. Er berichtete vom Kontakt mit seinem Amtsbruder in Mikkeli. »Auch dem haben Sie Beweise für Ihre Kooperationsfähigkeit geliefert.«

Diesmal verzichtete Kuhala auf ein Nicken. Würde Nevakivi gleich den Kommissar aus der ostfinnischen Provinzhauptstadt einmarschieren lassen? Glaubte er, mit solchen dosierten Anspielungen nach dem Siegerpokal greifen zu können? Oder stimmten die Meldungen über Schimmelprobleme im neuen Polizeigebäude in der Urhonkatu doch, und die Keime verrichteten bereits ihr Zerstörungswerk in den Gehirnen des Personals?

Regen schlug gegen Nevakivis Fenster, das wässrige Keuchen des Verkehrsstaus, der von Ampel zu Ampel kroch, stopfte die Pausen im Gespräch. Nevakivi verschränkte die Arme und gönnte Kuhala keine Ruhe. »Ich weiß nicht, wie das Niveau der Spurensicherung zu Ihrer Zeit gewesen ist, aber heutzutage ist es in Finnland erstklassig. Die Fachleute arbeiten Vollzeit. Darum haben sie auch das Grundstück am Puulavesi gründlich durchsucht und einen interessanten DNA-Abgleich durchgeführt, der mit dem DNA-Fund in Leikaris letzter Bettstatt übereinstimmt. Leider gibt es im Register keine kompatible Probe, um einen Namen ans Tageslicht bringen zu können.«

Kuhala wischte sich die Verblüffung aus dem Gesicht und fragte, ob Mordwerkzeuge, die hinters Ohr gesteckt werden, handelsüblich seien.

»Nein. Das sind Spezialutensilien. Wir haben die Nadel ans Labor der Zentralkripo geschickt. Die Analyse ergab keine Wunder, niemand will glauben, dass das Modell eigens zum Tötungszweck hergestellt wird.«

»Und die DNA gehört einem anderen als Leikari oder Krassi?«

»Genau. Wie soll ich das am besten formulieren, aber da Sie hier in ausgesprochen zentraler Rolle herumgeistern, bräuchten wir eine DNA-Probe von Ihnen.«

»Ich war am Puulavesi und im Arbeitermuseum. Der Clou dürfte darin liegen, dass die Probe gar nicht zu mir passt.«

»Oder dass sie passt.«

»Ich bitte Sie. Aber warum nicht. Soll ich sie ...«

»Das machen wir schon.«

»Ich kann Ihnen ein paar Haare geben, so viele habe ich gerade noch.«

Nevakivi sah Kuhala ernst an. »Rurik Krassi ist mit einem Geradzugrepetierer der Marke Lynx erschossen worden. Das Modell gehört zur Ausrüstung von Sportschützen, und auch wenn dazu die meisten fabrikgefertigten 308-Patronen passen, ist er speziell für T-Patronen Kaliber 308 ausgelegt. Eine solche Patrone hat Krassi getötet. Wir sind uns bei der Waffe fast sicher. Und genau so eine Waffe ist im Frühjahr in einem Haus in Jyväskylä gestohlen worden.«

»Warum erzählen Sie mir das alles?«

»Denken Sie darüber nach. Und fangen Sie an zu erzählen, was sich alles im Zauberhut verbirgt. Ich gebe Ihnen aber etwas Bedenkzeit, damit Sie eine flüssige Geschichte zusammenbekommen. Oder?«

Nevakivi kippte das Fenster. Kuhala sagte, er versuche sein Bestes. »Übrigens, schicken Sie auch die Mütze ins

Labor von der Zentralkripo. Oder liegt sie noch auf der Treppe zum ›Fantasia‹?«

Er fragte nicht, ob er gehen durfte, sondern verließ mit zerrissenem Ärmel und brummendem Schädel das Gebäude. Das Messer war rasierklingenscharf geschliffen gewesen, ein kurzes Streifen hatte genügt, um den Jackenstoff aufzuschlitzen, und ein weniger glücklicher Hieb hätte Kuhala auf der Stelle filetiert.

Aus der Pfütze auf dem Postparkplatz spritzte von Benzin gemustertes Wasser in einem Fächer auf und umspülte die Hosenbeine der Passanten. Er bog in die Vapaudenkatu ein und glaubte, den Messerstecher aus dem Einkaufszentrum weit vorne auf dem Zebrastreifen vor dem Alkoladen zu sehen, aber die Prüfungen des Tages hatten seine Beine schwer gemacht, und der Regen ließ das in der Ferne durch die Gegend schlurfende Volk so undeutlich erscheinen, dass der einzig wesentliche Gedanke sich auf die ureigene Krisenhilfe in der Hausbar richtete.

Die halbe Drohung des Kommissars, seine Anspielungen und die eingestreuten Informationskrümel bildeten zusammen ein Gebräu, das zu schal schmeckte, um mit Bedacht angerührt worden zu sein.

Wie alle Dreißigjährigen durstete der Mann so gierig nach Erfolg, dass er dann doch vergaß, jeden ermittlungsrelevanten Stein umzudrehen, obwohl er das versprochen hatte.

Dennoch durfte man Nevakivi nicht für einen leichten Gegner halten.

Und den oder die Mörder ebenfalls nicht.

Der Kerl mit der Tarnmütze musste seine Unterhaltung mit Nadja Puro komplett beobachtet haben, womöglich hatte er schon mehrere Tage auf den richtigen Moment zum Angriff gelauert, bis es dann so weit war.

Kuhala betrat seine Wohnung und warf die Jacke auf den Wäschekorb. Er goss sich ein Glas ein und ging damit ans Fenster. Es war ein Fehler, die Fälle Krassi und Leikari zusammenzuheften, der Zaun dazwischen konnte einfach nicht so niedrig sein.

Der Gedanke an Mikael Krassis Namen in Swetlanas Kundenbuch quälte ihn, aber durfte man denn allzu viele Schlussfolgerungen daraus ableiten? Würde die Polizei ihre Informationen an die Medien durchsickern lassen, würden die sich ins Fäustchen lachen. Es war nicht schwer, sich die Schlagzeilen über einen mysteriösen Stopfnadelmörder vorzustellen.

Ein Referent mit ermüdender Stimme predigte im Radio über die Temperamenteeinteilung des Hippokrates. Kuhala trank den Whisky mit einem Schluck aus und rechnete sich ins Grenzgebiet zwischen Phlegmatiker und Melancholiker. Die charakteristische Körperflüssigkeit des Ersten war der Gehirnschleim, während es beim Melancholiker die schwarze Galle aus der Milz war. Das klang nicht besonders anziehend. Er brachte das bärtige Brummeln des Redners zum Schweigen und ging unter die heiße Dusche.

Die Hand tat weh. Der Rücken, der gegen das Abflussrohr unter dem Waschbecken des Einkaufszentrums geprallt war, fühlte sich steif an. Kuhala drehte das kalte Wasser auf und schaute auf seinen schweren Körper, wobei ihm der entsetzliche Gedanke kam, er könnte jetzt ebenso gut bei der Obduktion liegen und auf eine etwas andere Art von Messerschnitt warten.

Er ließ sich mit nassen Haaren auf die Couch fallen und schloss die Augen, um sich den Angreifer auf der Herrentoilette in Erinnerung zu rufen. Kurz meinte er, etwas Bekanntes an ihm wahrgenommen zu haben, konnte sich aber nicht darauf konzentrieren, sondern fiel in einen zuckenden Halbschlaf, bei dem er das beängstigende Schwirren des Messers noch in den Ohren hatte.

Er fuhr hoch, als es draußen bereits dunkel war. Die Uhr zeigte halb neun. Der pausenlose Regen hüpfte vom Asphalt in die Höhe und spritzte unter den Autoreifen auf. Einige Fußgänger eilten mit gesenkten Köpfen zur Bahnüberführung, unter einer Straßenlampe zündete sich ein Mann eine Zigarette an und sah zu Kuhalas Fenster hinauf, bevor er sich in Bewegung setzte.

Der Mann war kräftig gebaut. In Halbschuhen, Bügelfaltenhosen und Trenchcoat sah er wie der Urvater aller Kennzeichenträger aus, aber Kuhalas Gemüt war nach den Träumen noch so eingedellt, dass er sich nicht provozieren ließ.

Vielleicht hatte Nevakivi seine Jungs losgeschickt, vielleicht war der Bursche bloß stehen geblieben, um sich eine Zigarette anzuzünden, und hatte nur zufällig nach oben geschaut. Ähnlichkeiten mit dem Angreifer aus dem Einkaufszentrum bestanden nicht.

Kuhala zog sich an und bereitete sich ein Abendessen, bestehend aus zwei Scheiben Roggenbrot und der halben Tomate, die sich noch in der Einsamkeit des Gemüsefachs fand. Sie hätte eigentlich in den Biomüll gehört, aber weil der Privatdetektiv noch eine Prise schwarzen Pfeffer in seinen Vorräten hatte und weil auch der Mund eine Art Biomüllbehälter ist, konnte das Problem bewältigt werden. Er kaute auf den Brotkanten und hörte im Radio einen emotionalen Leckerbissen über den amerikanischen Millionär, der kurz zuvor aus reiner Güte auf dem Parkplatz eines Supermarktes zehntausend Dollar verteilt hatte, und zwar in Form von Zwei-Dollar-Noten, die er mit einer Art Geldkanone in die Luft geschossen hatte. Es hatte acht

Verletzte gegeben, bei zwei von ihnen wurde der Zustand als kritisch bezeichnet.

An Schlaf war nicht zu denken, und nach den Ereignissen des Tages herrschte in Kuhalas Innenwelt eine Empfindlichkeit, dass ihn jedes Geräusch im Treppenhaus zusammenfahren ließ.

Wenig später rief er Raatikainen an und fragte nach halb scherzhaften Förmlichkeiten, ob es im Polizeipräsidium noch irgendeine wohlwollende Informationsquelle gab, von der man einen Hinweis auf das Schicksal einer gestohlenen Waffe bekommen könnte. »Es geht um ein Gewehr Marke Lynx, das im Frühjahr einem Besitzer in Jyväskylä gestohlen worden ist. Ich hätte gern den Namen des Betroffenen.«

Raatikainen fragte nicht einmal nach dem Zusammenhang, versprach aber, zu tun, was er konnte. »Ich entferne mich zwar mit Schallgeschwindigkeit von dem Laden. Oder mit Lichtgeschwindigkeit. Aber es müsste da schon noch einen geben, der was wissen könnte.«

»Danke. Sag Bescheid, wenn du was hörst.«

»So machen wir's.«

Kuhala öffnete den Regenschirm. Niemand heftete sich an seine Fersen. Nur in der Ferne leuchteten die Fenster des Bahnhofsimbisses wie ein Leuchtfeuer für Hungrige, ansonsten wirkte Jyväskylä im Schwitzkasten des Herbstes wie eine Geisterstadt.

Im Boden eingelassene Scheinwerfer bestrahlten den Nebel, der die Kirche umhüllte. Das Gesamtbild erinnerte an ein Vampirschloss. Windböen malträtierten die Blumenbeete. Warum hatte er dem Messerstecher so viel Vorsprung gelassen?, fragte sich Kuhala. Weil er den Fanatismus des Mannes gewittert und nicht geglaubt hatte, ihn lahmlegen zu können? Oder schlicht und einfach deshalb, weil er alt wurde und dem Angreifer bei einer neuen Attacke die Kehle dargeboten hätte?

Im Vorzimmer der Detektei saßen die Geckos im Terrarium so reglos wie Denkmäler. Bald würden sie in die Winterstarre fallen und ihre Körperfunktionen reduzieren, bis sie einen Zustand erreicht hätten, zu dem sich Kuhala schon in vielen schwierigen Phasen seines Lebens hingezogen gefühlt hatte.

Er goss sich aus der Gästeflasche einen Fingerbreit Whisky ein und ging auf die Internetseiten von Finsomnia, dem Arbeitgeber von Mikael Krassi. Er hatte sich die Seiten früher schon einmal angesehen, der korpulente Stil der Grafik sollte Autorität ausstrahlen und signalisieren, dass für die angesprochenen Interessengruppen über Generationen hinweg keine Lebensform mehr ohne Chauffeur denkbar war.

Sachinhalt war spärlich enthalten, die Kontaktdaten beschränkten sich auf zwei E-Mail-Adressen, aber es schien offensichtlich, dass Finsomnia Luxusgüter importierte und auf Wunsch Erlebnisse organisierte, die mit normalem Einkommen nicht zu finanzieren waren. Alles wurde auf Englisch gesagt, die hohlen Slogans konnten alles bedeuten, und je länger Kuhala die Bildergalerie am Rand betrachtete, all die Zahnathleten, die auf Segeljachten in den Seilen hingen, um so mehr wunderte er sich.

*Make it work out, sing and shout!*

Hans Krassi verkaufte Nonnenjojos ohne Unterhose, um sich am Leben zu halten, sein Bruder Mikael individuell zugeschnittene Erlebnispakete für jeden Bedarf, und der totgeschossene Herr Papa hatte mit Schmuck gehandelt. Daraus ließ sich nicht viel schließen, in der Familie schien man Wert auf unternehmerischen Geist zu legen, und wo der eine mehr Erfolg hatte, hatte der andere weniger.

Und dann die massive Gestalt von Onkel Erik im Hintergrund mitsamt den erhabenen und dubiosen Motiven, aber da auch Kuhala derzeit aus Onkel Eriks Portemonnaie lebte, hielt er es für klüger, dessen Motive erst zu hinterfragen, wenn es nicht mehr anders ging.

Kuhala versuchte sich an einem Resümee. Mit gebeugtem Rücken saß er im Schein der Schreibtischlampe und zog Linien zwischen den Wörtern und Namen, die er aufs Rechenpapier geschrieben hatte. Das Schema mit Zeitpfeil sah vernünftig aus, verriet aber nichts Wesentliches.

Dann nahm er aus der abgeschlossenen unteren Schublade das Kundenbuch von Swetlana Susinen, das dort neben der Sig-Sauer-Pistole und dem Geld lag, und fing an, sich den schwer leserlichen Text vorzubuchstabieren, als wollte er sich versichern, dass er beim ersten Lesen nicht geträumt, sondern tatsächlich den Namen Mikael Krassi entdeckt hatte.

Der Chef von Finsomnia brauchte Auffrischung für sein Sexualleben, so wie jeder andere auch, und in der Tat standen auf den Seiten des Buches die Namen mehrerer Personen aus Jyväskylä, die Kuhala kannte. Aber Krassis Name war zu heiß, er konnte nicht rein zufällig dort stehen.

Das Liniengeflecht auf der Schemazeichnung wurde in der Mitte immer mehr zum dunklen Knäuel, das Kuhala selbst nicht mehr kapierte, aber wenn die DNA-Spuren, die die Polizei am Puulavesi und im Arbeitermuseum gefunden hatte, nicht von ihm stammten – von wem dann?

Klar wurde allmählich nur, dass die Theorie von einer Verbindung zwischen Seppo Leikari und dem Goldschmied ebenso stichhaltig war wie jede andere Theorie auch. Das Geschwätz von der Russenmafia schien am

Mangel an Beweisen zu ersticken. Juri war verschwunden. Wer war Juri?

Kuhala lehnte sich auf dem Stuhl zurück, gegen das Oberlicht im Büro prasselten dicke Tropfen. Er starrte auf das Blatt Papier wie auf die Eingeweide einer Krähe.

Das Reellste an der ganzen Geschichte war bis jetzt der unverhohlene Kummer des Immobilienspekulanten Muhonen über die Werkzeugdiebstahlrechnung. Dass die Zahlung auf sich warten ließ, war nicht mehr sonderlich reell, und Kuhala wusste nicht so recht, wie er in der Angelegenheit weiter verfahren sollte. Irgendwie widerstrebte es ihm, auch nur einen Zentimeter von der Rechnung abzuhobeln, denn sie war korrekt, und Muhonen hatte mit Sicherheit genug Geld. Nachgeben würde heißen, sich der geifernden Aufregung zu unterwerfen.

Kuhalas Hinterkopf streifte die Wand, und es hätte nicht viel gefehlt, und er wäre mitsamt dem Stuhl umgekippt, wie zur Bestätigung seiner Ratlosigkeit.

Er rief Annukka an, obwohl es schon halb elf war.

»Entschuldige. Du hast doch noch nicht geschlafen? Ich musste dich einfach anrufen.«

»Hast du ein Problem?«

»Nein, nur Sehnsucht. Ein Sehnsuchtsproblem.«

»Was war das für ein Geräusch?«

»Ich wär fast mit dem Stuhl umgekippt. Können wir uns nicht sehen?«

Kuhala hielt sich den Rücken und hob den Stuhl auf, natürlich hatte er Annukka geweckt, und das, obwohl sie mehr als genug Stress in ihrem Beruf hatte. »Oder wenn es in nächster Zeit nicht geht, würdest du mir zuhören? Es dauert nicht lange. Ich glaube, ich hab dir in Toijala schon was davon erzählt, aber zum Glück nicht den ganzen Abend damit verdorben.«

»Sag ruhig.«

Man hörte ein unterdrücktes Gähnen. Kuhala schilderte die Fälle Leikari und Krassi mitsamt den beteiligten Personen. Es klang genauso chaotisch, wie es war, er hörte seine eigene Geschichte wie ein Außenstehender und fragte sich, warum er das alles nicht der Polizei überließ und sich auf Ehebrüche konzentrierte.

Annukka sagte nichts, als Kuhala fertig war.

»Bist du noch dran?«

»Ja. Die Polizei scheint nicht begeistert von dir zu sein. Ich bin sicher, sie tun alles, um den Messerstecher zu finden, aber aus irgendeinem Grund wollen sie dir nicht das Leben erleichtern, indem sie es zugeben. Vielleicht hast du den Ruf, ein schwieriger Mensch zu sein. Ich kann mal nachsehen, ob wir hier etwas über Leikari oder Krassi haben. Man weiß nie. Jetzt muss ich versuchen, ein bisschen zu schlafen, morgen muss ich früh raus.«

»Es ist alles in Ordnung, wenn du nur zwischendurch mal an mich denkst«, gurrte Kuhala und erinnerte sich an die Konstellation der schiefhalsigen Weinflaschen in der Pension »Desdemona«, als sie am nächsten Morgen Arm in Arm aufgewacht waren.

»Sei vorsichtig, Liebster«, sagte Annukka.

Das löste in Kuhalas Herz Schluckauf aus. »Ich lieb dich auch. Aber du findest mich doch nicht schwierig? Ich meine als Mensch.«

»Nein. Hör zu.«

Annukka schickte ihm einen schmatzenden Kuss, der die nächtlichen Mobilfunkmasten Funken sprühen ließ und Kuhala fast erneut zu Boden geschleudert hätte. Er erwiderte den Kuss und wünschte Annukka schöne Träume. Der Horror des zurückliegenden Tages verzog sich allmählich.

Sie konnten so nicht weitermachen und die Beziehung sich auf der Basis zufälliger Begegnungen entwickeln lassen, falls das nicht Annukkas ausdrücklicher Wunsch war. Kuhala starrte auf sein Handy und fragte sich, ob Annukka Angst hatte, sich fest zu binden, und vielleicht doch nach Vantaa gegangen war, weil sie glaubte, Kuhala klammere sich in seiner Unreife bloß an den erstbesten Rocksaum, den er vom Trümmerhaufen seiner Ehe aus erreichen konnte.

Er befahl den Echsen, die Ordnung aufrechtzuerhalten, und erschrak vor dem Schatten einer blattlosen Weinranke, der durch den Schein des Hoflichts auf der Betonwand aussah wie eine Hand, die ein Messer hielt. Der Wind ließ sie zum Stoß ausholen. Kuhala wich aus und durchquerte mit verlängerten Schritten den Hof, wobei er überlegte, ob der Angriff im Einkaufszentrum wohl seine Traumakollektion bereichern würde.

Er hatte weiß Gott schon früher mit allen möglichen Wirrköpfen zu kämpfen gehabt. Mit allen war er fertig geworden, dank seiner Reichweite, ein paar scharfer Schläge und der fest verwurzelten fixen Idee, sich nicht zum Opferlamm machen lassen zu wollen.

In der Hofeinfahrt des Hauses in der Vaasankatu, wo er wohnte, klingelte sein Handy. Er machte ein paar Schritte zurück und spähte um die Ecke in Richtung Kreuzung, wo ein Protagonist der lokalen Kulturszene gerade seinen Schmerz zum Ausdruck brachte, indem er aus voller Lunge zum Himmel schrie.

Der Anrufer verstellte seine Stimme. Es war ein Drohanruf, und auch wenn Kuhala schon früher welche bekommen hatte, konnte er sich einfach nicht daran gewöhnen.

»Beim nächsten Mal ist die Kehle offen.«

»Pass bloß auf, dass es dann nicht deine ist.«

Der Radaubruder an der Kreuzung fiel auf den Hosenboden, vermutlich war er auf nassem Laubschleim ausgerutscht. Kuhala drückte das Gespräch weg, schaltete das Handy aus und schaute auf seine zitternden Hände, bevor er sich aus dem Schatten der Hofeinfahrt löste.

## 15

Raatikainen handelte zügig und rief schon zwei Tage später mit dem Namen des Gewehrbesitzers an. Der frisch gebackene Rentner klang ausgeruht, im Hintergrund erklang Herb Alperts Trompete. Dieser Sound gehörte irgendwie unauslöschlich zu den Sechzigerjahren, zu den Sommerurlauben bei Verwandten, zum rauschenden Autoradio im Cortina, das Kuhalas wortkarger Vater immer auf der richtigen Frequenz zu halten versuchte.

Kuhala fuhr aus den Erinnerungen auf und bedankte sich für die Information. Er wollte wissen, ob der Grund für Raatikainens zuversichtlichen Tonfall darin bestand, dass er sich mittlerweile zwischen Weidenflechtkurs und Auslandsreise entschieden hatte.

»Ich war in einem Galgenstrickflechtkurs. Der erste, den ich fertig kriege, ist für dich.«

»Dann hätte ich wenigstens was, worauf ich mich verlassen kann. Das Ding ist verfahren.«

Er berichtete von dem Mordanschlag mit dem Messer, worauf Ratsku erschüttert fluchte. »Tschuldige, ich hätte keine Witze gemacht, wenn ich das gewusst hätte.«

»Schon gut. Drohanrufe schneien übrigens auch herein.

Ich bin, offen gesagt, verdammt neidisch auf dich wegen deiner Rentenbescheinigung. Wie geht's der Pumpe?«

Raatikainen senkte die Stimme und kicherte. Die Pumpe lief blendend, denn sie war jetzt mit dem heilenden Zuckerguss der Liebe glasiert.

»Ich hab eine Frau kennengelernt. Ist aber noch ganz frisch, ich muss vorsichtig vorgehen.«

»Wo?«

»Na, in dem Weidenflechtkurs.«

»Du warst also doch dort. Und jetzt biegt ihr die Rute zu zweit.«

»Du schamloser Kerl.«

Kuhala lachte. Dann erzählte er mit wehmütigem Unterton von seiner Begegnung mit Annukka. »Es war wie in einem alten Film. Ich bin gerannt wie in meinen besten Tagen, und der Taxifahrer in Toijala kannte das niveauvollste Etablissement, das man sich vorstellen kann. ›Desdemona‹. Ist das nicht der Name einer Oper?«

Raatikainen krächzte in den Hörer, er verstehe zwar nichts von Opern, aber wenn eine dazu passe, dann »Die letzten Versuchungen« von Landsmann Joonas Kokkonen. »Was habt ihr im ›Desdemona‹ dann gemacht?«

Sie tratschten, wie es nur Männer können, und auch wenn Kuhala lachend meinte, nie würde der Tag hinterm Horizont anbrechen, an dem er jemandem die Einzelheiten seines Liebesleben schilderte, so gab er sich doch immerhin provozierend genug, um auch Raatikainen ein paar hinterfotzige Bemerkungen zu entlocken.

Kuhala hörte amüsiert zu und sagte Raatikainen, er könne ihn mal. »In dir ist den Comedybühnen ein ganz schönes Schandmaul entgangen.«

Eine knappe Stunde später stand Kuhala auf der verglasten Veranda eines Einfamilienhauses im Stadtteil Kypärämäki und klopfte an die Tür. Sie stand einen Spaltbreit offen, niemand kam, der Wind trieb im Hof Birkenlaub über eine Pfütze wie die Flotte eines historischen Kriegsspiels.

Kuhala strich den Mantelkragen glatt und rief in den Flur hinein. Der Overall, der in der Garderobenecke hing, sah aus wie ein Gespenst, es roch nach Kaffee. Wann würde für ihn der Tag kommen, an dem die Rentenbescheinigung in seiner Hand raschelte und er mit diesen Besuchen an fremden Türen aufhören könnte?

»Guten Morgen. Ich bin Privatdetektiv Otto Kuhala und suche Jarmo Haverinen. Meinen Informationen nach wohnt er hier.«

»Jarmo ist tot.«

Kuhala hielt den Kopf in den Türspalt und starrte mit offenem Mund eine Frau an, die einen bis zum Knie reichenden schwarzen Rock und eine Strickjacke trug. Ihre Turnschuhe schienen mehrere Nummern zu groß zu sein, sie schlurfte an Kuhala vorbei nach draußen und steckte sich eine Zigarette an. Sie war über fünfzig, auf ihrem von Trauer gerahmten Gesicht blitzte etwas auf, was aber sofort weggewischt wurde. Kuhala sprach seine Anteilnahme aus, der Wind wehte ihre gelockten goldbraunen Haare nach hinten und entblößte ein attraktives Profil.

»Ich hätte anrufen sollen. Wann ist Ihr Mann gestorben?«

»Im Frühjahr. Im März.«

»Es tut mir leid, mein Beileid.«

Kuhala fluchte innerlich. Die Frau nahm einen Fuß aus dem Turnschuh ihres verstorbenen Mannes, stellte ihn aufs Treppengeländer an der Veranda und ließ den Rauch aus dem Mund entweichen. Sie sagte, ihr Mann sei treu gewesen, wenn nicht auf Montage etwas vorgefallen sei, weswegen noch Monate nach seinem Tod ein Privatdetektiv an der Haustür auftauchen müsse. »Seid ihr Privatdetektive nicht Experten für Seitensprünge? Falls Jarmo irgendwo Alimente zahlen muss, dann ist von mir nichts zu haben.«

Sie richtete den Blick auf Kuhala. In die melancholischen Augen drang der Hauch eines unternehmungslustigen Lächelns vor, aber auch das verlor sich sogleich wieder.

Klar war jedenfalls, dass Haverinen eifriger als der Durchschnitt mit dem Schweif gewedelt hatte und dass deswegen im Schutz des heimischen Holzhauses mehr als eine Diskussion geführt worden war.

Kuhala gab zu, in Fällen von Ehebrüchen zu ermitteln, falls man das Wort heute noch benutzen wollte. »Allerdings weiß ich nicht, inwieweit man mich da als Experten bezeichnen kann, aber ich bin eigentlich wegen des gestohlenen Gewehrs Ihres Mannes hier.«

»Ach? Gehen wir rein. Jarmo ist bei einem Arbeitsunfall in Eno ums Leben gekommen. Er war Elektriker, und Elektriker sterben an Lichtbögen. Das ist ein schönes Wort, ich weiß gar nicht genau, was es bedeutet. Ich bin seit seinem Tod krankgeschrieben, ich bring es nicht mal fertig, seine Sachen aus den Ecken zu räumen.«

Sie gingen durchs Wohnzimmer in die Küche. Im Regal standen Fotos, auf die Kuhala im Vorübergehen einen Blick warf. Auf den meisten posierte der verstorbene Elektriker, es schienen auch ein paar Gruppenporträts von Jagd- und Schießgesellschaften dabei zu sein.

Die Frau ging auf die Zehenspitzen, holte Kuhala eine Tasse aus dem Schrank und schenkte ihm Kaffee ein. Die Papierflocken, die am Fenster klebten, lösten sich kümmerlich an den Rändern, als wären sie seit dem letzten Winter vergessen worden, das Ragout, das in einem Topf auf dem Kühlschrank hart geworden war, hätte die Verputzer der Chinesischen Mauer in Entzücken versetzt.

»Jarmo hatte im Keller einen Waffenschrank. Abgeschlossen und in jeder Hinsicht vorschriftsgemäß. Außer dem Gewehr waren noch ein paar andere Flinten drin, aber ich hab sie kurz nach dem Diebstahl verkauft. Ich hasse Waffen. Ich verstehe nichts davon.«

»Wie ist der Einbruch vonstatten gegangen?«

»Mitten am helllichten Tag. Irgendwann Mitte April, auf jeden Fall nach Jarmos Tod. Was ist daran jetzt so interessant? Die Polizei war auch schon hier und hat genauso geheimnisvoll getan wie Sie.«

»Waffen sind gefährlich, und es besteht der Verdacht, dass die hier entwendete Waffe bei einem Gewaltverbrechen benutzt worden ist. Mehr kann ich nicht sagen.«

Vielleicht war auch das schon zu viel. Die Frau neigte sich zurück und schlang die Strickjacke enger um ihren Körper. Die Neuigkeit brachte sie zum Zittern, das brüchige Herbstlicht wurde vom Fenster gefiltert und ließ ihr Gesicht grau erscheinen.

Kuhala merkte, dass er aus der Namenstasse des Verstorbenen trank. Er gab sich Mühe, die Frau zu beruhigen, und sagte, sie brauche keine Angst zu haben, denn Waffendiebstähle seien ziemlich normal, und es sei halt nun mal so, dass gestohlene Waffen die Angewohnheit besäßen, in falsche Hände zu geraten, welche sie dann für äußerst falsche Zwecke benutzten.

Die Frau sagte, sie sei an jenem Tag im Laden in der Nähe einkaufen gewesen. Das habe nicht länger als eine halbe Stunde gedauert. »Ich kam zurück und merkte, dass die Kellertür offen stand, obwohl sie eigentlich zu sein sollte. Der Schrank war mit einem Schlüssel geöffnet worden, alles war ordentlich und unbemerkt vor sich gegangen. Sonst hat es in dem Frühling nichts Ordentliches gegeben. Es kommt mir so vor, als hätte ich ihn im Halbschlaf verbracht. Ich habe eine Sorte Tabletten genommen, damit ich schlafen konnte, und eine andere, damit ich wach wurde. Jetzt geht es schon besser, aber ich habe Angst, wieder zur Arbeit zu gehen. Mit dieser Trauer.«

»Es tut mir leid. Auf mich wirken Sie sehr stark«, versuchte Kuhala sie aufzumuntern und stellte die Tasse ab.

»Jarmo war zärtlich und hilfsbereit. Wenn ich etwas an ihm auszusetzen hatte, dann war es das Töten von Tieren. Dass man ihnen mit einer Bande Männer nachstellen und sie verwunden muss. Liegt das bei euch Hosenträgern irgendwie im Blut?«

Kuhala deutete fragend auf seine Brust und sagte dann, er gehöre nicht zur vielköpfigen Gemeinde der Jäger, weil er das Jagen ebenso wenig mochte. »Andererseits esse ich Fleisch, weshalb ich bei dem Thema den Ball lieber flach halte. Wie viele Schlüssel gab es für den Waffenschrank?«

»Zwei.«

»Waren alle beide hier?«

»Ja. Der eine an Jarmos Schlüsselbund da drüben am Haken und der andere im Keller, unter der Hobelbank versteckt. Eigentlich hätte niemand etwas davon wissen dürfen.«

»Hing das Bund auch an dem betreffenden Tag in der Küche?«, fragte Kuhala und blickte auf die Haken aus Plastik, die über der Spüle an die Wand geklebt waren.

Es war billiges Material, ein Haken schien bereits gebrochen zu sein. Die Schlüssel des verstorbenen Mannes hingen immer noch dort, nichts war angerührt worden. Wenn das so weiterging, entwickelte sich das Haus zum Jarmo-

Haverinen-Museum, in dem die Witwe als Kuratorin fungierte und ihre Trauer dabei notdürftig mit Tabletten betäubte.

Sie nickte und sprach in leichter Variation Kuhalas Gedanken aus. Sie bringe es einfach nicht über sich, die Sachen ihres Mannes wegzuwerfen.

»Aber Sie haben es immerhin geschafft, die Waffen zu verkaufen.«

»Ich habe sie gehasst.«

Der Eindringling hatte den Schlüssel entweder aus purem Glück gefunden oder gewusst, wo er hing. Vom Waffenschrank hatte er auf jeden Fall gewusst, und wahrscheinlich hatte er auch den Elektriker gekannt. Kuhala fragte die Frau, ob sie je daran gedacht hatte, dass der Einbrecher ein Bekannter gewesen sein könnte.

»Ich weiß nicht. Ich glaube nicht.«

»Das würde vieles erklären. Und wenn als Bonus dann noch ein Name zu bekommen wäre.«

»Wir haben gemeinsame Freunde, aber auch unsere jeweils eigenen. Und ehrlich gesagt wollte ich gar nicht alle Jagdkameraden von Jarmo kennen. Obwohl das wahrscheinlich verantwortungsbewusste und normale Leute sind und bestimmt keine, die Einbrüche oder Gewaltverbrechen verüben.«

»Ich fürchte, dass aus der Schar der Gewöhnlichen und Verantwortungsbewussten die fiesesten Kriminellen hervorgehen.«

»Ist das eine Weisheit, die auf Erfahrung beruht?«

»Es reicht, die Zeitung zu lesen.«

»Jetzt schaffe ich es nicht einmal, zu meinen wenigen eigenen Freunden den Kontakt zu halten«, meinte die Frau seufzend und fragte, ob Kuhala noch Kaffee wolle.

»Nein, danke.«

»Da gibt es noch ein Problem, über das ich bis jetzt mit niemandem gesprochen habe. Ich meine mit der Polizei.«

»Nämlich?«

»Ich bin nicht ganz sicher, aber es kann sein, dass noch eine Waffe entwendet worden ist. Ein zweites Gewehr oder so etwas.«

»Aber es muss doch Waffenscheine dafür geben?«

»Vielleicht nicht für alle.«

»Was soll ich dazu sagen ... Hoffen wir, dass Sie sich nicht richtig erinnern.«

Sie kehrten auf die Veranda zurück. Kuhala gab der Frau Feuer und bat sie, sich zu melden, falls ihr noch etwas einfiele. Erneut bauschte der Wind ihre Haare auf. Kuhala ahnte die Stärke der Witwe und zweifelte nicht daran, dass sie eines Tages die Last der Trauer abstreifen würde wie die Asche von ihrer Zigarette, die im Wind zerstob.

»Kommen Sie mal wieder. Mit Ihnen würde ich mich gern auch mal über andere Sachen unterhalten als über Räuber und Mörder.«

Kuhala war nicht sicher, ob er richtig gehört hatte. Er hatte bereits die unterste Stufe erreicht und drehte sich um. »Danke für die Einladung. Offen gestanden bin ich nicht hergekommen, um meine Anziehungskraft zu testen; nehmen Sie es mir nicht übel, aber ich glaube, dass Sie wieder auf die Beine kommen. Was Sie da gerade gesagt haben, sagt nämlich nur jemand, der leben will.«

Die Frau lachte. Es war ein tabaktrockenes Lachen, und der rauschende Wind drückte ihm die besten Töne ab. Dennoch konnte Kuhala den koketten Unterton darin nicht überhören. Er hob die Hand und ging schmunzelnd zum Tor.

Die Scharniere quietschten. Am Supermarkt war ein Rollator angepflockt, der aus der Ferne betrachtet wie ein

Tier mit schlanken Gliedmaßen aussah, der Wind schlug gegen die Sonderangebotspappe und wirbelte das zusammengerechte Laub am Rand des Parkplatzes auf. Die prosaische Poesie des Anblicks nahm Kuhala so sehr gefangen, dass er fast mit einem Mann zusammengestoßen wäre, der mit einer Eisenstange am Heckenzaun stocherte.

Er war der Nachbar der Haverinens und von Geburt an griesgrämig, weshalb er es sich nicht verkneifen konnte, das Jammern der Scharniere zu kommentieren.

»Witwe schön und gut, aber alles hat seine Grenzen. Dieses verdammte Gartentor raubt mir noch den letzten Nerv.«

Die Witwe war von der Veranda verschwunden, Kuhala grub nach seinen Autoschlüsseln. Der Nachbar hatte ein schmales Gesicht mit Unterbiss und war einer von der Sorte, der, wenn es sein müsste, mit seiner Eisenstange so lange bohren und ruckeln würde, bis er ein Loch bis nach Neuseeland gegraben hätte. Er sah Kuhala herausfordernd an. »Falls das Ihr Auto ist, haben Sie es falsch geparkt. Es steht halb auf meinem Grundstück.«

»Vielleicht träufeln Sie irgendwann mal einen Tropfen Öl auf die Scharniere. Dann hört das Quietschen auf, und Sie haben Ihren Frieden. Und wenn ich gleich noch mit meinem Auto davonfahre, gibt es nichts mehr, worüber Sie sich beschweren müssen.«

Der Mann korrigierte den Sitz seiner Schirmmütze und schien zu überlegen, ob er den Köder komplett schlucken und mit der Eisenstange zuschlagen sollte. Kuhalas Größe und sein furchtloses Grinsen ließen ihn jedoch zögern. »Fahren Sie das Auto weg, oder ich rufe die Polizei.«

»Im Frühjahr ist bei den Haverinens eingebrochen worden. Sie scheinen ein Nachbar mit feinem Spürsinn zu sein. Ihnen fällt dazu nicht zufällig etwas ein?«

»Da kommt doch jeder rein, der hier vorbeigeht, weil immer die Tür offen ist.«

»Haben Sie auch schon mal an der Klinke gerüttelt?«

»Nein, aber ich sehe doch, was die Frau tut. Und erst recht, was nicht.«

»Was haben Sie denn so Mitte April gesehen?«

Der Mann pflanzte die Stange neben dem Torpfosten in die Erde, wie einen Grenzstein zwischen seinem Grundstück und dem der Haverinens. Sein Gesicht verschmälerte sich beim Nachdenken noch mehr, und in die Augen trat ein gieriger Glanz. Er hatte genug Fernsehserien gesehen, um seine Informationen mit Preisen zu versehen. Kuhala erkannte, in welche Richtung die Gedanken des Mannes gingen, machte aber keine Anstalten, die Geldbörse zur Hand zu nehmen. Die Besitzerin des Rollators wackelte über die Asphaltrampe des Lebensmittelladens.

»Kann sein, dass ich den Schurken gesehen habe.«

»Also das wäre ja ...«

»Aber ...«

»Sie hatten die Lesebrille auf, und die verwandelt sich erst in eine Gleitsichtbrille, wenn ich einen Fünfer in die Brusttasche Ihres Anoraks stecke.«

Der Mund des Mannes stand offen wie der Kollektekescher in der Seemannskirche. Er zwinkerte Kuhala zu, wollte schon einen Zehner verlangen, hievte den Preis nach einer flotten Fünfzehn-Euro-Phase aber auf volle zwanzig Euro. Die schlecht in die Erde gerammte Eisenstange geriet ins Kippen, aber das merkte er nicht. Kuhala lächelte zurück, als würde er das Spiel mitmachen, packte den Mann aber plötzlich am Schlafittchen und zog ihn zu sich heran. »Wenn Sie nicht sagen, was Sie wissen, sitzen Sie bald bei Wasser und Brot wegen schmutzigen Belauerns einer alleinstehenden Frau.«

Der Mund schnappte zu, die Eisenstange fiel scheppernd gegen den Torpfosten und von dort dem Mann auf den Oberschenkel. Er wurde rot im Gesicht.

»Lassen Sie meine Textilien los, verdammt …«

»Was haben Sie gesehen?«, wollte Kuhala wissen. »Und bitte die ganze Geschichte auf einmal, das erspart Ihnen noch mehr Atemnot.«

Der Eindringling sei vom Ufer aus über die Grundstücke gekommen, sagte der Mann, und darum habe er ihn nur kurz gesehen. »Groß war er. Ich würde sagen, er hatte mindestens hundert Kilo, sich aber irgendwie trotzdem trainiert bewegt.«

»Was hatte er an?«

»So was Anorakartiges und Jogginghosen. Er ist die Treppe hoch, und ich weiß nicht, auf welchem Weg er dann verschwunden ist, aber es muss der Waffendieb gewesen sein. Vielleicht hat er sich durchs Kellerfenster aus dem Staub gemacht, hintenrum, sodass ich es nicht sehen konnte. Dann einfach über die Straße zur Schule und weg. An dem Tag hat auch die Sonne ein bisschen ungünstig gestanden.«

»Mit einem Gewehr in der Hand geht man nicht weit. Das erregt Aufsehen, auch wenn es in der Hülle steckt.«

»Wahrscheinlich hatte er irgendwo ein Auto stehen.«

»Sah er so aus, als hätte er sich in der Gegend ausgekannt?«

»Er muss sich ausgekannt haben. Die Frau ist ja auch kurz danach vom Einkaufen zurückgekommen. Da war keine Zeit zum Bummeln.«

»Haben Sie den Mann vorher schon mal gesehen? War er zum Beispiel bei den Haverinens zu Besuch? Sie führen doch bestimmt Buch über die Gäste und Besuchszeiten Ihrer Nachbarn?«

Ein bisschen beleidigt schwor der Mann, den Schleicher nicht gekannt zu haben, weil der sein Gesicht mit Mütze und Sonnenbrille verhüllt hatte. Das entsprach der bevorzugten Mode des Angreifers im Einkaufszentrum und bot Stoff für ein Resümee, das Kuhala kalte Schauer über den Rücken jagte: Da hatte einer einen großen Plan ausgeheckt und setzte ihn jetzt in die Tat um. Die Frage lautete, wie groß der Plan war und wer als Nächstes um sein Leben bangen musste.

»Die Polizei weiß davon nichts, weil sie mich nicht gefragt hat. Sie verfügen also jetzt über wertvolle Informationen, ich habe Ihr Bild in der Zeitung gesehen, Sie sind der Privatdetektiv … Kuhala«, sagte der Mann schleimig und vielleicht auch ein bisschen in der Hoffnung, Kuhalas Zahlungsbereitschaft könne doch noch zum Leben erwachen.

Nichts dergleichen geschah, der Mann rieb sich den von der Eisenstange ramponierten Schenkel und verzog das Gesicht.

Dann zog er seinen zerknautschten Kragen gerade und sah auf einmal erledigt aus, als wäre er zum ersten Mal seit zehn Jahren auf Widerstand gestoßen.

Kuhala bezahlte nie für Informationen, er bedankte sich nicht einmal. Er packte die Stange und drückte sie dem Informanten in den Fausthandschuh.

»Sie müssen ein Loch in die Hauswand bohren und ein Fernrohr mit Richtmikrofon durchstecken. Damit keine toten Winkel entstehen. Stimmt's? Steigen Sie auf digitale Technik um, dann können Sie demnächst den nächtlichen Atem von Frau Haverinen grafisch darstellen.«

Der Mann verstand kein Wort von Kuhalas Gemeinheiten. Der Farbwechsel in seinem Gesicht war in so dichten Intervallen vor sich gegangen, dass es lange dauern würde, bis er sich wieder in die Landplage zurückverwandelte, als die man ihn in der Nachbarschaft kannte.

Seine Zeugenaussage konnte durchaus Fehler enthalten, denn er war ein alter Trickser, und der Fall lag so lange zurück, dass der Eindringling gut und gern pro Monat fünf Kilo zugelegt haben konnte. Nachbarschaftsspionage ist eine Disziplin, in der man es auch in Jyväskylä zu enormen Leistungen brachte, und soweit Kuhala wusste, finden manche Menschen darin ihren einzigen Lebensinhalt.

Ohne noch einen Blick auf den Mann zu werfen, wendete Kuhala seinen Wagen. Ein Ahornblatt hing am Scheibenwischer fest und flatterte bis Kyllönmäki mit, bevor es freikam.

Im Büro stellte Kuhala fest, dass Annukka eine E-Mail geschickt und den Refrain eines Liebeslieds hineinkopiert hatte. Er war ein englischer Text, und es war darin von den kleinen Momenten die Rede, in denen die Herzen im selben Takt schlagen, eine Flamme entbrennt und die Träume eins sind.

Kuhala lernte den Refrain auswendig. Auf seinem Gesicht machte sich ein sehnsüchtiger Glanz breit, als er anfing, über eine Antwort an Annukka nachzudenken.

# ZWEI

# 16

Die Oktobersonne linste frostig hinter der Kuokkalabrücke hervor und polierte mit ihren Strahlen die Hinterhofbalkone, bevor der große graue Wolkenteppich über dem Jyväsjärvi mit einem Tritt zum Platzen gebracht wurde, worauf es für den Rest des Tages regnete. Der Wind drückte gegen die Krone der Springbrunnenfontäne im Hafenbecken, eine zehnköpfige Krähenflotte landete auf dem Betonkompass von Ceaucescu-Beach, um ihre allmorgendliche Versammlung abzuhalten. Es kam zur allgemeinen Aussprache, die Schnäbel gingen.

Kuhala passierte mit nassem Rücken den Kompass, in den Oberschenkeln schmerzte etwas wie aufkeimende Hundestaupe. Ihm wurde flau in der Herzgegend, und sein Kopf füllte sich mit lauter Sätzen, die im Zusammenhang mit Massenmarathons unweigerlich fielen und davon berichteten, dass wieder mal einer umgekippt war.

Er war vorsichtig gestartet, ganz begeistert von der leichten Berührung seiner neuen Luftpolsterlaufschuhe mit dem Asphalt. In der sanften Kurve beim Sommertheater hatte er dann Dampf zugelegt, fasziniert von dem atmenden Stoff des Laufanzugs, den er bei Halonen gekauft hatte, und vor der Albabrücke hatte er sogar an den tödlichen Schritt des Aussis Ron Clark zurückgedacht, des Helden seiner Jugend. Doch sein eigener Schritt fühlte sich bereits in diesem Stadium tödlich oder mindestens lebensgefährlich an. Aber durfte ein finnischer Mann aufgeben?

Die Krähen wandten ihm krächzend die Köpfe zu. Kuhala drohte ihnen mit der Faust. Mit Schritten von Streichholzlänge hoppelte er weiter und atmete die schlechte Luft in der Fußgängerüberführungsröhre so schwer ein, dass die Entgegenkommenden schon von Weitem auswichen und es nicht wagten, ihm ins leuchtend rote Gesicht zu sehen.

Es war ein Fehler, an Clark als Vorbild festzuhalten. Der Mann hatte nie olympisches Gold gewonnen, sondern jedes Mal schlappgemacht. Wolodymyr Kuz war besser gewesen, mit einer ähnlichen Anfangstempotaktik wie Kuhala, die ihm später ein hübsches Resultat einbrachte.

Kuhala schloss die Tür hinter sich und sank im Flur zu Boden. Er fand keinen Puls, und als er ihn dann doch fand, erschrak er so sehr, dass er gleich wieder die Finger davon ließ.

Die Laufhose klebte an den gelierten Beinen und löste sich erst nach mehreren Versuchen, die aufschäumende Übelkeit zwang ihn, minutenlang auf dem Teppich zu liegen und wehmütig an die weichen Waldwege seiner Jugend in Havuvaara zurückzudenken, auf denen er eiserne Grundkondition aufgebaut hatte, die ein Leben lang halten sollte.

Jetzt war sie weg.

Jetzt war sie so komplett weg, dass er nicht einmal vom Fußboden aufstehen konnte.

Der Mund war von Schleim verklebt, das Weiß in seinen Augen wurde rot. Und die bunten Flecken auf dem Bauch sahen aus wie Spuren von Schlägen.

Langsam kam er zu sich und gestand sich ein, dass Spazierengehen für den Anfang genug wäre. Schließlich kann man auch dabei das Tempo hoch halten und allmählich zu Kuz'schen Sprints übergehen.

Swetlana Susinen saß mit verbundenem Kopf unter dem Schutzdach für die Raucher vor dem Zentralkrankenhaus und sah zerbrechlich aus. Die Schwellungen waren zurückgegangen, aber Flecken von Hämatomen und Prellungen übersäten ihr Gesicht. Kuhala saß neben ihr und spürte einen von Mitleid durchsetzten Hass in sich aufkommen, denn niemand hatte das Recht, eine Frau so zu behandeln.

Er konnte ihr nicht einmal Feuer geben, aber als er Swetlana die Jacke über die vom Bademantel verhüllten Schultern legte, nahm sie ihm das nicht übel. Der Wind bearbeitete den Hügel, auf dem die Klinik stand, und trieb Herbstlaub vor sich her. Das Rauchen klappte nur mühsam.

»Wie geht's?«, fragte Kuhala.

»Ziemlich schlecht. Du siehst aber auch nicht gerade frisch aus.«

»Ich habe heute Morgen einen zu harten Lauf hingelegt.«

Sie ließ den Rauch aus einem Mundwinkel entweichen, leckte sich die trockenen Lippen und sah Kuhala an, grinste und richtete den Blick dann auf die elektrische Eingangstür, durch die weitere Patienten zum Rauchen herauskamen.

»Sicherlich hat dich das die Polizei auch schon gefragt, aber kannst du dich erinnern, was an dem Abend passiert ist?«

»Nein. Man hat mir nicht einmal gesagt, wie lange ich bewusstlos war, weil sie meinen Aufenthalt hier sowieso unpassend finden. Aber ich bin doch auch nur ein Mensch. Ich weiß nicht einmal, wer mich gefunden hat.«

»Das war ich.«

»Dann müsste ich mich wahrscheinlich bedanken. In

zwei Tagen lassen sie mich raus, aber ich kann nicht in Jyväskylä bleiben.«

»Warum nicht?«

Swetlana deutete auf ihr Gesicht und fragte mit gesenkter Stimme, wer jetzt noch einen roten Heller für eine Nacht mit ihr bezahlen würde. Oder wenigstens für eine Stunde.

Das war eine professionell abgewogene Perspektive auf die aktuelle Lebenssituation, und es verbarg sich eine Wahrheit darin, zu der Kuhala nicht viel beizusteuern hatte. Dennoch versuchte er es, indem er die Vermutung äußerte, das Gesicht werde schon wieder heilen.

»Die Marktsituation ändert sich ständig. Und für mich wird sie immer schlechter. Ich werde nach Hause fahren. Hast du meinen Pass gefunden?« Swetlana stieß die kurzen Sätze hastig aus und sah Kuhala an, als müsse sie sich wieder in Erinnerung rufen, wer das war.

»Probier's mal mit der linken Innentasche.«

Swetlana ließ die Zigarette in die Weißblechdose fallen und brachte aus Kuhalas Jacke langsam ihr Eigentum ans Tageslicht. Kuhala berichtete ihr kurz von seiner Schatzsuche im Kellerversteck in der Haapa-Heikin tie, ließ aber Leikaris Pistole unerwähnt. Die Anstrengung schien für Swetlana zu viel zu sein, sie seufzte kurz auf.

Ein Mann, der sich auf Krücken unters Vordach schleppte, konnte den Blick nicht von Swetlanas Gesicht abwenden, auf seinen Gips waren die Namen von Ehefrau, Hund und Kindern getuscht.

»In dem Briefumschlag ist Geld. Dreitausend Euro. Leikari ist nicht mehr dazu gekommen, sie zu verschwenden.«

»Das gehört dir. Du kannst es behalten.«

»Kommt nicht infrage«, erklärte Kuhala und spürte den

groben Verbandsstoff an seiner Wange. »Du brauchst das Geld jetzt dringender als ich. Außerdem weiß ich nicht, wer Leikaris Mörder ist.«

Der Mann mit den Krücken spitzte die Ohren und tat so, als vertiefe er sich in das Mitbringsel des Krankenwagens, der gerade vorgefahren war. Kuhala half Swetlana beim Aufstehen, das Laub raschelte unter ihren Füßen.

Welcher Film war das noch, in dem der Hauptdarsteller in der Schlussszene sagte, er sei ein schwacher, gescheiterter Mensch und würde nach seinem Tod so schnell aus den Gedanken und Worten der Menschen verschwinden wie der Eisstand an der Straßenecke, der nach dem Sommer abtransportiert wurde?

Kuhala kam nicht darauf. Er verstand auch nicht, was ihn auf den Gedanken gebracht hatte – etwa das Herbstgedeck auf dem Klinikgelände?

Er fragte Swetlana, warum der Name Mikael Krassi in ihrem Kundenbuch auftauche. Sie blieben stehen, Swetlana fuhr sich über das entstellte Gesicht und wickelte sich in Kuhalas Jacke, entweder weil sie Bedenkzeit wollte oder weil der Besuch sich zu sehr in die Länge zog und sie jeden Moment von ihren langen Beinen kippen würde. »Warum die Männer da drin stehen, solltest du dir eigentlich vorstellen können. Kannst du den Namen noch einmal sagen?«

»Mikael Krassi.«

»An so einen kann ich mich nicht erinnern. Hab ich womöglich das Gedächtnis verloren? Mikael Krassi … War jedenfalls kein Stammkunde. Findest du es sehr taktvoll, in dem Buch zu lesen?«

Kuhala bat um Verzeihung, wollte aber wissen, ob Swetlana an seiner Stelle das Buch etwa nicht aufgeschlagen hätte. »Ich benutze die Namen nicht für meine persönlichen Zwecke, weil es die nicht gibt. Krassi hat mit einem anderen Fall zu tun, in dem ich derzeit ermittle. Das ist alles. Komischer Zufall, Jyväskylä ist halt eine verdammt kleine Stadt.«

»Und meine Dienstleistungen sind verdammt gefragt.«

»Na, ja … wahrscheinlich.«

Swetlana lächelte Kuhala an und drückte seine Hand. Unter anderen Umständen hätte sie vielleicht gekratzt, aber jetzt bog sich ihr Mund zu einem schwachen Lächeln. »Das Leben ist schrecklich. Findest du nicht auch? Sieh doch nur, was ich mit meinem angerichtet habe. Aber der Name Krassi sagt mir nichts, außer dass der tote Goldschmied, über den die Zeitung geschrieben hat, so hieß. Geht es um den? Ich hatte keine Goldschmiede als Kunden.«

Kuhala war nicht sicher, ob Swetlana versuchte, ihn zu täuschen, aber er verspürte auch keine Lust, sie schärfer zu befragen. Sie gingen zum Aufzug wie zwei Menschen, die sich nahestehen, und als die Türen zugingen und die Kabine sich in Bewegung setzte, ergriff Swetlana Kuhalas Arm und lehnte sich mit ihrem ganzen Gewicht an ihn. »Kannst du mir helfen, wenn sie mich hier rauslassen?«

»Natürlich. Du hast ja meine Nummer.«

Swetlana traten Tränen in die Augen. Sanft legte ihr Kuhala die Hand auf die schmale Schulter und brachte sie in ihr Zimmer, wo er noch einmal ihre Wange berührte und aufmunternd sagte, es werde schon wieder alles in Ordnung kommen. »Ich helfe dir, deswegen brauchst du dir keine Sorgen zu machen. Das Wichtigste ist, dass du dich schonst, damit du wieder gesund wirst.«

Swetlana lächelte unter Tränen und nickte. Sie setzte sich auf den Bettrand und wandte sich dem Fenster zu.

Über dem Nadelwald, der die Tennisplätze einfasste, nieselte es aus dem feuchten, grauen Filz des Himmels.

Kuhala eilte die Treppe hinunter und spürte in den Waden die Folgen seines morgendlichen Laufs. Wie dankbar er doch für den einzigen produktiven Gedankenstummel war, an den er sich bei der Aufklärung des Falles klammern konnte, denn Auftraggeber Krassi konnte jeden Moment zum Telefon greifen und Resultate fordern.

Der Mann saß mit einer Zigarre zwischen den Zähnen in einem tiefen Sessel des hiesigen Herrenklubs und bildete sich Gott weiß was auf sich ein, während der armselige Privatdetektiv von Jyväskylä mit schlitternden Sohlen vor verrückten Messerstechern fliehen und die Demütigungen der Polizei über sich ergehen lassen musste.

»Otto!«

Kuhala hob auf der Geraden, die zur Kantine führte, den Blick. Es war Leena. Sie sahen sich in die Augen. Leena sah auch in ihrer blassen Arbeitskleidung schön und gesund aus. Nach der Scheidung hatte Kuhala Nacht für Nacht von ihr geträumt, er hatte Trauerarbeit geleistet und die Bettwäsche am Fußende zu einem komprimierten Bündel zusammengestrampelt, wie in dem Versuch, darin seinen Schmerz zu verpacken. Man konnte einen Lebensabschnitt von vielen Jahren nicht einfach so wegwischen. Für Leenas Bild würde in seinem Kopf immer ein Platz im Kabinett Nummer eins reserviert sein.

Seine Exfrau lächelte, aber der Grund dafür war nicht unbedingt Kuhala, sondern ihr Tischnachbar, dessen Wildlederjacke und stattliche Gestalt ihm noch vom Bürgersteig in der Innenstadt erinnerlich waren. Der Mann war einer von denen, die mithilfe von Fitnessprogrammen, die Selbstdisziplin verlangten, etwas für ihren Körper taten, einer, den der Schöpfer besser ausgestattet hatte als

Otto Normalverbraucher, einer von denen, die stets einen Hauch von Sympathie hinterließen, ohne dass man sicher sein konnte, ob es sich dabei um einen Bestandteil der Persönlichkeit oder des Rasierwassers handelte.

Kuhala konnte sich über all das Gedanken machen, bevor er sich ein Lächeln ins Gesicht zwängte. Der Mann hatte seine Hand auf Leenas Hand gelegt und nahm sie nicht wieder weg. Auf der Höhe ihrer Gesichter schlangen sich die Dämpfe aus ihren Kaffeebechern umeinander. Was hier vorging, war ein rasch improvisiertes Treffen zweier Liebender mitten im Alltagsstress.

»Darf ich vorstellen? Das ist Veikko, und das ist mein Exmann Otto.«

Der Mann streckte die Pranke aus, mit der er gerade noch Leenas Handrücken betatscht hatte. Der Händedruck war schmucklos und fest, das jungenhafte, von zwei Diplomen und großen Brötchen geformte Grinsen strahlte anständige sechs Sekunden lang astrein.

»Was machst du denn hier?«, fragte Leena.

»Berufliche Angelegenheiten.«

»Du siehst blass aus«, stellte Leena fest.

Das war keine besorgte Feststellung. Kuhala erinnerte sich, wie rot er noch vor Kurzem gewesen war, und versuchte möglichst locker zu sagen, der Herbst habe eben so seine Tücken. Es gelang ihm, einen halbseidenen Lagebericht seiner Verhältnisse in ein paar Sätzen zu stricken, er spürte aber ein flüchtiges Würgen im Hals, als er Tatu erwähnte. Die Waden brannten. Veikkos schleimige Hand war wieder im Begriff, sich auf Leenas Handrücken niederzulassen. Der Mann lief wahrscheinlich spielend um den ganzen Jyväsjärvi herum und machte anschließend zehn Liegestütze mit einer Hand, während er mit der anderen seine Geschäfte erledigte.

Das war schändlich, sicher, aber dafür fehlte Veikko die vom Asphaltdschungel aufgeraute Oberfläche. Wenn es Mann gegen Mann ginge, würde man ihm schon die Ziffern vorzählen, noch bevor das Ring-Side-Publikum warme Ärsche hätte.

Kuhala wünschte Leena weiterhin einen schönen Arbeitstag und nickte Veikko nasskalt zu. Erst auf dem Klinikparkplatz kam ihm in den Sinn, wie lächerlich klein der Asphaltdschungel von Jyväskylä letztendlich war. Und wo zum Teufel hatte er seine Aggressionen hervorgezaubert? Aus der Posse, die sich seit dem Morgengrauen der Geschichte zwischen männlichen Tieren abspielte?

Leena lebte ihr eigenes Leben. So wie er auch. Damit musste er sich nun einmal abfinden, und je weniger er den Veikkos dieser Welt seine Gefühle zeigte oder sie sonst wiederkäute, desto weniger musste er sich ärgern.

Er hielt an der Ampel vor der ehemaligen Bezirksverwaltung an, überzeugt davon, alles zu überstehen, es sogar bestens zu überstehen und jedenfalls nicht auf den Krisenquark aus den Frauenzeitschriften, die er beim Friseur durchblätterte, hereinzufallen, wo kamerageile Psychologen einen schwachsinnigen Begriff an den anderen reihten, und zwar so, dass man sich schon bei der Aussprache den Kiefer verrenkte.

An der nächsten Ampel verspannten sich Kuhalas Schultern, und seinem Mund entwich ein Seufzer, weil er sich ausmalte, wie dieser Veikko Leena umgarnte und was dann passieren würde. Die Vorstellung brannte wie ein glühender Bohrer an der Stelle im Gehirn, an der die Eifersucht entspringt.

Während er auf Grün wartete, skizzierte er ein Szenario, in dem psychopathische Mastiffhunde in einer öffentlichen Arena, möglicherweise im Vergnügungspark am

Bootshafen, Brocken aus Veikkos Leib rissen, kam dann aber zu dem Schluss, dass die Folter, die so grausam war, wie dieser Lump sie verdient hatte, noch gar nicht erfunden worden war.

Auch solche Überlegungen hatten nicht die geringste Berechtigung. Was hatte er nicht alles bei seinem Umgarnungsgetue mit Annukka angestellt!

In dieser Situation empfand er sogar einen Anruf von Antikainen als Befreiung. Aus der Stimme des Kriminalhauptmeisters sprachen unerschöpfliches Vertrauen in die eigenen Energievorräte sowie echte Heldenhaftigkeit, mariniert in den Prüfungen des Alltags.

Antikainen hatte einen Messerstecher geschnappt, er fragte, ob Kuhala ihn mal in Augenschein nehmen könne.

»Ich bin im Auto, ganz in der Nähe. Ich brauche nur ein paar Minuten.«

»Hast du überhaupt eine Freisprechanlage?«

»Weißt du was, Antikainen, du kannst mich mal.«

Kuhala fuhr auf den Besucherparkplatz des Polizeigebäudes und sah den Kriminalhauptmeister schon mit gemütlich aufgekrempelten Ärmeln an der Tür stehen. Seine Augen waren auf Fünf-Cent-Größe verengt, sein ungejäteter Kehllappen zitterte im Takt seiner Schmähungen.

»Dein Handy ist wahrscheinlich dermaßen antik, dass die einzige Freisprechhalterung, in die es passt, der Kofferraum ist.«

»Ziemlich holprig formuliert.«

»Wir gehen hier lang.«

»Habt ihr Jungs eine richtige Gegenüberstellung organisiert?«

»Die gibt's nur im Fernsehen. Weißt du nicht, dass es eine Gesetzesinitiative in Sachen Gruppenidentifikation gibt?«

Antikainen hatte beschlossen, bei diesem Treffen alle Punkte einzufahren. Im Aufzug wandte er sich Kuhala zu und fing an zu summen, zwei Hemdknöpfe hatten an der Stelle, wo der Bauch sich wölbte, den Dienst quittiert. Kuhala konnte die Melodie nicht erkennen und richtete den Blick vom Netzunterhemd über dem Nabel auf Antikainens Augen. Es war kein Leben darin. Kurz darauf gingen sie einen sterilen Gang entlang, in den Büros rechts und links wurde unermüdlich Krieg gegen das Verbrechen geführt.

Schließlich blieben sie stehen, aus der Fracht eines an der Wand geparkten Putzwagens ragte die Walze einer Schreibmaschine, was kein günstiges Licht auf die Mülltrennung im Haus warf. Antikainen tippte Kuhala auf die Schulter.

»Ist es der?«

Kuhala trat neben den Kriminalhauptmeister an die Tür und blickte durch die Spiegelscheibe.

Der Mann auf dem Stuhl trug eine blau-rot geringelte Mütze. Die Schultern unter dem schwarzen Anorak hingen herab. Ein Bein lag auf dem anderen, die tabakgelben Finger lagen gefaltet auf dem Knie. In dieser Haltung sah er gleichzeitig tiefsinnig und erdnah aus.

Aber der Eindruck hielt der längeren Betrachtung nicht stand. Die Miene im breiten Gesicht des Mannes schillerte zwischen doof und halbdoof – womöglich war er auch nur zu viel geärgert worden.

»Der Typ ist ein Wrack.«

»Schau genau hin!«

»Das ist nicht der Richtige. Auf keinen Fall. Der Kerl, der mich angriff, hat doppelt so viel Masse wie der da. Den hier hätte ich mit dem Daumennagel umgenietet.«

»Aber der Kamerad hat mit einem Messer in der Brusttasche seines Anoraks hinterm ›Fantasia‹ gekauert. Zwischen den Mülltonnen.«

»Der Angreifer trug keinen Anorak. Vergiss es.«

»Du warst gelähmt und unter Schock, als er zuschlug. Deine Wahrnehmung ist durch den Schock gefiltert.«

Antikainen stieß neben Kuhala Schnaufer aus, die nach Zigaretten und einem Vollfleischmittagessen rochen, seine Stimme straffte sich. Der Vorsprung durch die schnelle Festnahme schmolz dahin, und Kuhala sah vor seinem inneren Auge, wie der Kriminalhauptmeister den armen Alki zwischen den Mülltonnen hervorgezerrt hatte. Antikainen schien noch immer die Hoffnung auf einen Ruck in seiner von Alkohol am Steuer lahmgelegten Karriere zu nähren und fischte mit solchen flinken Manövern, in denen Kuhala gar die Möglichkeit der Inszenierung witterte, nach Zusatzpunkten.

Was konnte der Hauptmeister schon gegen seinen durch und durch verkommenen Charakter tun? In Wahrheit musste er dankbar sein, dass man ihn damals, als er mit zu vielen Promille erwischt worden war, nicht rausgeschmissen hatte. Seine Solofestnahmen rochen nach Verzweiflung.

»Beschreib das Messer.«

»Roter Griff, vermutlich Marke ›Mora‹, ich bin nicht ganz sicher, auf jeden Fall ein billiges, beliebtes Volksmodell. Es hilft aber nichts, wenn der Kamerad hier so eins hatte. Der Typ, der mich tranchieren wollte, kam von einem ganz anderen Planeten.«

»Check die Kanaille noch mal genau.«

»Das nützt nichts.«

Antikainen zog einen Plastikbeutel hervor und schwenkte ihn vor Kuhalas Augen, als wollte er ihm einen

Aquariumsfisch präsentieren. Aber aus der Tüte glotzte nur ein Messer mit rotem Griff.

»Nützt das auch nichts?«

»Von denen sind allein im Innenstadtgebiet zig im Umlauf. Das weißt du so gut wie ich. Und der Angreifer hätte es eurem Typen im Vorbeigehen zuwerfen können. Außerdem hat der Messerstecher einmal brutal das Waschbecken getroffen, aber an der Klinge hier sieht man nicht den Hauch von einem Kratzer. Falsches Messer, falscher Mann. Nichts für ungut, war trotzdem einen Versuch wert.«

Kuhala trat von der Spiegelscheibe zurück, kam aber nicht weit, denn Antikainens dicke Hand versperrte ihm den Weg. »Dir fehlt es an Kooperationsfähigkeit. Du bist schon von deiner ganzen Einstellung her ein gottverdammter Querulant, und deshalb ist alles so kompliziert. Wir versuchen dir bloß zu helfen, aber nein.«

»Ich habe tatsächlich jede Menge warmer Erinnerungen an deine Hilfe in den letzten Jahren. Ich bin ganz gerührt.«

»Jetzt werd bloß nicht auch noch frech.«

»Ich bin ebenfalls daran interessiert, dass der Wahnsinnige geschnappt wird, aber es macht mir keinen Spaß, wenn der Falsche eingebuchtet wird.«

»Weißt du was? Die DNA-Probe, die du abgegeben hast, passt zu denen, die am Puulavesi und im Arbeitermuseum gefunden worden sind.«

»So soll es ja auch sein. Klingt nicht sonderlich interessant. Ich war schließlich an beiden Orten und hab meine DNA ausgestreut. Es war also nicht die von einem anderen?«

»Aber auf der Basis können wir Ermittlungen einleiten, an deren Ende du am Strick baumelst.«

»Hör auf. Ihr wisst, warum ich an beiden Orten war.

Wenn hier jemand baumelt, dann Nevakivi und du. Ihr habt nichts, womit ihr weiterkommt.«

Der Gang war schmal und lang, der gedämpfte Klangteppich der Bürogeräusche drang durch die Türen. Kuhala empfand nicht das Bedürfnis, sich zu bedanken. Er schob Antikainens Hand zur Seite und ging zur Treppe, in der Erwartung, jeden Moment ein Messer im Rücken zu haben.

## 17

Mikael Krassi, seines Zeichens Regional Leader bei Finsomnia, wachste die Motorhaube seines Autos. Er machte auf Freizeit, sah aber von Weitem schon aus wie von Hornissen verhext. Das Haus auf dem Hanggrundstück im Stadtteil Ylämyllyjärvi war mit roten Klinkern verkleidet. Am Terrassenbalkon im ersten Stock sorgten Spitzenmuster in der Bretterverkleidung für Leichtigkeit im Gesamteindruck. Es handelte sich um ein Haus, von dem Immobilienmakler gemeinhin behaupten, es böte einen prachtvollen Rahmen für behagliches Wohnen, aber nun stellte sich die Frage, warum ausgerechnet dem Hausherrn nicht behaglich zumute zu sein schien.

Vielleicht hatte er Streit mit seiner Frau gehabt, oder es waren Firmenangelegenheiten, die seine besorgte Miene verursachten. Krassi polierte das Blech seiner Edelkarosse in gebeugter Haltung und mit hastigen Bewegungen, er bemerkte Kuhala erst, als dieser schon unmittelbar vor der Stoßstange stand.

Die Wachsflasche erstarrte in der linken Hand, die

rechte mit dem Sämischlappen hörte auf zu rotieren, und auf das schlecht gelaunte Gesicht fielen zusätzliche schattige Streifen. Allerdings hätte Kuhala auch ohne diese erraten, dass er nur mit spärlich ausgeprägter Sehnsucht erwartet wurde.

Mikael Krassi grüßte nicht einmal, sondern richtete sich lediglich auf und sah Kuhala freudlos an.

Dennoch war die Begegnung angenehmer als beim letzten Mal.

Kuhala machte eine beschwichtigende Geste mit der Hand und sagte, er komme nur kurz vorbei, wegen ein paar Fragen.

»Ich bin nicht zum Antworten aufgelegt.«

»Es dauert nicht lange. Sie können weiterarbeiten und dabei antworten. Das macht mir nichts aus.«

»Würde es Ihnen auch nichts ausmachen, wenn ich Ihnen Kallu auf den Hals hetze?«

»Damit meinen Sie wahrscheinlich Ihren psychopathischen Mastiff, der zum Mittagessen gerade eine halbe Kuh verspeist. Hören Sie, ich kenne einen besseren Hals, auf den Sie Ihren Kallu hetzen können. Aber bevor wir zum Hund greifen, sagen Sie mir doch zuerst, warum ich im Adressbuch einer im Unterhaltungsgewerbe tätigen Frau Ihren Namen gefunden habe.«

Aus dem Flaschenhals troff Wachs, das aussah wie Vanillesoße. Krassi drückte den Sämischlappen darauf und fing an zu reiben. Die Bewegungen wurden immer langsamer.

Er richtete den Blick auf Kuhala und lächelte wie der Brandmeister eines Krematoriums. »Könnte das eventuell damit zu tun haben, dass ich Nutten aufsuche? Aber wenn Sie sich jetzt einbilden, Sie könnten damit zu meiner Frau gehen, sofern Sie Kallu überlebt haben, dann ist das vergebliche Liebesmüh. Ich habe ihr alles gestanden und versprochen, mich zu bessern. Wenn Sie das Adressbuch noch haben, dann streichen Sie meinen Namen durch.«

Prompt tauchte Krassis Frau auf dem Terrassenbalkon auf, um eine Tagesdecke mit Inkamuster auszulüften. Sie nickte Kuhala wesentlich sonniger zu, als ihr Mann es getan hatte, sie wirkte schlank und eigenständig. Gleich danach legten sich geräuschvoll zwei Pfoten aufs Balkongeländer, und der reisekoffergroße Kopf eines Wolfshundes tauchte auf. Der Hund lächelte nicht, nickte auch nicht, sondern musterte Kuhala, der in sein Revier eingedrungen war, so ausdruckslos, als wäre er ein Übel, das gerade mal zwei Bissen lang Widerstand leisten würde.

»Ist diese Bestie da Kallu?«

»Soweit ich weiß, gilt der Kauf sexueller Dienstleistungen bei uns noch nicht als Verbrechen. Sehen Sie zu, dass Sie Land gewinnen!«

»Die Frau ist schwer misshandelt worden. Sie hat etwas mit einem Fall zu tun, in dem ich ermittle. Und Sie haben auf Ihre Weise ebenfalls etwas mit meinen Ermittlungen zu tun. Die Frau heißt Swetlana Susinen.«

»Ach die … Die beste Hure von Jyväskylä.«

»Stehen Sie in mehreren Adressbüchern?«

»Nein. Ich wusste nicht einmal, dass ich in ihrem stehe. Aber von Misshandlungen ist mir nichts bekannt, und wenn Sie es unbedingt hören wollen, dann sage ich Ihnen, dass sie mehr als nur ein passabler Fick war. Ich dachte, Sie suchen nach dem Mörder meines Vaters. Kommen Sie ihm so auf die Spur?«

Auf der Hutablage des Chrysler lag eine Vierfarbbroschüre, auf der ein halbes Dutzend Survivalfans in Tarnanzügen und mit schweren, echt aussehenden Farbkugelwaffen posierte – den Waldrand im Rücken und in den Tiefen des Waldes spannende Kriegsspiele. Kuhala konnte den Text nicht entziffern, er legte die Hand auf das kalte Blech, ohne definieren zu können, warum er die Ballerspiele von erwachsenen Männern so abstoßend fand.

Vielleicht war es ein Fehler, zu denken, dass alle Teilnehmer sich aus ideologischen Gründen meldeten. Es waren bestimmt auch jede Menge von der Sorte darunter, die noch nicht von den Streichen ihrer Jugend losgekommen waren und lieber durch den Wald rannten, als den Abend zu Hause mit der Ehefrau zu verbringen. Was war daran denn so schlimm?

Womöglich war Kuhala der gewalttätige Charakter des Ganzen fremd, womöglich hatte er von Gewalt einfach genug.

»Körperverletzung ist ein schweres Delikt. Und je länger ich darüber nachdenke, umso mehr scheinen die verschiedenen Aspekte zusammenzuhängen. Ich kann mich allerdings auch täuschen.«

»Was sind das für Anspielungen?«

»Jyväskylä ist eine kleine Stadt. Die Urquelle dubioser Machenschaften ist in diesen Breitengraden oft ein und dieselbe.«

»Bei mir finden Sie sie trotzdem nicht. Die Urquelle. Außerdem mag ich es nicht, wenn Sie mein Auto betatschen.«

Krassis Frau sagte etwas zu dem Hund und faltete die Decke zusammen. Dann verschwand der Hundekopf über dem Geländer, und Kuhala schätzte ab, wie weit es zu seinem Wagen war, den er in zwei Minuten Fußweg Entfernung am Straßenrand geparkt hatte. Er nahm die Hand vom Blech. Krassi scheuerte den nicht vorhandenen Abdruck weg und zischte Kuhala zu, dieser würde in die Schwierigkeiten seines Lebens geraten, falls er Krassis Frau gegenüber auch nur mit einem Wort etwas von Besuchen bei Nutten andeutete, denn das neu errichtete Vertrauen sei noch empfindlich und stecke in den Anfängen.

»Ich dachte, Sie hätten gestanden. Aber Ihre Ehe interessiert mich nicht. Hoffentlich hält sie.«

»Es gehört doch zu Ihrem Beruf, Seitenspringer auszuspionieren. Ich bin jedoch keiner.«

»Dann sagen Sie mir eben, was Finsomnia in Jyväskylä für Kunden hat.«

»Zahlungsfähige.«

»Und für die organisieren Sie Freizeiterlebnisse?«

»Das kann man auf unserer Homepage leicht nachlesen.«

»Und jeder Auftrag wird erfüllt, sofern genügend Zahlungsfähigkeit vorhanden ist?«

»Wir bewegen uns dabei immer innerhalb der Grenzen des Gesetzes und der guten Sitten. Räumen Sie Ihrer Phantasie nicht zu viele Vollmachten ein.«

»Ich frage ja bloß.«

Mikael Krassi polierte den Außenspiegel. Dieser hatte ein nachgebendes Gelenk für kleine Kollisionen, er war konvex geformt und funkelte, es war ein so perfekt auf dem Zeichentisch designtes Ding, dass Krassi es umsorgte wie ein lebendiges Wesen. Er pustete und rubbelte, koste und wachste. Dennoch hatte die Ummantelung einen Treffer abgekriegt, der mit Hausmitteln nicht wegzugehen schien.

Der Hund war auf die Giebelseite des Hauses gekommen und hatte die oberste Stufe der Holztreppe erklommen, die den Hang hinaufführte. Von dort aus überwachte er das Wohlbefinden seines Herrchens. Kuhala blickte kurz auf sein Gesicht im Spiegel.

Die rote Nase hob sich etwas unpassend von der Gesichtsblässe ab, ohne jedoch dem Gesamteindruck auch nur eine Spur von Clownerie zu verleihen. Es sah eher tragisch aus. Er erkundigte sich nach dem Kratzer am Spiegel.

»Ich weiß nicht, wo der herkommt. Ich weiß aber ungefähr, was die Reparatur kostet, und darum versuche ich ohne auszukommen. Ein neuer Spiegel wäre erst richtig teuer.«

Krassi versuchte zu lächeln und schien etwas zu erschlaffen, jedenfalls verlor er kurz die Präzision, als Kuhala das Präzisionsgewehr zur Sprache brachte, mit dem der Goldschmied erschossen worden war und von dem Nevakivi gesprochen hatte.

»Es ist ein ziemlich seltener Geradzugrepetierer der Marke Lynx, und genau so einer wurde im Frühjahr in einem Einfamilienhaus gestohlen. Kennen Sie sich mit Waffen aus? Müssen Sie ja, weil Sie diese Events veranstalten.«

»Sagt mir nichts.«

»Es wurden Spezialpatronen verwendet.«

»Sagt mir noch weniger.«

Kallu war inzwischen bis zur untersten Stufe der Holztreppe heruntergekommen und legte dort einen Moment der Stille ein. An den Zweigen des Ahornbaums flatterten nur noch wenige gelbe Blätter, auf den Randsteinen des herzförmigen Springbrunnenbeckens konnte man flaumiges Moos erkennen. Der Hund war dressiert worden, den kleinen Killer in sich im Zaum zu halten, aber die Muskeln, die sich unter dem gut gepflegten Fell wölbten, würden ihm bei Bedarf eine Startgeschwindigkeit verleihen, die Kuhala wie eine Raupe aussehen ließe.

Er ging trotzdem davon aus, nicht von dem Hund zerfleischt zu werden, und rieb die Verteidigung des Regional

Leader weiter auf, indem er sagte, er habe herausgefunden, der Eigentümer des Gewehrs sei ein Mann gewesen, der einmal an einem von Finsomnia veranstalteten Kriegsspiel teilgenommen habe.

Wieder hörte die Hand mit dem Lappen auf, über die Blechwüste des Kotflügels zu fahren.

Raatikainens Erkundigungen hatten Resultate gebracht, die Kuhala dann in dem Einfamilienhaus in Kypärämäki vervollständigt hatte und nun Krassi vor die Füße warf. Dennoch war es ein Schuss ins Blaue, der keine weiteren psychologischen Effekte zu zeitigen schien als eine Rhythmusstörung in der Hand mit dem Sämischlappen. »Die Betonung liegt auf ›gewesen‹. Der Mann besitzt das Gewehr nicht mehr. Er starb im März durch einen Arbeitsunfall. Er war Elektriker. Die Flinte wurde im April gestohlen. Und dass er ein Kunde Ihrer Firma war, habe ich aus purem Dusel herausgefunden.«

»Wir geben ja auch keine Informationen über unsere Kunden heraus.«

»Mit Sicherheit nicht. Im Bücherregal der Witwe stand aber ein Gruppenfoto mit Farbkugelfreunden, das leicht die eine oder andere Schlussfolgerung zulässt.«

»Ich habe keine Ahnung, von wem Sie sprechen. Und stellen Sie sich vor: Ich will es gar nicht wissen. Sehen Sie, ich veranstalte diese Events nicht direkt, sondern wirke eher auf der verwaltungstechnisch-wirtschaftlichen Seite und als Koordinator oder auch als Ideengeber. Meine Arbeit ist kreativ, wenn Sie wissen, was ich meine. Die einzelnen Mitglieder unserer Kundengruppen kenne ich nicht, die Namenslisten gehen nicht über meinen Schreibtisch. Ich bin der Topverbindungsmann zur Firmenzentrale.«

»Ich kann mich erinnern. Sie haben versucht, mich mit

einer Farbkugel in den Kopf auszuradieren, und das ist wirklich ein verdammt gutes Beispiel für Ideengeberei.«

»Falls mein Vater mit einer Waffe erschossen worden sein sollte, die einem ehemaligen Kunden von Finsomnia gehört hat – wie soll einen das weiterbringen? Ich weiß nichts, viel Erfolg bei Ihren weiteren Versuchen, was immer es auch für welche sein werden!«

Die Anspannung, die Krassis Stimme mittlerweile anhaftete, war Kuhala nicht verborgen geblieben. Das war allerdings eine magere Ausbeute, und da auch der Hund das Knistern des Zorns im Tonfall seines Herrchens gehört und sich daraufhin noch ein Stück weiter nach unten begeben hatte, beschloss Kuhala, seinen Weg fortzusetzen.

Am Tor drehte er sich noch einmal um. In der Tat handelte es sich hier um ein Haus der vielen Möglichkeiten, an dessen Lob jeder Immobilienmakler mit Selbstachtung im Leib seine besten Schmucksätze vergeudet hätte.

Das Haus war so großartig, dass der Hund lautlos genau an die Stelle zwischen Tor und Auto geeilt war. Der Hund war der Meinung, dass man Kuhala keine Chance mehr geben durfte.

»Sie kennen nicht zufällig einen Mann namens Leikari? Spitzname Flachkopf. Auch er lebt nicht mehr.«

Krassi tat so, als hätte er die Frage nicht gehört. Der Hund bellte, beim Nachbarn antworteten die Pudel mit ihren grellen Stimmen, und plötzlich hallte der gesamte Hang von Hundelärm wider, den die Besitzer mit den schwachen Nerven zu dämpfen versuchten, indem sie entweder fluchten oder Methoden aus Hundehandbüchern anwendeten. Nichts half.

Kuhala ging zu seinem Wagen und fuhr im zunehmenden Nieselregen in die Stadt. Dabei kam ihm der komische Gedanke, dass seine Arbeit aus anstrengenden, Benzin verbrauchenden Fahrten zu Menschen bestand, die so gekonnt logen, dass es schon zu ihren Lebensgewohnheiten gehörte und man sie im Hinblick auf ihr Talent in keinerlei Rangordnung stellen konnte, zumal ein Teil sich auch noch einbildete, die Wahrheit zu sagen.

## 18

Der nächste Lügner war Bauunternehmer Muhonen. Er hatte Wort gehalten und Kuhalas Rechnung nicht bezahlt. Das verdiente eine Nachfrage, denn Kuhala bekam immer einen Beigeschmack von kalter Asche in den Mund, wenn jemand glaubte, die geleistete Arbeit mit Schweigen bis weit über die letzte Zahlungsfrist hinaus quittieren zu können.

Zwar hatte Muhonen sich schon einigermaßen aufgeregt, aber das Thema war noch nicht abgeschlossen.

Kuhalas Schuhe rutschten auf dem vom Regen knatschigen Boden immer wieder weg. Die Baustelle lag auf der anderen Seite des Sees, in der Nähe der Christlichen Lehranstalt, also nicht besonders weit weg von der Reihenhausbaustelle am Äijälänjoki. Muhonen schien der Mann zu sein, der die Stadt auf dem Wohnungsmarkt hielt, und auch wenn seine von den Umrissen her mehrfach gewölbte Erscheinung hohe Fettprozente verriet und aus der Ferne betrachtet darum für einen Eindruck der Unbeholfenheit sorgte, bezeugten seine Errungenschaften etwas anderes.

An einem Kran hing ein Bauelement, in dessen Fensteröffnung Spatzen saßen und sich bei einer kostenlosen

Fahrt amüsierten. Kuhala klopfte an die Tür der Bürobaracke und streifte die Schuhe ab.

Drinnen herrschte chaotische Geschäftigkeit. Nasse Klamotten, Laptops, die schon einige Dellen abbekommen hatten, und hier und da hingeworfene Rollen mit Bauzeichnungen bildeten ein Ambiente, das männlich und tatkräftig wirkte.

Muhonen trank Kaffee aus einer Comictasse, in seiner wulstigen Pranke schwelte eine Zigarette. Die Bissspur in dem Doppelhamburger, der in einer Pappschale hockte, wies den gleichen Höhlenmenschenzugriff auf wie die Happen von Kriminalhauptmeister Antikainen.

Kuhala scherte sich nicht um die Beratung zwischen Muhonen und einem behelmten Mann in orangefarbener Regenjacke, sondern drängte vor den Schreibtisch und sagte, er komme, um seine Ausstände zu holen. »Ihr Anruf von neulich war wertlos. Sie haben die Fassung verloren und sich so in Rage geredet, dass mein Nachtschlaf gelitten hat.«

Er siezte den Mann mit Absicht, das schuf mehr Distanz.

Muhonen lehnte sich auf seinem Bürostuhl zurück. Er versuchte, seine Irritation zu verbergen, spielte aber auf Zeit, indem er Kaffee trank und an der Zigarette zog. Eine Handbewegung brachte den Untergebenen zum Verschwinden, die Berührung des schwarzen Kaffees mit der Magenschleimhaut löste eine flüchtige Grimasse im Gesicht aus. »Ach ja, der Werkzeugdiebstahl, richtig.«

»Ich verlasse mich nicht auf Inkassobüros. Bei Bedarf werde ich selbst zu einem. Falls Sie die Rechnung nicht mehr haben, hier ist sie noch einmal. Zahlungsfrist räume ich allerdings keine mehr ein, es sind nämlich schon mehrere Wochen vergangen.«

Der Bauunternehmer war es gewohnt, selbst die Strategie des Erstschlags zu wählen, so wie es Kuhala jetzt tat, und fand darum den Rhythmus nicht. Sein Gehirn pinselte ins Leere, er starrte auf die Rechnung, als wäre darauf sein Todestag eingetragen.

Verdammt, gegenüber Muhonens Umsatz war die Summe nichts als Fliegenschiss, dachte Kuhala.

»Ich hatte so viel zu tun. Es tut mir leid, es tut mir wirklich leid.«

»Noch ist es nicht zu spät. Sie haben die Pins, und da steht ein Computer.«

»Na gut. Was soll's, wir zahlen, wir zahlen. Die Werkzeuge und die Kisten sind übrigens aufgetaucht. Aber davon habe ich erst gestern erfahren, und ich bin noch nicht dazu gekommen, in Ihre Richtung zu reagieren.«

Jetzt war Kuhala an der Reihe, ins Leere zu pinseln. Er reichte Muhonen die Rechnung, draußen wurden lautstark Anweisungen gegeben.

»Aufgetaucht? Wo sind sie aufgetaucht?«

»Die Polizei hat die ganze Scheiße im Tourujoki gefunden, unter der Fußgängerbrücke, über die man nach Lohikoski kommt. In der Nähe ist das Baseballfeld. Sie hatten den Hinweis von kleinen Jungs bekommen und haben dann tatsächlich alles rausgefischt, mit Stumpf und Stiel. Ein Teil ist natürlich hin, aber ich bin ja versichert.«

Die Neuigkeit erinnerte Kuhala an das, was Leikari gesagt hatte, und auch wenn er den verstorbenen Kleingauner für einen Lügner durch und durch gehalten hatte, so kam die Information jetzt doch überraschend. Leikari hatte über die Kisten ja zahlreiche für ihn günstige Theorien vorgetragen, speziell die, dass sie nichts mit Werkzeug zu tun hatten. Schon damals war die Verarschung schlecht improvisiert gewesen, aber Kuhala hatte nichts beweisen können. Er verfolgte Muhonens keuchende Fingerarbeit auf der Computertastatur und rief sich die Geschehnisse rund um das Arbeitermuseum in Erinnerung.

Hatte es Leikari plötzlich einfach eilig gehabt? Waren seine Mörder an einer anderen Klauerei beteiligt gewesen und Kuhala zuvorgekommen? Hatten sie aus Habgier die Werkzeugkisten an sich genommen, dann aber beschlossen, sie unter der Fußgängerbrücke im Tourujoki loszuwerden?

Es war schwierig, Muhonen nach so etwas zu fragen. Sie waren jetzt quitt, die Geschwindigkeit der elektronischen Codes bewies, dass die Gegenwart auch ihre guten Seiten hat und Kuhala den Bankrott noch etwas aufschieben konnte.

Dennoch bedankte er sich nicht. Auf dem Weg zur Tür wurde er von Muhonen zurückgehalten.

»Ich weiß, dass Sie wegen dieser Angelegenheit den verdammten Seppo Leikari gejagt haben. Der kann jetzt zum Glück niemanden mehr piesacken. Hat er hinter der Geschichte gesteckt?«

»Vermutlich. Ich bin nicht sicher, ob man das je erfahren wird. Ich kann mich allerdings nicht erinnern, Ihnen etwas von Leikari erzählt zu haben.«

»Ich habe meine Mittel, bestimmte Dinge zu erfahren.«

Der Bauunternehmer steckte sich eine neue Zigarette an und schob sich die Essensreste in den Mund. Sein Schmatzen und das Jammern des Stuhls unter seinem Lebendgewicht begleiteten Kuhala hinaus.

Draußen hievte der Kran bereits ein neues Element vom Rücken des Lastwagens, etwas weiter weg speisten Männer in Overalls ein Faserkabel in die Erde ein. Der Behelmte, der aus der Bürobaracke vertrieben worden war, telefonierte am Handy und winkte dem Kranfahrer, als dirigierte er einen gemischten Chor – so etwas wie ein gemischter Chor technischen Könnens war es ja wohl auch.

Alle rannten, was das Zeug hielt, dem Fortschritt und dem Glück künftiger Zeiten hinterher, unaufhörlich lief die Maschinerie, und auf einmal dachte Kuhala, dass er in den allernächsten Jahren nicht mehr mitkommen würde, wenn das nicht schon längst der Fall war. Die Sprüche von der Blüte des mittleren Lebensalters klangen unglaubwürdig. Dahinter konnte nur jemand stehen, der seine Philosophie aus dem Nonsens der Illustrierten schöpfte.

Kuhala wusste, dass er seine Denkweise – ob er es wollte oder nicht – von einer Generation geerbt hatte, die an Disziplin, an den Tod und an General Ehrnroots einfache Wahrheiten glaubte und auf deren geistigen Anorak hinten die Dauerlottoreihe aus den Geburtsdaten der nächsten Angehörigen gestickt war.

Und als engelhafte Vision stieg Lasse Viréns Olympiasieg über zehntausend Meter nach dem Sturz auf der Gegengeraden am Horizont eines jeden Bewusstseins, wie er eines hatte, auf, wenn einen mal richtig die Wut packte.

Da konnte man nichts machen, das war eine schmerzliche Analyse, und Kuhala begriff nicht auf Anhieb, wie sie sich mitten auf der verregneten Baustelle in seinem Kopf entspinnen konnte.

Ungefähr anderthalb Stunden später saß er vor dem Geckoterrarium und leerte in raschem Tempo Dreiviertel von seinem Haddington House. Inkeri und Hytönen lauerten auf ihrem Holz.

»Das ist der wirrste Fall meines Lebens. Wenn ich es genau überlege, ist es mir scheißegal, wer Krassi umgebracht hat und wer Leikari. Ich bin in den letzten Wochen so oft hinters Licht geführt worden, dass es klug wäre, den nächstbesten Handlangerjob anzunehmen, der zu haben ist. Auch mit euch würde ich jederzeit tauschen. Diese primitive Gammelei ist wahrscheinlich eine Kunst für sich und steigert bestimmt den Seelenfrieden, oder?«

Die Geckos sahen sich an. Kuhala nahm einen tüchtigen Schluck aus der Pulle und tippte mit dem Daumen gegen die Scheibe des Terrariums. »Obwohl man euch Biestern an den Augen ansieht, dass ihr mich mit zwei Bissen verschlingen würdet, wenn ich da reingeraten würde.«

Bis zur Unterkante des Etiketts bedachte er die Haustiere mit betrunkenen Sätzen, versank dann aber treu seinen Gepflogenheiten in zähes, schweigendes Selbstmitleid. Tatsache war, dass man von ihm zu viel verlangte und dass er Besseres verdient hätte.

Vor allem die Frauen verstanden ihn aus purer Gemeinheit schlecht. Und Annukka liebte ihn nicht. Würde sie ihn nämlich aus glühendem Herzen lieben, hätte sie nicht Hunderte Kilometer weit weg eine Stelle angetreten.

Wahre Liebe reinigt bis in die Tiefe, und danach ist der Mensch nicht mehr der Alte.

Er trollte sich zum Schlafen ins Büro, ohne die Energie aufzubringen, darüber nachzudenken, warum er Annukka nicht gefolgt war, wo er sie doch so liebte.

Kuhala hatte eine Tiefenreinigung mit giftigem Whisky vorgenommen, die bunten Placken des abnehmenden Rausches zierten seinen Hals. Bald ertönte ein Schnarchen, das die Geckos veranlasste, beieinander Zuflucht zu suchen.

Das Telefon klingelte zweimal, aber er wachte nicht auf.

Zu solchen Übungen im Leerwerden kam es in Kuhalas Leben ungefähr ein- oder zweimal im Jahr, und abgesehen davon, dass er sie an den allmählich stärker werdenden

Anwandlungen von Antriebslosigkeit jedes Mal kommen spürte, kannte er auch ihren Verlauf auswendig: die verschiedenen Stadien der Sauferei, Selbstgespräch, Selbstmitleid und schließlich das Umkippen. Es war, als löste sich ein Teil von ihm und sah von der Decke aus amüsiert zu, wie der Prozess fortschritt.

Auch wie es sich anfühlte, wenn er aufwachte, wusste er.

Es war ein einziges Hämmern von Kupferschmieden, ein gesamtlutheranischer Kirchenjahrschoral, eine Wüstenwanderung.

Er kannte die Abläufe des Rituals inzwischen so gründlich, dass er einen Fingerbreit zur Regulierung am Flaschenboden zurückgelassen hatte. Diese Dosis schüttete er sofort in sich hinein. Es war zehn nach eins in der Nacht, die Hoflampen, die durch das Oberlicht zu sehen waren, wurden von Nebel umrahmt, lautlos fiel im Gegenlicht der Regen. Ob es schwarze Weihnachten geben würde?

Er zog sich aus und torkelte unter die Dusche. Sein Herz schlug ungleichmäßig. Wenn den Fachleuten zu glauben war, hatte auch dieser Rausch wieder einen ganzen Trupp Gehirnzellen vernichtet. Da konnte man nur hoffen, dass es welche waren, die ohnehin nichts taten, und dass an ihre Stelle eine Reserve trat, die den Verlust wettmachte.

»Du siehst schlecht aus.«

Kuhala erschrak dermaßen, dass ihm das Handtuch von den Hüften rutschte.

»Oder vielleicht doch nicht ganz so schlecht.«

»Wie zum Teufel ...«

»Ich hab zweimal angerufen. Hast du gesoffen?«

»Wieso?«

Swetlana Susinen stand in rotem Röckchen, Kunstpelzjacke und Netzstrümpfen in der Bürotür. Am Stil ihrer Stöckelschuhe hatte sie noch immer keinerlei Abstriche gemacht, vor ihrem Hut hing dramatisch ein Schleier.

Er verhüllte vermutlich aus kosmetischen Gründen einen Teil des Gesichts.

Der schmalschultrige Schatten der Whiskyflasche reichte bis zur Wand. Kuhala hob das Handtuch auf, hielt es sich vor den Schritt und fragte, ob die Tür offen gestanden habe.

»Sie war nicht offen, aber der Schlüssel steckt. Du bist wahrscheinlich nicht fahrtüchtig.«

Kuhala frottierte sich die Haare und schmatzte. Er fühlte sich kaum lebendig und bat Swetlana, sich zu setzen. Der Schatten der Whiskyflasche wirkte bedrohlich, die Flasche selbst bloß schnöde. Kuhala ließ sie in der untersten Schublade verschwinden und beschloss, nie mehr – jedenfalls nicht vor dem nächsten Mal – so tief zu sinken, denn wenn ein Mann alleine säuft, ist das ein sicheres Zeichen dafür, dass er sich auf dem Weg des Verderbens befindet.

Swetlana sagte, sie sei am Morgen des Vortags aus der Klinik entlassen worden. Sie fragte, ob Kuhalas Hilfsangebot noch in Kraft war, und beobachtete die verlegene, verkaterte Ankleidezeremonie mit erfahrenem Blick.

»Eleganter Hut. Wieso fahrtüchtig?«

»Ich muss hier weg.«

»Davon war ja schon die Rede, aber so schnell? So eilig wird es doch ...«

Kuhala kämpfte mit einer Socke. Er zog so heftig daran, dass der große Zeh das dürftige Gewebe der Billigware durchstieß. Gleichzeitig schlug er mit dem Hinterkopf gegen die Schranktür. Das war das durchaus übliche Gemurkse bei Katzenjammer, aber falls Swetlana ihn für eine

Aufgabe engagieren wollte, war die Nummer mit dem Strumpf nicht gerade ein Beleg für seine Kompetenz. Er verschluckte den Fluch und suchte nach einem Ersatzpaar.

»Ich will, dass du mich von hier wegbringst«, sagte sie.

»Heute Nacht? Das geht auf keinen Fall. Ich bin wahrscheinlich noch betrunken, mit Promillewerten im Blut, die garantiert die Grenze zur Trunkenheit am Steuer überschreiten. Und mein Auto wird auch vor der Stadtgrenze schlappmachen. Es ist für Operationen in der näheren Umgebung konzipiert; sobald ich vom Hof auf die Straße einbiege, hört man es knacken, und die Kupplung macht Theater.«

Er fand ein Paar türkiser Frotteesocken und drehte sich zu Swetlana um, die angefangen hatte, Kaffeepulver in die Maschine auf dem Beistelltisch zu füllen. Sie sagte, sie habe sofort nach ihrer Entlassung aus dem Krankenhaus einen Drohanruf erhalten, in dem es geheißen habe, man halte es für besser, wenn sie nicht bis zum nächsten Sonnenaufgang in Jyväskylä bleibe. »Ich bin noch schwach. Und ich habe Angst. Du musst mir helfen. Auto ist kein Problem, draußen steht eins, mit dem wir fahren können. Ich bezahle dich, ich habe Geld. Derjenige, der mich verprügelt hat, ist wahnsinnig. Beim nächsten Mal bringt er mich um.«

Ihre Stimme zitterte, ein Teil des Kaffeepulvers rieselte aufs Ahornparkett. Kuhala strich sich die Haare nach hinten und erklärte, er brauche eine Kanne Kaffee, ein bisschen Ruhe und etwas Belüftung für seinen Kopf. »Dann können wir los. Lass das Pulver, wo es ist. Wenn ich es genau bedenke, kann ich einen Ortswechsel sogar ganz gut vertragen. Wo soll's denn hingehen?«

»Nach Petrosawodsk.«

»*Back to the roots*. Eine furchtbar lange Strecke.«

»In Petrosawodsk wohnen Freunde. Die beschützen eine schwache Frau.«

»Mein Kopf bräuchte auch einen Beschützer. Und ich hab auch kein Visum und nichts.«

»Keine Sorge, das ist geregelt. Ich kenne einen Zollbeamten, der alle möglichen Visa akzeptiert. Er hat versprochen, uns durchzulassen.«

»Das letzte Mal, als ich in Russland war, brauchte ich ein Visumantragsformular, drei Passbilder, eine Kopie von meinem Pass und eine Reiseversicherung. Und es musste eine Zimmerreservierung vorliegen, die über ein Reisebüro vorgenommen worden war. Ich glaube kaum, dass unser Nachbar den Eintritt inzwischen erleichtert hat.«

»Ich hab doch gesagt, du sollst dir keine Sorgen machen.«

»Dann eben nicht.«

Die Kaffeemaschine röchelte. Swetlana ließ die Schlüssel für einen Mercedes klimpern und lächelte zerbrechlich, während sie beobachtete, wie es bei Kuhala dröhnte.

# 19

Kuhalas Einstieg als Leibwächter war wenig rühmenswert. Er schlief bis Varkaus mit angezogenen Knien auf der Lederrückbank und träumte von Verhören dritten Grades, bei denen man ihm unter Zwang Haddington House einflößte.

An einer Neste-Tankstelle machten sie Pause. Swetlana

zitterte vor Schwäche, das Fahren hatte ihr alle Kräfte geraubt. Im Halbkreis umliefen Lichter den Parkplatz der Tankoase, hin und wieder hörte man auf der Straße das dumpfe Schnurren eines Motors. Eine Busladung Rentner, die sich auf dem Heimweg von einer Chorfeier befanden, stand im Schatten der steinernen Einfriedung und stimmte spontan ein Lied an, das ans Gesangbuch erinnerte.

Kuhala setzte sich mit Mühe auf, der Liedtext, der die Folgen des sündigen Lebens schilderte, zitterte unwirklich und blödsinnig durch die Nacht.

»Ihr Finnen seid ein komisches Volk.«

»Wieso? Ich bin wohl eingeschlafen. Na ja, du hast schon recht.«

»Ihr kommt vom Alten nicht los und wollt gleichzeitig alles haben, was neu ist. Das macht euch langsam.«

»Und deshalb singen wir im Morgengrauen besoffen Kirchenlieder.«

»Einen Finnen erkennt man aus einem Kilometer Entfernung, auch wenn er gerade kein Kirchenlied singt.«

»Woran erkennt man denn euch Leute aus Petrosawodsk?«

»An den armseligen Kleidern.«

»Dann trägst du für Petrosawodsker Verhältnisse allerdings einen Tarnanzug. Ich brauche einen Kaffee.«

Auf der Heckscheibe des Busses stand »Landmannschor Tervola«. Die Männer bildeten für Swetlana ein Ehrenspalier und wechselten zu einem Schlager der legendären Armi Kuusela. Das Spalier war alkoholbenebelt, Kuhala knautschte sich ein Lächeln ins Gesicht, denn er musste ebenfalls hindurchgehen.

Später fuhr er den mehr als hundert Kilometer langen menschenleeren Abschnitt bis Joensuu mit durchgetretenem Gaspedal und dachte an Annukka. Swetlana saß neben ihm und umriss die verschiedenen Möglichkeiten ihres neuen Lebens, als würde sie an der Gemüsetheke Brokkoli aussuchen.

Ihre Stimme klang berechnend und nicht im Geringsten gefühlvoll; die besten Jahre als Freudenmädchen waren für sie auf jeden Fall vorbei, aber es gab genügend Ersparnisse, um in den reichsten Vierteln von Petrosawodsk ein Kemikalio zu eröffnen, oder sie konnte mit ihren Beziehungen auf der Gehaltsliste einer Importfirma unterschlüpfen. Bei einer solchen Tätigkeit konnten Finnischkenntnisse wertvoll sein, und falls man von ihr buchhalterische Fertigkeiten verlangen sollte, gäbe es auch keine Probleme.

Das Importbusiness befand sich im Aufschwung, die Menschen wurden wohlhabender, und die Nachfrage nach Luxusgütern aller Art übertraf das Angebot. Kuhala erkundigte sich nicht, mit welchem Zaubertrick Swetlana sich in Petrosawodsk zu etablieren gedachte, geschweige denn, was für Beziehungen sie hatte, aber wenn er hin und wieder einen Blick auf das hartgesottene Profil hinter dem Schleier warf, sah es so aus, als hätte die Frau ihre Angelegenheiten wesentlich sorgfältiger in trockene Tücher gepackt, als sie zu verstehen gab.

Womöglich hatte sie sich in der Rekonvaleszenzphase schwächer gegeben, als sie in Wirklichkeit war. Kuhala fiel jedoch nicht ein, seinen Verdacht laut zu äußern, schließlich hatte er gesehen, wie sehr die Frau malträtiert worden war, und darüber machte man keine unvorsichtigen Äußerungen.

»Ein Café wäre vielleicht auch eine gute Idee. Neben dem Hauptgebäude der Miliz sind geeignete Geschäftsräume zu vermieten. Ich habe mich erkundigt. Und die Touristen werden ständig mehr, das einzige Problem ist der Winter. Dann ist es still.«

»Du kannst den Milizen zu essen und zu trinken geben.«

»Zu schlechte Löhne. Vielleicht muss ich Schutzgeld bezahlen.«

»Um Gottes willen!«

Nach den leeren Straßen von Joensuu stoppten sie an einem Rastplatz, dessen Müllbehälter übel mitgespielt worden war. Kuhala ging bis zum Rand und schlug sein Wasser ab. Im Osten schimmerte am Himmel das flüssige Zinn der Morgendämmerung, die Lichter eines Lkws leckten über die Hügelkante am Ende der Geraden. Aus dem Auto hörte man Swetlanas achten oder zehnten Plan für ein neues Leben, zerlegt in Vor- und Nachteile, die vom feuchten Wind des anbrechenden Morgens verweht wurden. Es war inzwischen klar, dass sie nicht die geringste Ahnung hatte, was sie tun sollte. Kuhala stieg wieder ein.

»Du hast keinen Drohanruf bekommen. Ich bin derjenige, der so etwas bekommt. Du hast die Lüge über die Lippen gleiten lassen, damit ich mich leichter zum Ritter aufschwinge. Jetzt machen wir Folgendes: Wir schlafen ein bisschen, kehren dann nach Joensuu zurück und kaufen dir eine Fahrkarte nach Petrosawodsk. Die wird ja wohl zu haben sein. Oder du hängst dich an eine Touristengruppe mit Reisebus dran. Bei deiner Zungenfertigkeit wird das kein Problem sein. Und ich fahre den Mercedes hier nach Jyväskylä zurück. Ich glaube, du bist in Sicherheit, und es ist uns auch niemand gefolgt. Kein einziges Fahrzeug weit und breit, das hier ist eine von Gott verlassene Einöde, die hiesige Prärie. Was soll dir hier drohen? Was du tust, wenn du am Ziel bist – da mische ich mich nicht ein.«

Swetlana legte ihm die Hand auf den Arm und sah ihm tief in die Augen. »Aber du hast versprochen, mir zu helfen. Ich bin noch nicht gesund.«

»Ja, schon, aber …«

In Niirala überquerten sie die Grenze. Das schwelende Misstrauen im Blick der Zollbeamten drohte Kuhalas Pass in Flammen aufgehen zu lassen, und er hatte keine Ahnung, was es für eine Lizenz war oder wie viel Honorar zwischen den Seiten des Dokuments steckte, das Swetlana schwenkte und mit dessen Hilfe sich das große Russland für sie öffnete.

Die Fahrt über die Straßen Kareliens betäubte die Konversation, und nachdem Swetlana auf einer holprigen Geraden mitten auf dem Land schließlich aufgehört hatte, ihre Traumberufe aufzulisten, und den Sitz nach hinten geklappt hatte, um zu schlafen, war Kuhala zeitweise fest davon überzeugt, sich verfahren zu haben.

Die Botschaft der nur selten am Straßenrand auftauchenden Schilder verstand er überhaupt nicht, einige von ihnen sahen aus, als hätten man ihnen wie im Wilden Westen eine Schrotladung auf den Pelz gebrannt. Noch immer untergruben die Nachwirkungen des Haddington House Kuhalas Zustand, Horrorgeschichten aus den Boulevardzeitungen kamen ihm in den Sinn, in denen von ausgeraubten und ermordeten Reisenden genau in dieser Gegend die Rede war.

Tatsächlich hatte er nur von einem solchen Fall gelesen, aber aufgrund der wenigen Ruhepausen nahm das Thema so lächerliche Ausmaße an, dass Kuhala die verregneten Waldränder absuchte, als könnte dort jeden Moment eine Räuberbande aus dem Dickicht brechen.

Kurz vor Mittag sah er die schwer wogenden Schaumkronen des Onegasees vor sich, und er überlegte, ob er in der nächsten Werbung für die Detektei nicht einen Satz über den internationalen Charakter seiner Tätigkeit unterbringen sollte.

Er wusste, dass Petrosawodsk während des Krieges in Finnland Äänislinna genannt wurde und inzwischen den Titel der Hauptstadt Kareliens trug. Es fiel grauer Nieselregen, über die Uferboulevards bummelten nur vereinzelt Leute, und der Wind rüttelte an den kahlen Lindenzweigen, wie als Einleitung zu den Exerzierübungen des Winters. Er kreuzte auf der Suche nach etwas Hotelähnlichem durch die Gegend zwischen Stadion, Kino Sampo und dem Kirowplatz, bis er sich damit begnügte, über den breiten Leninprospekt zu lavieren.

Swetlana schlief auf der Rückbank, gewärmt von der Reisedecke.

»Hör mal, Swetlanalein, ich bin so fremdsprachenschwach, wie man nur sein kann, und bald geht es mir auch echt auf die Nerven, diese verdammte Straße hoch und runter zu fahren. Wir kriegen noch die Miliz auf die Fersen, und die werden dann nie dein Café aufsuchen. Ich weiß bloß, dass das da drüben der Onegasee ist, wenn wir zurückfahren, prallen wir gegen die Bahnhofswand. Hättest du nicht Lust, allmählich aufzuwachen?«

Swetlana hob den Kopf und fuhr sich durch die Haare. Angesichts der alten Heimat brach sie nicht in nostalgisches Seufzen aus, sondern befahl Kuhala, auf den Parkplatz des Kaufhauses Karjala zu fahren. »Warte im Auto. Ich gehe zu Igor. Er ist Wachmann, er weiß, dass ich komme.«

»Erstaunlich, dass er nicht Boris Karloff heißt.«

»Hast du was gesagt? Es ist das Gebäude da, hier abbiegen.«

Die überladene, palastartige Fassade des Kolosses mochte den hiesigen Vorstellungen von einem idealen Einkaufsparadies entsprechen, aber Kuhala war zu müde, um sich in beißender Kritik zu üben.

Swetlana eilte durch den Eingang, Kuhala blickte sich um und streckte seine müden Glieder.

Er beschloss, noch am selben Tag die Rückfahrt anzutreten, sein Wunsch nach Abwechslung war bereits auf der finnischen Seite befriedigt worden, und irgendwelche Kareliensehnsüchte hatte er auch nicht in den Genen.

Ein betagtes Mütterchen schaufelte im Halbdunkel eines Lebensmittelkiosks Sonnenblumenkerne in eine Tüte, von dem vergitterten Milizhäuschen am Rand des Parks aus wurde Kuhala mit Blicken beobachtet, als würde eine einzige falsche Bewegung seinen Untergang bedeuten.

Swetlana tauchte nicht wieder auf, eine halbe Stunde war bereits vergangen. Kuhala trommelte aufs Lenkrad und starrte auf den Kaufhauseingang.

Auch wenn der sozialistische Realismus als Kunstform schon vor Jahren auf dem Schrottplatz der Geschichte gelandet war, würden die Bewohner dieser Stadt noch mehrere Generationen lang im Schatten seiner gigantischen Errungenschaften leben müssen.

Am Himmel knatterte ein Mannschaftstransporthubschrauber, in jedem fünften Fahrzeug auf den Straßen schienen Soldaten zu sitzen.

Kuhala wartete noch zwanzig Minuten, dann ging er mit schnellen Schritten ins Kaufhaus. Jemand wie Swetlana konnte sich schon mal verquatschen, aber alles hatte seine Grenzen. Sie war diejenige, die Russisch konnte, nicht er.

Im Entree roch es nach Parfum und feuchtem Zement, auf einer riesigen Wand war das Werbelaken einer internationalen Textilkette aufgespannt. Darunter schimmerte ein Mosaik hervor, das Menschen des neuen Zeitalters darstellte: Arbeiterjugend.

Er ging zu einer schalterartigen Theke. Nach der stundenlangen Fahrt hatte er einen muffigen Bittergeschmack im Mund, und dann fielen ihm wieder die Albträume ein, in denen er in eine fremde, feindliche Umgebung geraten war und versucht hatte, sich verständlich zu machen, ohne jedoch auch nur eine einzige Silbe produzieren zu können.

Die Frau mit dem Dutt las. Kuhala fragte auf Englisch, ob es sich hier eventuell um eine Art Information handelte. Die Frau hatte einige Schläfensträhnen gesondert herausfrisiert, eine davon reichte ihr bis zum Mund. Kuhala klopfte an die Scheibe und beugte sich hinab, um in die ovale Öffnung zu sprechen. Bei Bedarf hätte er auch den Kopf hineinschieben können, aber jetzt kam die Frau zu Bewusstsein und ließ ihr Taschenbuch in den Schoß sinken. Ihr Gesicht zog sich zu einer abweisenden Miene zusammen, über die Lippen kam ein gepresstes »Njet«. Das bedeutete entweder, dass sie kein Englisch konnte, oder dass Kuhala an der falschen Theke stand, der falsche Mensch war und auch sonst in jeder Hinsicht und durch und durch verkehrt, oder aber es war ein universales Njet, das den Zweck hatte, alles abzulehnen, was irgendjemand je zu fragen beabsichtigte.

Es konnte allerdings auch die hiesige Form des Kundenservice sein.

Kuhala richtete sich auf und drehte sich um. Hinter ihm stand ein stattlicher Sicherheitsmann, der ebenso schlecht Englisch verstand und eine verwandte Seele der lesenden Frau war. Er gehörte den Sondereinheiten des Innenministeriums an und verdiente sich mit dem Job im Warenhaus ein bisschen was dazu.

Ab und zu kam im finnischen Fernsehen etwas über das Training dieser Leute, die stapelweise Backsteine wie Cracker zerschlugen und Angehörige von Gangs mit Trittfolgen eliminierten, die man vor lauter Schnelligkeit kaum sehen konnte. Kuhala lächelte den Mann an und sagte fragend »Igor?«.

Der Mann schüttelte den Kopf. Sein Brustkorb hatte die Ausmaße einer Reitmanege. Auf dem Schild, das darauf befestigt war, standen mehr als vier Buchstaben, eventuell bildeten sie das Wort »Walentin«. Kuhala setzte ein verzweifeltes Lächeln auf und schickte sich an, den Mann zu passieren.

Gleich packt er mich, dachte Kuhala und spürte im selben Moment eine Hand, so groß wie ein Rodelteller, auf der Schulter.

Er kannte die hiesige Warenhauspraxis ja nicht, und er wollte auch niemandem die schöne Ordnung durcheinanderbringen, aber warum deprimierte ihn Petrosawodsk schon in der ersten Stunde nach der Ankunft dermaßen schwer? Es musste mit dem wenigen Schlaf zusammenhängen.

»Problem?«, fragte der Wachmann.

»Njet.«

»Charascho.«

»Da, da.«

Die Hand wollte nicht loslassen. Aus der Nähe betrachtet schien der Mann in den Vierzigern zu sein. Er hatte ein humorloses, muskulöses Gesicht und kreisrunde Augen, in denen eine Primitivität glomm, vor der man besser auf der Hut war. Kuhala fing an zu schwitzen. Er klopfte dem Mann mit dem Zeigefinger gegen die Brust und zog seinen letzten Trumpf, indem er sprach: »Karelin.«

Das wirkte. Die Hand löste sich, und der Mund weitete sich zu einem goldgekrönten Lächeln; wer wäre nicht gern mit dem bärenhaften Meisterringer verglichen worden.

Swetlana war in keiner Abteilung zu sehen, Kuhala befühlte einige Waren, ohne verstehen zu können, was passiert war. Er tat so, als überlege er, dies oder das zu kaufen, und begutachtete in der Damenunterwäscheecke leicht verlegen BHs mit großen Körbchen, während er aus dem Augenwinkel die schwankenden Vorhänge der Umkleidekabinen beobachtete, für den Fall, dass Swetlana auf die Idee gekommen war, ihre Vorräte aufzustocken.

Niemand, nichts.

Kuhala verstand kein Wort von den langen russischen Sätzen, deren hurtiger Ton stolz und fast ein bisschen böse klang. Vielleicht waren die Leute aber auch nur wegen der Preise entsetzt.

Die Haare raufte er sich erst auf dem Parkplatz.

Das Auto war verschwunden.

Er war nicht so verwirrt, dass er nicht mehr gewusst hätte, wo er es geparkt hatte.

Es hatte aufgehört zu regnen, eine Taube mit schleifenden Flügeln nahm ein paar Schlucke aus einer Pfütze und warf Kuhala die Sorte Blicke zu, mit denen man Fremde üblicherweise bedenkt.

Er hatte abgeschlossen und sich zuvor noch versichert, dass das Lenkradschloss eingerastet war, trotzdem war der Wagen ein lächerlich leichter Brocken für alle, die sich auch nur ein bisschen auskannten. Ein Profi bekam die Tür innerhalb von fünfzehn Sekunden auf, und der Motor sprang ebenso schnell an. Alle Träume, das Auto je wiederzubekommen, zerstoben wie Fuchsgebell in den Weiten Kareliens.

»Dieses verdammte Hurenbiest! Was hab ich bloß getan!«, fluchte Kuhala ganz gegen seine Gewohnheiten und durchschaute allmählich den Plan, zu dem er sich als Hammel am Strick so einfach angeboten hatte, dass einem die Tränen kamen.

Und nun stand er nahezu blank mitten in einer Stadt, von deren Ufern sich Generalleutnant Airo einst dazu inspirieren ließ, de Godzinsky den Befehl zu geben, »Die Wellen des Onegin« zu komponieren.

Swetlana würde für den Benz einen Anteil einstecken, der Hehler den anderen, und wenn Kuhala richtig riet, stand im Mietvertrag ein falscher Name. Mit zusammengebissenen Zähnen ging er am Häuschen der Miliz vorbei und hielt es für das Beste, erst gar keinen Versuch zu machen. Der Uniformierte saß auf einem Panoramaplatz und hatte den Autoklau mit Sicherheit gesehen, aber vielleicht bekam auch er eine dünne Scheibe ab.

Kuhala trug dunkelblaue Jeans und ein schwarzes Sakko aus Baumwolle. Sein Hemd bestand aus dünnem Stoff. Als Zugabe hatte der Autodieb eine Lederjacke bekommen, in deren Style nach Jahren der Abnutzung reichlich Eigenschaften steckten, mit denen man seine Street Credibility betonen konnte. Auch das war jetzt nur noch Erinnerung.

Er ging am Theater Twortscheskaja Masterska vorbei, gelangte in eine schmale Gasse und entschied sich vor dem Direktverkaufswagen des Fleischveredelungskombinats »Sputnik« für vier dampfende, aromatische Piroggen und eine halbe Flasche Bier zum Runterspülen. Für die Bezahlung des Gedecks genügte eine Zwei-Euro-Münze.

Er hatte nur wenige Möglichkeiten, und von denen war eine schlechter als die andere, doch auch die ließen sich mit vollem Magen besser analysieren.

»Wieso habe ich mich auch noch selber aufgedrängt«, murmelte er halblaut vor sich hin und verzehrte im Schatten einer von Schädlingen zernagten Ulme seinen Proviant.

Ein Stück von der letzten Pirogge warf er den umherstreunenden Hunden hin, dann betrachtete er den Mercedes-Schlüssel und begriff, dass Swetlana ihn natürlich beobachtet und mit dem Ersatzschlüssel den Wagen selbst genommen hatte, als seine Nerven versagt hatten und er ins Kaufhaus gegangen war. Wie zum Teufel war es ihr nur gelungen, den Mietwagen durch den Zoll zu bringen, in einer Zeit, in der man sich ernsthaft bemühte, Autodiebstähle zu verhindern?

Und wie zum Teufel würde er, Kuhala, es fertigbringen, sich aus dem Land zu schwindeln, vor allem wenn im gefälschten Mietvertrag sein Name stand?

Der Schwall Sorgen bereitender Gedanken drohte dem Privatdetektiv die Vernunft zu trüben. Wenn er hierzulande vor Gericht käme, würde das unüberwindbare Komplikationen mit sich bringen, und die Einweisung in ein hiesiges Gefängnis würde den sicheren Untergang bedeuten.

Das hier war der Herbst, über den er in seinen Memoiren ein langes Kapitel stricken würde.

Er wischte sich den Mund ab und knöpfte die Jacke zu, dem Seufzer, der ihm über die Lippen kam, folgte ein Rülpser mit Biergeschmack.

Ein Lada der Miliz drosselte das Tempo an der Stelle, wo Kuhala sich wieder auf die Beine machte, aber anstatt sich weiter entmutigen zu lassen, nahm er die Herausforderung der Blicke aus dem Cockpit an und ließ die leere Bierflasche in einen Abfalleimer fallen, dass es schepperte.

Kuhala glaubte an die Völkerfreundschaft und hegte keine Vorurteile gegenüber den Russen. Dennoch war er sicher, dass es in der Miliz von Petrosawodsk vor lokalen Antikainens nur so wimmelte. Gegenüber den hiesigen Methoden war das, was der Kriminalhauptmeister in Jyväskylä veranstaltete, jedoch höchstwahrscheinlich das reinste Spitzenklöppeln.

Er nahm sich auf der Hauptstraße ein Zimmer im Hotel

»Sewernaja«, an dessen Fassade eine frisch gestrichene Säulenreihe leuchtete wie die Schaumkronen des Onegasees. Die Dusche war heiß, der Spiegel beschlug, man konnte den Namen »Swetlana« darauf schreiben. Danach kam der Schlaf.

## 20

Die Hotelangestellte war freundlich, sprachkundig und empfahl Kuhala als Abendprogramm das Requiem von Mozart unter der Leitung von Oleg Soldatow. Es sollte in anderthalb Stunden im Nationaltheater der Republik Karelien aufgeführt werden.

Kuhala dankte für das Angebot und erkundigte sich nach Möglichkeiten, E-Mails zu schreiben. Wenn er nicht so bald wie möglich seine Angelegenheiten regelte, würde in seinen Ohren demnächst sein eigenes Requiem erklingen. Die Hotelangestellte wies auf die Internetecke, wobei sie noch daran erinnerte, dass man auf der Speisekarte des Hauses dem in Rosmarinmarinade gegarten Lammsattel besondere Beachtung schenken sollte.

»Liebe Annukka, ich bin in Petrosawodsk und in Schwierigkeiten. Ich müsste zurück nach Finnland, und zwar mit einem Auto, das mir gestohlen wurde. Es ist eine Mietkarre von einer Firma in Jyväskylä oder ein gestohlener Privatwagen und befindet sich derzeit vermutlich in Einzelteile zerlegt im Zug nach Wladiwostok. Mit den Papieren stimmt was nicht, wahrscheinlich sind sie gefälscht, und mein Name steht drin. Ursprünglich sollte das nur ein Sicherheits- und Begleitjob sein, aber ich bin auf jemanden reingefallen, weil ich alt werde. Hier ist es regnerisch und kalt, meine Jacke haben sie auch mitgenommen. Solltest du Vorschläge haben, nehme ich sie gerne an. Ich liebe dich, ich vermisse dich, verdammter Mist, wie bin ich eigentlich hierhergeraten?«

Er redigierte den Kraftausdruck heraus und glaubte, in das verzweifelte Hauptthema des Textes genügend Leichtigkeit gewoben zu haben, um nicht ganz wie eine Memme zu wirken.

Aus dem Restaurant drang Zigeunermusik, und Bestecke klapperten. Der Kronleuchter funkelte. Kuhala holte sich an der Wechselstelle ein Bündel Rubel, wobei ihm der Gedanke kam, dass er in seinen Mordermittlungen ganz schön aufs Nebengleis geraten war. Da war es angebracht, sich zu fragen, wie er von hier aus den Mann schnappen sollte, der auf den Goldschmied geschossen hatte. Und wer weiß, wie oft Erik Krassi inzwischen seine Nummer gewählt hatte, um zu fragen, wie es voranging. Am meisten Sorgen bereitete ihm die erschwerte Rückreise.

Er bestellte an der Bar einen doppelten Wodka, ein Glas Eiswasser und eine Schale Salznüsse. Auf Lammsattel hatte er keine Lust.

Ein schnurrbärtiger, schon etwas ältlicher Ostblockcasanova richtete sein geöltes Nackenhaar und beugte sich dann zu seiner Begleitung hinüber, die in ihrem Gericht stocherte. Aus dem Eiskübel ragte der Hals einer Champagnerflasche, die Geige jammerte.

Kuhala fragte den Barkeeper, wie die Chancen stünden, eine Person namens Swetlana Susinen oder wenigstens eine Verwandte von ihr zu finden. Meine Güte, für den Anfang wäre ihm jede Person mit Namen Susinen recht. Er beschrieb Swetlana, jedoch ohne ein sonderlich exaktes Ergebnis zu erzielen, dank seines verrosteten Englisch.

Der Barkeeper tat so, als verstünde er nicht einmal das bisschen. Er war ein schmal gebauter Typ von der Sorte, die Frauen zum Lachen bringt, und schüttelte den Mixer mit so lockeren Handgelenken wie der Maracaspieler einer Sambaformation. In seine dunklen Augen trat die gleiche Glut wie beim gierigen Nachbarn der Witwe Haverinen, sobald Kuhala kurz das Geldbündel aufblitzen ließ, sprich sobald zu einem internationalen Kommunikationsmittel gegriffen wurde.

Kuhala war sich über den Rubelkurs nicht genau im Klaren, ebenso wenig wie über die Größe der hiesigen Spionierhonorare, aber als man schließlich übereinkam, schrieb der Barkeeper eine Adresse auf einen Zettel, von der Kuhala nichts kapierte. Er fragte, ob er damit wirklich näher an Swetlana herankäme. Sie sei eine entfernte Bekannte von ihm, und er sei von Finnland gekommen, um sie zu treffen.

»I'll call you a taxi.«

Kuhala nickte und trank sein Glas aus. Der Altcharmeur versprach seiner Dame die Ölfelder von Baku, eine finnische Reisegruppe brüstete sich am Ecktisch mit scheppernden Gläsern. Es herrschte eine Atmosphäre, die man nur unter anderen Umständen hätte goutieren können – genau genommen unter den Umständen von mindestens anderthalb Promille, wie Kuhala schätzte.

Der Taxifahrer wartete bereits in seinem Fiat. Er trommelte mit den Fingern auf die Rückenlehne des Beifahrersitzes, der Auspuff, der mit Maschendraht an der hinteren Stoßstange aufgehängt war, röchelte gemütlich. Das erinnerte Kuhala an sein eigenes Auto und an das ganze schöne Leben in Jyväskylä, das er nun womöglich für immer hinter sich gelassen hatte.

Er reichte dem Fahrer den Zettel. Der Mann war ein

dunkler Typ, vielleicht aus den südlichen Regionen des Reiches. Er las den Text mithilfe einer Lupe, die am Rückspiegel befestigt war, und murmelte etwas. Nach acht Metern Fahrt wurde der abgenudelte Mechanismus der Stoßdämpfer durch ein tückisches Schlagloch einem ersten Test unterzogen. Der Schlag resonierte in Kuhalas Rückenwirbeln, aber er kümmerte sich nicht darum, sondern geriet in eine halbseidene, unbegründete Agenteneuphorie und suchte nach einer bequemen Haltung auf dem Sitz.

Was immer auch geschehen mochte, er musste sich ihm stellen.

»Finski?«, fragte der Fahrer.

Kuhala nickte. Der Mann machte eine Geste, die in Finnland das Durchschneiden der Kehle bedeutete. Dann lachte er, und Kuhala konnte nicht anders als einstimmen. Sie fuhren am Gästehafen des Onegasees und an den heimelig schimmernden Lichtern des Hotels »Fregat« vorbei.

Das Tragflügelboot zur Museumsinsel Kischi wartete am Kai darauf, für den Winter aufgebockt zu werden, im Licht der Straßenlampen gingen ineinander verschlungene Paare und hier und da ein später Angler über die Boulevards.

Sie kamen in eine Gegend, die von staatlicher Mietshausarchitektur der Schwergewichtsklasse dominiert wurde. Der Fahrer hatte sich eine Zigarette angesteckt und ließ eine Kassette von den Fine Young Cannibals laufen, ein Hase, der vor die Motorhaube sprang, brachte ihn zum Fluchen. Es war eine fehlerhafte Verdammte-Scheiße-Kombination auf Finnisch, als wollte er Kuhala demonstrieren, was für Wortschätze sich über die Grenzen hinweg ausdehnten.

Nach den Mietskasernen fuhren sie durch eine unbewohnte Brachlandzone und passierten dann ein hoch eingezäuntes, von Scheinwerfern umstelltes Depotareal, auf dessen offener Fläche die Libellenflotte von Kampfhubschraubern zu erkennen war. Kuhala erinnerte sich, gelesen zu haben, dass wegen Ersatzteilmangels bei Weitem nicht alle dieser Fluggeräte in die Luft aufsteigen konnten und dass die Aufräumarbeiten im großen sozialistischen Schrottgürtel schlimm in Verzug waren.

Er konnte dem Fahrer seine Gedanken nicht mitteilen, sie waren gut und gern schon zwanzig Kilometer gefahren, und jeder einzelne davon entfernte ihn weiter von den Orten, an denen man über vernünftige Rückzugstaktiken wenigstens hätte nachdenken können.

Auch seine Besorgnis konnte er nicht recht zum Ausdruck bringen, die Scheibenwischer schoben den Sprühregen zur Seite. Hatte der Mann mit seiner Halsabschneidergeste formuliert, was Kuhala erwartete oder was er von den Finnen hielt? Oder wollte er vielleicht zeigen, wie es den Finnen ergangen war, die im Krieg versucht hatten, bis hierher vorzudringen?

Das Taxi bog in eine schmale Seitenstraße ein und schaukelte auf der restlichen Strecke wie ein Schlepper, der sich von seinem Anker losgerissen hat. Kuhala entschied sich für die Richtung, in die er rennen würde, sobald der Fahrer anhielt, hörte aber auf, an seinem Plan zu feilen, als sie auf ein Gelände kamen, auf dem Dutzende Autos geparkt waren. Am Ende des Grundstücks ragte ein großer, verschachtelter Gebäudekomplex auf, so groß wie ein Mietshaus. Er war unvollendet wie der Palast des ehemaligen rumänischen Diktators, und an den turmartigen Seitenflügeln leuchteten die vielfarbigen Schlangen von Lichtbändern. Das Monstrum hatte eine Prise schottisches

Schloss an sich und eine ebenso große Portion grobkantiger Sowjetmodernismus.

Kuhala bedankte sich und zahlte. Der Fahrer blieb nicht, um auf ihn zu warten, und versuchte auch gar nicht erst, mit Gesten so etwas vorzuschlagen. Er wiederholte die unangenehme Halsabschneidergeste, gewürzt mit einem Lächeln, dann wendete er und fuhr in Richtung Petrosawodsk zurück.

Der Wind rauschte in den kahlen Büschen, weiter weg, in der Richtung, aus der Kuhala gekommen war, leuchtete bläuliches Licht, das von den Wachtürmen des Hubschrauberdepots stammen mochte. Es roch nach Altöl und ein bisschen süß, als wäre in der Nähe eine Weinflasche zerbrochen.

Das monotone Stampfen der Musik schien aus dem Erdinneren zu dringen, zwischen den Autos schwankten Schatten, und man sah die Glühwürmchen brennender Zigaretten.

Eine Zigarette hätte durchaus schmecken können, gegen die Nervosität weit weg von daheim, den Feind im Rücken, wie Kuhala es bei sich formulierte.

Jemand lachte, ein anderer schien mit der Faust gegen ein Auto zu hämmern.

Kuhala ging an zwei hintereinander geparkten Kleinbussen entlang zur linken Seite des Gebäudes. Dort brannte, fast auf Höhe des Erdbodens, ein blau und grün blinkendes »OPEN«-Licht, aus den Fensteröffnungen der oberen Stockwerke ragten Bauholz und verbogene Armiereisen.

Der Mann im Anzug, der vor der Tür stand, zählte von der Größe her zur selben OMON-Garde wie der Rausschmeißer vom Kaufhaus Karelia.

Allmählich hatte Kuhala genug von diesen hundertfünfzig Kilo schweren Übermenschen, deren von Hormonen aufgeschwemmte Masse und Eine-Miene-Visage in gewissen Kreisen inzwischen schon als Ideal galten.

Der Mann hatte ein Mikrofon am Revers und einen Knopf im Ohr. Er lächelte nicht und schaute ihm auch nicht in die Augen. Die italienische Eleganz seines Rasierwassers verströmte kühle Minze und den Hauch eines kosmischen Extrakts.

»Schto wje chotite?«

Hielt er Kuhala für einen von der Drogenabteilung der Miliz? Die schmale Treppe führte steil nach unten. Jemand schien dort Kraft zu sammeln, indem er sich mit beiden Händen am Geländer festhielt. Der Bass arbeitete zwischen den gekalkten Wänden der Treppenschlucht dröhnend an einer endlosen Eine-Note-Lobotomie, es hatte den Anschein, als erzitterten durch die Kraft der Musik die Lichtschlangen am Turmflügel.

Kuhala entspannte seine Muskeln und beschloss, seinen Karelin-Trick nicht bei dem Türsteher anzuwenden. Er sagte auf Englisch, er wolle eine Karte kaufen, denn er sei finnischer Tourist und auf der Suche nach Erlebnissen. Man habe ihm den Laden in der Lobby des »Sewernaja« empfohlen, und der erste Eindruck sei, um es mit einem Wort zu sagen, wesentlich verlockender als die graue Hauptstraße von Petrosawodsk samt ihren Versuchungen.

»Maybe I'm too old to be here, but the journey was quite long.«

Der Athlet äußerte keine Anzeichen von Weichwerden, zog aber aus der Innentasche seiner Jacke einen Eintrittskartenblock hervor und riss eine Karte davon ab. Von Rubeln wollte er nichts wissen, erst ein Zwanzig-Euro-Schein veranlasste seine Lider, zum Zeichen der Zustimmung einmal zu blinzeln.

Das war eine stattliche Summe für das Vergnügen, in die Hölle zu gelangen. Oder in den heißesten Rave von Petrosawodsk. Das Wort fiel Kuhala erst auf den untersten Stufen ein, nachdem er müden, seltsam vor sich hin starrenden jungen Menschen ausgewichen war und sich ungläubig gefragt hatte, wie er hier Swetlana auf die Spur kommen sollte.

Der Name des Etablissements war im vorderen Teil des Raums auf Englisch in die Wand geritzt worden, und wenn Kuhala es richtig deutete, stand dort »Die marinierte Leber«.

Das epileptische Blinken der Strobolampen brachte die Decke zum Kochen und rührte in der verklumpten Qualmmatratze, die dort oben feststeckte und vergebens nach einem Ausweg suchte.

Der Raum war eng, höchstens für fünfzig Gäste gedacht. Allerdings tobte sich die dreifache Menge darin aus. Die Investitionen, die für den Brandschutz geopfert worden waren, schienen sich auf den Feuerlöscher zu reduzieren, der am unteren Teil der Treppe an der Wand hing.

Kuhala überlegte schon, ob er kehrtmachen sollte. Die Lichter der Theke blinkten unerreichbar jenseits der Menschenmenge, und auch wenn es vielleicht gelungen wäre, sich bis dorthin durchzuschlagen, hätte es doch Panik ausgelöst. Er beschloss, es mit der Taktik der übrigen Kundschaft zu versuchen, und fing an, von einer Seite zur anderen zu hüpfen und zwischendurch immer mal einen schweren vertikalen Sprung einzubauen, sodass er bald mitten im schlimmsten Hexenkessel dieser Party zusammengequetscht wurde.

Kuhala ravte.

Die zwei Sommer zurückliegende Rockimprovisation mit Annukka auf dem Tanzboden half da nur wenig, die

Leute hier repräsentierten eine neue Generation mit neuen Idealen, die nie ein Mosaik für die Wand des Kaufhauses Karelien zusammensetzen würde.

Die Platte mahlte unablässig ein und denselben Wahnsinnsrhythmus, das Solo der Garagenorgel erinnerte an einen Strahlungsgefahralarm. Kuhala befürchtete die ganze Zeit, jemand könne ihm das Portemonnaie stehlen. Er war einer der Größten und konnte den Käfig sehen, in dem ein Rapper mit Kopftuch, der mit Ach und Krach wie fünfzehn aussah, sich um den Sound kümmerte.

Jemand stieß ihm scharf in die Seite.

Inzwischen erkannte er bereits das Sortiment der Biermarken, kam jedoch nicht dazu, sich die Lippen zu lecken, weil er bereits den nächsten Hieb einstecken musste. Er war kameradschaftlich und scharf und kein bisschen feindselig.

»Bist du aus Finnland?«

Die junge Frau reichte Kuhala bis zur Achsel und war eventuell so alt wie Tatu. Sie hatte schwarze, kurz geschnittene Haare, ein fröhliches Lächeln und ein blasses Gesicht, auf dem unwirklich das Licht flackerte. Kuhala nickte und lächelte. Er kam sich vor wie ein Idiot und beugte sich zu der Frau hinunter, um ihr zu sagen, er versuche gerade, zur Theke vorzudringen.

Die Verständigung funktionierte nur schreiend. Die Frau schnappte sich Kuhalas Pranke und schleppte ihn ans Ziel wie eine zumindest routinierte Besucherin der »Marinierten Leber«. Sie trug einen kurzärmeligen, eng anliegenden Rollkragenpulli und einen aus bunten Flicken zusammengesetzten Rock, dessen Stoffbedarf ebenso gering war wie bei den Kreationen von Swetlana.

Die grobe Ekstase des Comping löste bei manchen Gästen Flugversuche aus.

Kuhala bestellte am Tresen zwei Bier. Die Schwarzhaarige wollte die alkoholfreie Alternative und drückte sich eng an ihn, weil so wenig Platz war.

Kuhala winkte die Bedienung näher heran und fragte nach Swetlana Susinen oder irgendjemandem mit demselben Nachnamen.

Er sah seinen zum Schrei geöffneten Mund und sein verschwitztes Privatdetektivgesicht im großen Spiegel hinter den Gläsern und erkannte es nicht auf Anhieb. Außerdem sah er noch, wie die Schwarzhaarige eine Tablette einwarf und mit Bier herunterspülte.

Eventuell ging es dabei nicht um Kopfschmerzen.

Die Bedienung bat Kuhala, seine Frage zu wiederholen, aber die Schwarzhaarige zog ihn bereits an die schmale Stelle an der Seite des Tresens, wo man mit Müh und Not stehen konnte.

»Woher wusstest du, dass ich Finne bin?«, fragte Kuhala.

»Das spürt man einfach. Ich heiße Marja.«

»Otto.«

»Tourist?«

»Ja. Und du?«

»Sprachstudentin.«

»Was ist das hier für ein Gebäude?«

Marja lachte, jemand verwuschelte ihr freundschaftlich die Haare. Man hörte Kreischen und Nilpferdgelächter, plötzlich änderte sich der Beat, und alle schienen auszuflippen. Kuhala hielt sich ein Ohr zu und beugte sich näher zu Marja heran, die sich von der Lautstärke nicht stören ließ, sondern erklärte, der Backsteintorso über ihnen hätte einmal die Institute für Chemie und Physik der Universität beherbergen sollen. Allerdings war dem Staat Anfang der Neunzigerjahre das Geld ausgegangen, und so verfiel das nach Edward Gylling benannte Projekt und war nur noch eine Erinnerung an das Jahrhundert des Fortschritts.

»Looking for Mister Susinen?«

»Yes.«

»This way, please.«

Der Mann trug einen Ohrring, die Frisur eines blondierten römischen Senators und einen Armani-Anzug. Die angeborene Verschlagenheit seines Lächelns und das Kleingangstertum, das seiner ganzen Erscheinung anhaftete, beeinträchtigten die Perfektion. Er lavierte durch die »Marinierte Leber« wie durch sein Zuhause und führte Kuhala davon, bevor dieser mit der hübschen Marja ein Gespräch über Edward Gylling anfangen konnte.

Sie winkte ihm zu und schickte sogar einen Handkuss hinterher, wie als Zeichen dafür, dass Finnen zusammenhalten müssen.

Die Ventile der Wasserleitungen und Belüftungskanäle an der Decke zwangen Kuhala, den Kopf einzuziehen. Er wog seine Chancen ab, begriff, dass er keine hatte, bemühte sich aber trotzdem, nicht nervös zu werden, denn noch hatte niemand sein Leben bedroht.

Das Gewicht des unvollendeten Gebäudes über ihnen schien die Konstruktion des Ganges auf die Probe zu stellen und ihn zusammenzudrücken. Ob am Pfahlwerk gespart worden war? Wer hatte hier schon Lust, einen Finger krumm zu machen, auch auf die Gefahr hin, dass das gesamte Monstrum einstürzen sollte? Unter das Pfeifen seines Begleiters mischten sich das Kratzen von Ratten und das ferne Dröhnen des Basses, als würde Krieg geführt.

Sie kamen an eine Treppe und danach an eine Tür von der Massivität der Atombunkerkategorie.

»This way, please. And you are …«

»Mister Kuhala, Otto Kuhala.«

Der Mann wiederholte den Namen und stieß den Riegel nach oben. Seine Bewegungen waren geschmeidig, vermutlich war er auf orientalische Foltermethoden spezialisiert.

Kuhala wurde für eine Weile in einer Art Wartezimmer platziert. Das Mobiliar war schäbig und bestand aus einer Kombination, die geprägt war von notgedrungen nonchalantem Lebensstil und männlich akzentuierter rückständiger Ästhetik. An der Wand hing ein Bild des Ehepaars Gorbatschow. Man hatte den beiden Teufelshörner und Bocksbärte gemalt, um beider Hals lief ein Galgenstrick.

Wenig später wurde Kuhala in ein Büro gerufen. Der Schreibtisch war aus billiger Furnierware, aber der flache Plasmabildschirm von einundzwanzig Zoll und weitere elektronische Gerätschaften steigerten die Autorität, die der Raum ausstrahlte.

Am Tisch saß ein Mann, den Kuhala aus Jyväskylä kannte: Juri, der Windbeutelgauner. Juri Susinen?

## 21

In den zurückliegenden sechsunddreißig Stunden hatte Kuhala so viel erlebt, dass er sich mit keiner Miene anmerken ließ, wie gründlich ihn das Wiedersehen überraschte. Das hier war der geheimnisvollste Winkel der karelischen Unterwelt, ein schlecht belüfteter und verstaubter Stützpunkt tief unter der Erde.

Von hier aus konnte man auch größere Operationen dirigieren.

Juri bedeutete Kuhala, sich zu setzen. Der Armani-Mann berührte kurz seinen Blausaphirohrring, während er breitbeinig hinter seinem Boss Stellung bezog.

»Lange nicht gesehen«, sagte Juri.

Kuhala erinnerte sich an den seltsam hitzigen Besuch in seiner Detektei, aber wenn er damals einen psychologischen Heimvorteil gehabt hatte, so war es damit nun vorbei, denn die Konstellation war die gegenteilige.

»Darf es etwas zu trinken sein?«

»Einen Whisky, bitte. Sofern es nicht Haddington House ist. Die Welt ist klein, ja, doch, die Welt ist winzig klein. Als wir das letzte Mal auseinandergingen und du verschwunden bist, war ich sicher, wir würden uns nie mehr über den Weg laufen. Heißt du mit Nachnamen Susinen?«

Juri schnappte sich sein goldenes Feuerzeug, dabei öffnete sich sein Sakko so weit, dass Kuhala die Waffe im Hosenbund sehen konnte.

»Ja. Swetlana ist meine Mutter, und wir befinden uns jetzt in meinem Revier, nicht in Mittelfinnland, wo du dich aufspülen kannst.«

»Aufspielen.«

»Was?«

»Es heißt aufspielen und nicht aufspülen.«

Kuhala bekam seinen Whisky und schnupperte argwöhnisch daran. Dann trank er und versuchte dabei, die Neuigkeiten zu verdauen, auf die er nie gekommen wäre. Der Leibwächter fiel aus der Rolle und stocherte zerstreut zwischen seinen Zähnen, er verstand kein Wort Finnisch und ließ sich entsprechend gehen.

Der feierlichste Deckenventilator, der auf dem Markt zu haben war, erinnerte mit seinen anderthalb Meter langen Rotorblättern an einen Helikopter.

Kuhala erzählte, er habe einen Job als Swetlanas Beschützer übernommen und als Honorar ein dermaßen beschissenes Sortiment an Schwierigkeiten bekommen, dass ihm die Hosen zu reißen drohten. »Der Benz ist verschwunden, und für mich riecht das ziemlich nach Sülzenfabrik.«

»Was für eine Fabrik?«

»Ich glaube, deine Frau Mutter hat das Auto geklaut. Sag mir, wo ich sie finde! Das Auto würde mir auch reichen. Wenn ich mit den Behörden spreche, kann das ein Skandal der größeren Kategorie werden. Aber wenn wir jetzt alles regeln, sage ich kein Wort. In einer Sülzenfabrik wird Sülze hergestellt, Kalbfleisch in Aspik, schwabbelt widerlich. Es sieht auch verdächtig aus. Und den Geschmack mag ich ebenfalls nicht.«

Juri richtete seine Garderobe und musterte Kuhala durch den Qualmvorhang. Das goldene Feuerzeug lag auf einem schmalen Tischstreifen zwischen zwei Handys, die Glut des Bildschirmschoners musterte Juris schönes Gaunergesicht. Er fragte, mithilfe welcher Behörden Kuhala die Angelegenheit voranzubringen gedenke und in welcher Sprache.

»Mit dem finnischen Zoll fange ich an. Der darf dann Kontakt mit euren Leuten aufnehmen. Unsere Grenzüberquerung ist in den Dateien dokumentiert.«

»Wie kommst du zum Zoll, wenn du kein Auto hast?«

»Von hier fährt immer mal wieder jemand weg.«

»Mir gefällt dein Stil nicht. Pass auf. Es ist schön, dass du dich um meine Mutter gekümmert hast, und unfair, dass es so gekommen ist, aber hältst du mich für so blöd und unbeschäftigt, dass ich mich um die Angelegenheiten von euch zwei kümmere? Wenn du nicht fähig bist, dir von einer schwachen Frau dein Honorar zu holen, und dir auch noch das Auto abhanden kommt, für das du verantwortlich bist, was bist du dann für ein Mann, Kuhala? Bist du überhaupt für irgendwas zu gebrauchen?«

Kuhala beherrschte sich und sagte nicht, dass er vom Stil seines Gegenübers auch nicht gerade begeistert war.

»Ich will nur wissen, wo sich Swetlana versteckt. Dort findet sich dann vielleicht auch der Mercedes oder zumindest eine Information über sein jüngstes Schicksal. Wenn du mir nicht helfen willst – gut. Ich kann dich ja wohl kaum dazu zwingen. Am besten gehe ich jetzt, damit ich noch nach Petrosawodsk zurückkomme.«

Juri lachte. Der Armani-Mann stimmte mit einem Lächeln ein. Was hatte er von der Unterhaltung mitbekommen?

Dann klingelte eines der Telefone. Juri meldete sich und sagte nur einzelne Wörter, als würde er Anweisungen entgegennehmen. Zweifellos hatte er etwas von Swetlana an sich, aber nicht so sehr im Gesicht, sondern eher in der Haltung und in den Gesten.

Mit was für heißen Eisen hatte er in Jyväskylä hantiert? Und litt er unter einer ernsten Persönlichkeitsstörung, weil er sich so widersprüchlich benahm? Juri legte das Handy vor sich auf den Tisch und setzte eine Miene auf, die nichts Gutes verhieß.

Der Anzugstoff war aus besserem Material als beim Leibwächter, und die maskuline Schmuckauswahl funkelte in einem Maße, dass auch daran nichts auszusetzen war, dennoch konnte sich Kuhala gut die vergessenen Zeiten vor knapp über zehn Jahren vorstellen, als die beiden durch die Vorstadtstraßen von Petrosawodsk streunten und sich mit schmutzigen Gesichtern auf ihre künftige Karriere vorbereiteten. Für die Fetzen, die sie damals am Leib hatten, schämten sie sich noch immer. Schlägereien,

Raubüberfälle, ein bisschen randalieren, in den Augen Trotz und in den Fäusten explosive Startgeschwindigkeit.

»Du hättest nicht herkommen sollen«, meinte Juri.

»Dasselbe habe ich auch gedacht. Schon vor Stunden.«

»Wer hat dich hergebracht?«

»Sag ich nicht. Miliz. Die wissen, dass ich hier bin. Wir haben ausgemacht, dass sie zuschlagen, wenn ich innerhalb einer Stunde nicht an die Erdoberfläche zurückkehre.«

»Ich welcher Sprache habt ihr das ausgemacht?«

»In Kotzbrockenmongolisch.«

»Das klingt, als würdest du die Russen verachten. Aber egal. Ich krieg doch alles raus«, sagte Juri.

Er zog die Schreibtischschublade auf und warf dem Armani-Mann eine Dose zu. Sie raschelte plastikartig. Der Armani-Mann hielt sie gegen das Licht, sodass auch Kuhala die Nadeln darin sehen konnte. Er spürte, wie an seinem Gaumen die Hochspannung der Angst zu kribbeln begann, und ihm kam der kurze Moment in Nevakivis Büro in den Sinn, in dem der Kommissar ihm das gemeine Ding gezeigt hatte, das Seppo Leikari hinters Ohr gesteckt worden war. Was waren diese Männer für verdammte Nadelmörder? Was bildeten die sich ein? Waren sie endgültig übergeschnappt?

»Misa bringt dich hinaus. Du wirst nach Petrosawodsk gefahren. Wenn du bis morgen früh nicht endgültig von dort verschwunden bist, schwöre ich dir, dass deine Tage gezählt sind. Ich habe jetzt Arbeit. Verschwindet!«

Juri sagte zu Misa nur ein paar Worte. Aber die hatten einen derart beinernen, klanglosen Ton, dass Kuhala nur mit Mühe den Schauder verheimlichen konnte, der ihm das Rückgrat hinaufkroch und die Kopfhaut betäubte. »Bring ihn um«, »wirf die Leiche in den See«, »das Kleingeld darfst du behalten«, »lass ihm die Luft ab«.

Unwillkürlich langte er hinter sein Ohr.

»Bist du immer noch da?«

Falls Juri den Mord an Leikari begangen haben sollte – warum? Weil sie sich mit ihren Geschäften in die Quere kamen oder weil Leikari nicht der passende Umgang für Swetlana war? Kuhala drehte sich an der Tür noch einmal um und sah dem Petrosawodsker in die miesen Augen. Der Leibwächter stieß ihn voran, passte jedoch auf, ihm nicht zu nahe zu kommen.

Im Gang bogen sie rechts ab und stiegen eine provisorische Holztreppe aus der Bauphase hinauf, die sich unter Kuhalas Gewicht bog und steil nach oben führte. In den Ecken stank es nach Mist. In einem kleinen Raum hatte sich jemand aus Schrott und Müll ein Quartier eingerichtet, hin und wieder drang das Zischen von Katzen aus den Schatten.

Misa hatte den Nadeltrick im Dunkeln und bei Minusgraden trainiert, bei Regen und mit verbundenen Augen. Die nötige Kaltblütigkeit dafür hatte er sich im Laufe seines gesamten Lebens angeeignet, und so eine lautlose, saubere Nadel hatte ja auch etwas für sich. Sie war bestimmt auch billig.

Nadel-Misa.

Kuhala musste an Leikaris in Decken gewickelte Leiche denken, und es überkam ihn eine so starke Beklemmung, dass er für einen Moment keinen Schritt mehr machen konnte.

»Move!«

Misa sagte, sie kämen auf diesem Weg in den Hinterhof, wo bereits der Wagen warte. Er fügte nicht präzisierend hinzu, dass er einen Leichenwagen meinte. Er war mehrere Stufen weiter unten stehen geblieben, er hatte auch eine Waffe, für den Fall, dass Kuhala verzweifelte

Versuche starten wollte, aber wenn die Nadel gerade in Mode war und den Killerinstinkt mehr erregte als alles andere, was konnte man da machen.

Kuhala holte tief Atem. Es war klar, dass der Angriff nicht auf der Treppe stattfinden würde, weil Misa nicht richtig Anlauf nehmen könnte und in einen Stich von unten vielleicht auch nicht die nötige Kraft bringen würde. Die Musik wurde lauter, der Todesrave. Sie erreichten das Dachgeschoss, an dessen Ende die Lichterschlange zischelte.

Kuhala stolperte über Baustellenabfall und getrocknete Zementhaufen, Wind und Regen erfrischten. Schäumte hier irgendwo der mächtige Onegasee, an dessen Ufer seine Leiche irgendwann angespült würde, nachdem im Frühjahr das Eis gewichen war?

Er ging an einer leeren Fensteröffnung vorüber und sah Annukka, in der nächsten verabschiedeten sich Tatu und Leena von ihm, dann der tüchtige Raatikainen, und im letzten schimmerte die Landschaft seiner Kindheit in Havuvaara. Der Film des Lebens, war das nicht genug? Wer brauchte da eine zweite Spule?

»Otto. Was machst du denn hier?«

Kuhala erkannte Marjas Stimme sofort und wandte sich Juris Leibwächter zu, um zu einem der besten Jabs durchzuladen, wie er sie ab und zu am Sandsack geübt hatte, beim Frühsport, mithilfe des Muhammad-Ali-Videos in Zeitlupe.

Dem Jab folgten ein Haken und eine blitzschnelle Gerade. Sie alle fanden im Dunkeln ihr Ziel, die Mitte von Misas Visage. Man hörte ein verwundertes Seufzen, einen plumpen Aufprall und das Geräusch von reißendem Armani-Stoff.

Marja schrie. Kuhala fuhr sie an, still zu sein. Misa

schien sich mit dem Kragen an einer Art Haken verfangen zu haben, schlaff hing er daran, ohne einen Laut von sich zu geben. Kuhala fand ein Feuerzeug in der Anzugtasche und konfiszierte im Licht von dessen Flamme die Waffe, das Handy, die Nadeldose und das Portemonnaie des Leibwächters.

Marja stand verwirrt daneben. »Hast du ihn umgebracht?«

»Nein. Aber er hat versucht, mich umzubringen.«

Der Mann atmete schwer, aus der Nase, die der Jab gebrochen hatte, troff es aufs Hemd. Von jetzt an war Kuhala Freiwild. Er hievte den Leibwächter aus der Klemme und band ihn mit dessen Krawatte an einen Balken in der unfertigen Wandkonstruktion.

Dann stand er auf und tastete sich vorsichtig in die Richtung vor, aus der er gekommen war. Marja folgte ihm.

»Was machst du hier eigentlich?«, wollte er von der jungen Frau wissen.

»Ich hab mich mit einem Typen verabredet.«

»Mit wem?«

»Mit einem süßen Russen, Zoja. Aber er ist nicht aufgetaucht.«

»Wo ist diese verfluchte Holztreppe?«

Marja stolperte neben ihm her, sie fand, Kuhala sei ihr noch eine Antwort schuldig. »Du bist ein Krimineller. Komisch, das Ganze, was hat der Kerl dir denn getan?«

»Er wollte unangenehm werden. Besser, du gehst sofort in die Kneipe zurück. Hier ist es nicht sicher … hey, warte mal. Wie kommt man von hier nach Petrosawodsk?«

Marja sagte, Zoja nehme sie mit, spätestens in zwei Stunden würden sie fahren. »Wenn du ein Handy hast, kriegst du meine Nummer. Ruf mich dann an, ein Finne passt in sein Auto immer rein.«

Ohne den chemischen Nebel durch die Pillen hätte Marja wahrscheinlich auf der Stelle Reißaus genommen, aber nun schien sie sich auf die Frequenz des von Kuhala lancierten Abenteuers einzustimmen, vor allem da das Liebesabenteuer mit Zoja an Fahrplanunstimmigkeiten gescheitert war. Kuhala bekam die Nummer und versprach anzurufen, aber zuvor müsse er noch etwas erledigen.

»Was denn? Bring dich nicht in noch mehr Schwierigkeiten. Hier treibt sich ein komisches Volk herum, ich weiß nicht mal, ob es klug ist, dass ich hier bin.«

»Ich weiß es. Es ist nicht klug.«

»Die Treppe ist da drüben. Ich komm auf der anderen Seite runter.«

Marja verschwand im Labyrinth des Gylling'schen Gebäudetorsos, sie schien sich nur mit viel Glück in diesem dunklen Irrgarten auf den Beinen zu halten, wo ein Sturz fatale Folgen haben konnte. Vielleicht war ihr der Weg aber dank so mancher Liebesszene vertraut.

Kuhala stieg in den Gang hinunter und bog nach links ab. Das Inferno der »Marinierten Leber« war als schwaches Dröhnen durch die Wände zu spüren, als Herzschlag des fröhlichen Lebens der modernen Jugend, der für Kuhala aber das blanke Horrorbeben war.

Er hob den Riegel der Atombunkertür an und trat in Juris Wartezimmer. Die Tür zum Büro war einen Spaltbreit offen. Juri stand mit dem Rücken zur Tür am Barschrank und goss sich und Misa den wohl verdienten Grog ein, nachdem man den finnischen Plagegeist losgeworden war. Aus seinem Mund ragte eine Zigarre von Staatsmannformat, die den Weihrauch eines neureichen Ganoven zur Decke aufsteigen ließ, wo die Rotorblätter des Ventilators ihn in viele kleine Wolken zerstückelten. Wenn Juri knapp über zwanzig war, hatte Swetlana ihn mit sechzehn bekommen.

Juri hörte jemanden kommen und sagte etwas.

Kuhala verstand kein Wort von dem russischen Satz, war aber immer zu einer Interpretation bereit: »War er auf Anhieb platt?«

Er raschelte mit der Nadeldose. Juri drehte sich um, das bröckelnde Lächeln und die sinkende Erektion der Zigarre wären unter anderen Umständen ein lustiger Anblick gewesen, aber Kuhala hatte alle Hände voll zu tun, die cholerische Wut, die er von seiner Mutter aus Kauhava geerbt hatte, im Zaum zu halten, denn die war gerade dabei, ihn in einen menschlichen Tornado zu verwandeln. »Du wolltest mich umbringen. Du Scheißkerl.«

»Wo ist Misa?«

»Liegt mit gebrochenem Genick im Hinterhof.«

»Verdammt.«

»Vorher hat er mir noch diese verfluchten Stopfnadeln zur Erinnerung gegeben. Scheinen Sondermodelle aus Petrosawodsk zu sein, mit denen könnte man auch einen Arsch stopfen, ohne dass man was spürt.«

»Beruhige dich. Trink einen Whisky. Das ist ein Missverständnis.«

Kuhala zielte zwischen Juris Augen und sagte, von den Erschütterungen dieses Abends könne er sich nur mit Hausmitteln beruhigen; da die aber nicht in Reichweite seien, müsse er seinen Auftrag einfach bis zum Schluss durchziehen. »Als Erstes erzählst du mir, wer Leikari umgebracht hat. Dann besorgst du mir den Mercedes, und wenn du schön brav bist, darfst du dir anschließend aussuchen, ob ich dich hier erschieße oder ob du lieber mit einer Nadel im Nacken Misa hinterherspringst. Stell die Gläser auf den Tisch und verschränke die Hände im Nacken!«

Juri gehorchte. Kuhala drückte ihm den Lauf der Waffe in die Wange und zog ihm die Pistole aus dem Hosenbund. Es war genau so eine Sig Sauer wie im Kellerversteck in der Haapa-Heikin tie. »Setz dich. Und fang an zu erzählen! Wir haben nicht die ganze Nacht Zeit.«

»Glaubst du, du kommst weit? In dem Moment, in dem du hier durch die Tür gehst, stürzen sich meine Freunde auf dich und reißen dich lebendig in Stücke.«

Kuhala sagte, er sei selbst in der Stimmung, jemanden in Stücke zu reißen, und werde nicht verzeihen, dass man versucht hatte, ihn zu töten. Er pickte eine Nadel aus der Plastikdose und hielt sie gegen das Licht. Es würde nicht mehr lange dauern, bis Misa wieder zu sich kam, wenn ihn nicht schon jemand befreit hatte, da die halb fertigen Säle im Obergeschoss offenbar Stätten heimlicher Stelldicheins junger Paare waren.

Kuhala drückte leicht auf den Abzug. Das war unüberlegt, aber er war so nervös und wütend, dass ihm kein anderes Mittel einfiel, um das von Juri zu erwartende kampfbereite Geschwätz, in das er seine gesamte Unterweltliturgie packen würde, so weit sein Finnisch trug, im Keim zu ersticken.

Zum Glück war es auch ungezielt.

Die Kugel war eine Art Wundergeschoss, eine hiesige Dum-Dum-Variante, denn sie ließ den Inhalt des offenen Barschranks auf einen Schlag in tausend Scherben zersplittern. Der Soundeffekt suchte seinesgleichen und hallte gespenstisch von den Bürowänden wider. Beide Männer verstummten auf der Stelle, das Plätschern der zu Boden rinnenden Spirituosen wurde von einem lauten Scheppern unterbrochen, als eine Calvadosflasche vom Schrank kippte.

Juri Susinen sank auf seinem Stuhl zusammen, die

Zigarre noch im Mund, die Augen vor Entsetzen geweitet. »Was soll die Scheiße?«

Dann fiel die Zigarre. Kuhala schüttelte den Kopf und nahm den Kerl aufs Korn. »Warum hast du Leikari umgebracht?«

»Er wurde zu habgierig.«

»Und da hast du ihm eine Nadel ins Ohr gerammt und ihn anschließend im Museumshäuschen ins Bett gelegt?«

»Nein. Leikari hat am Bettrand gesessen. Dann ist er umgekippt, als ich ... Was war das eigentlich für ein Haus? Wir hatten große Meinungsunterschiede, und er ist mir immer mehr aus dem Weg gegangen. Ich bin ihm zu dem Haus gefolgt. Dort lief dann alles noch schlechter.«

»In Finnland gehört es sich, ein ruhiges Leben zu führen. Wie groß muss die Habgier sein, dass man jemanden umbringt? War in den Kisten wenigstens Werkzeug?«

»Ja. Kannst du die Waffe weg halten? Die ist so gefeilt, dass sie leicht losgeht. Ich wollte das Werkzeug nicht, aber er hat versucht, ein zu großes Stück von einem Geschäft zu kriegen, das noch nicht abgeschlossen war, und das ist nicht recht. Die erste Regel lautet, dass man loyal sein muss. Ich hab die Kisten verkauft.«

»Wie lange hast du Leikari gekannt?«

»Ziel nicht auf mich! Ein, zwei Jahre. Er sollte Kontaktmann werden. Sollen wir nicht eine Abmachung treffen ... für welchen Preis bist zu bereit zu schweigen? Ich hab Geld, hunderttausend Dollar«, versuchte es Juri.

Kuhala sagte, das ginge nicht, keine Summe wäre hoch genug, und er kam auf den Gedanken, ob es im Handbuch der Unterwelt eine Art Phrasenreservoir gab, aus dem man bei Verhandlungen wie diesen schöpfen konnte. Juri war die goldene Kette aus dem Kragen gerutscht, das schwere Kreuz mit dem Diamanten ruhte auf dem Schulterpolster, und Kuhala musste unwillkürlich daran denken, dass der junge Mann es jeden Morgen an die Lippen führte, bevor er sich an seine schmutzige Arbeit machte, bevor er sich ins Gedächtnis rief, wer heute an der Reihe war, eine Nadel gesteckt zu bekommen.

Falls Gott existierte, hatte er wahrhaftig allen Grund, sich über das Spektrum der Bestrebungen zu empören, für das man ihn um Hilfe bat.

Juri schwitzte, die brennende Zigarre brachte den Haargarnteppich unter dem Tisch zum Schwelen. Der Ventilator kam gegen den süßlichen Gestank der zerstörten Spirituosen nicht an, und falls Juri etwas im Schilde führte, dann, Zeit zu gewinnen. Es würden Leute kommen, vielleicht war er mit jemandem zum Abendessen in einem vornehmen Restaurant in Petrosawodsk verabredet.

»Ist euer Geschäft in Jyväskylä nicht in Gang gekommen?«

»Nein.«

»Und du warst als Schrittmacher dort?«

»Ich habe versucht, die Möglichkeiten abzuklären, ich bin geschickt worden, weil ich Finnisch kann.«

»Wer hat dich geschickt?«

»Das sag ich nicht. Du kannst mich erschießen, aber das sag ich nicht.«

»Mach die verdammte Zigarre aus, bevor dir der Hintern anbrennt! Was hab ich von irgendwelchen Namen. Aber hattest du außer Leikari noch andere Gehilfen in Jyväskylä?«

»Zeitweise. Ich kann mich nicht an sie erinnern.«

»Hast du es in Sachen Schmuck probiert? Diamanten, Gold? Du hast ein Mordskreuz um den Hals hängen, scheinst ein frommer Christ zu sein. Aber du bist nichts anderes als ein frommer Scheißkerl, und eines ist sicher:

Wenn du mir in Jyväskylä über den Weg läufst, hetze ich dir die Polizei auf den Hals.«

»Was redest du da von Schmuck?«

»Wer hat deine Mutter verprügelt?«

»Wenn ich das wüsste, wäre dieser Mensch nicht mehr am Leben.«

»Leikari ist ja schon tot.«

»Er hat es nicht getan.«

Kuhala hatte zu wenig Zeit. Er erkannte, dass er keinen Schwung in das Verhör brachte, weil ihm vor der Möglichkeit graute, jeden Moment in ein Feuergefecht mit einer Verbrecherbande zu geraten. Und das passte absolut nicht zu seinem Temperament. Der versehentliche Schuss in den Barschrank würde für den Rest seines Lebens reichen, aber trotzdem nahm er all seinen Mut zusammen und beugte sich über den Tisch, um Juri den Lauf der Pistole direkt unter die Nase zu halten. »Und jetzt Swetlanas Adresse. Du hast fünf Sekunden Zeit. Ich weiß, dass ihr an der Verwandtschaft hängt und dass deine Mutter ohne dich hier kein neues Leben anfangen kann.«

Kuhala entsicherte die Waffe. Juri schluckte und hob ratlos die Schultern, der bittere Geruch des angesengten Teppichs mischte sich mit seinem Angstschweiß.

»Jetzt sind schon acht Sekunden um«, flüsterte Juri mit den letzten Resten seiner Standhaftigkeit und versuchte zu grinsen.

In seiner Kultur mochte es ein Fehler der schlimmsten Kategorie sein, die Verwandtschaft zu verraten, aber als Kuhala ihm eins auf die Ohren gab und ihm etwas zu schreiben hinschob, ging es voran. Er befahl Juri, die SIM-Karten aus den Handys zu nehmen, und steckte sie ein. »Komm mit! Ich will mich hier nicht verlaufen. Wir gehen raus, und dann fahren wir zu Swetlana.«

Juri bat um die Erlaubnis, einen Zug aus dem Inhalator zu nehmen, die Schweißperlen rannen ihm in den Kragen.

»Meine Freunde sind bald hier. Du wirst nie entkommen.«

»Kann sein. Aber dir wird es dann auch schlecht ergehen.«

Kuhala stieß Juri in den Rücken, sie gingen rückwärts aus dem Raum und belauerten sich gegenseitig.

Vor der Treppe, die aufs Dach führte, bückte sich Juri in einen Verbindungsgang, öffnete eine Metalltür und ging eine treppenlose schiefe Ebene zur nächsten Tür hinunter, nach der sie in einen großen, hallenartigen und hallenden Raum traten. Er war hell erleuchtet, die an der Wand aufgestapelten Kartons enthielten, den Markennamen nach, zuverlässige und kostspielige Heimelektronik, nach deren Herkunft zu fragen Kuhala sich nicht die Mühe machte. Bestimmt handelte es sich nur um ein gewöhnliches Großhandelslager, und alle Assoziationen in Richtung Lkw-Überfall oder dergleichen waren bloße Hysterie.

Vor dem Tor standen zwei frisch gewaschene, funkelnagelneue BMWs für den fliegenden Start bereit. Der eine war silbergrau, der andere schwarz.

Kuhala befahl Juri, den Kofferraum des schwarzen zu öffnen, und nahm die Schlüssel an sich. »Leg dich da rein! Hast du verstanden?!«

Juri sah ihn an und beugte sich mit gefügiger, etwas müder Miene über den Kofferraum. Mit seinen Beförderungswünschen sah es langsam schlecht aus, ihm fiel kein einziges Verhandlungsszenario ein, das er dem dickköpfigen Finnen hätte unterbreiten können.

»Eigentlich müsste ich deinem eigenen Rat folgen und dich umbringen, weil du deine Mutter verprügelt hast«, sagte Kuhala.

»Das hab ich nicht.«

»Egal, was du sagst. Ihr hattet Streit, und dann haben deine berühmten Nerven versagt. Vielleicht ist deine Mutter aus dem Wagen gefallen, oder du hast sie bei mir um die Ecke hinausgestoßen. Du bist ein kranker Scheißkerl, Swetlana hat es nur mit viel Glück überlebt.«

»Es ... es war ein Versehen, ich hab die Beherrschung verloren und sie ...«

Der Kofferraumdeckel schlug zu.

Kuhala fummelte länger mit dem hausgemachten Mechanismus des Garagentors herum, als angesichts der Eile angebracht gewesen wäre, bekam es dann aber mithilfe zweier Holzklötze in den Griff. Im Kofferraum wurde geflucht.

Kuhala fuhr die Rampe hinauf und stellte fest, dass er sich hinter dem Gebäudekomplex auf einem schmalen Weg befand, wo man weder die Lichter der »Marinierten Leber« noch den Parkplatz der Partygäste sehen konnte. Mit murrendem ersten Gang fuhr er ins Gelände, lenkte vorsichtig und beschleunigte zwischen zwei Bauschuttbergen in den Sichtschutz eines Dickichts hinein, wohin sich jedenfalls diese Nacht niemand verirren würde.

Dort stellte er den Wagen ab. Dann löste er die Magazine aus Misas und Juris Waffen und warf sie in die Nacht hinaus.

Juri schlug von innen gegen das Blech. Die schärfsten Kanten der erstickten Flüche schliffen sich langsam ab, und bald hörten sie ganz auf, da nämlich, als Kuhala die Hoffnung äußerte, die aufgeschriebene Adresse sei die richtige. »Wenn du gelogen hast, komme ich zurück und stecke das Auto in Brand, das schwöre ich dir. Mir ist in letzter Zeit nämlich mehr Unsinn erzählt worden, als ich vertragen kann.«

# 22

Zoja war ein blässlicher, dünner Junge mit Adlerblick, der einen Wollpulli mit Kragen trug, wie man sie in französischen Nouvelle-Vague-Filmen aus den Sechzigerjahren sehen kann. Er hatte die langen Finger eines Konzertpianisten und war ebenso zugedröhnt wie Marja, aber das war vermutlich der ideale Zustand, um den musealen Moskwitsch zu lenken, in den Kuhala einstieg.

Im Vergleich dazu war der Fiat des Taxifahrers vom »Sewernaja« eine Nobelkarosse. Der Moskwitsch war telefonbuchgelb bemalt und an den Rändern mit Sternmustern verziert, die man wegen des Schlamms aber schlecht sah. Die Instrumente schienen nicht zu funktionieren, das Isolierband über dem Sprung in der Windschutzscheibe flatterte im Takt des Motors.

Sie bogen von der Hauptstraße ab. Marja lehnte sich an ihren Geliebten, ihre schmalen Schultern bebten noch im Bann des Raves, und sie rief jedes Mal »iik« oder »hui«, wenn Zoja den Wagen in ein Schlagloch donnern ließ.

Kuhala saß hinten zwischen einem Tenorsaxofon und einer Tuba und hielt die Adresse, die Juri ihm gegeben hatte, in der Hand, als verstünde er etwas davon oder als wäre sein Glaube an die Ankunft am Ziel bestätigt worden. Ab und zu blickte er sich um und war sich dann sicher, eine Karawane von Juris BMWs hinter sich zu sehen.

»Ist das auch bestimmt der richtige Weg? Ist das eine Abkürzung oder was?«

»Du kannst dich auf uns verlassen. Zoja fragt, ob du irgendwie auf der Flucht bist, oder so.«

»Nein, ich bin bloß Tourist. Ein gewöhnlicher Reisender. Du hast ihm doch nichts von dem Zwischenfall im Dachgeschoss erzählt?«

»Nein«, log Marja.

»Der Typ wollte mich ausrauben, das ist alles. Ich hatte ihn nie zuvor gesehen, man muss sich ja schließlich wehren.«

In der Außenkurve einer sanften Biegung lag ein Lastwagen auf der Seite oder das, was nach dem Besuch der Termiten noch davon übrig war.

Der Nachtwind schleuderte den ewigen Petrosawodsker Nieselregen in weichen Schwällen gegen die Scheiben, wo er von einem gerade fingerbreiten Wischer einmal pro halbe Minute und wie mit einer Bitte um Entschuldigung zur Seite geschoben wurde.

Marja sagte, sie komme aus Lappeenranta und fühle sich auf dieser Seite der Grenze so wohl, dass sie nicht glaube, sich je wieder an die finnische Lebensweise anpassen zu können. Das war der Irrglaube der Jugend, der Zauber von Zojas künstlerisch heruntergekommener Hungerkranichgestalt und ausgelöst von den Ekstasepillen, aber Kuhala behielt die Kritik für sich und begnügte sich mit einem Nicken. Die Tatsache, dass sie nicht die Bohne vom normalen Leben wusste, würde bald korrigiert werden – Kuhala spürte keinen Antrieb, auch nur innerlich die Definition des normalen Lebens zu rekapitulieren, die er im Frust einst selbst für sich formuliert hatte.

Bei jedem entwickelte sich wie von selbst das jeweils eigene normale Leben, und auch wenn dessen Geräuschkulisse bei vielen Menschen aus TV-Erkennungsmelodien bestand und es sich zwischen den Koordinaten Couch, Supermarkt und Stechuhr abspielte, gab es immer Nuancen, die es noch gewöhnlicher machten.

Kuhala hatte Misas Handy vergessen und fuhr durch den Klingelton zusammen. Er schaltete es aus und schob es vorsichtig in die Tuba.

Zoja schaltete den Kassettenrekorder ein, der aufs Armaturenbrett geschraubt war, und schon erfüllte schreckliche Ravemusik das Auto.

Sie kamen an einem Dörfchen vorbei und an dem verlassenen Gewerbegebäude, das einst als vitaler Dynamo der Ansiedlung fungiert hatte und eine ehemalige Schlachterei oder Molkerei oder was auch immer gewesen sein mochte. Unter den letzten Lampen lag auf der Brachackerseite ein todkranker Mähdrescher, übel zugerichtet wie ein prähistorisches Mammut.

Alles war menschenleer und gottverlassen, die Meldungen in den Zeitungen von der großen Kluft im Lebensstandard zwischen dem finnischen und dem russischen Teil Kareliens waren nicht unbegründet. Und auf dieser trostloseren Seite glaubte Marja sich wohlerzufühlen?

Plötzlich wurden die Häuserzeilen dichter. Die Vogelscheuchen, die zum Überwintern in den Gemüsebeeten stehen gelassen worden waren, breiteten als Kruzifixe mit alten Hüten die Arme aus.

»Zeig Zoja noch mal den Zettel. Ich werde müde. Müsste das nicht irgendwo in der Nähe sein?«

Marja wiederholte die Frage auf Russisch. Zoja brummte etwas und streifte die Ecke eines Holzhauses, als er auf die Straße pflügte, die am Sportplatz entlangführte. An beiden Enden brannte eine Lampe, die Umkleidekabine war ein niedliches, kioskartiges Konstrukt. Kuhala blickte auf die Ansammlung von Hütten am Hang hinter dem Sportfeld, es kam ihm vor, als führen sie mit Zojas Moskwitsch mitten ins Nachkriegsfinnland hinein, in eine Holzhausidylle, die in der Heimat längst ausgerottet war.

»Es ist eine von diesen Gassen.«

»Sicher?«

»Ja. Eine Mitstudentin von mir, Anna, hat mal hier in der Gegend gewohnt.«

Zoja schaltete, der Gang ging nicht rein. Das Auto blieb am Hang stehen, der Motor ging aus, und sie rollten rückwärts. Marja schrie und hielt Zoja die Augen zu, sodass der nicht in den Spiegel sehen konnte, dafür aber fluchte und lachte. Der Moskwitsch holperte unkontrolliert von einer Seite auf die andere.

Kuhala streckte sich nach der Handbremse und zog daran, jedoch ohne etwas zu bewirken, denn der Bremszug war gerissen. So landeten sie mit dem Heck voran an der Wand eines Gebäudes aus Holzbalken.

Der Aufprall fiel schwach aus, Zoja und Marja waren vor lauter Lachen nicht zu vernünftigem Handeln fähig, ihr Gelächter ließ das Auto erzittern und Kuhala hoffen, dass er sich nur in einem bösen Traum befand.

Es war kurz nach zwei Uhr in der Nacht, Kuhala stieg aus und fragte, wo Swetlanas Haus stehe. »Ich kann zu Fuß hingehen. Seht inzwischen zu, dass ihr das Auto wieder auf die Straße bringt, und wartet auf mich. Es dauert nicht lange.«

»Du bist ein komischer Kerl. Was willst du um die Zeit in der Nacht groß erledigen?«

»Wichtige Dinge.«

»Sei vorsichtig. Hinter dem nächsten Huckel nach links. Da kommt eine Gasse, da checkst du dann das richtige Haus.«

Marja kurbelte das Fenster hoch, Zoja drehte den Zündschlüssel, aber das Auto gab kein Lebenszeichen von sich.

Er hob den Daumen zum Zeichen, dass der Motor auch

früher schon mal gestreikt hatte und wieder zu sich kommen würde, oder um Kuhala einfach viel Glück zu wünschen. Das Gebäude, das ihre Fahrt gestoppt hatte, war ein Hühnerstall. Aus einer Luke unter dem Dach hörte man es gackern, und als Kuhala sich dem Hügel zuwandte, streckte das neugierigste Huhn den Kopf heraus und entlockte seinem Schnabel einen Schwall Meckerlaute. Es war wie im Märchen: Marja und Zoja saßen vom Feiern wirr und eng umschlungen im Wagen – verdammt, das war wie in einem Märchen, in dem keiner glücklich bis zu seinem Ende lebte.

Kuhala bog in die genannte Gasse ein. Sie wurde von wenigen Lampen erleuchtet, die an den Häuschenreihen rechts und links angebracht waren. Er wusste nicht, welches das richtige Haus sein sollte, die Beschriftungen der Briefkästen boten nicht die geringste Hilfe, und an eine Tür nach der anderen zu hämmern kam ihm ziemlich mühsam vor. Abgesehen davon hörte man aus den kleinen Gärten gedämpfte Geräusche, weil die Wachhunde in ihren Hütten durch die Schritte des späten Passanten aufmerksam wurden.

Dennoch fand Kuhala leicht ans Ziel, denn nur vor einem Haus war ein Mercedes geparkt, der ihm bekannt vorkam.

Das Blech funkelte im Licht der Veranda, und auch wenn man die Nummernschilder ausgetauscht hatte, war die Vermutung über den Zug nach Wladiwostok doch verfrüht gewesen.

Kuhala duckte sich und betrat den nachtfeuchten Rasen. Die Vogelscheuche im Gemüsebeet glotzte ihn aus dem Dunkeln heraus an und ließ die Alufolienstreifen an ihren Ärmeln flattern.

Das Haus war gut in Schuss und frisch gestrichen, vielleicht eine Art Ferienheim für eine Verbrecherbande, Übergangsdatscha für Leute in Notlage, so wie jetzt für Swetlana. Kuhala hatte keine Angst vor Minen, aber ihm graute vor dem Moment, in dem die Dobermänner zuschlagen würden. Ohne die hätte man doch das Auto nicht unter freiem Himmel auf der Straße stehen lassen, in einem Land, in dem Autoklau ein Wirtschaftszweig zu sein schien.

Aber es stürzten sich keine Hunde auf Kuhala. Er unterquerte die Wäscheleine mit Swetlanas Fummel und öffnete mit dem Dietrich die Tür der hinteren Veranda. Über ihr brannte eine Lampe, die Applikation auf dem Fenstervorhang stellte einen Lenin mit Schildmütze dar.

Kuhala betrat die Küche. Der Duft nach frischem Brot, starkem Tee und Zigaretten erinnerte ihn daran, dass Stunden vergangen waren, seit er zuletzt einen Bissen zu sich genommen hatte. Seine Energievorräte waren bei den Zweikämpfen dieser Nacht geschrumpft, er lief bereits auf Ersatzpatrone und hatte noch den bitteren Nachgeschmack von Juris Whisky im Mund. Die schwächliche Lampe beleuchtete eine über dem Küchentisch aufgehängte Ikone, auf dem Hocker hinterm Samowar fehlte nur ein Rasputin mit düsterem Blick.

Kuhala drehte sich um. Der gefürchtete Hund saß als Wächter vorm Kühlschrank, mit hörbar triefenden Lefzen, ein Ohr aufgestellt, das andere geknickt.

Kuhala wusste, dass seine Stunde geschlagen hatte. Er versuchte nach einem Hackmesser neben dem Bottich auf der Spüle zu greifen, aber da er nur einen Backpinsel aus Plastik zu fassen bekam, begnügte er sich damit, sein Gehänge zu schützen und den Hund anzustarren. Er war weder Dobermann noch Schäferhund, und im Halbdunkel sah sein Mischlingsschädel komisch, ja fast schon sympathisch aus. Der Schwanz schlug auf den Fußboden, und auch das zweite Ohr richtete sich auf. Er war ein schlechter Wachhund, er taugte zu nichts, er stupste mit der Schnauze die Kühlschranktür an, als Zeichen für Kuhala, sie zu öffnen.

Dieser legte als Aufforderung zum Stillsein einen Finger auf die Lippen und entnahm dem Kühlschrank eine Grützwurstkette von einem halben Meter Länge, die er dem Hund als Halsband umlegte. Dann lobte er das Tier und ließ es zum Fressen ins Freie. Er glaubte einfach zu sehr an das Klischee von gefährlichen Hunden – auch der Hund von Mikael Krassi war höchstens unfreundlich gewesen. Wenn der Hund in diversen Zusammenhängen als bester Freund des Menschen bezeichnet wurde, dann war dieser Grützwurstjunkie einer in besonderer Ausprägung: Er war der beste Freund aller Menschen.

Swetlanas schnurrendes Schnarchen drang aus dem großen Zimmer.

»Wach auf, ich bin gekommen, um meine Forderungen einzutreiben.«

Die Zudecke flog auf den Boden. Swetlana erschrak dermaßen, dass sie Kuhala nur mit der Hand vor dem Mund anstarren konnte. »Du.«

»Tschuldige, dass ich ohne Einladung komme, aber wieso bist du ohne was zu sagen vom Kaufhaus abgehauen? Das gehört sich nicht und ist unverzeihlich, nach all der Plackerei, die ich für dich auf mich genommen habe. Und hier im fremden Land stehe ich ziemlich hilflos da.«

Swetlana raffte die Decke an sich, um sich damit zu schützen, und nahm die Zigaretten vom Nachttisch. Kuhala gab ihr Feuer, die Lampe warf einen Rauchkringelschatten an die Wand. Swetlana versuchte zu erfassen, was passiert war. Ihr zierliches Bein ragte unter der Decke heraus, sie starrte Kuhala ungläubig an und fürchtete um ihr Leben.

»Ich tu dir nichts. Du hast mich ursprünglich engagiert, damit ich herausfinde, wer Seppo Leikari umgebracht hat. Jetzt weiß ich es. Vielleicht bezahlst du mich dafür, meine Firma leistet nur äußerst selten kostenlose Arbeit.«

»Wie bist du hierhergekommen?«

»Leicht.«

»Wer hat dir die Adresse gegeben?«

»Dein Sohn hat Leikari getötet. Juri Susinen, du kennst doch deinen Sohn? Er hat mir vor Kurzem erst die Tat gestanden. Sagt dir der Name ›Marinierte Leber‹ etwas? Oder Edward Gylling?«

»Bist du verrückt geworden?«

»Juri hat Leikari so eine eklige Nadel in den Kopf gesteckt. Warte, ich hab welche bei mir«, sagte Kuhala und zog die Dose hervor, damit Swetlana sie sehen konnte.

Sie schreckte zurück, ihre Lider wirkten schwer, als hätte sie nach allem, was sie erlebt hatte, zur doppelten Menge Schlaftabletten gegriffen, und jetzt war auch noch dieser geisteskranke Finne durch den Schornstein in ihre Wohnung geplumpst.

Kuhala nahm eine Nadel zwischen Daumen und Zeigefinger. Swetlana konnte den Blick nicht von dem spitzen Ding wenden, das im Schein der Lampe schimmerte, aber Kuhala wurde des Dramas, das er auf die Schnelle zusammengesponnen hatte, überdrüssig, bevor es richtig in Fahrt kam, und legte die Nadel in die Dose zurück. »Egal, was du glaubst. Ich glaube, dass du nicht einmal überrascht bist. Du erzählst mir jetzt alles, was ihr in Jyväskylä gemacht habt, du und Juri. Und erzähl es mir schnell.«

»Juri ist hingefahren und hat Kontakte geknüpft.«

»Wahrscheinlich nicht als Vertreter für Balalaikas.«

»Nein … er ist ein Krimineller.«

»Sieh an. Was war dein Part?«

»Nichts. Er ist hinkommandiert worden, weil ich schon da war. Und weil er gut Finnisch kann. Ich war schon lange in Jyväskylä, auf eigene Rechnung.«

»Der sichere Schoß der Mutter.«

»Aber auf fremdem Boden fühlte er sich unsicher, und obwohl er es mehrmals versuchte, war er mit den Nerven am Ende und bekam nichts in Gang.«

»Warum hast du mir die Adresse in der Haapa-Heikin tie gegeben? Wusstest du nicht, dass sich dein Sohn dort aufhält und ich ihm auf die Spur kommen könnte?«

»Doch. Ich wollte irgendwie, dass du ihn aus Finnland vertreibst, bevor etwas Unwiderrufliches geschieht. Ich wusste nicht, dass er sich an Seppo vergriffen hatte, sie waren Freunde … Juri ist ein sensibler Junge.«

Kuhala mochte Swetlana nicht trösten. Alle waren sensibel, aber die Jahre schälten diese Eigenschaft ab, sodass sich auch Juris Sensibilität inzwischen nur noch auf die Ausgabe lakonischer Tötungsbefehle an Untergebene beschränkte.

Die Informationen, die Kuhala über das Schwächeln der Ostkriminalität in Jyväskylä erhalten hatte, trafen zu. Was Juri sich an Professionalität in Sachen organisiertes Verbrechen eingebildet hatte, begann spätestens im Ausland zu bröckeln.

»Ich habe dir so weit vertraut, dass ich nicht überprüft habe, ob das Auto gemietet, gekauft oder direkt vom Eigentümer geklaut worden ist. Du hast mich ausgenutzt, hast meine Weichheit gewittert, die ich nach dieser Tour allerdings höchstwahrscheinlich los bin. Pass auf, ich dachte, ich fahre mit dem Auto zurück. Das ist mir ein schönes Gespann von Mutter und Sohn.«

»Das Leben ist hart.«

»Gleich fängst du auch noch zu heulen an.«

Swetlana drückte die Zigarette aus und zog den Morgenmantel über. Sie ging an Kuhala vorbei ans Fenster und zitterte vor Kälte und auch deshalb, weil sie nach der schweren Misshandlung noch schwach war. Trotzdem ließ Kuhala nicht locker. »Der Mercedes ist irgendwo gestohlen worden.«

»Stimmt.«

»Wo?«

»Weiß ich nicht.«

»Bei einem alten Kunden von dir. Aber egal. Ich fahr damit zurück. Den Besitzer mache ich in Finnland ausfindig.«

»Das geht nicht. Das Auto hat schon neue Papiere, neue Nummernschilder und eine neue Seriennummer im Motorblock. Die Jungs lackieren ihn morgen dunkelrot. Das ist eine schöne Farbe. Alles ist so gut organisiert, dass du am Zoll Schwierigkeiten kriegst«, sagte Swetlana, als hinge die Glücksgarantie für den Rest ihres Lebens von dem Auto ab. Ordentlich Rubel würde es ja tatsächlich abwerfen. »Ich bezahle dich dafür, dass du Seppos Mörder gefunden hast. Dann kannst du dich davonmachen. Was willst du in diesem Land ausrichten? Ihr Finnen wart hier nie beliebt.«

»Bitte keine Verallgemeinerungen! Was mein Ausrichten betrifft, könntest du aber recht haben. Gib mir doch einen kleinen Tipp, wie ich nach Finnland komme, bevor die Autolackierer eintreffen.«

Swetlana nahm ein Bündel Euroscheine aus ihrer Handtasche und warf es Kuhala zu.

»Von Petrosawodsk fahren Linienbusse. Kauf dir eine Fahrkarte. Oder bitte darum, dass dich ein Touristenbus mitnimmt. Für so einen stattlichen Mann ist immer ein Platz frei. Wenn du der Polizei in Finnland was von Seppos Mörder verrätst, bin ich sicher, dass sich hier hundert Zeugen finden, die schwören, dass Juri zur Tatzeit hier gewesen ist.«

»Ich dachte, du hättest Leikari geliebt. Wenigstens ein bisschen.«

»Geh!«

Kuhala ließ die Dose mit den Nadeln auf dem Tisch stehen und wandte sich Swetlana zu. Die Schatten auf ihrem ungeschminkten Gesicht vertieften die Furchen, sodass man nicht lange hinsehen mochte. Die Frau war zerbrechlich und hart zugleich, traurig und abgefeimt. Hätte sie eine Pistole in der Handtasche gehabt, hätte sie Kuhala erschossen.

»Wer hat dich misshandelt?«

»Geh!«

»Dein eigener Sohn hat dich aus dem Auto geworfen. Ich werde bestimmt nie herausfinden, worüber ihr gestritten habt und warum Juri dich ausgerechnet in der Nähe meiner Wohnung ausgesetzt hat«, sagte Kuhala und nahm seine Lederjacke vom Garderobenhaken.

Zoja saß auf der Motorhaube des Moskwitsch und blies ein Tubasolo in die Nacht, das aus den Häusern mit lauten Gemeinheiten beantwortet wurde. Marja hatte sich zum Schlafen auf der Rückbank zusammengerollt. Kuhala nahm dem Jungen das Instrument ab und fragte sich, wo Misas Handy hingeraten war. Er nannte Zoja den Namen seines Hotels und drückte ihm fünfzig Euro in die Hand. »Do not worry, they are genuine, real.«

# 23

Kuhala ging das Risiko ein und schlief zwei Stunden. Der Morgen wartete auf die Dämmerung, als er nach dem Duschen ins Erdgeschoss des »Sewernaja« ging und besorgt auf sein Befinden lauschte. Sein Herz schlug in dichten Intervallen, und in den Ohren rauchte noch der Höllenbeat der »Marinierten Leber«. In den Handknochen schmerzte der Zusammenstoß mit Misa.

Auch in seinem Alter konnte man wegen Überanstrengung aus den Latschen kippen, aber er war noch nicht bereit aufzugeben. Er musste zufrieden sein, dass ein Auftrag erledigt und die Bezahlung dafür eingegangen war. Er nickte der Angestellten an der Rezeption zu und klatschte sich dampfenden Buchweizenbrei auf den Teller. Der Frühstücksraum war leer, abgesehen von dem Ostblockcasanova reiferen Jahrgangs, der am Flügel saß und gedankenverloren Bier trank.

Kuhala aß den Brei mit Preiselbeergrütze, anschließend Wurst, ein reichlich gebuttertes Brötchen, einige köstliche Heringsstücke und trank Kaffee dazu. Er wusste noch nicht, wie er nach Finnland kommen würde, zwang sich aber, die Ruhe zu bewahren, auch wenn er sich durchaus vorstellen konnte, dass jeden Moment einer von Juris Männern mit der Maschinenpistole über die Schwelle treten und die größte Ballerei aller Zeiten vom Zaun brechen würde.

Nichts dergleichen geschah. Russland war eine Demokratie und auf dem Weg zu ordentlichen Verhältnissen, unter denen Verbrechern das Leben schwer gemacht wurde. Außerdem vermittelte das knochenharte Bild, das Putin in den Medien von sich abgab, dass er sich dem Radau der Syndikate nicht beugen würde.

Wie als Reaktion auf Kuhalas Gedanken hob der Ostblockcasanova das Glas zu Ehren seines machtvollen Landes. Dann stellte er das Bier ab, streckte die Finger, lehnte sich mit sehnsuchtsvoll gebogenem dicken Hals nach hinten, hämmerte aber nicht wie wild die Hymne der Sowjetunion in die Tasten, sondern begann mit Gordon Haskells einige Jahre altem Erfolgsstück »Do you know, how wonderful you are«: »I go out most nights …«

Er hatte einen ausgebildeten Alt und phrasierte besser als Haskell selbst. Ins Solo improvisierte er slawische Verzierungen hinein, dabei hing ihm das Portemonnaie halb aus der hinteren Hosentasche.

Die Komposition war Kuhala bekannt. Er erinnerte sich an einen Traum, in dem er mit Annukka in deren Küche in Vantaa zu Haskells Lied getanzt hatte. Auf dem Tisch hatte eine Kerze gebrannt, die goldene Flüssigkeit in den Kognakgläsern hatte im Licht leicht geschwappt.

Wie Verlorene hatten sie sich aneinandergeklammert, Kuhala hatte das Gesicht in Annukkas süß duftende Haare vergraben und im Herzen eine so unfassbare Sehnsucht verspürt, dass er gezwungen gewesen war, aufzuwachen.

Durch das Aufwachen hatte sich die Sehnsucht jedoch nicht gelegt, sein Kissen war schweißnass gewesen.

»… do you know how wonderful you are …«

Das Portemonnaie fiel, Kuhala fuhr zusammen. Das hier war nicht Harry's Bar, das hier war der Frühstücksraum des Hotels »Sewernaja«, und im Glas vor sich hatte er Leitungswasser. Er applaudierte dem Musiker. »Your wallet, Mister!«

Auf dem Teller lag nur noch eine halbe Tomate. Kuhala nahm das Rot der Schale wahr, die Bohnenstange von Ostblockcasanova, die sich zum Dank verneigte, und im Augenwinkel eine Gestalt, die sich durch den Eingang schob und der Rezeption zuwandte.

Kuhala spießte mit der Gabel die Tomate auf. Plötzlich verging ihm die Lust darauf, denn der Ankömmling war der mit den Hormonen aufgeblasene Türsteher der »Marinierten Leber« und bestimmt nicht gekommen, um etwas von dem Wucherpreis der Eintrittskarte zurückzuzahlen.

Er trug die Sakko-Anzugshose-Kombination des klassischen Knochenbrechers, wobei seine Brückenpfeilerschenkel und die sagenumwobenen Schultern die Nähte der Garderobe auf die Probe stellten. Die Hand hob sich, der Daumen deutete nach hinten.

Kuhala wischte sich den Mund ab und huschte zu den Toiletten. Der Starsolist des Monats im Hotel »Sewernaja« spielte nun die ersten Takte des Klassikers »Lullaby in Birdland«. Freundlich winkte er Kuhala zu, der es für das Beste hielt, auf der Frauentoilette zu verschwinden.

Dort war niemand, alles war sauber und in paranoider Weise steril. Kuhala suchte nach Kampfgeräten und musste an den Angriff des Messerstechers im Einkaufszentrum denken. Diesmal würde er nicht davonkommen, diesmal würde man ihn an die Kacheln klatschen, und selbst wenn es ihm gelingen würde, den Riesen mit einer Kloschüssel bewusstlos zu keulen, nützte das nichts, denn draußen wartete garantiert Verstärkung.

Man hörte eine Tür zuschlagen. Kuhala klapperte die Kabinen ab und schätzte seine Gnadenfrist auf unter eine Minute ein. Das war seine eigene Schuld, musste er auch dem Schicksal trotzen und das Frühstück zu sich nehmen, bloß weil es im Zimmerpreis inbegriffen war? Jetzt würde er nicht mal zum Bezahlen kommen. In der Ferne hörte man jazziges Geklimper, dann knallte es mehrmals, weil

Juris Dienstbote die Kabinen der Herrentoilette durchging.

Kuhala war auf seiner Seite bereits bis zur vierten vorgedrungen. Dort lag eine leere Tamponschachtel auf dem Fußboden, das Fenster zum Hinterhof stand einen Spaltbreit offen und fächelte Kuhala Dieselgeruch ins Gesicht. Er verriegelte die Tür und stieg auf den Heizkörper, um sich von dort ins Freie zu zwängen.

Es war ein kleineres Fenster und nicht als Notausgang gedacht. Kuhala musste an seine Fensterflucht aus der brennenden Villa von Viktor Bister denken, die gar nicht so lange zurücklag, und er dachte, wie viel leichter es damals doch gewesen war, denn er hatte sich immerhin in Finnland befunden, bei sich zu Hause.

Der Türsteher riss die Tür zur Damentoilette in dem Moment auf, in dem Kuhala auf allen vieren im Hinterhof des »Sewernaja« landete, mitten in einer Pfütze.

Eine Armlänge entfernt lief ein Laster mit Anhänger im Leerlauf und verdeckte das bisschen Morgensonne, das versuchte, das Grau am Himmel zu durchstoßen. Der Laster kam aus Finnland, er trug die Aufschrift »Transport Ahonen«.

Kuhala ging seitlich des Lkws in Deckung, der Türsteher streckte den Kopf aus dem Fenster. Er passte unter keinen Umständen hindurch und hielt so lange Ausschau, dass Kuhala sich schon fragte, ob der Mann mit seinem dicken Hals stecken geblieben war. Eine Gerade gegen die Schläfe war verlockend, aber das wäre in jeder Hinsicht unnötige Gewalt gewesen. Er hatte ja auch Misa nur umgehauen, um sein Leben zu retten.

Schließlich knurrte der Türsteher etwas und zog den Kopf ein. Kuhala eilte geduckt auf die andere Seite des Lastwagens und klopfte an die Tür.

Der Fahrer spielte Computerschach auf einem Laptop, auf der Mittelkonsole waren ein Milchkarton und ein Zipfel Proviantpapier zu erkennen. Der gut fünfzigjährige Mann hatte einen bohrenden Blick. Er hatte sich unter dem Riechorgan einen buschigen Schnurrbart wachsen lassen, an dem er jetzt kritisch zupfte. Dann äußerte er etwas auf Russisch, zog ein Pfefferspray hervor und richtete es mit der Miene eines Lkw-Fahrers, der schon alles erlebt hat, auf Kuhalas Gesicht. Sein Finger krümmte sich.

»Um Himmels willen, nein!«

»Finne?«

»Otto Kuhala aus Jyväskylä. Ich will keine Scherereien.«

»Worum geht's?«

»Wenn du mich nicht reinlässt, lande ich auf der Streckbank der örtlichen Ganoven. Das sind Killer.«

»Du willst keine Scherereien? War es so? Rate mal, ob ich welche will. Ich bin einmal auf der Einfallstraße nach Kiew überfallen worden, und in Murmansk hat einmal nicht viel gefehlt. Die Strafgeldüberfälle der Miliz nicht mitgerechnet. Verpiss dich!«

Das schwarze Zyklopenauge der Spraydose belauerte Kuhala aus dreißig Zentimeter Abstand. Im Hof stand ein Lkw neben dem anderen, die Motoren liefen, und wenn Juris Männer nicht bald eintrafen, würde der Fahrer Hilfe von seinen Kollegen bekommen. Kuhala ließ die Schultern sinken, als hätte er aufgegeben und versuchte es ein letztes Mal. »Die Schurken sind darauf spezialisiert, Laster klar zu machen. Willst du wirklich, dass sie mit ihrem Terror immer weitermachen? Ich habe Beweismaterial, mit dem man den Kerlen das Handwerk legen kann.«

Hörte man da in der Ferne einen Schrei?

»Komm rein, verdammt. Versteck dich hinterm Vorhang unterm Bett. Und zieh dir die Plane über.«

Kuhala tat, wie ihm befohlen. Der Fahrer schlug die Tür zu und fing an, den »Marsch von Narva« zu pfeifen. Er brach ab, als an die Tür gehämmert wurde.

Kuhala versuchte nicht zu atmen, die Plane stank nach Öl und altem Maschinenfett. Der Werkzeugkasten unter seinen Füßen würde bei der kleinsten Bewegung scheppern. Man hörte einen aufgeregten russischen Wortschwall, der von ein paar ruhigen Zwei-Wort-Sätzen des Fahrers gestoppt wurde.

Kuhala war nicht sicher, ob es der Reinschmeißer von der »Marinierten Leber« war, der mit dem Fahrer redete. Ob die Kerle so dreist wären, den gesamten Lkw zu filzen?

Kurz darauf wurde die Tür zugeschlagen.

»Bleib, wo du bist. Ist einer von den Spitzbuben, die dich jagen, so breit wie ein Schrank?«, fragte der Fahrer.

»Ja. Und nicht wie irgendein Schrank.«

»Dann war er das. Mit der Masse von dem Kerl kannst du Stalin-Denkmäler umschmeißen. Ich frag mich manchmal, wie so ein Körper aussieht, wenn er altert und verfällt. Ich hab ihm gesagt, ich hätte einen da drüben in die Seitenstraße rennen sehen. Hab ihn so ähnlich wie dich beschrieben. Jetzt wartest du in aller Ruhe ein bisschen, und dann zischst du ab. Bist du Polizist? Was hat die finnische Polizei hier für Befugnisse?«

Kuhala schluckte einen Rülpser mit Buchweizenbreigeschmack herunter und korrigierte seine Position. Das Gittermuster unter dem Bett des Lkw-Fahrers assoziierte man unweigerlich mit Gefängnis, der Mann selbst redete entspannt und schien, dem Knistern nach, seinen Proviant zu verzehren.

»Du fährst nicht zufällig nach Finnland?«, fragte Kuhala.

»Zufällig tue ich das. Aber Maul halten jetzt. Es kommen noch mehr Typen.«

Kuhala verstummte und zog sich wieder die Plane über. Der Fahrer öffnete nur das Fenster ein Stück und sagte wütend etwas, dann glitt das Fenster wieder nach oben. Er hatte einen Grundkurs angewandtes Russisch für Lkw-Fahrer besucht und sprach es aus, als hätte er in seinen Backentaschen Rollsplit versteckt. »Komische Figuren. Der eine mit Ohrring, Anzug und verbundener Nase, der andere so ein kurzer Krummbeiniger mit Kojotenvisage.«

»Den ersten kenne ich. Sie haben dir geglaubt.«

»Na ja, jetzt übertreiben wir's mal nicht mit meinem Vorrat von fünfzehn Wörtern ... du willst doch nicht umsonst bis zur Grenze mitfahren?«

»Ich zahle, was du verlangst. Ich muss nach Finnland. Ich bin Privatdetektiv und sollte eigentlich gar nicht hier sein.«

»Fünfhundert.«

»Abgemacht.«

»Vor der Stadtgrenze zeigst du nicht dein Gesicht. Ein richtiger Privatdetektiv?«

»Falls du mal über einen Berufswechsel nachdenken solltest, kann ich meinen dringend empfehlen. Als Privatdetektiv sieht man was von der Welt.«

Kuhala spürte unter seinen Lidern Müdigkeitsdruck aufkommen, obwohl er versuchte, dagegen anzukämpfen. Der Fahrer verfiel in Erinnerungen daran, wie er einmal mit Erfolg eine Kellnerin in Jyväskylä belagert hatte, und bat Kuhala, die Namen der dortigen Lokale aufzuzählen, weil er sie vergessen hatte, ebenso wie den Namen seiner Eroberung.

»Das kommt davon, wenn man ständig hinterm Lenkrad hockt. Du fährst und fährst. In Russland ständig geradeaus. Dir tut die Hüfte weh, dir schläft der Hintern ein, du vergisst die Namen. Und dann lässt so ein Schlagerfritze einen Gassenhauer über Trucker vom Stapel, als hätte unser Job einen Strahlenkranz, aber das Lied ist Scheiße. Entschuldige. Am liebsten würde man kochenden Teer übers Radio gießen, wenn das Geheule kommt, aber ausschalten geht natürlich auch. Ehrlich gesagt, denk ich schon manchmal dran, den Beruf zu wechseln. Aber zähl jetzt die Namen auf!«

»Welche Namen?«

»Von den Kneipen in Jyväskylä.«

»Amarillo, Sohwi, Ylä-Ruth, Freetime, ich geh in letzter Zeit nicht so oft weg ... warte ...«

»In Vantaa gibt's eine namens Hönölä. Da gibt's schön kompakt all das, was ein Mensch von einer Kneipe will.«

»Fährst du nach Vantaa?«, fragte Kuhala prompt.

»Ja. Ich muss Sachen ins Wissenschaftszentrum bringen, für eine Weltallausstellung. Ich hab Schrott vom Weltraumbahnhof Baikonur geladen, da machen sie dann was draus, was das Volk bestaunen kann.«

»Du kriegst zweihundert zusätzlich, wenn du mich bis Vantaa mitnimmst.«

Der Fahrer brummte etwas und sagte, er habe geglaubt, Kuhala komme aus Jyväskylä. Kuhala gab es zu, erklärte aber, seine Freundin wohne in Vantaa. Der Fahrer meinte, in der anspruchsvollen Disziplin des Frauenhinterherlaufens sei kein Opfer zu groß, und auch er versuche alles, doch die Frauen hätten irgendwann immer genug von seinem mobilen Beruf.

»Aber jetzt die Kneipen.«

»Nunu, Elohuvi, die Bar vom Hotel Cumulus, Sohwi habe ich, glaube ich, schon gesagt.«

»Jetzt fällt's mir ein. Die Lissu hat im Vesilinna gearbeitet.«

Kuhala schlief ein, im Traum tanzte Annukka für ihn auf dem Parkett der »Marinierten Leber« den Rave der Liebe.

# 24

Annukka saß im Morgenmantel am Tisch und schnitt eine Grapefruit. In der Kanne dampfte der Kaffee, das Morgengrau der letzten Oktoberwoche war das gleiche wie in Petrosawodsk. Durchs Fenster im fünften Stock sah man auf die Dächer von Carports, eine Frachtmaschine im Landeanflug auf den Flughafen Helsinki-Vantaa glitt mit gekippten Flügeln aus der Wolkenmasse.

Kuhala stand in Unterhosen vor dem Spiegel im Flur und kratzte sich den Bauch. Er hatte zwölf Stunden geschlafen, sein Kopf war schwer, aber er wurde leichter, als er zu seiner Geliebten ging und ihn ihr in den Nacken legte.

»Du wirst es mir nicht glauben, aber ich habe geträumt, dass wir in deiner Küche tanzen, und die Küche sah genau so aus.«

»Küchen haben die Angewohnheit, sich zu ähneln. Und hier ist nicht genug Platz zum Tanzen.«

»Wetten wir.«

Kuhala drehte das Radio lauter und zog Annukka mitten im Grapefruitschneiden hoch. Er fasste sie an der Hüfte, eine unbekannte Männerstimme verriet in süßlichen und abgenutzten Sprachbildern ihren Liebesschmerz, und auch wenn ein bisschen langsame Bewegung möglich gewesen wäre, scheiterte sie doch am gleichzeitigen Lachen der beiden.

Kuhala goss Kaffee ein und wusste nicht recht, was er mit seiner Erektion anstellen sollte, die nach der Berührung von Annukka allgewaltig durch den ostergelben Stoff seiner Boxershorts drängte. Genauer gesagt wusste er sehr wohl, was damit anzustellen wäre, hielt es aber nicht für taktvoll, Annukka entsprechende Vorschläge zu machen, denn sie musste zur Arbeit.

»Wenn ich Juri bei Nevakivi anzeige, wird man ihn dann jemals hierher bekommen? Ich finde es falsch, wenn ein Mörder und Misshandler seiner Mutter eine Autofahrt entfernt hinter der Grenze lebt, als wäre nichts gewesen. Aber Swetlana behauptet, sie beschafft hundert Zeugen für Juris Alibi. Die alle zu knacken kann eine Menge Arbeit bedeuten.«

Annukka erwiderte, die Polizei beider Länder arbeite in vielen Bereichen zusammen, wenn auch die unvorhersehbaren Windungen der Bürokratie des Nachbarn, Sprachprobleme und überhaupt die kulturellen Unterschiede die Abläufe immer wieder verkomplizierten.

»Die Zusammenarbeit der Zollbehörden steht an erster Stelle. Davon hängt es ab, ob man Drogenhandelswege abriegeln und andere Maßnahmen ergreifen kann, um dem organisierten Verbrechen die Luft abzudrehen. Die Frage ist, ob wir den Kampf nicht längst verloren haben.«

»Wieso das?«

»Die Ressourcen reichen nicht. Dann ist da noch die Korruption und wer weiß was noch, niemand interessiert sich dafür, ob ein einzelner Wahnsinniger erwischt wird oder nicht.«

»Dann hol ich den Bengel selbst hierher ... oder vergiss es ... Kaffee?«

»Danke«, sagte Annukka.

Kuhala rückte näher. Annukkas Hand ergriff die Tasse und führte sie langsam zu Kuhalas ausgebeulter Hose. Seinem Mund entwich ein tiefer Seufzer, die Hand, in der er die Kaffeekanne hielt, fing an zu zittern.

»Was für Ressourcen hast du denn da?«, wollte Annukka wissen.

»Hör auf, mich zu ärgern. Das ist eine ganz normale Frühstückskellnerbekleidung samt umgeschnalltem Wechselgeldbeutel.«

Er stellte die Kanne auf den Tisch, zog Annukka den Morgenmantel aus und machte sich daran, seine Spezialküsse auf ihrem Hals und ihren Schultern zu verteilen. Annukka duftete nach feiner Seife, ihre Haut war warm und glatt. Kuhala ging auf die Knie und murmelte etwas, Annukkas Hände krallten sich in seine Haare.

»Was für Tanzträume hast du denn noch gehabt?«

»Mmmm ... das traue ich mich nicht zu sagen. Ich bin aber wohl schon so alt, dass solche Träume bald Vergangenheit sind. Sie haben nicht in der Küche gespielt ...«

»Sondern?«

»Was spielt das für eine Rolle?«

Der Küchenhocker schrammte über den Boden, der Tisch wackelte. Kuhala hätte sich fast die Hand verbrannt, als er die Kaffeekanne vor dem Absturz bewahrte, dann hätte er sich beinahe die Lippen verbrannt, als er damit den sommersprossigen Hof von Annukkas Brustwarze berührte. Gewalt, Ungerechtigkeit, Müdigkeit, Geldnot, Herbstdunkelheit und eine Menschheit, die dem Verderben entgegenging – all das war für Kuhala wie weggewischt, als er sein Gesicht zwischen den Brüsten der Kriminalkommissarin vergrub und dort nach einem Schweißtropfen jagte.

Sie standen auf. Kuhala umarmte Annukka und flüsterte ihr ins Ohr, er sei bereit, den Einsatz in Petrosawodsk auch tausend Mal zu wiederholen, wenn er jedes Mal so enden würde.

»Das glaube ich. Und ich würde viel dafür geben, dich beim Raven zu sehen. Könntest du mir nicht eine kleine Kostprobe geben?«, meinte Annukka und nahm Kuhalas Hand von ihrer Schulter. »Eine Privatvorstellung, splitterfasernackt. Dann hätte ich was, woran ich zurückdenken kann, wenn du wieder nach Jyväskylä fährst.«

Sie floh vor Kuhalas gierigen Händen und warf sich im Schlafzimmer aufs Bett.

Kuhala schälte sich aus seiner Unterhose und erwog tatsächlich kurz einen technischen Beweis dafür, wie er mit seinem Rave die »Marinierte Leber« erobert hatte, aber er verzichtete dann doch darauf, weil er nämlich zufällig im Spiegel seine von der Tour noch mitgenommene und zugleich erregte Erscheinung sah.

Im Tiefflug schoss er über die Schlafzimmerschwelle aufs Bett und vergaß wenig später außer dem allgemeinen Übel auf der Welt auch seine Sterblichkeit.

»Ich liebe dich«, sagte Kuhala.

»Na, na. Das ist ein gefährlicher Satz«, sagte Annukka.

»Lass uns zusammenziehen.«

»Noch so ein gefährlicher Satz.«

Kuhala beobachtete jede Bewegung der Kommissarin, die Vollkommenheit ihrer atemberaubenden Kurven und die lautlosen Schritte, als sie aufstand und sich im Türrahmen noch einmal umdrehte, als hätte sie etwas vergessen. Das war der geheimnisvolle, weiche Rave der Weiblichkeit, für den man keine Musik brauchte und über dessen Ursprung er nicht aufhörte sich zu wundern.

»Darf ich dich wenigstens bewundern?«

»Ich hab mir nach deinen Schilderungen mal alle Dateien angesehen, die mit dem zu tun haben, was du im Zusammenhang mit dem Mord an Krassi erzählt hast.«

»Und?«

»Du hast von einem Symbol gesprochen, das an die Wand des Sommerhauses geschmiert war. Das kennen wir.«

»Standardkram und ziemlich blöd. Ehrlich gesagt verdammt blöd. Schädel, Kreuz und verflochtene S-Buchstaben. Ohne jeden Stil oder … grafischen Rhythmus, aber es ist wahrscheinlich unter stressigeren Bedingungen hingeschmiert worden, als Zorro sie je hatte. Für mich war es vor allem kindisch.«

Annukka winkte Kuhala hinter sich her. Er folgte dem schaukelnden Hinterteil seiner Geliebten und spürte schon wieder ein Kribbeln in den Lenden, schon auf dem Weg vergaß er, von welchem Symbol er geredet hatte. Annukka schaltete den Computer ein und schrieb Benutzerwort und Passwort, Kuhala holte seiner Frau den Morgenmantel, der in der Küche auf dem Fußboden lag.

Ein Segelflieger mit grazilen Flügeln glitt dicht über die Dächer und spiegelte sich in der Kaffeekanne.

»War es so ein Symbol?«

»Ja. Dasselbe Motiv, aber das da ist sorgfältiger gemacht. Und total kindisch. Was soll das denn für ein Seeräuberlogo sein?«

Annukka sagte, in den Dateien der Sicherheitspolizei seien Informationen über die Ziele solcher in Finnland gegründeten oder in Finnland sich einnistenden Gruppierungen Legion, samt ihren potenziellen Opfern und ihren

Mitgliedern, inklusive Veröffentlichungen und Logos. »Ich meine jetzt nicht den Verband der mit Mondenergie Heilenden oder die Ohrenschmalzweissager …«

»Was?«

»Die machen Prophezeiungen aus dem Orakel von Ohrenschmalz … sondern ich rede von Banden, die Gewalt für etwas halten, was man durchaus in Betracht ziehen kann, oder die darin sogar die einzige Option bei jedem Problem sehen und die versuchen, illegal aktiv zu werden.«

»Das Happening beim Sommerhaus am Puulavesi war schon eine ziemlich illegale Aktivität. Was für eine Bande ist das?«

»Solid Storm.«

»Also immerhin nicht die SS?«

»Desselben Geistes Kind und als Ziel eine im Kauderwelsch formulierte Produktinformation über eine Idealgesellschaft für die Starken. Die Bewegung stammt aus den USA und hat eine kleine Zelle in Europa, jetzt also wohl auch in Finnland. Die Bedingung für Vollmitgliedschaft besteht darin, dass …«

»Sag bloß nicht …«

»… man einem anderen Gewalt zufügt. Vom Töten ist nicht die Rede, auch wenn man es durch die Blume lesen kann. Ein Ziel könnte darin bestehen, eine Person in so hoher Position zu ermorden, dass es die ganze Gesellschaft schockieren würde.«

»Der Wahnsinnige vom Puulavesi hat getötet, aber Krassi war nicht so bedeutend. War das erst die Vorübung?«

»Das ist alles ziemlich bekloppt, aber gefährlich ist es trotzdem und außerdem ein typisches Phänomen des neuen Jahrtausends«, meinte Annukka.

Sie dachte es sich so, dass die Zugkraft des sogenannten

normalen Lebens schwächer wurde, je weniger man dessen steigenden Anforderungen gewachsen war, sprich, wenn es einem nicht gelang, seinem inneren Konsumroboter sämtliche Vollmachten zu erteilen. Gleichzeitig wuchs die Attraktivität der Fiktionsindustrie mit ihren Kapazitäten und ihrem Zauber immer mehr. Lieber rund um die Uhr mit einem Virtualhelm auf dem Kopf durch die Gegend wanken, als im Arbeitsamt Formulare ausfüllen oder sich als Zeitarbeiter schikanieren zu lassen. »Solid Storm repräsentiert den einen Rand des Phänomens.«

»Aus welchem Seminar stammen denn solche Gedanken?«, wollte Kuhala wissen.

»Das soll dein Problem bleiben.«

»Wenn die SiPo solche Informationen besitzt, wie bist du dann an sie herangekommen?«

»Wenn wir über bestimmte Leute was wissen sollen, informieren sie uns.«

»Leute, die vielleicht was anstellen?«

»Genau. Und jetzt haben sie eben Rurik Krassi angegriffen.«

Es schien unglaublich, dass der alte Juwelier und Goldschmied eine Gefahr für jemanden dargestellt haben sollte, und noch weiter hergeholt war, dass ausgerechnet sein Name aus einer Kiste mit fünf Millionen finnischen Namen herausgezogen worden sein sollte.

»Irgendwelche Erkenntnisse über die Mitglieder?«

»Nicht ein einziger Name«, sagte Annukka.

Kuhala stand ein wenig abseits von ihrem tragbaren Computer, sodass er das Logo des Geheimbunds nicht ganz scharf sah. Er erkannte kein Gesamtbild, sondern nur einen Streifen Schwarz von der Schläfe des Schädels und etwas Rot vom Querbalken des Kreuzes sowie das Lavendelblau des Hintergrunds.

Er kniff die Augen zusammen und sah noch einmal hin.

»Was guckst du so angestrengt?«

»Ich habe dieses Logo schon mal irgendwo gesehen.«

»An der Wand von der Hütte.«

»Nein, sondern in Farbe und aus dieser Perspektive.«

»Vielleicht in einem deiner berühmten Träume?«

Kuhala versuchte es noch einmal, aber der Gedanke entfernte sich, der elektronische Impuls im Gehirn verlor seine Wirkung. Es war nicht leicht, nach den Erfahrungen der letzten Tage etwas zu fassen zu bekommen, was in so weiter Ferne flimmerte, erst recht nicht nach dem Sex von eben. Aber wenn man es komplett zur Seite schob, würde die Unterströmung des Bewusstseins es wie eine Boje wieder an die Oberfläche bringen.

Er ging nach Annukka unter die Dusche und rieb sich eine offene Stelle in den beschlagenen Spiegel, damit er sich rasieren konnte. Auf dem kleinen Glasbord standen Cremes und Gläschen, deren Intimität und geheime Zwecke ihm plötzlich das Gefühl gaben, ein Eindringling zu sein, und ihn veranlassten, sich zu fragen, wie viel Platz seine Exfrau Leena in ihrer Cremedosensammlung für ihren neuen Freund freigeräumt hatte, falls sie schon unter derselben Adresse wohnten.

Der unbeabsichtigten Überlegung folgte ein bitterer Nachgeschmack, der prompt dazu führte, dass Kuhala sich ins Kinn schnitt. Die Blutspur verzweigte sich in viele kleine Nebenflüsse und mischte sich mit dem weißen Rasierschaum. Winterkrieg im Kinnbereich, ein Taxifahrer, der unaufhörlich Halsabschneidergesten kultivierte, Edward Gylling …

Der Vorschlag vom Zusammenwohnen, den er Annukka gemacht hatte, war ihm fast unbemerkt herausgerutscht. So etwas überlegt man sich nicht genau. Er wäre sicherlich in der Lage, in Vantaa seinen Lebensunterhalt zu verdienen, trotzdem stellte sich doch die Frage, wie lange es dauern würde, bis auch ihr Zusammenleben durch Zusammenstöße mit dem Spiegelschrank im engen Bad fade würde.

Na ja, ich bin eben eine Miesmuschel. Schon immer gewesen, da kann man nichts machen. Da ist endlich einmal alles gut, und man darf zu zweit sein, da fange ich an, düstere Gedanken zu spinnen, nölte Kuhala mit grantigem Gesichtsausdruck, tränkte ein Papierknäuel mit kaltem Wasser und drückte es auf die Wunde.

Das widerwärtige Logo von Solid Storm kehrte in seine Gedanken zurück und verband sich mit etwas anderem, das er während des Herbstes erlebt oder gesehen hatte, und zwar so stark, dass sich Kuhala vom Spiegel abwenden und Halt an der Waschmaschine suchen musste und gekrümmt Atem holte.

»Hier in Vanta gibt es nicht zufällig fähige Hypnotiseure? Ich habe das Gefühl, die ganze Zeit dicht an etwas Großem dran zu sein. An etwas, das das ganze verdammte Knäuel auflösen würde«, rief Kuhala durch den Türspalt.

Annukka bürstete im Flur ihr rotes Haar und sagte, er solle es mal mit den Gelben Seiten probieren, auch wenn Hypnose ihrer Meinung nach bei der Verbrechensermittlung ein Werkzeug ungefähr von der Güte der Kristallkugel sei. Außerdem seien Fälle bekannt, in denen die Hypnose den Kopf nicht nur von dem, was geklärt werden sollte, geräumt habe, sondern auch von anderen wesentlichen Dingen. »Es wird dir schon wieder einfallen. Du fährst nach Jyväskylä, setzt dich an deinen Schreibtisch und konzentrierst dich.«

»Aber ich will nicht von dir getrennt sein.«

»Es geht nicht anders.«

Annukka blickte auf ihr Handy und zog den Mantel an. Kuhala ging mit dem Handtuch um die Hüften zu ihr und umarmte sie, im Treppenhaus hörte man einen Kinderwagen Lärm machen und Türen zuschlagen. »Hast du einen stressigen Arbeitstag vor dir, meine Annukka?«

»Ja. Du bringst meine Frisur durcheinander.«

»Du duftest nach demselben Parfum wie bei unserer ersten Begegnung. Als ihr mich verhört habt, du und Antikainen. Die Erinnerung an wunderbare Düfte ist etwas Unschlagbares.«

»Beim nächsten Mal lasse ich dich ohne Verhör in die Zelle stecken. Wie wäre es, wenn du mich jetzt gehen lässt? Mein Ottolein.«

Kuhala küsste sie, womit er sich den Vorwurf der Lippenstiftverschmierung sowie einen leichten Klaps auf die Wange einhandelte. »Wenn ich mich nicht irre, ist dein Wechselgeldbeutel schon wieder voll.«

Das Handtuch rutschte, die Tür fiel zu, und Annukka war verschwunden. Kuhala hob das Handtuch auf und sah in den Spiegel. Dann seufzte er. Es war der Glücksseufzer eines verliebten Mannes, aber weil darin auch ein Hauch Trennungsschmerz, wehmütige Sehnsucht und angeborene Melancholie mitpfiffen, hellte er das Gesicht nicht auf.

Kuhala stellte den Kaffee zum Wärmen auf den Herd und schrieb Annukka einen verschlungenen Brief, in dem er sie als Frau seines Lebens pries. Dann zerriss er das Blatt, suchte ein neues und schrieb, Annukka sei nicht nur die Frau seines Lebens, sondern auch sein Rettungsring, wenn ihm mal wieder die Klippen und eisigen Tiefen des Daseins zusetzten: »Natürlich habe ich gelernt, dass es im Leben Auf und Abs gibt. Manchmal kann man Rechnungen ausstellen, manchmal bekommt man welche ausgestellt. Aber die bezahlen sich leichter, wenn man weiß, dass man wenigstens manchmal zu zweit und nah beieinander sein darf.«

Nein, verdammt, der Vergleich fraß auf, was Kuhala wirklich empfand. Er zerriss auch dieses Blatt und flocht aus allen bisherigen Sätzen letztlich einen so schönen Brief, dass er selbst gerührt war. Er war gelungen und wahrhaftig, es stand alles drin.

Der Kaffee in der Kanne kochte.

Auch Annukka hatte ein Blatt Papier hinterlassen, allerdings war es nicht mit Parfum besprüht, und es stand auch kein einziges Wort darauf. Es war eine Farbkopie des Solid-Storm-Logos. Kuhala sah es sich am Fenster an, dann unter künstlichem Licht und befestigte es schließlich an der Wand. Er aß ein Stück Brot und löffelte einen Becher Apfel-Vanille-Joghurt. Zwischendurch zog er sich an.

Dann ging er langsam in Annukkas Arbeitszimmer und näherte sich dem Logo aus dem richtigen Winkel.

»Scheiße!«

Er spülte ab, räumte auf und legte ein Gewicht auf den Liebesbrief. Die konzentrierte Miene auf seinem Gesicht ließ keine Sekunde nach, nicht einmal als er beim Warten aufs Taxi mit dem Knöchel gegen das Fußabstreifergestell stieß.

# 25

Am Bahnhof in Tampere schienen keine Gerüchte über Kuhalas legendären Parkvorgang im Umlauf zu sein, nicht einmal die Taxifahrer erkannten ihn, obwohl sie ihm vor Kurzem erst Unflätigkeiten hinterhergerufen hatten.

»Guten Tag, bitte zur Ecke Tiiliruukinkatu und Papinkatu. Dort gibt es einen Laden namens ›Geschenkschachtel‹.«

Der feuchte Wind des Vollherbstes schlug gegen das Seitenfenster, fächerartig spritzte das Wasser auf, als das Taxi losfuhr. Der Fahrer hatte die Koteletten eines Seebären, dazu das leidenschaftliche Profil eines Feuerschluckers, und darum wirkte es widersprüchlich, dass er kein Wort sagte. In der Becherhalterung wackelte eine Dose mit einem Energiegetränk. Der Mann kommentierte nicht einmal die Tatsache, dass die Leuchtreklame im Schaufenster der »Geschenkschachtel« dunkel war und an der Tür ein orangefarbener Zettel mit der Aufschrift »Geschäft geschlossen« hing.

Er war sogar fähig, die Zahlung entgegenzunehmen, ohne auf das Taxometer zu zeigen. Kuhala bedankte sich und dachte, dass der Fahrer nicht stumm sein konnte, aber vielleicht unter einem kranken Zahn oder einer Rachenentzündung litt. Ob die Verkäufer im Kaufhaus Karelien aus dem gleichen Grund so verschwiegen gewesen waren?

Er spähte in den Laden. Es war niemand zu sehen. Der Schließzettel war vermutlich erst vor Kurzem an die Tür gehängt worden, denn er unterschied sich von der peniblen, auch ein bisschen traurigen Ordnung der Postkarten und sonstigen Waren. Stand auf der Kasse Hans Krassis letzter verzweifelter Versuch, die Richtung des Eurostroms umzukehren, das Nonnenjojo?

Kuhala ging in den Hinterhof. Der Asphalt der Hofeinfahrt war geplatzt und von Wasser und Frost ausgehöhlt. Das entstehende Loch wurde von einer Baustellenabsperrung gesichert, die mit einem batteriebetriebenen Nachtlicht versehen war. Jemand hatte versucht, es zu entfernen, aber weil das Schloss zu starken Widerstand geleistet hatte, war der Leuchtturm einfach platt gehauen worden. Im hinteren Teil des Hofes drehten sich unterm Regendach eines Treppenaufgangs einige Veteranen nach Kuhala um. Er winkte ihnen zu.

Die Hintertür des Ladens stand wie beim letzten Besuch einen Spaltbreit offen. Kuhala klapperte hoffungsvoll mit der Briefklappe und vergrößerte den Türspalt, weil niemand kam und aufmachte.

Er sah zu den alten Männern unterm Dach hinüber, die unbeweglich zurückstarrten.

»Ist da jemand?«

Am Tisch im Hinterzimmer saß die regungslose Gestalt des Gewerbetreibenden Hans Krassi, und einen Moment lang befürchtete Kuhala das Schlimmste, aber dann wischte sich Krassi plötzlich über die Stirn und ließ sich ächzend zurückfallen, als hätte er gerade eben erkannt, wie er aus der Sackgasse herausfinden würde. Der Mann saß gern im Dunkeln, am Rand eines Döschens glomm ein Zigarettenstummel in den letzten Zügen.

»Hallo, Krassi! Ich bin's, Otto Kuhala. Sie erinnern sich bestimmt.«

»Herein.«

Der Mann korrigierte unablässig seine Haltung und bückte sich schließlich nach der Quelle neben dem Tischbein, weil er natürlich gar nichts erkannt hatte, sondern sich mitsamt seinem Rausch ins Vergessen spülen wollte. Er war deprimiert und saß wer weiß wie lange schon als armer, einsamer Teufel da.

»Gibt es hier Licht?«, fragte Kuhala.

»Sie haben mir den Strom abgestellt.«

»Nicht mal eine Taschenlampe?«

»Im Laden vorne sind Kerzen. Holen Sie sich welche.«

Kuhala fand nur große, grüne Kerzen, die männliche Organe in Feierstimmung darstellten, und das brachte ihn zu der Überlegung, worin eigentlich Krassis eigentliche Geschäftsidee bestand. Zuerst das Nonnenjojo, jetzt der groteske Stearinpenis. Die Skelettpostkarten nicht zu vergessen.

Die Hoden der Kerze bildeten einen stabilen Ständer. Kuhala neckte den Docht mit der Feuerzeugflamme, und wenig später warf eine überdimensionierte Erektion ihren Schatten auf die Wand zwischen den beiden Männern.

»Was wollen Sie?«, fragte Hans Krassi und antwortete im selben Atemzug, dass niemand ernsthaft etwas von ihm wollen könne, denn alles sei Bestandteil der Konkursmasse.

Er war unrasiert, aufgedunsen, und seine nikotingelben Finger lagen auf dem Tisch, als hätte er sie schon stundenlang angestarrt, gequält von dem Gedanken, im Leben nichts zuwege gebracht zu haben.

»Es tut mir leid«, sagte Kuhala. »Jetzt ist vielleicht nicht der ideale Zeitpunkt, aber als ich letztes Mal hier war, hing neben der Kellertreppe ein Plakat an der Wand, auf dem ein symbolisches Zeichen oder ein Logo abgebildet war. Ungefähr im DIN-A-3-Format. Ist es noch da?«

»Kann sein, kann auch nicht sein. Aber das gehört ebenfalls zur Konkursmasse. Sind Sie bereit, etwas dafür zu zahlen?«

Krassi massierte sich den Nacken. Vermutlich hatte er sich auch nicht gewaschen.

In seinen unter den Brauen hervorschielenden Augen schwelte die ohnmächtige Wut eines Menschen, der in die letzte Falle getrieben worden war.

Kuhala knallte einen Fünfzig-Euro-Schein auf den Tisch.

»Ich brauche das Poster nicht, aber ich möchte es mir ansehen. Und wenn Sie sich die Mühe machen würden, mir die eine oder andere Information zu geben, würde das auch nicht schaden.«

»Welche Informationen?«

»Sie haben gesagt, Sie hätten den Keller vermietet.«

»Ja.«

Kuhala ging zur Treppe und beleuchtete mit der Kerze die Wand. Das Solid-Storm-Poster hing noch da, er hatte sich richtig an den Moment des Alleinseins in Krassis Hinterzimmer erinnert, als dieser nach vorne gegangen war, um den einen Kunden zu bedienen. Was für ein kompliziertes und vielschichtiges Gebilde doch das Gedächtnis darstellt! Trotzdem hatte Kuhala einen allgemeinverständlichen Artikel über Hirnchirurgie gelesen, in dem genau dargelegt wurde, an welcher Stelle im Gehirn sich das Gedächtniszentrum befindet. Wer dort einen Schlag abbekam, durfte noch einmal von vorne anfangen.

Ein neuer Anfang schien sich auch jetzt abzuzeichnen, als er das gleiche Symbol im Licht der Kerze sah, auf das er am Sommerhaus des Goldschmieds gestoßen war. Er fragte Krassi, ob seine Mieter das Poster zurückgelassen hatten.

»Ja. Das war so eine Gruppe junger Männer. Haben gezahlt, was sie konnten. Für so ein Kellerloch konnte ich ja keine großen Summen nehmen. Und haben sich ordentlich benommen. Wieso? Womit steht das im Zusammenhang?«

»Wenn ich das wüsste. Möglicherweise mit dem Mord an Ihrem Vater.«

»Was? Sind Sie gestört?«, meinte Krassi ungläubig grinsend und schüttelte den Kopf. »Ich dachte, das Plakat ist ein Zeichen von solchen … wie heißen die noch … Rollenspielern. Ist das heutzutage nicht ein beliebtes Hobby? Die haben da unten bestimmt nicht den Tod meines Alten ausgebrütet, garantiert nicht. Eine kranke Vorstellung.«

»Wann waren diese Mieter hier?«

»Letztes Jahr. Und da auch nur weniger als sechs Monate. Vielleicht von Frühling bis Herbst, ist also schon ein Jahr her, dass sie raus sind.«

Krassi holte Luft und nahm einen Schluck. Er hatte innerhalb weniger Sekunden mehr geredet als zuvor mehrere Tage lang, und das kostete Kraft. Kuhala fragte nach den Namen der Mieter. »Daran erinnern Sie sich doch noch?«

»Ich habe keine Namen. Es reichte mir, dass sie die Miete gezahlt haben. Ich hätte mehr nehmen sollen, aber die waren jung und haben sich anständig benommen.«

»Können Sie sie beschreiben? Wenigstens den, mit dem Sie das mit der Miete geregelt haben?«

»Na ja, dunkle Haare und ein gewöhnliches Gesicht. Ich würde ihn kaum erkennen, wenn er mir entgegenkäme.«

»Und der Mietvertrag? Da müsste der Name des Mieters draufstehen. Oder der Vereinigung, die den Keller gemietet hat. Irgendwo muss es doch auch Quittungen über die gezahlte Miete geben.«

»Alle Unterlagen sind in den Ordnern der Konkursverwaltung. Das ist so ein Buchhaltungsbüro.«

»Dann rufen wir dort an und fragen.«

»Das Telefon geht nicht.«

»Aber meins geht«, sagte Kuhala.

Krassi schnaubte und suchte Zuflucht bei der Flasche am Tischbein. Er bat Kuhala um die Kerze und suchte in seinem Portemonnaie nach der Visitenkarte des Buchhaltungsbüros, während er Kuhalas Nothilfe in das Fach für die Scheine steckte.

»Sie bilden sich ein, da unten im Keller hätte sich ein Mordkomplott versammelt und Ruriks Tod geplant. Warum haben die mich dann nicht als Experten dazugeholt? Immerhin kenne ich meinen Vater.«

Kuhala rief bei dem Buchhaltungsbüro an und schilderte sein Anliegen. Am anderen Ende der Leitung wurde gehustet, dann folgte die eisige Frage, in welcher Eigenschaft und mit wessen Vollmacht Kuhala die Informationen haben wolle. Es war die logische Fortsetzung all der Dienstbereitschaft, der er in letzter Zeit begegnet war, und eigentlich hatte er nicht einmal Lust, sauer zu werden. »Versuchen Sie es! Mir hauen sie bloß den Fäustling um die Ohren«, sagte er zum unrasierten Krassi und gab ihm das Handy.

Angesichts der Umstände gelangen Hans Krassi am Telefon überraschend kernige Akzentuierungen, was verriet, dass er durchaus hätte Biss entwickeln können, wäre ihm nur die Konjunktur gewogener gewesen. Er bat Kuhala um einen Stift, fragte Buchstabe um Buchstabe nach einem Namen und malte ihn so großspurig auf ein Blatt Papier, als wäre er gerade dabei, die Relativitätstheorie über den Haufen zu werfen. »Danke.«

Die Anstrengung hatte ihn zum Schwitzen gebracht, seine Hände zitterten. Das schmelzende Stearin rann in Tropfen die Peniskerze herab und sammelte sich im Hinblick auf den Schwerpunkt an so unpassender Stelle des Teils – das sowieso unpassend war –, dass es zu kippen drohte. Kuhala nahm das Blatt Papier, der Name bestand aus wackligen Buchstaben und war schwer zu entziffern. Er bat Krassi um Hilfe.

»Bald ist es mit dem Kerzenständer vorbei. Dem geht's nicht anders als Männern in unserem Alter, oder? Jedenfalls in meinem Alter, er steht nicht mehr«, meinte Krassi zerstreut und drückte mit dem Finger auf die heißen Stearintropfen.

»Was steht da? Ich kann Ihre Handschrift nicht lesen«, wiederholte Kuhala.

»Ich hab's am Telefon nicht genau verstanden, aber der erste Buchstabe ist ein E und der zweite ein A, und das da … da steht ›Easytarget GmbH‹. Und wo ich das sage, fällt mir ein, dass ich den Namen auch auf einem von meinen Kontoauszügen mal gesehen habe. ›Easy‹ heißt leicht und ›target‹ …«

»Ziel. Leichtes Ziel. Hat aber sicher nichts mit Sport zu tun«, meinte Kuhala.

»Vielleicht haben die Jungs hier so eine Firma ausgeheckt und sind dann anderswo hingegangen. Hätte ich auch tun sollen. Ins Zentrum. Bald sitz ich mit anderen Pennern im Ledigenheim.«

»Sagt Ihnen der Name ›Solid Storm‹ etwas?«

»Nein. Ich weiß gar nix. Ich bin verloren.«

»Kommen Sie«, versuchte es Kuhala. »Wenn Sie große Schulden haben, machen Sie eine Schuldensanierung. Und bei aller Freundschaft: Holen Sie sich ein bisschen professionelle Hilfe, damit Sie die Schluckerei an die Kandare kriegen. Es gibt Leute, die Schlimmeres überstanden haben.«

Er fand tatsächlich die Nummer von Easytarget im Telefonbuch, samt der Adresse in der Hämeenkatu. Niemand meldete sich.

Hans Krassi warf einen spöttischen Blick auf Kuhala, nahm die ganzen Überreste seines Stolzes zusammen und dann einen Schluck aus der Pulle. Er sagte, lieber saufe er sich tot, als bei Leuten um Hilfe zu betteln, die sich für die Notlage solcher Leute wie er kein bisschen interessierten.

»Und die Erbschaft?«

»Hab ich nix von gehört. Wenn ich etwas kriege, versauf ich das auch.«

»Ihre Einstellung lässt das Herz höher schlagen. Ich wünsche Ihnen trotzdem alles Gute und gebe Ihnen noch einen Rat. Kaufen Sie sich für den Fünfziger außer einer Portion Alkohol noch Eier, Speiseöl und Milch, und machen Sie sich daraus jeden Morgen einen Grog. Ich glaube, der geht flutschend runter. Sie brauchen Eiweiß, damit Sie länger saufen können. Das Rezept stammt vom Dichter Saarikoski, von dem haben Sie doch schon mal gehört?«

»Trinkt nur, trinkt nur, armes Pack, bald tragt ihr den Erdenfrack«, rezitierte Krassi brockenweise und brach in ein heiseres Gelächter aus, das Kuhala noch bis zum Taxi begleitete, das er sich vor die Tür bestellt hatte.

Er war sich nicht sicher, ob das Zitat von Saarikoski stammte, wollte aber auch nicht mehr umkehren und fragen. Schließlich war er sich auch nicht sicher, ob er sich an das Rezept richtig erinnert hatte.

Eine knappe halbe Stunde später stand Kuhala im vierten Stock eines hellgrün gestrichenen Jugendstilhauses und läutete an einer Tür, auf deren Briefklappe »Easytarget« stand. Wie er vermutet hatte, machte niemand auf. Er bückte sich und spähte durch den Briefschlitz, der muffige

Geruch der Unbewohntheit drang ihm in die Nase, der Scheiterhaufen der Reklame und Gratiszeitungen war in alle Richtungen gerutscht und bildeten im Flur einen farbenfrohen Pfauenschwanz.

Wie es aussah, hatte die Zweigstelle von Solid Storm in Tampere wegen Mitgliederschwunds eine vorzeitige Bauchlandung hingelegt.

Kuhala wandte sich ab. Er vermisste die Geckos und fragte sich, ob er der Einzige in der Stadt war, der Sehnsucht nach Geckos hatte.

Der Aufzug war ein altes, wertvolles Fabrikat mit schmiedeeisernen Verzierungen am Schutzgitter, Bakelitknöpfen und Mahagoniverkleidung, der an knirschenden Seilen aus dem Dunkel des Schachts aufstieg und das Odeur vergangener Epochen verströmte.

Kuhala hatte bereits die ersten Treppenstufen genommen, blieb aber stehen, denn der Aufzug hielt im fünften Stock.

Der gedrungene Mann hatte sein Outfit mit einem Geschmack ausgewählt, der sich an den Randgebieten von Eleganz und Nachlässigkeit orientierte. Er ging zur Tür von Easytarget und läutete. Kuhala machte kehrt und ging wieder nach oben. »Entschuldigung. Ich habe es gerade eben auch hier versucht. Sie kennen nicht zufällig jemanden von der Firma?«

»Nein. Ich komme fast täglich, aus reiner Routine. Ich bin von der Hausverwaltung, und wie es aussieht, ist der Mieter vom Erdboden verschwunden. Mitsamt seiner Geldbörse. Ich habe sogar einen Schlüssel, aber man hofft halt immer, dass jemand aufmacht.«

»Wie lange liegt der letzte Kontakt schon zurück?«

»Bald zwei Monate. Die Miete steht schon länger aus. Alle Kommunikationsmittel sind stumm, mit Rauchzeichen habe ich es noch nicht probiert. Wären Sie daran interessiert, die Wohnung zu mieten? Oder zu kaufen?«

»Ich glaube nicht. Was ist Easytarget für eine Firma?«

»In den Unterlagen ist von Unternehmensberatung die Rede. Das hat nichts zu sagen, aber da keine Beschwerden kamen und bis Februar auch die Miete bezahlt wurde, waren wir zufrieden.«

»Haben Sie je den Namen ›Solid Storm‹ gehört?«

Der Mann überlegte kurz und verneinte dann. Er sagte, er verstehe die Bedeutung der Worte, so viel sei von seinem Schulenglisch noch übrig. »Klingt nach einer Footballmannschaft aus einem kleinen Kaff, die es krachen lassen will.«

Kuhala hob die Hand und machte sich auf den Weg zum Bahnhof. Kurz vor Ankunft des Zuges hätte er am liebsten beide Hände erhoben, denn sein Handy klingelte, und am anderen Ende war Erik Krassis autoritäres und gereiztes Eröffnungsräuspern zu hören. »Endlich, Kuhala. Wo haben Sie sich in den letzten Tagen versteckt gehalten?«

»Ich musste mich um ein paar internationale Kontakte kümmern.«

»Wie bitte?«

Krassi war es nicht gewohnt, ungenaue Antworten zu erhalten, er senkte die Stimme auf zwanzig Grad minus und fragte, wie dicht Kuhala an der Lösung des Falles sei. »Ich habe den Eindruck, dass Sie mich nicht auf dem Laufenden halten.«

»Machen Sie sich keine Sorgen. Ich stelle nur die effektive Arbeitszeit in Rechnung und bin, ehrlich gesagt, in letzter Zeit an der Grenze meiner Leistungsfähigkeit gebrummt. Trotzdem halte ich alle Fäden in der Hand, ich werde den Mörder früher, als Sie denken, am Nacken vor

Sie hinführen, aber jetzt müsste ich mich auf die Arbeit konzentrieren. Haben Sie je etwas von ›Solid Storm‹ gehört?«

»Mitte der Siebzigerjahre hatte ich eine Kooperation mit einem Finanzunternehmen namens ›Solid Investment‹, aber ›Solid Storm‹ sagt mir nichts. Warum fragen Sie? Hat das irgendwie mit dem Mord an meinem Bruder zu tun?«

»Sagen wir so, es ist eine äußerst interessante Ermittlungslinie.«

Gegen fünf Uhr am Nachmittag kam Kuhala in Jyväskylä an. Es dämmerte längst, und es nieselte, vom alten Bahnhof sah man ein gutes Stück hinauf zur Kreuzung der Vapaudenkatu, wo die Menschen mit gesenkten Köpfen den Zebrastreifen überquerten, als würde noch immer die Ohrfeige des sich dem Ende zuneigenden Arbeitstages auf ihren Wangen brennen.

In seiner Wohnung blätterte Kuhala die Post durch, sonderte die Rechnungen aus und ging unter die Dusche. Nach Instantkaffee und Knäckebrot war es Zeit, ins Büro zu gehen. Die Geckos hatten sich während seiner Abwesenheit um keinen Zoll bewegt, sie fläzten auf ihrem Ast und dachten gerührt an den Tag vor sechzig Millionen Jahren zurück, an dem ein Meteoritenschauer die Herrschaft ihrer fernen Vorfahren auf der Erde beendet hatte.

Kuhala offerierte seinen Freunden ein paar Beißschrecken. Er hatte es so eilig gehabt, nach Petrosawodsk zu kommen, dass er vergessen hatte, die Anrufe ans Festnetz auf sein Handy umzuleiten. Immerhin war eine Nachricht hinterlassen worden.

# 26

Die Frau wohnte in Keljonkangas, eine Kuhalas Auto im passenden Maß auf die Probe stellende kurze Fahrt aus der Innenstadt hinaus. Am besten erreichte man den Stadtteil durch das Tal des Todes, wo die hektargroßen Automärkte standen. Dort glänzten die Dächer auf dem Parkplatz im Regen. Und wie als Beweis für die Betriebsamkeit der modernen Gesellschaft rauschte im Hintergrund auf dem beleuchteten Gleiswall ein superschneller Reisezug vorbei, auf dessen Flanke ein Slogan stand, den Kuhala aus der Ferne nicht erkannte, aber was konnte es schon anderes sein als eine Variation auf Lin Yutangs Weisheit des lächelnden Lebens: ein Lob des Doppelhamburgers.

Nach kurzer Suche fand Kuhala das richtige Reihenendhaus. Nach seinen Erfahrungen von Petrosawodsk fühlte er sich in der Gegend äußerst sicher.

»Guten Abend. Mein Name ist Otto Kuhala. Sie haben eine Nachricht auf meinem Anrufbeantworter hinterlassen?«

»Guten Abend. Ja, ich habe angerufen. Ich bin Ulla Vainio«, sagte die Frau.

Sie war etwa fünfzig und schien irgendwie auf der Hut zu sein, als hätte sie nicht mit so einem großen Mann vor ihrer Haustür gerechnet. Sie hatte ins Graue changierende kurze Haare, einen kleinen Mund, einen scheuen Blick und eine so gedämpfte Stimme, dass Kuhala sich bücken musste, um sie zu verstehen.

Die Wohnung bestand aus zwei Zimmern mit Küche und war ordentlich aufgeräumt. Im Wohnzimmer dominierten ein Fernseher und ein Fernsehsessel, ein zierlicher runder Tisch, der für Fernsehmahlzeiten angeschafft worden war, sowie ein über dem Fernseher an die Wand genageltes Gestell, auf dem eine aufgeschlagene Fernsehzeitschrift zu liegen schien.

Wie hatte es die Frau nur fertiggebracht, den Fernseher auszuschalten?

»Setzen Sie sich.«

Kuhala dankte. Die Frau nahm im Sessel gegenüber Platz, und für einen Moment sah es so aus, als würde sie gleich anfangen zu weinen. Es geschah aber nichts dergleichen, es war ihre Art, in schwierigen Angelegenheiten in Fahrt zu kommen.

»Untersuchen Sie den Todesfall des Goldschmieds Krassi?«

Ihre Stimme zitterte. Kuhala hätte die Frau gern beruhigt. Er setzte ein schmeichlerisches Lächeln auf, das sie aber nur noch mehr zu verschrecken schien. »Ja, den untersuche ich. Woher wissen Sie das?«

»Ich habe mich mit seinem Sohn in Verbindung gesetzt, als ich von Ruriks Tod erfuhr.«

Sie strich ihren Rock glatt, sah Kuhala in nervös machenden Einheiten von weniger als einer Sekunde in die Augen und richtete ihre schreckhaften Pupillen zwischendurch auf die romantischen Blumenbilder an der Wand und auf die Tapete mit dem Rankenmotiv. »Darf ich Ihnen etwas zu trinken anbieten?«

»Nein, danke«, sagte Kuhala. »Rurik Krassi hatte zwei Söhne. Ich nehme an, Sie haben mit Mikael Kontakt aufgenommen, der in Jyväskylä wohnt. Vielleicht nennen Sie mir den Grund für die Kontaktaufnahme.«

Es war wie die Beschwörung eines Kindes, aber wenn Ulla Vainio tagaus, tagein fernsah, hatte sie eine so große Dosis Bildschirmstrahlung abbekommen, dass es ihre sozialen Fertigkeiten invalidisiert haben musste. Sie sagte, sie habe angerufen, um Mikael Krassi ihr Beileid auszusprechen.

Kuhala versuchte, seine Ungeduld zu beherrschen. Auf dem Fußboden neben dem Fernsehsessel lag eine zur Hälfte leer genaschte Packung Schokoladenkekse, daneben stand eine Dose Diätgetränk. Das war eine Form, das Gleichgewicht des Schreckens im Organismus aufrechtzuerhalten.

»Ich habe nicht nur angerufen, um mein Beileid auszusprechen. Ich habe hin und wieder in Rurik Krassis Geschäft gearbeitet. Immer wenn er schnell eine Aushilfe brauchte oder seine Festangestellte in Urlaub war.«

»So.«

»Aber ich war so entsetzt, dass er gewaltsam sterben musste. Und weil ich zufällig Ruriks Leben aus der Nähe gesehen hatte und wusste, was für eine böse Frau diese Nadja Puro ist, dachte ich, ich muss Mikael Krassi erzählen, dass niemand dem armen Mann so sehr den Tod gewünscht hat wie Nadja. Ihm hat nicht gefallen, was ich ihm sagte. Bevor er auflegte, sagte er noch, die Polizei würde in dem Fall ermitteln und …«

»… und?«

»… und er hätte Besseres zu tun, als mit verschrobenen, hysterischen Weibern zu telefonieren. So hat er sich ausgedrückt.«

Ulla Vainio wurde rot und legte die Hand vor den Mund. Ihr traten Tränen in die Augen, aber anders als Kuhala annahm, waren es keine Tränen des Weinens, sondern des Kicherns. Sie konnte sich kaum im Sessel halten, sie zitterte unter der Wallung ihrer Gefühle und drohte jeden Moment in einen Krampf zu geraten.

Kuhala holte ihr Haushaltspapier aus der Küche. »Beruhigen Sie sich. Haben Sie der Polizei Ihre Gedanken mitgeteilt?«

»Das habe ich mich nicht getraut. Ich hatte Angst, dass sie mich dort auch für verschroben halten.«

Kuhala stellte sich vor, wie Antikainen Ulla Vainio vernehmen würde, dann suchte er innerlich nach den Attributen, die dem Kriminalhauptmeister möglicherweise zu der Frau einfielen, und wurde dabei selbst rot.

»Raten Sie mal, ob es mir leichtgefallen ist, Sie anzurufen. Sie halten mich doch nicht für verrückt?«

Der Anfall war vorbei, lag aber hinter der nächsten Ecke weiter auf der Lauer. Kuhala sagte, die Polizei sei bei so einem schweren Verbrechen dankbar für jeden Hinweis, und er wundere sich ein wenig darüber, dass Ulla Vainio noch nicht befragt worden war. »Ich kenne Nadja Puro. Was macht sie in Ihren Augen so böse?«

»Sie hat Rurik ausgenutzt. Sie hat ein kaltblütiges Spiel gespielt und auf Kosten eines zwanzig Jahre älteren Mannes gelebt, dass es einem grauste.«

»Das weiß ich im Prinzip. Vielleicht in einer etwas gemäßigteren Version, und entschuldigen Sie bitte, aber diese Konstellation ist aus vielen Zusammenhängen nur allzu bekannt. Nadja Puro hat mir selbst nach ein bisschen Insistieren erzählt, dass tatsächlich ein Hauch von Eigennutz das Bindemittel ihrer Loyalität darstellte.«

»Einmal habe ich gesehen, wie sie eine teure Uhr gestohlen hat. Mit eigenen Augen habe ich es gesehen!«

»Haben Sie etwas gesagt?«

»Nein. Ich habe mich nicht getraut. Sie war ja Ruriks Liebling.«

Auf Ulla Vainios Gesicht tauchte ein schlecht verheimlichter Schatten der Eifersucht auf, und Kuhala fiel es nicht schwer, sich eine goldglänzende, vom Staub der

Jahre überzogene und leicht schmuddelige Kleinstadtepisode vorzustellen, in der Rurik Krassi als Hahn umherstolzierte. Ulla Vainio war auf dem zweiten Platz gelandet, wenn nicht auf dem dritten, falls man Krassis Ehefrau mitrechnete.

Jetzt war es Zeit, sich zu rächen. Ulla Vainio hatte versucht, den Goldschmied zu belagern, war aber Nadja Puro schon darin unterlegen gewesen, dass sie weder kaltschnäuzig noch flatterhaft war, geschweige denn, dass sie sich getraut hätte, sich auch nur an dem billigsten Alpakalöffel zu vergreifen.

»Nadja hat ein Kind von Rurik erwartet.«

Ulla Vainio sprach den Satz fast flüsternd aus, als hätte sie von ihrer Lieblingsserie gelernt, dass es einen besseren Effekt ergibt, wenn man nicht schreit oder auch nur die Stimme erhebt. Weniger ist mehr. Sie hatte die Beine hübsch aneinander und die Hände in den Schoß gelegt, als wäre ihr aus den Nachmittagsdramen eine Figur eingefallen, durch deren Nachahmung man sich beruhigen könne.

»Auch das weiß ich«, sagte Kuhala.

»Das können Sie nicht wissen. Nadja hat es verheimlicht.«

»Tut mir leid. Sie hat tatsächlich versucht, das Ganze für sich zu behalten, aber ich fand einen Stoß alter Briefe, und dadurch kam das Geheimnis ans Tageslicht. Ich gebe zu, dass Nadja Puro auch meiner Meinung nach kein Täubchen ist, aber warum sollte sie den Mann nach all den Jahren umbringen? Es war keine Frau, die am Puulavesi gewütet hat. Und woher wissen Sie, dass sie ausgerechnet von Rurik schwanger war?«

»Ich war ihre Vertretung, als sie das Kind zur Welt brachte und anschließend weggab. Und kurz bevor sie ging, hörte ich sie mit Rurik über das Thema streiten. Es war im Geschäft, ich hätte es nicht hören sollen, aber ich kam zu früh zur Arbeit. All das liegt mehr als zwanzig Jahre zurück.«

»Moment. Haben Sie gerade gesagt, Nadja habe das Kind zur Welt gebracht? Sie ließ doch eine Abtreibung vornehmen.«

Ulla Vainio sagte, sie sei zwar kinderlos, wisse aber genug über diese Dinge, um sagen zu können, dass man nach sechs Monaten Schwangerschaft nicht mehr abtreiben lassen könne.

»Wie konnten Sie wissen, dass sie im sechsten Monat war?«

»Nadja hat es gesagt, als ich sie fragte.«

»Sie standen also doch in einem gewissen Verhältnis zu ihr.«

»Niemand weiß besser als ich, wie berechnend diese Hexe ist. Und wenn es sein muss, tötet Nadja auch.«

»Was heißt, wenn es sein muss?«

»Damit die Unterschlagungen nicht herauskommen. Die Unterschlagungen und die Diebstähle.«

»Unterschlagungen?«

»Rurik wollte das Geschäft schließen. Dann wäre alles herausgekommen.«

»Wann haben Sie zuletzt dort gearbeitet?«

»Vor elf Jahren. Ich war arbeitslos und ab und zu als Verkäuferin in verschiedenen Branchen tätig.«

Ulla Vainio schien der Tatsache kein Gewicht beizumessen, dass die Welt von vor elf Jahren einfach aufgehört hatte zu existieren und niemand sie heute wiedererkennen würde. Kuhala fragte sich, wie viele Leute vor elf Jahren einen E-Mail-Anschluss gehabt hatten. Wusste man da schon etwas vom Euro, von funktionalen Lebensmitteln?

Großer Gott, die Zellen des Menschen erneuerten sich innerhalb von sieben Jahren, und die Frau vor ihm ging davon aus, dass in Rurik Krassis Juwelierladen alles dauerhaft so geblieben war wie damals, als sie Anfang der Neunzigerjahre die Tür hinter sich zugemacht hatte.

Außerdem schien sie nach der anfänglichen Unsicherheit so umstandslos in die Haut ihrer Lieblingsfigur zu schlüpfen, dass es ein Wunder war.

Kuhala wollte wissen, ob Nadja Puro kein Wort dazu gesagt habe, dass sie ohne Kind zurückkam.

»Sie sagte, das Baby sei bei der Geburt gestorben. So war es nicht. Sie hat es weggegeben.«

»Sie wissen viel.«

»Nadja konnte mich nicht anlügen. Wenn man sein Kind verliert, sollte man trauern können. Sie konnte es nicht.«

»Vielleicht haben Sie es falsch interpretiert. Vielleicht reagierte sie auf den Verlust des Kindes auf ihre Art und verbarg ihre Gefühle.«

»Nein, ich habe mich nämlich erkundigt, wo sie den Bankert abgeliefert hat«, zischte Ulla Vainio und stand auf, um zwei Schritte bis ans Fenster zu gehen, wo sie Kuhala den Rücken zuwandte und vermutlich die Hintergrundmusik der Szene hörte.

»Wie haben Sie das herausgefunden?«

Sie drehte sich um und lächelte mit ihrem kleinen, schiefen Mund. »Das ist ein Grund, warum ich mich nicht mit der Polizei in Verbindung gesetzt habe und warum ich lange überlegen musste, ob ich mich an Sie wenden soll. Sagen wir so: Die Information stammt aus den Unterlagen der Mutter, obwohl sie nicht weiß, dass ich sie gesehen habe. Das Kind wurde einem kinderlosen Ehepaar aus Helsinki übergeben.«

Kuhala schickte sich an aufzubrechen. Ulla Vainio war verrückt und eine nachtragende Intrigenspinnerin, die auf der undeutlichen Grenzlinie zwischen wahr und unwahr balancierte, aber weil auf dieser Linie dichtes Gedränge herrschte, unterschied sie sich kaum von allen anderen.

Und außerdem hatte sie Informationen geliefert, die durchaus geeignet waren, die Löcher in Kuhalas zusammengeschusterter Theorie zu stopfen.

Er fuhr zu Nadja Puros Wohnung in der Esankatu. Die Frau öffnete nicht und meldete sich auch nicht am Telefon.

## 27

Auch an den drei folgenden Tagen war von Nadja Puro nichts zu hören. Kuhala konnte zwei ehemalige Angestellte des Juweliergeschäfts ausfindig machen, aber die schienen nicht sonderlich begeistert an ihre damalige Beschäftigung zurückzudenken, geschweige denn, dass sie etwas von Puros Schwangerschaft gewusst hätten. Eine der beiden Frauen wohnte im Landkreis Jyväskylä, die andere in Oitti, für beide war die Arbeit für Rurik Krassi nur eine vorübergehende Phase im Leben gewesen.

Kuhala verfügte nicht über die Mittel, um Ulla Vainios Behauptungen zu überprüfen. Alles lag viel zu lang zurück, der zähe Dämmer, der sich über die Jahre senkte, machte sie einander ähnlich, und die Fähigkeit der Menschen, zu vergessen, war mindestens ebenso bewundernswert wie ihre Fähigkeit, sich zu erinnern. Vom Lügen ganz zu schweigen.

Juri Susinen gab hin und wieder Kunde von seiner Existenz, indem er Kuhala maskuline E-Mails und SMS zu dem Thema schrieb, was Kuhalas Los sein würde: Juri würde zuschlagen, wenn Kuhala am wenigsten damit rechnete, und er brauchte nicht zu glauben, das Ende käme dann schnell. Kuhala ging auf die Herausforderung nicht ein. Er löschte die Nachrichten und stellte sich vor, wie der Petrosawodsker Bandit in Gyllings Ganovennest saß und sein Diamantenkreuz streichelte, falls man ihn nicht schon von dort wegen schlechter Geschäfte vertrieben hatte. Man konnte davon ausgehen, dass seine Meriten weiter geschmälert waren, als er aus dem Kofferraum des BMW gekrochen kam.

Die nächsten Russen, die nach Jyväskylä kämen, würden Winterurlauber sein.

In den Tagen der Stille lernte Kuhala keine Namen aus dem Pflanzenbuch und fand auch keine Fortsetzung für den Satz, »das Leben ist ein Zerfallsprozess, der mithilfe von Haferbrei in die Länge gezogen werden kann«. Er dachte an Annukkas Liebreiz und setzte die Teilchen des Rurik-Krassi-Mysterium-Puzzles zusammen. Er rief sich die Gespräche, die er geführt, und die Orte, die er besucht hatte, in Erinnerung, einschließlich der Fotos, die er betrachtet, und der Gegenstände, die er berührt und gesehen hatte.

Und er musste an die blassen Herbstgesichter all der Menschen zurückdenken, wenn sie versucht hatten, eine passende und üblicherweise undurchdringliche Miene aufzusetzen, sobald sie Kuhala erkannt oder das von ihm gewünschte Gesprächsthema erfahren hatten.

Und dann schickte er mit schmachtendem Herzen Annukka die wer weiß wievielte sehnsüchtige E-Mail. Er kultivierte den sentimentalen Stil zu einer solchen Kunst, dass er selbst gerührt war, wenn er seine kleinen Vantaa-Sonette las und sich dabei fragte, ob er die literarischen Fähigkeiten von seinem Vater oder von seiner Mutter geerbt hatte. Wahrscheinlich kaum vom Erstgenannten, denn dieser hatte sich mit einem Grundwortschatz von hundert Wörtern durchs Leben gemogelt, für Süßholzraspelei war da garantiert kein Platz gewesen.

Am letzten Freitag im Oktober war es windig und kalt. Kuhala joggte eine sparsame Runde zum Café am Hafen und zurück und malträtierte anschließend im Wohnzimmer den Sandsack. Seine Kondition wurde besser. Das merkte er daran, dass er nicht so leicht außer Atem kam und dass die Schläge irgendwie schärfer und aufgeräumter kamen. Der Haferbrei zog im Topf, der Eurokurs stieg, Anfang der nächsten Woche müsste er die Miete für Wohnung und Büro bezahlen.

Und der Mörder von Rurik Krassi hing irgendwo unerreichbar herum.

Kuhala trank zuckerlosen Kaffee und stieg auf die Waage. In ihrem Inneren knackte es metallisch; es war keine moderne Waage, sondern ein gewöhnliches akustisches Modell vom Anfang der Siebzigerjahre. Kuhalas Füße hatten fast Größe fünfzig und verdeckten den pinken Plastiklappen mit Waffelmuster auf der Stehfläche komplett, aber in der Lücke zwischen den beiden großen Zehen sah man deutlich, dass sich der Zeiger nicht bewegte.

Kuhala stieg von der Waage und hatte den Gedanken, dass sie diesmal seine berufliche Kompetenz gewogen hatte.

In der Esankatu roch es auf dem Gang im zweiten Stock nach zitronehaltigem Bohnerwachs. Die Türspione lauerten, jemand hustete, jemand schleuderte Wäsche, jemand sagte ins Telefon, alles sei ein und dieselbe Scheiße.

Kuhala verschaffte sich Zugang zu Nadja Puros Wohnung. Sie hatte zwei Zimmer, Küche und Bad. Ein Hahn tropfte, die Serie von Schwarz-Weiß-Fotos, die neben dem Spiegel im Flur arrangiert war, zeigte Nadja Puro mal beim Posieren im Straßencafé einer Großstadt, mal auf einer Parkbank oder im Schatten einer architektonischen Sehenswürdigkeit. Kuhala erkannte Krakau, Prag und Paris.

Auf allen Bildern war Nadja allein. Ihr Lächeln wurde wie ein blitzendes Signal übertragen, mit der Botschaft, dass es ihr zustand, genau so ein Leben zu führen, und dass sie nur in kontinentaler Luft frei atmen konnte. Wem hätte so ein Leben nicht gefallen. Immerhin war auch Kuhala gerade erst aus dem Ausland zurückgekehrt. Er sah sich die Fotos aus der Nähe an und war sicher, dass hinter der Kamera der Financier der Reisen gestanden hatte: Goldschmied Krassi.

Auf dem Wohnzimmertisch befanden sich zwei Kaffeetassen und zwei Kognakgläser. Eine Tasse war halb voll. Freilich war der Kaffee vor Langem abgekühlt, und die Grünpflanze vor dem Bild einer Flamencotänzerin in der Ecke hatte vor Wassermangel den Geist aufgegeben. Durch die kahlen Zweige sah man das Gesicht der Tänzerin. Ihr Schmerz schien eher von zu kleinen Schuhen als von emotionaler Verzückung durch die Musik zu kommen.

Es war eine saubere Wohnung nach romantischem Geschmack, deren Einrichtung mittels einer Fülle kleiner, süßer Gegenstände für Abstand zu den Hinterhöfen dieser Welt sorgte. Hätte Kuhala einen Monat lang in einer solchen Wohnung leben müssen, hätte er ernsthaft angefangen, über Männerdauerwelle, Rüschenhemden und Talg für die empfindlichen Stellen nachzudenken.

Die Schlafzimmertür stand einen Spaltbreit offen, in der Nachbarwohnung hörte man einen alten Mann reden.

Noch mehr gerahmte Fotos, kleine, niedliche Gemälde, eine Tagesdecke mit Spitzen und durch die zugezogenen Gardinen das Tageslicht.

Und am Fußende des Bettes ein getrockneter Blutfleck, der vom weißen Teppich bis auf den Fußboden reichte.

Kuhala biss sich auf die Unterlippe und zog Handschuhe an. Er bückte sich. Der Fleck war unter dem Bett an seine Grenze gestoßen und erinnerte an eine Insel auf der Landkarte. Die Messingsphinx an einem Bettpfosten hatte eine Schramme abbekommen, die von einem Aufprall stammen konnte.

Zehn Minuten später hatte Kuhala jeden Winkel und jeden Schrank durchsucht, ohne etwas zu finden. Keine Schlagwaffe, keine Kampfspuren, keine einzige Nachricht auf dem Anrufbeantworter. Es schien, als hätte Nadja Puro in ihrem Schlafzimmer Blut vergossen und wäre dann vom Erdboden verschwunden.

Der Blinde trat gleichzeitig mit Kuhala auf den Gang und ebenso lautlos. Um ein Haar wären sie zusammengestoßen. Der weiße Stock traf Kuhalas Oberschenkel.

»Entschuldigung«, sagte Kuhala.

Der Mann trug eine Sonnenbrille und hatte kurz geschnittenes Haar, sein konzentrierter Gesichtsausdruck weitete sich zu einem Lächeln. »Macht nichts. Ich habe Sie nicht kommen hören. Eigentlich müsste ich mich entschuldigen.«

Kuhala las den Namen an der Tür, die der Mann hinter sich geschlossen hatte. Einen Aufzug gab es nicht, nacheinander traten sie auf die Treppe. Der Stock schlug schallend gegen den Rand der Stufen. Kuhala sagte, er versuche schon seit mehreren Tagen Nadja Puro anzutreffen, aber immer mit magerem Erfolg. Er fragte, ob der Mann die Frau kenne.

Die Scheibe in der Tür zum Belüftungsbalkon war an einer Ecke gesprungen, der Blinde blieb auf dem Treppenabsatz stehen und drehte sich um. Gegen das Licht sah er wie ein Schattenbild aus. Er hatte gelernt, den weißen Stock einzusetzen, um seiner Ausdrucksweise Nachdruck zu verleihen, und klopfte auf den Boden. Kuhala hatte das Gefühl, als schaue ihn der Mann hinter seiner dunklen Brille an.

»Ob ich sie kenne? Ich habe sogar um ihre Hand angehalten. Die schönste Frau der Welt. Aber nein.«

Sein Lachen hallte in der Treppenschlucht wider, der Stock hämmerte nervöse Serien auf den Boden. »Ich habe ihr Blumen geschickt, sie zum Kaffee eingeladen und getan, was ein Mann mit Maß und Ziel tun kann. Wir sind Freunde. Leider nicht mehr als das.«

»Wann sind Sie ihr zuletzt begegnet?«

»Das ist mehrere Tage her. Aber noch keine Woche. Wir haben uns guten Morgen gewünscht, und ich Unglücklicher musste natürlich versuchen, eine längere Konversation zu entspinnen, aber nein.«

Der Mann strich sich übers Kinn und wurde ernst. Er fragte, ob Kuhala womöglich der Grund für den Korb sei.

»Nein. Bestimmt nicht. Setzen Sie Ihre Bemühungen nur fort, Ausdauer ist in jeder Disziplin Trumpf, vor allem in der Fraueneroberung.«

Der Mann lächelte noch immer nicht. Er machte keine Anstalten, weiter die Treppe hinunterzugehen, und wusste mit seinem Stock auch Kuhala den Weg zu versperren. »Warum haben Sie nicht geklingelt?«

»Wieso? Ich hab doch geklingelt.«

»Sie brauchen nicht zu lügen. Ich hätte es gehört«, sagte der Blinde.

»Sie haben ja auch nicht gehört, als ich wegging. Sogar solche Schnüffler wie Sie irren sich gelegentlich.«

Die Stockspitze fuhr an Kuhalas Körper hinauf und stach gegen die Brust. Die Berührung gefiel Kuhala nicht, ebenso wenig wie die Tatsache, dass sich der Charakter der Begegnung so schnell änderte. Das Gesicht des Mannes zuckte, und um den Mund herum warf die Doppelfurche der Enttäuschung ihre Falten. »Was sind Sie eigentlich für ein verdammter Schleicher? Ich habe Nadjas Tür gehört. Zwei Mal. Und es hat gerasselt, als wäre das Schloss geknackt worden.«

Kuhala schob den Stock zur Seite, bevor der Mann auf einen Geheimknopf drücken, die Klinge zum Vorschein bringen und sagen konnte, er sei der Waschmaschinenmonteur. »Ich bin mit dem Schlüssel hinein, weil niemand auf mein Klingeln reagiert hat. Das war ausgemacht. Sind Sie jetzt zufrieden? Ich will garantiert nicht in Ihrem Revier fischen, und wenn ich es mir recht überlege, glaube ich jetzt auch zu verstehen, warum Nadja keine Lust hat, mit Ihnen die Bude zu teilen. Sie gehen einem auf die Nerven.«

Ein Schwung mit dem Stock schnitt die zitronenaromatische Luft in Scheiben. Kuhala wich dem Hieb aus, indem er sich duckte und davoneilte. Er hörte den Mann fluchen und ihm hinterherstolpern, wobei sein Stock am Geländer entlangratterte.

Schon der zweite paranoide Nachbar innerhalb kurzer Zeit, dachte Kuhala und erinnerte sich an den Sturschädel von Kypärämäki, der mit der Eisenstange am Tor der Elektrikerwitwe hantiert hatte.

Nachbarschaft war eine anspruchsvolle Form des Umgangs, manche Leute reüssierten dabei einfach nicht. Der Blinde schlug schließlich vor dem Haus auf und drohte mit dem Stock. Kuhala überquerte die Straße. Womöglich konnte der Mann doch noch ein bisschen sehen, denn er wusste, in welche Richtung er zu fuchteln hatte, aber es war schwer zu glauben, dass er zu der tödlichen Tat geschritten war, bloß weil er mehrere Körbe erhalten hatte.

Jemand war aber zur tödlichen Tat geschritten, und je mehr Kuhala über die Blutspur auf dem Fußboden nachdachte, umso besorgter wurde er. Er hatte nur wenige Handlungsmöglichkeiten und keine Erkenntnisse, wo er nach der Frau suchen sollte, die mit ein paar ehrlichen Antworten den Fall ein gehöriges Stück weiterbringen könnte.

Nach einer Viertelstunde Parkplatzsuchritual und einem kurzen Fußmarsch zog Kuhala in der Eingangshalle des Polizeipräsidiums die Handschuhe aus und fragte nach Kriminalkommissar Nevakivi. Die Vorstellung, den Mann zu treffen, kam ihm zwar ähnlich verlockend vor wie eine Haarwäsche mit Schwefelsäure, aber schon die geringste Möglichkeit, dass Nadja noch am Leben sein könnte, zwang Kuhala, vor der Frau an der Infotheke den Mund aufzumachen, worauf diese ein lakonisches Telefonat führte und ihm den Weg erklärte.

Es war ein schlechter Weg.

Kriminalhauptmeister Antikainen stand wie eine Mauer mitten im Flur und strotzte vor Rachegelüsten und den Energievorräten eines frisch vertilgten Schnellmittagessens. Er war im Hemd, schien auf diesen Augenblick gewartet zu haben und begab sich in die ungeschliffene Vorlage eines Sumoringers, die allein schon für Kuhala nach Notwehrüberschreitung roch.

»Grüß dich, Antikainen. Hast du einen Darmverschluss, weil du so gequält aussiehst? Geh mal ein bisschen zur Seite, ich bin mit Nevakivi verabredet. Mit deinem Vorgesetzten.«

»Gut, dass du auf die Idee gekommen bist, von selbst zu erscheinen.«

»Wieso?«

»Na, damit wir dich nicht holen müssen.«

»Habe ich was getan?«

Der Hauptmeister legte Kuhala die Hand auf die Schulter und schob ihn mit halber Nötigung in sein Büro, wo die Jalousie herabgelassen war und nur eine starke Schreibtischlampe brannte. War es ratsam, sich im Polizeipräsidium mit einem Polizisten anzulegen, auch wenn man noch so sehr Lust darauf hatte? Kuhala nahm die Schubserei abwesend und beherrscht hin. Er begnügte sich damit, an den Moment in Gyllings Geisterhaus zurückzudenken, als er sich umgedreht und Misa mit einer großartigen Schlagfolge überrascht hatte. Für die würde auch jetzt Nachfrage bestehen, aber er ließ sie vorläufig im Dock, denn tief in seinem Inneren glaubte er wie kein anderer an den gewaltfreien Widerstand.

Antikainens Mittagessen war doch noch nicht abgeschlossen. Auf der Schreibunterlage prangten die Reste einer doppelten Portion Bockwurst mit Pommes und eine Halbliterpackung Milch, als Dessert schien ein Vierhundert-Gramm-Stück Apfelkuchen mit Vanillesoße und Sahne vorgesehen zu sein.

Kein Wunder, dass Antikainen ächzte.

»Nach der Torte musst du deinen Magen digital remastern lassen«, sagte Kuhala und schüttelte die Hand des Kriminalhauptmeisters von der Schulter ab.

»Vor allem brauche ich eine sehr gute und wahrheitsgemäße Erklärung deinerseits, wo du in letzter Zeit gesteckt hast.«

»Wieso?«

Antikainen bat ihn nicht, Platz zu nehmen, ließ sich

aber selbst auf einem Stuhl nieder und gabelte eine halbe Wurst auf. Weil er gelernt hatte, dass man mit vollem Mund nicht spricht, schmatzte er nachdenklich und warf dabei interessierte Blicke auf den Apfelkuchen.

Das alles war ein einziges beschissenes, nur allzu bekanntes Theater.

Er dippte einen frittierten Kartoffelstift in die Vanillesoße und lutschte. Seine Augen weiteten sich durch die verqueren Geschmacksgenüsse und richteten sich auf Kuhala. »Bauunternehmer Muhonen ist ein Benz für achtzigtausend Euro gestohlen worden. Niemand weiß etwas davon. Einer Zeugenaussage zufolge ist das Fahrzeug aber zuletzt auf dem Hof gesehen worden, wo du deine sogenannte Detektei betreibst, und wir wiederum wissen, dass Muhonen dein Klient gewesen ist. Das Auto wurde in derselben Nacht auf deinem Hof gesehen, in der es gestohlen wurde.«

»Wenn du die Jalousien einen Spaltbreit aufmachst, siehst du, mit was für einer Karre ich unterwegs bin«, sagte Kuhala und verbarg sein Erstaunen darüber, mit wie vielen Bekannten Swetlana ihr Spielchen getrieben hatte.

Er konnte sich nicht erinnern, Muhonens Namen in ihrem Adressbuch gelesen zu haben.

»Und wir wissen, dass du Schwierigkeiten hattest, bei Muhonen deine Ausstände einzutreiben.«

»Er hat bezahlt. Du glaubst doch nicht …«

»Wo bist du gewesen?«

»Auf Stressurlaub in Petrosawodsk. Ich habe im Hotel ›Pohjola‹ gewohnt. Nein, im ›Sewernaja‹. Wie auch immer. Mir ist ja schon alles Mögliche angehängt worden, aber Autodiebstahl …«

»Die werden rüber zum Russen gefahren, was das Zeug hält. Wir kriegen von der Grenze schnell jede Information, aber in deiner Spalte sammeln sich allmählich so viele Minuszeichen an, dass du auf keinen Fall davonkommst.«

»Und bei dir wird es in der Spalte mit den Fehlschlüssen langsam eng. Kann ich gehen? Nevakivi mag es nicht, wenn du wegen nichts seine Kunden aufhältst.«

Antikainen brach ein Stück vom Apfelkuchen ab und schob es sich wütend in den Mund. Er belauerte Kuhala, während er über seinen nächsten Zug nachdachte, seine Kiefer mahlten, und auch wenn er sich so, wie er da am Tisch saß und schmatzte, nicht ganz an der Spitze der Polizeihierarchie befand, so sah man ihm doch an, dass er zumindest an der Spitze der Nahrungskette stand. »Verpiss dich. Wir holen dich dann, wenn es geschnackelt hat. Kann sein, dass das schon bald passiert.«

Kuhala nickte und ging zur Tür. Dort drehte er sich noch einmal um. Der Kriminalhauptmeister vernichtete seinen Nachtisch mit der überhöhten Geschwindigkeit eines Bulimikers und erstarrte unter Kuhalas Blick, als wäre er bei seinen Gedanken erwischt worden.

»Wir fahren irgendwann mal zusammen nach Petrosawodsk. Das ist was für ein Schleckermäulchen wie dich. Ich kenne da einen Imbiss, wo man himmlische Piroggen und starkes Bier bekommt. Außerdem würden die Frauen dort für einen Herkules wie dich ihre Mütter verkaufen.«

Antikainen senkte den Blick und tat so, als hätte er nichts gehört.

Kuhala atmete tief durch und trat als Nächstes in Nevakivis Büro, wo er eine andere Taktik wählen musste. Der Kommissar schrieb mit der Lesebrille auf der Nase einen Bericht, seine Finger tanzten über die Tastatur. Der seitlich über die Brille auf Kuhala gerichtete Blick verhieß auf andere Weise Schlechtes als Antikainens Blick, aber immerhin bedeutete Nevakivi Kuhala, er solle sich setzen.

Kuhala sagte, er versuche seit vielen Tagen, Nadja Puro zu finden, jedoch ohne Resultat. »Ich weiß nicht, ob Sie sich an den Namen erinnern, aber das war eine Angestellte von Goldschmied Krassi, und ich ermittle in dem Todesfall aufgrund eines Auftrags.«

»Sie ermitteln nicht in Todesfällen. Das sind Polizeiangelegenheiten, das ist so sehr Sache der Polizei wie nur etwas. Könnte euer Berufsverband nicht mal ethische Regeln aufstellen, die besagen, in was ihr eure Nase hineinstecken dürft und in was nicht? Vor allem in was nicht.«

»Ich gebe mir Mühe, Ihnen nicht auf die Zehen zu treten.«

»Na dann. Vermisstenmeldungen kann man unten beim Diensthabenden aufgeben. Das geht sogar telefonisch. Sind Sie mit Frau Puro verwandt?«

»Nein.«

»Sondern es hat mit Ihren Ermittlungen zu tun?«

»So kann man es sagen. Ich war heute in der Wohnung der Frau. Sie war nicht da, aber ich fand getrocknetes Blut auf dem Fußboden.«

Nevakivi speicherte seinen Text und legte die Lesebrille in die Schreibtischschublade. Er verschränkte die Arme, man konnte sich nur schwer vorstellen, dass er je eine ungesunde Essensportion vor sich stehen hatte. Und wenn man ihm spitzfindig kommen wollte, dann am besten in dosierten Rationen.

Kuhala wich dem Blick des Kommissars nicht aus, obwohl dieser schmelzeismäßig wissen wollte, seit wann Privatdetektive die Befugnis hatten, in fremde Wohnungen einzudringen.

»Die Tür war nur angelehnt. Ich rief eine Zeit lang, dann ging ich rein, weil ich dachte, Nadja ist unter der

Dusche oder … also, was man sich in so einer Situation eben vorstellt.«

»Sie lügen.«

»Und dann habe ich das Blut entdeckt.«

»Im Wittern von Blut sind Sie ja ganz groß.«

»Nadja Puro habe ich aber nicht gefunden. Und weil Sie über die Ressourcen verfügen, dachte ich, Sie kämen bei der Suche vielleicht weiter als ich.«

Nevakivi fragte nach Nadja Puros Adresse und schickte mit routiniertem Tonfall einen Wagen hin. Dabei gelang es ihm, seiner Stimme die passende Dosis Kälte und Distanz zu verleihen. »Ich will die Informationen unverzüglich haben.«

Er beendete das Telefonat und gab sich schweigsam, indem er sich damit begnügte, Kuhala mit einem Blick zu mustern, in dem ebenfalls ausreichend Kälte enthalten war.

Schließlich sagte er, dass er Kuhalas Polizeivergangenheit kenne und herausgefunden habe, dass dessen Karrierepfeil bis zum Ausscheiden nach oben gezeigt habe. »Ich will die Gründe für Ihr Ausscheiden nicht wissen, aber falls bei Ihnen eine billige Vorstellung vom polizeilichen Vorgehen in diesem Land zurückgeblieben sein sollte, dann wäre es angeraten, diese Haltung spätestens jetzt zu revidieren. Wir haben hier Trottel, das gebe ich zu. Dennoch leisten wir durchaus auch gute Arbeit.«

Kuhala verstand nicht, worauf Nevakivi mit seiner Anleitung hinauswollte, mochte ihn aber nicht unterbrechen.

»Können Geheimagenten wie Sie Geheimnisse für sich behalten?«

»Ich frage mich, wer hier billige Vorstellungen kultiviert«, meinte Kuhala.

»Können Sie?«

»Ja.«

»Dann schlage ich als Nächstes eine kleine Abmachung vor. Wir werden nämlich spätestens übermorgen eine Pressekonferenz geben und mitteilen, wer Rurik Krassi ermordet hat. Wir warten nur noch auf die Resultate der Probeschüsse aus dem Labor. Die haben dort ein neues französisches Vergleichsmikroskop, das nichts dem Zufall überlässt.«

Kuhala nahm die Information mit einem Kopfnicken entgegen. In ihm schäumte es, und auch wenn man ihm das nicht ansah, erhellten sich die Randbezirke von Nevakivis Dienstblick mit dem Leuchten des Triumphs.

»Was schlagen Sie also vor?«, fragte Kuhala.

»Verraten Sie mir den Mörder von Leikari, dann kriegen Sie den Mörder von Krassi.«

»Woher soll ich den Mörder von Leikari kennen?«

»Sie haben die russische Grenze mit einem gestohlenen Auto überquert. Wir begreifen nicht, mit welchem Zaubertrick Swetlana Susinen das möglich gemacht hat. Aber unseren Erkenntnissen zufolge sind Sie über diese Frau dem Mörder von Leikari sehr nahe gekommen.«

»Was für verdammte Erkenntnisse wollen Sie denn da haben? Und warum sollte ich scharf auf Krassis Mörder sein?«

»Seien Sie nicht dumm. Sie informieren Ihren Auftraggeber. Zwei Tage Vorsprung vor der Polizei garantieren Ihnen das Honorar. Man wird Ihnen zwar auch so etwas für Ihre Bemühungen bezahlen, aber das richtige Ergebnis bringt sicherlich einen Bonus. Und wer könnte den nicht gebrauchen.«

»Reden Sie nur für sich selbst«, erwiderte Kuhala.

Er hatte das Gefühl, mit dem Kopf in einem Schraubstock zu stecken, und so etwas konnte man nur schwer verbergen. Nevakivi hatte im Vergleich zu Antikainen zwei Zacken zugelegt, und auch wenn es Kuhala noch so sehr versuchte, begriff er einfach nicht, wie die Polizei von seinen Abenteuern der letzten Zeit etwas wissen konnte, vor allem davon, dass er Leikaris Mörder kannte. Er beschloss, ein geheimes Zusatzprotokoll zu Nevakivis Abmachung vorzuschlagen, und korrigierte seine Sitzposition, um die Erschütterung irgendwie in den Griff zu kriegen.

»Wo haben Sie Ihre Erkenntnisse her?«

»Polizeiarbeit.«

»Da kriege ich ja direkt einen Kloß im Hals. Aber gut. Ich bin bereit, über Ihren Vorschlag nachzudenken, wenn Sie mir Ihre Informationsquelle verraten.«

»Wir sind es nicht gewohnt, an der Nase herumgeführt zu werden. Die Fahrt in Muhonens Mercedes belastet Sie dermaßen, dass wir Sie jederzeit zur Rechenschaft ziehen können.«

»Ich wusste nicht, wessen Auto das war.«

»Natürlich nicht.«

»Man hat mich belogen.«

»Daran gewöhnt man sich. Also?«

Nevakivi rollte auf seinem Stuhl ein Stück nach hinten und faltete die Hände auf dem Bauch. Man sah, dass er seine Arbeit nur selten so genoss wie in diesem Augenblick und dass diese Sitzung eine Beförderung und womöglich gar Interviews für Zeitschriften abwerfen konnte. Kuhala brachte durch Beschwörung ein Lächeln in die Mundwinkel und fragte, wer zuerst den Mund aufmachen solle. »Wenn ich Ihnen den Namen sage, wer garantiert mir dann, dass Sie Ihr Wort halten? Sie könnten ja auch schweigen.«

»Dann sagen Sie eben einen falschen Namen, verdammt noch mal. Und wir hängen Ihnen das Ding mit dem Mercedes, wenn es sein muss, mit Gewalt an. Dafür kriegen Sie zwei Jahre.«

Kuhala lachte. Und fing an zu schwitzen. Und zeigte Juri Susinen an.

»Er hat auch seine Mutter bei voller Fahrt aus dem Auto geschmissen, wegen Meinungsverschiedenheiten. Der Mann ist ein Wahnsinniger und gefährlich. Grabt ihn in den Kellern von Petrosawodsk aus, wenn ihr könnt.«

»Geht in Ordnung.«

»Und? Wer hat Krassi ermordet?«

Kuhala ballte die Fäuste. Nevakivi stand auf und streckte sich. Er öffnete das Fenster und nahm den Anruf von der Streife in Nadja Puros Wohnung in der Esankatu entgegen. Er hatte es nicht eilig und fragte nach Präzisierungen, während er sich von der herbstlichen Brise die Schläfen kühlen ließ. Der Mann war ein hinterhältiger Verarscher, der sich irgendwann die Haut versengen würde, weil seine Karriererakete auf zu vielen Umdrehungen lief. Er beendete das Telefonat.

»Sie haben dort einen sehbehinderten Mann befragt. Seine Sehfähigkeit reichte aus, um durch den Türspion zu sehen, wie Sie in Nadja Puros Wohnung eingebrochen sind. Erzählen Sie mir bloß keine Märchen von einem Schlüssel. Es finden sich dort tatsächlich Blutspuren, und jetzt läuft dort das volle Ermittlungsprogramm. Raten Sie mal, ob ich noch Lust habe, mit einem wie Ihnen eine Abmachung zu treffen. Wir haben von Ihren Abenteuern durch Juri Susinen erfahren. Der Junge hat uns E-Mails geschickt.«

Etwas in der Richtung hatte sich Kuhala schon gedacht. Er war direkt in Treibsand gelaufen, ins Moorgrab von Baskerville, und in den Büros des Präsidiums streckte man sich vergebens nach einer helfenden Hand. Zwei Jahre für den Benz, für Irreführung der Amtsgewalt und das Öffnen von Nadjas Tür mit dem Dietrich noch ein bisschen was dazu, den Rest des Lebens dann in den Mitleidskursen des Arbeitsamts.

Kuhala sah sich schon als Stammkunden der Flohmärkte und als alten Fuchs der Suppenküchen. Er kam in Gedanken sogar so weit, dass er sich fragte, was daran eigentlich so schlimm sein sollte.

Nevakivi sagte, er glaube Kuhala trotzdem. Juri Susinen sei über mehrere Monate hinweg beobachtet worden, und man habe ihn mit Leikari gesehen. Eine ständig stärker werdende Ermittlungslinie im Fall Arbeiterwohnstattmuseum richtete den Verdacht auf Susinen.

»Welche Linie?«

»Juri Susinen hätte Leikari nicht im Bett zudecken sollen. Das hinterlässt immer Spuren, und wir haben über den Mann jede Menge Informationen in jeder Menge Registern. Das Syphilisregister dürfte das einzige sein, in dem er nicht auftaucht.«

»Und der Mörder des Goldschmieds?«, fragte Kuhala.

Er konnte nicht viel daran ändern, dass er bloß ein Flüstern herausbrachte.

»Wir haben ein Gewehr der Marke Lynx in den Büroräumen von Finsomnia gefunden. Genauer gesagt im Büro von Mikael Krassi. Die Waffe war auseinandergebaut und geschickt versteckt. Der Mann ist festgenommen worden. Er hat nicht gestanden, aber er steht unter starkem Tatverdacht. Und er wird gestehen, sobald wir die Resultate der Probeschüsse haben.«

Kuhala starrte Nevakivi ungläubig an. Dessen Nüstern waren geweitet und der Mund so stark zusammengezogen, als könne der ganze Mann nur mit Müh und Not das Platzen verhindern. Die harte Arbeit vieler Wochen war belohnt worden, der Druck wich. Fast ebenso großartig war es, dass der eingebildete Kuhala sich auf dem schlimmsten Holzweg seines Lebens zu befinden schien.

Kuhala erkundigte sich nach Mikael Krassis Motiv. »Sie werden es mir nicht sagen, aber ich bin halt schon neugierig. Auch mir ist der Mann nicht sympathisch, das ist es nicht. Aber dass er der Mörder seines Vaters sein soll, geht zumindest aus meiner Sicht in den Bereich des Irrationalen.«

»Die Söhne, die ihre Väter hassen, sind Legion.«

»Aber die wenigsten töten deswegen.«

»Ersten Ermittlungen zufolge hat Mikael Krassi versucht, von seinem Vater ein vorgezogenes Erbe zu bekommen, um seine Schulden einzudämmen, aber es ist ihm nicht gelungen. Dann versuchte er es mit der schnellen Lösung und stieg am Puulavesi auf den Felsen, von dem aus die ersten Schüsse abgegeben wurden. Auf diesem Felsvorsprung wächst eine einsame Birke.«

»Ich dachte, der Goldschmied hätte versucht, die Schulden seines schwarzen Schafs in Tampere einzudämmen. Seines Sohnes Hans. Dessen Laden ist gerade erst abgeschmiert.«

»Das wissen wir. Mikael Krassi ist ziemlich schweigsam, aber einer von der weichen Sorte. Er wird bald den Mund aufmachen. Sie können gehen. Falls Sie das Ihrem Auftraggeber berichten, verpflichten Sie ihn gleichzeitig, bis übermorgen zu schweigen!«

Kuhala meinte, eine solche Verpflichtung müsse gar nicht ausgesprochen werden.

»Warum nicht?«

»Ich glaube nicht an das, was Sie sagen. Ich glaube nicht an Mikael Krassis Schuld. Die Geschichte hat zu viele Lücken.«

## 28

Kuhala wachte vom Sturm auf, mit dem der Oktober auf dem letzten Loch pfiff. Es war zehn vor vier am Morgen, ein Platzregen züchtigte die Hannikaisenkatu. Im Schein der Straßenlampen sah man die Dusche niedergehen, der Wind rüttelte an den Ästen, und das Wasser überflutete die Gehwege.

Er hatte von Leena und ihrem neuen Freund geträumt und fragte sich jetzt, da er am Fenster stand, was er da für einen parasitären Pilz an Fixierung auf die beiden in sich züchtete, obwohl er sich immer wieder vorsagte, dass es keinen Sinn hatte. Die Zeit würde helfen, aber die Frage lautete, wie lange sie dafür brauchen würde. Fünf Jahre, zehn Jahre? Er betrachtete sein Spiegelbild. Von einem Geistertaxi, das auf den Bahnhof zurollte, prallten die Regentropfen ab wie Schrotkugeln.

Er wandte sich ab und erschrak, als das Telefon klingelte.

»Kuhala.«

»Hier ist Hans Krassi aus Tampere. Hoffentlich rufe ich nicht in einem ungünstigen Moment an.«

Der Mann klang, als schwebe er in einer Betrunkenheitssphäre, die nur Profis zugänglich war. Kuhala lobte den Moment als guten Zeitpunkt zum Telefonieren. Krassi brummte zustimmend und murmelte etwas von gesperrtem Telefonanschluss und der Schwierigkeit, einen Münzautomaten zu finden. Seine Stimme klang scharf und getrübt zugleich, und er schien die Lautstärke nicht recht kontrollieren zu können, denn er schrie einen Teil seines Anliegens, bis er ohne Vorwarnung ins Flüstern überging, als hätte er sich gerade die weißen Mäuse seines Deliriums vom Hals geschafft.

»Wegen der Mieter im Keller«, sagte Hans Krassi.

»Wissen Sie etwas über sie? Ich war bei Easytarget in der Hämeenkatu, aber da war niemand.«

Ein nasser Birkenast schlug von der Regenrinne aus gegen Kuhalas Fenster. Krassi sagte, er sei beim letzten Besuch des Privatdetektivs etwas antriebslos gewesen, aber jetzt gehe es ihm schon besser, und die Erinnerungen stellten sich wieder ein. »Das Frühstück vom Dichter Saarikoski hat gut getan. Vor Weihnachten hör ich mit dem Saufen auf. Das ist das Ziel. Einer von den Kameraden aus dem Keller ist gegen die Absperrung in der Hofeinfahrt gefahren, dabei ist das Blinklicht kaputt gegangen. Das war kurz nachdem sie ausgezogen sind. Sie hatten nur noch die restlichen Sachen geholt.«

»Ich habe das Loch im Asphalt gesehen. Hat die Absperrung dort lange gestanden?«

Hans Krassi sagte, die Schranke habe ihren Dienst erfüllt, sogar so gut, dass die geizigen Verantwortungsträger der Hausgemeinschaft die Auffüllung des Lochs und einen Belag auf den Jüngsten Tag verschoben hätten. »Ich glaube, der Erdboden gibt an der Stelle hinterhältig nach, auch wenn man das Loch noch so auffüllen würde. Da ist mal eine Fernwärmeleitung geplatzt. Irgendwie hat das heiße Wasser den Boden unwiderruflich ausgehöhlt.«

Es klang, als würde der ehemalige Geschäftsführer der »Geschenkschachtel« tief Luft holen und einen Schluck nehmen. Danach zerknirschte er etwas, das Kuhala als Salzgurke interpretierte. Im Hintergrund schepperte sympathisch der Verkehr von Tampere. Es wäre Energieverschwendung gewesen, Nevakivis Verhaftungsnachricht durchsickern zu lassen, auch wenn Kuhala damit zumindest das nervende Gurkenschmatzen beendet hätte.

Schließlich hatte Hans Krassi seinen frühmorgendlichen Imbiss geschluckt. Er erzählte von dem Schauspiel, das sich aus dem Zusammenprall mit der Absperrung ergeben und fast zu einem Handgemenge geführt hatte. Zufällig waren nämlich ein paar couragierte Senioren aus der Hausgemeinschaft vor Ort gewesen, die den jungen Mann nicht gehen lassen wollten, bevor er den Leuchtturm ersetzt hatte. »Ich hab von der Tür aus zugeguckt, wie sie laut wurden. Der Kerl hat so getan, als würde er nichts merken. Ganz ruhig hat er seinen Plunder ins Auto getragen. Dann ist die Polizei angerollt, und der Vorfall ist aufgeschrieben worden, aber ich glaube nicht, dass es ein Bußgeld gegeben hat. Ich hab jedenfalls nichts davon mitgekriegt. Als die Polizei wieder weg war, ist der junge Kerl ganz dicht zu den Männern hingegangen und hat ihnen was gesagt, was dafür gesorgt hat, dass sie bleich geworden sind und sich verzogen haben.«

»Er hat ihnen also irgendwie gedroht?«

»Wahrscheinlich. Mir hat er nichts gesagt, aber er hat schon ein bisschen furchterregend ausgesehen unter seiner Mütze. An der Stoßstange war rote Farbe von dem Blinklicht. Ich weiß noch, dass die Polizisten sich das wenig interessiert angeguckt haben, die hatten wahrscheinlich Besseres zu tun. Ich weiß immer noch nicht, wer sie gerufen hat, vielleicht jemand, der am Fenster hing.«

»Was war das für ein Kerl? Wie sah er aus?«

Krassi beschrieb den jungen Mann. »Ich kann mich an den Vorfall so gut erinnern, weil der Typ irgendwie mehr ausstrahlte als bloß die übliche Gereiztheit wegen ein paar alter Männer, die das Maul aufreißen. Der hat so einen wahnsinnigen Blick gehabt, wenn Sie verstehen, was ich meine. Sonst hätte ich auch nicht angerufen, aber weil Sie sich nach den Jungs erkundigt hatten.«

»Was hatte er für ein Auto?«

»Einen grünen Nissan. Mindestens fünf Jahre alt.«

»Können Sie sich noch an etwas anderes erinnern?«

»Auf der Mütze war eine rote Wellenlinie. Oder so ein Sägemuster.«

»Beschreiben Sie mir das noch mal genau.«

Krassi wiederholte seine Nachricht, Kuhala hielt den Hörer fest umklammert und dankte für die Informationen.

Er konnte nicht mehr einschlafen, und nachdem er starken Kaffee getrunken hatte, beschloss er, Annukka zu wecken.

Die Kriminalkommissarin fragte zuerst, wie spät es sei, und dann, ob Kuhala nun endgültig das Augenmaß verloren habe. »Ich brauche sieben Stunden Schlaf. Jetzt sind erst fünf um.«

Annukkas schlaftrunkene, tiefe Stimme klang so anziehend, dass Kuhala nahe daran war, sein Anliegen zu vergessen. Er sehnte sich nach der Frau, sehnte sich mit jeder Nervenfaser nach ihr, und das zwang ihn, an der Wand Halt zu suchen. »Ich ruf dich an ...«

»Das ist dieses idiotische Lied; hör bloß auf ...«

»Ich liebe dich, Annukka. Hör zu, hast du nicht Beziehungen zur Polizei in Tampere? Du warst doch kürzlich erst dort. Ich glaube, ich bin dicht daran, im Fall Krassi die Lösung zu finden.«

»Ach ja?«

Er bat sie, ihm das Protokoll über den kleinen Unfall in der Hofeinfahrt der »Geschenkschachtel« zu besorgen, und beschrieb ihr das beteiligte Fahrzeug. »Das war irgendwann Ende September, Anfang Oktober letzten Jahres. In irgendeinem Register muss der Vorfall doch gelandet sein, auch wenn letztlich keine Anzeige erstattet worden ist. Ich will den Namen von dem Kerl wissen, der das Auto gefahren hat. Vermutlich ist der Nissan auf ihn zugelassen. Kannst du mir die Information so schnell wie möglich schicken?«

Annukka sagte, sie werde ihr Bestes tun, empfahl Kuhala aber, sich wieder einzukriegen, jedenfalls bis die erste Stunde der normalen Dienstzeit anbräche. »Außerdem habe ich gestern das inoffizielle Gerücht gehört, dass die Kollegen in Jyväskylä mit der Aufklärung des Falles vorangekommen sind. Oder dicht daran sind.«

»Das ist eine Ente. Wie kommen solche Gerüchte überhaupt von hier nach dort?«

»Du hast es also auch gehört?«

Kuhala erzählte von seinem Termin bei Nevakivi, sagte aber, dass er nach keinem denkbaren Ursache-Wirkungs-Verhältnis an Mikael Krassis Schuld glaube, zumal die Lügen, die den Leuten im Laufe der Ermittlungen herausgerutscht waren, bei dem ein oder anderen das logische Denken zu trüben gedroht hatten. »Wenn das hier vorbei ist, komme ich zu dir. Dann führe ich dich ins vornehmste Restaurant von Helsinki aus.«

»Ach, mein Ottolein!«

»Da fahren wir dann mit dem vornehmsten Taxi von ganz Vantaa hin.«

Er schickte Annukka einen Kuss und äußerte die Prognose, dass sie als Frau mit starken Nerven sicherlich leicht wieder für zwei Stunden einschlafen würde.

Auf der Titelseite der Zeitung war die Präsidentin abgebildet, daneben stand, welche Ziele sie bei ihrer Reise durch die Provinz in Jyväskylä besuchen würde. Das Foto hatte seinen Teil vom nächtlichen Sturm abbekommen, der Adjutant der Präsidentin war vor Nässe unkenntlich geworden. Kuhala gab Wasser und Breiflocken in den Topf und las den Artikel über den Besuch. Im letzten Satz war bereits von der nächsten Präsidentschaftswahl die Rede, obwohl die erst in zwei Jahren anstand. Im Inneren der Zeitung kam noch mehr über die Visite, gerade so als wäre Mittelfinnland die reinste Wildnis, die sibirische Taiga, in die nur einmal in hundert Jahren die Reiseroute der Fürsten führte.

Der Rektor einer kleinen Schule im Landkreis berichtete von dem Programm, das für die Präsidentin einstudiert worden war. Er stand, umgeben von Schülern, vor einem gelb gestrichenen Schulgebäude aus Holz. Auf dem Schild an der Fassade stand »Volksschule Koivukangas«.

Kuhala faltete die Zeitung zusammen und merkte, dass er nervös war. Und das lag nicht nur am frühen Aufwachen.

Zehn Minuten Schuften am Sandsack und eine Dusche beruhigten ihn. Das Frühstück hob die Stimmung, aber es war gerade einmal sechs Uhr. Das Unwetter der Nacht hatte kaum nachgelassen, und jedes Mal, wenn ein Regenschwall gegen das Fenster schlug oder der Wind in den Fensterdichtungen heulte, fuhr Kuhala aus seinen Gedanken auf.

Um acht läutete das Telefon. Kuhala hatte gerade eine Tomate gespalten, deren eine Hälfte vom Hackbrett auf den Fußboden rollte. Er fluchte und nahm den Hörer ab. Dann fluchte er erneut, jedoch lautlos. Es war Erik Krassi.

Der Mann fragte nicht, ob der Anruf passend komme, sondern stimmte seinen Zigarrenetagenbass auf die humorlose Molltonart des Kündigungsaussprechers. »Meiner Ansicht nach habe ich Ihnen genug Zeit für die Untersuchung des Mordes an meinem Bruder gegeben. Weil Sie nichts Neues zu berichten haben, möge das Problem nun komplett an die Polizei übergehen. Ich will, dass Sie mir einen Bericht über Ihre Leistungen schicken. Und die Rechnung. Listen Sie die Kosten auf, ich werde Sie für Ihre Bemühungen selbstverständlich bezahlen.«

»Wie wäre es, wenn Sie Ihre Entscheidung vierundzwanzig Stunden aufschieben?«, schlug Kuhala vor.

Erik Krassi stieß ein vor Autorität strotzendes Chefhusten aus und sagte, er sei ein Mann, der es gewohnt sei, bei seinen Entscheidungen zu bleiben. »Sie würden kaum glauben, wie oft ich um Aufschub angebettelt worden bin, als ich noch im Berufsleben stand, mal um eine Stunde, mal um einen Tag, aber das hat schon damals nicht gezogen, und das zieht auch jetzt nicht.«

»Ich bettle nicht. Und eine Rechnung kann ich immer schreiben. Ich dachte nur, Sie wären vielleicht am Mörder Ihres Bruders interessiert.«

»Es sind bereits Wochen, ja Monate vergeudet worden. Was für ein Wunder soll da ein einziger Tag noch bringen?«

»Irgendwann werden Sie an Ihrer Scheißwichtigtuerei noch ersticken.«

»Wie bitte?«

»Sie haben richtig gehört.«

Erik Krassis Lachen schwappte in einer Form durch die Leitung in Kuhalas Ohr, dass dieser befürchtete, der Mann habe den Verstand verloren. Dieses Lachen hätte man jederzeit als Soundeffekt in der ganz heißen Abteilung einsetzen können.

Es lag etwas vom Todesröcheln einer Tyrannenechse darin, eine Prise Betriebsstörung in der Kiesmühle und etwas, das nicht sonderlich weit weg von einem Schluchzen war, und als es aufhörte, verhieß die Stille nur noch Schlimmes. »Wenn Sie mein Untergebener wären und wir in den guten alten Zeiten lebten, würde ich Ihnen den

Schädel zu Brei schlagen. Jetzt begnüge ich mich damit, zu vergessen, was Ihnen herausgerutscht ist. Also gut. Die absolut letzte Frist ist morgen zum Mittagsläuten. Was führen Sie im Schilde?«

Kuhala verriet nichts und bedankte sich auch nicht für die Gnadenfrist. Erik Krassis größenwahnsinniger Gedankengang würde vermutlich im Lauf der nächsten fünf, sechs Jahre in schnarrender Nörgelei auf den Fluren eines Altersheims auslaufen, und weil er das selbst ahnte, musste er zuvor die letzten Reste der Manöver eines Magnaten mobilisieren.

Um 8.39 Uhr schickte Annukka eine SMS, die lediglich einen Namen und ein Geburtsdatum enthielt: »Sami Kasperi Suoranta, geb. 11.8.1979.«

Kuhala spürte den Schweiß auf den Handflächen. Er hatte den Namen schon einmal gesehen. Hans Krassis Beschreibung passte zum Gesicht, die anderen Teile des Puzzles schwammen allerdings noch in weitem Abstand voneinander durch die Gegend.

## 29

Die Monitore im Kameraüberwachungsraum der Sicherheitsfirma Safe-eye behielten die Eingänge des Einkaufszentrums an der Asemakatu und der Kauppakatu im Auge. Die nassen Fußabdrücke auf den Gängen vermischten sich, eine Dekorateurin drapierte eine Pelzmütze auf dem Kopf einer Schaufensterpuppe. Keiner war im Raum, um etwas zu überwachen, aber was gab es bei dem Anblick auch zu überwachen?

Kuhala stand vor den Bildschirmen und fragte, ob jemand da sei. Einer der Monitore fokussierte auf den Kompass in der Fußgängerzone, dort kämpften die Leute, die zur Arbeit gingen, mit dem Wind und ihren Regenschirmen.

»Hier darf man nicht rein.«

Kuhala drehte sich um. Der Mann mit dem blonden Schnurrbart trug den Overall der Firma. Am Gürtel hing Bewaffnung, die Gesichtsmuskeln spannten sich. Auf der Brust stand der Name des Mannes.

»Ich hätte eine wichtige Mitteilung für Sami Suoranta. Arbeitet er nicht hier?«

Das psychologische Auge des Wachmanns, der Frühschicht hatte, schielte gewaltig, denn er wurde seine negative Haltung gegenüber Kuhala einfach nicht los, und zwar allein weil dieser auf eigene Faust den Überwachungsraum betreten hatte.

Die Mundwinkel unter dem Schnauzer zogen sich zu einem böswilligen Grinsen nach unten, und kurz dachte Kuhala bereits, dass der Mann ihn gleich mit einem der Sprays aus der Kollektion an seinem Gürtel lahmlegen würde.

Dann beruhigte er sich plötzlich doch und verschwand, um auf dem Schwarzen Brett den Schichtplan zu lesen.

»Sami hat bis um zwei einen Einsatz bei Finsomnia. War die Tür wirklich nicht abgeschlossen?«

»Nein.«

»Scheiße.«

Es war einfach ein grauerer Arbeitstag als gewöhnlich, und wenn die Laune des Wachmanns sich ohnehin schon im unteren Bereich bewegt hatte, war es kein Wunder, dass er sich beherrschen musste. Was wollen wir vom Leben? Was wird aus uns? Und wo enden wir schließlich? Solche beängstigenden Fragen schloss man am besten im Hinterstübchen ein und warf den Schlüssel weg.

Kuhala fuhr die Rolltreppe nach unten und schaute in die Richtung, in die der Messerstecher ihm gefolgt war.

Mikael Krassis Sekretärin war an die Infotheke in der Eingangshalle gesetzt worden. Auch sie hatte sich durch den schweren Herbststurm zur Baustelle vorgekämpft und erachtete es nicht der Mühe wert, Kuhalas Lächeln zu erwidern.

Möglicherweise erinnerte sie sich an Kuhalas letzten Besuch, und wenn man ihren Vorgesetzten zu allem Überfluss noch unter Mordverdacht in Gewahrsam genommen hatte, war es kein Wunder, wenn die Begegnung in Gefahr stand, ins Triste abzugleiten, auch wenn Kuhala sein Bestes versuchte.

Die Frau tat so, als blättere sie in einer Vierfarbbroschüre, und erklärte, Herr Krassi sei nicht erreichbar. Sie wollte Kuhala schon abwehren, bevor dieser den Mund aufmachen konnte.

»An ihm bin ich nicht interessiert«, sagte Kuhala.

»Haben Sie mit jemandem einen Termin vereinbart?«

»Nein. Beim letzten Mal nicht und jetzt auch nicht.«

Ihr Blick wischte über Kuhala hinweg, als hätte er etwas Schmutziges vorgeschlagen, gleich darauf senkten sich die mit schweren Farben geschminkten Lider, und die Broschüre raschelte. Der Springbrunnen sprudelte und plätscherte, draußen brauste der Regen gegen die riesigen Panoramafenster. Die Frau war vermutlich unterbezahlt, wurde von kleinlichen Vorgesetzten schikaniert und ertrug von Tag zu Tag schlechter die ständig wachsende Kluft zwischen Realität und Vorstellung, die ihr Leben spaltete.

Dennoch hatte jeder mit Problemen ähnlicher Art zu kämpfen.

Und Kuhala hatte das Gefühl, Zeit zu verschwenden.

Er beugte sich über die Theke, gab sich wie bei seinem letzten Besuch als Mann des direkten Handelns. »Jetzt legen Sie dieses verdammte Heft zur Seite und hören mir zu! Wo finde ich Sami Suoranta? Er soll heute hier arbeiten.«

Der Widerstand, der sich in den Augen der Frau einquartiert hatte, ging in flackernde Angst über. Sie rutschte auf ihrem Stuhl hin und her, die blau lackierten Nägel waren bereit, sich in Kuhalas Gesicht zu schlagen.

»Jetzt beruhigen wir uns erst mal. Sami Suoranta dürfte auch bei meinem letzten Besuch hier gewesen sein. Als Mikael Krassi mich, wie soll ich sagen, auf etwas unkonventionelle Weise empfing.«

Kuhala hob die Hand zu einer versöhnlichen Geste und zog sich etwas zurück. Die Frau musste ihre Frisur berühren, für den Fall, dass sie durch die abrupten Bewegungen durcheinandergeraten sein sollte. Sie klatschte die Broschüre auf den Tisch. »Sami beseitigt die Spuren des Farbkugelspiels, das am Wochenende stattgefunden hat.«

»Beseitigt er Leichen? Wo?«

»Hier ist eine Karte. Er räumt die Überreste der Bunker weg.«

»Bunker? Spielen die ernsthaft Krieg?«

»Das können Sie im Prospekt nachlesen«, sagte die Frau und griff zum Telefon.

Das Spiel war das umfassendste des Herbstes und trug den Namen »Wunder von Ihantala«. Es wurden dabei Effektsprengsätze benutzt, die Bunker aus Strohballen durch die Luft fliegen ließen.

Die Spieler wurden mit Traktoren chauffiert, warb der

Prospekt, vom Kriegseifer Verhexte wurden sogar aus Estland und Schweden erwartet. Im Prospekt war von hunderttausend verschossenen Farbkugeln die Rede, unter dem Kartenblatt wurden die Landbesitzer und Sponsoren aufgeführt.

Kuhala erinnerte sich an die Morgennachrichten und die Autobomben aus der ganzen Welt, er verstand die Attraktivität des Faltblatts in seinen Händen nicht so recht. Auch wenn niemand gezwungen war, am Wunder von Ihantala teilzunehmen, war die Menge an schlechtem Geschmack, die in das Projekt investiert worden war, auf die Schnelle nicht zu fassen.

Die Frau versuchte das Telefonat in die Länge zu ziehen, in der Hoffnung, Kuhala käme dadurch auf die Idee, zu verschwinden, aber dieser lehnte ungebrochen an der Theke und fächelte sich mit dem Prospekt Luft zu. »Die Karte umfasst mehrere Hektar. Da brauche ich eine Woche, um den Kerl zu finden. Könnte ich seine Nummer haben?«

Krassis Sekretärin fehlte die Kraft, weitere Variationen ihrer Widerstandstaktik zu entwickeln. Also gab sie Kuhala die Nummer von Sami Suoranta und zeigte dessen Standort auf der Karte. »Samis Aufräumsektor befindet sich im Gelände zwischen diesen beiden Lokalstraßen und dem Teich hier. Das da ist eine Schule. Wenn Sie es eilig haben, ihn zu treffen, fahren Sie auf den Schulhof und kürzen dann über die Landenge ab.«

»Danke.«

»Nehmen Sie Gummistiefel mit!«

»Die gehören bei mir zur Standardausrüstung, aber auch dafür danke«, lächelte Kuhala.

Am Eingang drehte er sich noch einmal um und fragte die Frau, ob sie das Spiel mitorganisiert habe, weil sie so gut Bescheid wisse. Eine Antwort bekam er nicht, die Sekretärin war von der Theke verschwunden, oder sie hatte sich geduckt, weil sie sich schämte, Kuhala gegenüber schließlich doch milder geworden zu sein.

Suorantas Handy war ausgeschaltet, die Funkstille des Wunders von Ihantala hielt auch nach dem Abflauen der Kämpfe an. Kuhala schlug die Karte in der Broschüre auf, legte sie auf den Beifahrersitz und fuhr mit nach vorne gestrecktem Kopf und konzentrierter Miene aus der Stadt hinaus, teils weil der Regen die Sicht behinderte, teils aber auch, weil er nicht sicher war, zu welchem Wunder von Ihantala die Fahrt sich für ihn entwickeln würde.

Auf der Straße nach Keuruu war es ruhig. Er bog an der Abzweigung nach Nyrölä ab, überquerte die Bahnlinie und fuhr durch eine wohlhabende Ansiedlung. Auf den Dächern lagen Äste, die der Sturm dorthin geschleudert hatte. Männer von der Feuerwehr zersägten eine Kiefer, die auf die Giebelseite eines Nebengebäudes gestürzt war und deren Wurzelstock aus der Erde ragte, als hätte ein Riese den Baum herausgerissen.

Der Regen hatte Furchen in die Straße gegraben, die unerschöpflichen Wasservorräte des sich niedrig übers Land schleppenden Tiefdruckgebiets schlugen gegen die Windschutzscheibe. Zwischendurch musste Kuhala das Tempo auf dreißig senken, und einmal musste er anhalten, um einen umgekippten Jungbaum von der Straße zu räumen. Ein Zusammenprall hätte den etwas schwächlich gewordenen Befestigungsmechanismus der vorderen Stoßstange gefährdet.

Steine kollerten gegen den Bodenpanzer. Nach einem ebenen Abschnitt ging es einen steilen Anstieg hinauf, und Kuhala glaubte bereits, sich verfahren zu haben. Er warf einen Blick auf die Karte und konnte nach der Anhöhe gerade noch rechtzeitig bremsen, bevor er dem grünen Nissan hinten reingefahren wäre.

Das Auto stand in Schräglage am Straßenrand, auf der Hutablage lagen ein Bündel Spielgeräte und die Mittelfinnische desselben Tages. Eine weitere Nebenstraße bog etwa einen halben Kilometer weiter nach links ab, in einer Senke, deren Baumbestand der nächtliche Sturm einer schweren Prüfung unterzogen zu haben schien. Kuhala zog Gummistiefel an und staffierte sich mit einem wasserabweisenden Anorak aus, dessen Kapuze sogleich vom Wind gepeitscht wurde. Niemand war zu sehen, und wenn sich in der näheren Umgebung eine Schule befand, musste sie auf der Liste der stillzulegenden Bildungsanstalten ganz oben stehen.

Er schaute auf die Karte. Als er sich über seinen Standort bereits ziemlich im Unklaren war, begriff er, dass er eine Kreuzung zu früh abgebogen und um das Moor herumgefahren war, hinter dem ihm tatsächlich beide Nebenstraßen und das Schulgebäude quasi von Richtung Keuruu her entgegengekommen wären.

Der Habicht, der über einem keilförmigen Kahlschlaggebiet kreiste, rüttelte im Wind und setzte dann zum Sturzflug an. Über den Wipfeln bremste der Vogel, als trainierte er zum Zeitvertreib die richtigen Anflugwinkel. Kuhala sprang über den Graben und ging einen Weg entlang. Doch, hier war geschossen worden. Einige Spritzer von roten und blauen Farbkugeln sprenkelten das Geröll.

Er ging parallel zu der nach Westen führenden Straße und versuchte darauf zu achten, nicht auf die regennassen und somit rutschigen Wurzeln zu treten, die seit Jahrzehnten von den Flossen der Wanderer glatt genagt wurden. Es kam ihm seltsam vor, dass Suoranta in der Lage sein sollte, die nassen Ballen von Hand zu bewegen, falls die Effektsprengungen sie nicht zerschreddert hatten. Ein Wunder wäre es auch, den Mann überhaupt hier aufzutreiben.

Musste er die Spuren der Farbkugeln aufwischen? Kuhala wusste wenig über dieses Hobby, aber das war nicht das drängendste Problem.

Er blieb stehen und ging geduckt hinter zwei Fichten, die dem Sturm getrotzt hatten, in Deckung. Davor schwankte ein junger Birkenhain, zwischen den Stämmen blitzte etwas weiter weg etwas Gelbes auf. Es konnte die Wand eines Gebäudes sein.

Auf der Wiese, die an das Birkenwäldchen grenzte, war am Rand, neben einem großen Findling, eine Art Spähposten mit Leiter zusammengezimmert worden. Es sah eher wie ein Posten bei der Elchjagd aus als nach einem selbst gebastelten Konstrukt fürs Wochenendkriegsspiel. Am Geländer des Ausgucks war mit Seilen eine Tarnplane aufgespannt worden. Sie wurde vom Wind aufgewirbelt, und obwohl das Gebilde aussah, als wäre es gerade erst fertig geworden, war Kuhala sicher, dass sich niemand unter der Plane verbarg.

Er stand auf. Der Wind drückte ihm den Regen ins Gesicht, links zitterte die schwarze Fläche des Teiches, der auf der Karte eingezeichnet war. Als er den Wiesenrand betrat, ging Kuhala der Gedanke durch den Kopf, dass er nichts dabei hatte, mit dem er sich verteidigen könnte. Rechts lag am Hang ein schwarzer Haufen. Das konnte die Ruine eines Strohballenbunkers sein.

Kuhala überquerte die Wiese und stieg auf den Ausguck. Er musste auf allen vieren unter die Plane kriechen, das Tosen des Windes wandelte sich in ein lautes Schlaggeräusch. In der Metallzwinge des dreibeinigen Teleskops, das im Schutz des Unterstands aufgebaut war, klemmte ein Gewehr mit Fernrohr. Es sah echt aus, es hatte nichts mit Farbkugelspielen zu tun, und für einen Augenblick glaubte Kuhala tatsächlich, in die Jagdvorbereitungen von Elchjägern eingedrungen zu sein.

Er spürte die Versuchung, durch das Visier zu spähen.

Das schwarze Metall der Waffe fühlte sich kalt an der Wange an. Kuhala setzte die Kapuze ab und legte sich in stabiler Position auf den Bauch. Das Fadenkreuz hörte auf zu wackeln, das Bild wurde scharf. Es war makaber, mit so einem tödlichen Apparat auf Kinder zu schauen, die auf dem Schulhof umherrannten. Ebenso verquer wirkte es, dass die Elchjäger glaubten, dort ihre Beute zu finden. Das Gewehr war in dieser Position fixiert.

Kuhala hob die Schulter, das Stativ verrutschte ein Stück. Er blickte durch den Sucher und erschrak. Die Tarnplane flatterte, der Regen prasselte.

Er hatte den Namen der Schule am Morgen in der Zeitung gelesen: Volksschule Koivukangas.

Die Entfernung bis zum Schulhof betrug hundertfünfzig oder zweihundert Meter. Das Gewehr machte einen massiven Eindruck, bei dieser Reichweite wäre es ein Kinderspiel, und dieser Jagdposten war einer, auf den Kuhala eigentlich lieber nicht gestoßen wäre. Seine Assoziationskette lief schneller als sein Herzschlag, und ihr Resultat verschlug ihm dermaßen den Atem, dass er sich von dem Anblick, den ihm das Fernrohr bot, lösen und sich schütteln musste. Von den Rändern der Kapuze rannen ihm Tropfen in den Nacken. Solid Storm.

Er rollte sich unter der Randverschalung hindurch, ließ sich in den vom Regen weichen Torf fallen und ging mit einem Sprung hinter dem Findling in Deckung, als ein Mann mit schwarzem Anorak, schwarzer Sonnenbrille und einer Mütze aus Tarnstoff aus dem Birkenwäldchen hervorkam. Er ging mit gleichmäßigen Schritten, als messe er etwas aus.

Auf dem vorderen Teil der Mütze waren rote Streifen zu sehen.

Sami Suoranta blieb an der Leiter stehen und blickte sich um. In seiner Ausrüstung und mit seiner lauernden Haltung sah er bedrohlich aus, zugleich aber auch wie einer, der den Verstand verloren hatte.

In der Ferne hörte man das Läuten der Pausenglocke und Kindergeschrei. Dann wurde es still. Sami Suoranta kletterte unter die Plane und fing an, eine passende Position einzunehmen. Er legte die Sonnenbrille neben sich und schien den Sucher einzustellen, seine konzentrierte Gestalt war reglos.

Kuhala warf einen Stein auf die Plane. Sie prallte ab, fiel auf die Leiter und von dort unter den Ausguck.

Suoranta fuhr zusammen und drehte sich auf allen vieren in die Richtung um, aus der er gekommen war. Die Mütze stieß gegen die Plane und fiel vom Kopf. Kuhala nutzte die Situation aus, schleuderte einen zweiten Stein und warf sich gleichzeitig mit einer Art Tigersprung unter den Ausguck.

Das Geräusch seines Aufpralls ging im Rauschen von Wind und Regen unter, der Gewehrlauf ragte zwischen den Randbrettern hervor. Kuhala wischte sich den Sand von den Mundwinkeln und ließ Sami Suoranta zwei Sprossen nach unten kommen, bevor sich mit seinem ganzen Gewicht gegen die Leiter warf.

Sie kippte langsam, und für einen Moment glaubte Kuhala, die falsche Taktik gewählt zu haben, gerade so, als wäre ein ganzes Sortiment davon im Angebot gewesen. Es erschollen ein Schrei und ein Fluch. Suorantas breitschultrige, über achtzig Kilo schwere Gestalt flog unkontrolliert fuchtelnd durch die Luft und landete auf dem Rücken in der glucksenden Wiese.

Kuhala hielt sich nicht damit auf, das Ergebnis zu betrachten, sondern stürzte sich auf den Mann, der da auf der Erde lag, bereit, um sein Leben zu kämpfen. Er holte zum Schlag aus, erinnerte sich dann an den ungleichen Kampf auf der Herrentoilette und wollte nicht, dass die widerlichen Details Raum in seinem Inneren eroberten.

Sami Suoranta rührte sich nicht. Sein Kopf hing schlaff zur Seite, die Regentropfen strichen das kurz geschnittene Haar aus den Schläfen.

Kuhala setzte sich breitbeinig auf die Brust des Mannes und blockierte dessen Arme mit den Knien. Er hatte das Gefühl, sich an der oberen Grenze seiner Leistungsfähigkeit zu bewegen, noch so ein verdammter Sturzflug, und die Kreuzbänder würden ihm reißen.

»Mach die Augen auf!«

Kuhala nannte den Mann beim Namen und gab ihm einen Klaps auf die Wange. Suorantas Augen öffneten sich einen Spaltbreit, der Kopf drehte sich, aber das konnte reines Theater sein, mit der Absicht, die Muskeln für einen Überraschungsangriff zu entspannen. Kuhala schnappte sich einen Stein aus der Nähe und hob ihn in die Höhe. »Wenn du auch nur einen Versuch unternimmst, bearbeite ich deine Visage.«

»Nicht!«

»Du auch nicht! Zuerst erschießt du deinen Vater, dann ermordest du deine Mutter, und jetzt sieht es so aus, als würdest du der Präsidentin nach dem Leben trachten. Wenn auch nur eine Faser Wahrheit in dem steckt, was ich gerade gesagt habe, kannst du meinetwegen blinzeln.«

Der junge Mann wimmerte, er konnte sich nicht bewegen und brachte nur eine Flut von Tränen zustande, die der Regen davonspülte. Kuhala lockerte den Griff und legte den Stein aus der Hand. Schließlich stand er auf, denn Suoranta schien sich am Rücken verletzt zu haben. Die Erschütterung hatte seine Lunge leer gepumpt, er schnappte nach Luft und verzog das Gesicht zur Grimasse. Die arhythmische Bewegung der Beine bedeutete immerhin, dass ihm nichts Ernstes passiert war.

Kuhala wühlte in den Taschen des Mannes und zog aus der Brusttasche des Anoraks ein Messer heraus. Es war keines der Marke »Mora«, sondern ein kurzes Jägermodell mit handlichem Griff.

»Warte hier.«

Er schnitt eine der Befestigungsschnüre der Plane ab und fesselte Suorantas Handgelenke. »Wie es aussieht, kannst du schon wieder sprechen.«

»Leck mich am Arsch.«

»Das kannst du dir für die Polizei aufheben. Ich habe mich auf der Jagd nach dir dermaßen anstrengen müssen, dass du wenigstens ein bisschen Respekt zeigen könntest.«

Suoranta rappelte sich in Sitzposition hoch, wobei er den Mund verzog, als wäre er in eine Geistesstörung geraten. Kuhala half ihm auf die Beine und führte ihn zum Ausguck, wo das vom Seil befreite Stück der Plane etwas Schutz bot.

Kuhala blickte auf das Gewehr und dann auf den jungen Mann, der am Eckpfosten lehnte und zu Boden blickte. Die Plane klatschte gegen das Holz.

»Wenn du schon nichts von deinem Vater und deiner Mutter erzählen willst, dann gib wenigstens zu, dass du über die Monitore im Einkaufszentrum deiner biologischen Mutter und mir aufgelauert hast, als wir uns dort im Café unterhalten haben. Du hast geglaubt, Nadja Puro verrät etwas über dich, darum hast du die Klamotten gewechselt, um mir dann das Messer in den Hals zu rammen. Ohne jede Aussicht auf Erfolg.«

»Ja, aber den anderen bin ich hinterher und hab sie platt gemacht.«

»Deine richtigen Eltern? Und das Gewehr da? Ist das das zweite, das du bei dem toten Elektriker aus der Ecke geholt hast?«

Sami nickte.

»Woher wusstest du, dass du sie dort findest?«

»Haverinen hat mit seiner Waffensammlung angegeben und mich einmal zu sich eingeladen.«

Eine Zeit lang sagten beide kein Wort. Vom Birkenwäldchen her näherte sich eine Schülergruppe in bunten Regensachen mit ihren Lehrern und ging in einem Bogen zum Teich. Einige drehten die Köpfe in Kuhalas und Sami Suorantas Richtung, es wurde gelacht. Kuhala verständigte die Polizei.

»Seit ich so alt war wie die da, habe ich geplant, meine Eltern umzubringen«, sagte der junge Mann.

»Warum?«

»Scheiße, Mann, du kannst die Behörden fragen, was meine falschen Eltern für welche waren, da gibt es Informationen. Die falschen Eltern waren so falsch, wie man sich's nur vorstellen kann. Wer sein Kind solchen Leuten in die Hände gibt, der hat das Leben nicht verdient.«

»Und als Nächstes dann die Präsidentin. Du bist hierhergekommen, um Stellung für morgen zu beziehen.«

»Scheiß drauf. Der eine Depp schießt mit dem Spielzeuggewehr auf das Bild von der Präsidentin. Da hab ich ja wohl das Recht, es besser zu machen. Wenigstens einmal.«

»Du scheinst das Manifest von Solid Storm ziemlich verinnerlicht zu haben, stimmt's? Als Einziger von eurer kleinen Gruppe da in Tampere.«

»Na und. Das ist ein Programm, das zufällig zu mir passt.«

»Das glaube ich nicht.«

Die Schulklasse verschwand. Kuhala kippte das Gewehr samt Stativ um und verbarg den Schauder, der ihm dabei über den Rücken lief. Er band die Plane los und wickelte die Waffe darin ein. Dann führte er Sami Suoranta zum Schulhof. Dieser hatte sich die Ideologie von Solid Storm also doch mit Haut und Haaren reingezogen und wollte als legendärstes Mitglied des Geheimbundes in die Annalen eingehen. Als Mörder der Präsidentin. Seine biologischen Eltern durften vorher als leichte Ziele herhalten.

# 30

November.

Die Kerzenflamme auf dem Zweiertisch im »Parnells« flackerte jedes Mal, wenn der Kellner mit seiner Servierlast vorbeieilte. Draußen ließ der Wind den Puderzucker des ersten Schnees aufstieben, von der Decke kam ein Lied von Mary Coughlan.

Sami Suoranta war von seinen Adoptiveltern missbraucht worden und hatte so ziemlich all die Scheußlichkeiten erlebt, die er Kuhala gegenüber angedeutet hatte und die von den Boulevardblättern am Vorabend des Gerichtsverfahrens nun auf den Titelblättern verraten wurden.

Das Ehepaar aus Helsinki war Mitte der Neunzigerjahre bei einer Massenkarambolage in Inkoo ums Leben gekommen, weshalb Sami Suoranta gezwungen gewesen war, sich ein neues Objekt für seine Rache zu suchen.

Nach vielen Umwegen und Irrtümern war er seinen wirklichen Eltern Rurik Krassi und Nadja Puro auf die Spur gekommen. Anfangs hatte er Hans Krassi in Tampere für seinen Vater gehalten und sich in die delirierenden Versammlungen von Easytarget, der Unterorganisation von Solid Storm, im Keller des Geschenkartikelladens eingeschleust – und dabei die ideologische Botschaft des Vereins geschluckt. Dann aber fand er neue heiße Spuren, die nach Jyväskylä führten.

Die Dienste in Mikael Krassis Firma boten die Möglichkeit, einen Plan zu schmieden, der es ihm erlaubte, seinen Traum in die Tat umzusetzen. Suoranta hatte sich über die Jobs bei Finsomnia Zugang zur konkreten Organisation der Kriegsspiele verschafft und dadurch den Elektriker Haverinen kennengelernt, bei dem er nach dessen Tod die Gewehre stahl. Anschließend musste er sich nur noch für Zeit und Ort des Mordes an Rurik Krassi entscheiden. Der Schmuggel der Waffe ins Büro von dessen Sohn war ein Kinderspiel.

Nadja Puro, seine Mutter, brachte er beim Kaffeetrinken um. Die Leiche versteckte er auf dem Grundstück einer Gewerbehalle, die zur nächtlichen Route der Sicherheitsfirma gehörte. Alle Details kannte Kuhala nicht, und er hatte auch keine allzu große Lust, sich darüber den Kopf zu zerbrechen.

Vor dem letzten Lied faltete er die Zeitung zusammen, die er zuvor schon gelesen hatte und in der alle möglichen Mythen über seine Ein-Personen-Detektei grob zusammengenäht wurden.

Im Grunde war ihm das unangenehm, denn er wollte seine Ruhe haben, und wenn ihm etwas schmeichelte, dann die Tatsache, dass Erik Krassi, der Helsinkier Bruder des toten Rurik, in seiner Eigenschaft als Auftraggeber das Doppelte der Summe zahlte, die auf der Rechnung stand.

Die konkurrierende Boulevardzeitung deutete in ihrer Schlagzeile an, dass Sami Suoranta auch den Mord an der Präsidentin der Republik geplant habe. Das war Sensationslüsternheit pur, und deshalb hätte Kuhala niemals diese Zeitung gekauft.

Er nahm einen Schluck von seinem Whisky für 6,50 Euro, der sich nicht viel von Haddington House unterschied.

Coughlan sang von der Liebe, Kuhala hörte das Wort »Leidenschaft« heraus.

Er drehte sich zum Fenster und sah Annukka durch den ersten Schnee kommen. Die Kommissarin hatte drei Tage Urlaub. Sie trug einen Kunstpelzmantel und schwarze Stiefel, sie ging direkt auf den Tisch zu und berührte Kuhalas Wange mit ihrer kühlen Hand. »Otto.«

Kuhala stand auf und küsste Annukka. Sie duftete frisch. »Es wird Winter.«

»Das macht nichts. Wir wärmen uns gegenseitig.«

## Arne Dahl
## *Dunkelziffer*

Kriminalroman. Aus dem Schwedischen von Wolfgang Butt.
432 Seiten. Gebunden

In den Wäldern des nordschwedischen Ångermanlands verschwindet die 14-jährige Emily. Einzige Hinweise für Kerstin Holm vom Stockholmer A-Team sind Fahrzeuge mit baltischen Kennzeichen – und die Information, dass drei verurteilte Pädophile ganz in der Nähe des Tatorts leben. Der Fall gewinnt an Brisanz, als ein Mann mit durchtrennter Kehle aufgefunden wird. Das Mordinstrument: eine Klaviersaite. Bald gibt es in Stockholm eine zweite Leiche mit ähnlichen Schnittwunden. Die Spuren führen ins Internet, mitten hinein in einen perfiden Kampf zwischen Gut und Böse, in dem die junge Emily ihre ganz eigene Rolle spielt. »Dunkelziffer« entführt in die finstersten Winkel der menschlichen Seele und präsentiert einen Racheengel der raffiniertesten Art.

01/1864/01/R

## Johan Theorin

### *Öland*

*Kriminalroman. Aus dem Schwedischen von Kerstin Schöps. 448 Seiten. Piper Taschenbuch*

An einem Spätsommertag verschwindet ein kleiner Junge im dichten Nebel der Insel Öland – und wird nie wieder gesehen. Zwanzig Jahre später erhält seine Mutter einen Anruf von ihrem Vater: Es gebe ein neues Beweisstück, und er bittet sie, nach Öland zurückzukehren und die Suche wieder aufzunehmen. Dort geht das Gerücht, der unheilbringende Nils Kant sei der Mörder. Dabei war dieser längst unter der Erde, als der Junge verschwand. Oder geistert er womöglich noch immer über die weite Kalkebene von Öland?

05/2510/01/L

## Kerstin Ekman

### *Winter der Lügen*

*Roman. Aus dem Schwedischen von Hedwig M. Binder. 224 Seiten. Piper Taschenbuch*

Die Bewohner des Mietshauses stehen vor einem Rätsel: Warum will der Hausmeister Pär Lindholm niemanden ins Zimmer der verschwundenen Vermieterin Agda Wallin lassen? Und weshalb hat man seit Wochen nichts mehr von der Alten gehört? Sie bleibt spurlos verschwunden, woran der Winter mit seinem Schnee nicht ganz unschuldig ist, denn der verbirgt eine Leiche und damit auch Pärs Geheimnis. Bis ihm schließlich eine Bewohnerin auf die Schliche kommt …

»Kühl, präzise und mit fanatischer Detailgenauigkeit, dabei fast wortkarg, analysiert die Autorin das Sterben der inneren Natur des Menschen, das einhergeht mit dem der Gesellschaft, in der er lebt.«
Die Welt

05/1994/03/R

## Arne Dahl

### *Totenmesse*

*Kriminalroman. Aus dem Schwedischen von Wolfgang Butt. 416 Seiten. Piper Taschenbuch*

Ein brutaler Banküberfall samt Geiselnahme in Stockholms Nobelviertel Östermalm eröffnet für die Sonderermittler um Kerstin Holm und Paul Hjelm die gnadenlose Jagd nach einer geheimen Formel, für die viele Leute über Leichen gehen würden. Der raffiniert verschachtelte Fall, der die geballte Kompetenz des Stockholmer A-Teams erfordert, führt bis nach Wolgograd und zurück in die Zeit des Kalten Krieges.

»Arne Dahl hat einen wunderbaren Rhythmus drauf, eine geradezu musikalische Fähigkeit, das Tempo zu drosseln oder zu verschärfen und so einen Spannungsbogen zu halten, wie es vielleicht noch Grisham schafft.«

Stern

05/2489/01/L

## Arne Dahl

### *Rosenrot*

*Kriminalroman. Aus dem Schwedischen von Wolfgang Butt. 400 Seiten. Piper Taschenbuch*

Dag Lundmark war Leiter der rasch und effektiv durchgeführten Razzia. Winston Modisane mußte dabei sterben – aber war der Tod des Südafrikaners wirklich unvermeidlich? Paul Hjelm und Kerstin Holm ermitteln in einem Fall, der im Milieu illegaler Einwanderer beginnt und in der trügerischen Idylle eines schwedischen Sommers atemlos endet. Ein Fall, der mehr mit ihnen selbst zu tun hat, als sie wahrhaben wollen …

»Der schwedische Bestsellerautor Arne Dahl zählt unbestritten zu den Größten seines Fachs: Seine Thriller sind nicht nur packend, sondern auch modern, international und sensibel.«

Iris Alanyali, Die Welt

05/2291/02/R

## Gert Nygårdshaug

### *Das Teufelspergament*

*Kriminalroman. Aus dem Norwegischen von Andrea Dobrowolski. 256 Seiten. Piper Taschenbuch*

Frederic Drum, Gourmetkoch, Weinkenner und Dechiffrierungsexperte, soll in Ofanes bei Neapel ein geheimnisvolles Pergament entschlüsseln. Doch irgendjemand versucht genau das mit allen Mitteln zu verhindern, denn kurz nach Drums Ankunft ereignen sich mehrere dubiose Todesfälle. Welches Geheimnis birgt der teuflische Kodex, dass es sich offenbar lohnt, dafür zu töten?

»Mit Frederic Drum hat der Norweger Gert Nygårdshaug einen intelligenten und charmanten Hobbydetektiv geschaffen.«

St. Galler Tagblatt

05/2537/01/L

## Heinrich Steinfest

### *Gewitter über Pluto*

*Roman. 432 Seiten. Piper Taschenbuch*

Lorenz Mohn begreift im vierzigsten Jahr seines Lebens, dass er selbiges radikal ändern muss – und beendet seine Karriere als Porno-Darsteller. Inspiriert durch den Anblick einer Kollegin, die mit Vermeerscher Ruhe an einem Pullöverchen häkelt, eröffnet er einen Strickwarenladen. Geldgeberin ist die von Gerüchten umwehte Grande Dame der Wiener Unterwelt. Ihre einzige Bedingung für das zinslose Darlehen: es auf den Tag genau in sieben Jahren zurückzuzahlen oder aber an eben diesem 14. Juli 2015 ein Leben zu retten …

»Heinrich Steinfest ist mit seinem wilden Witz und seiner Tüftelfreude ein echter Volltreffer.«

Brigitte

»Unerhört lesenswert.«

Die Welt

05/2584/01/R

PIPER